TANJA VOOSEN

# MY FIRST LOVE

TANJA VOOSEN

# MY FIRST LOVE

Roman

**heyne › fliegt**

Sollte diese Publikation Links auf Webseiten Dritter enthalten, so übernehmen wir für deren Inhalte keine Haftung, da wir uns diese nicht zu eigen machen, sondern lediglich auf deren Stand zum Zeitpunkt der Erstveröffentlichung verweisen.

Verlagsgruppe Random House FSC® N001967

Copyright © 2018 by Tanja Voosen
Copyright © 2018 dieser Ausgabe
by Wilhelm Heyne Verlag,
in der Verlagsgruppe Random House GmbH,
Neumarkter Str. 28, 81673 München
Dieses Werk wurde vermittelt durch
die Michael Meller Agency GmbH, München
Redaktion: Diana Mantel und Martina Vogl
Umschlaggestaltung: t.mutzenbach design, München,
unter Verwendung der Motive von © GettyImages/
itsskin und angelinast, Helen Hotson, Svetlana Lukienko,
Tanarch, The_Pixel/shutterstock.com
Satz: Leingärtner, Nabburg
Druck und Bindung: CPI books GmbH, Leck
Printed in the Czech Republic

ISBN: 978-3-453-27163-0

www.heyne-fliegt.de

## FÜR MANDY UND MAZU.

*Nach endlosen Bestechungsversuchen kommt hier das Buch, das nur für euch ist. Jetzt weiß die ganze Welt, wie toll ihr seid. Und um furchtbare Rache zu üben, hier ein bisschen peinlicher Kitsch: Ihr seid zwei ganz wundervolle Menschen, die mich immer zum Lachen bringen und mein Leben bereichern und … was man eben noch so alles in ein Freundschafts-poesiealbum schreibt. Ein Hoch auf unsere Schneckenbande! Einmal eine Schnecke, immer eine Schnecke.*

# KAPITEL 1

SUMMER MICHAELS war gerade dabei, mit ihrem Freund Schluss zu machen. Ich hingegen stand etwas abseits und aß Popcorn. Eine Reihe von Pflanzenkübeln, die man dekorativ vor den großen Springbrunnen in der Mitte der Mall gestellt hatte, diente mir als Tarnung. Dass ich nicht besonders groß war, war in diesem Moment mein Vorteil. Während ich zum wiederholten Mal durch die Pflanzen hinüber zu Summer und ihrem soon-to-be Exfreund spähte, fragte ich mich, was die Leute wohl von mir denken mochten. Cassidy Caster – eine neugierige Spannerin? Eine verschmähte Exgeliebte, die auf Rache sann? Oder einfach nur die beste Freundin, die zur Unterstützung da war?

Die Sache war die: Summer und ich waren gar keine Freundinnen. Wir lebten nur zufällig in derselben Stadt und gingen zufällig auf dieselbe Highschool. Und in Wahrheit interessierte es sowieso niemanden, was ich hier tat. Ich hätte auch eine Runde hemmungslos durch den Springbrunnen hüpfen können – obwohl ich dann vielleicht auf YouTube gelandet wäre. Die Besucher der Mall waren zu beschäftigt damit, ihr Geld auszugeben und sich zu amüsieren, um die Motive eines siebzehnjährigen Mädchens zwischen Palmen groß zu hinterfragen. Oder war Sich-unsichtbar-machen eine meiner neuen Superkräfte geworden? Ziemlich praktisch, wenn man wie ich versuchte, nicht aufzufallen. In diesem Moment drehte Summer den Kopf und warf einen verzweifelten Blick direkt in meine Richtung.

Spoiler-Alarm: Summer wusste, dass ich in der Nähe stand. Sie wusste, dass ich sie beobachtete, um ihr jederzeit zu Hilfe eilen zu können. Das war schließlich Teil unseres Deals. Ich hielt niemandem die Hand, wenn es ans Eingemachte ging, aber ich war da. Wie ein Schutzengel, der über andere wachte. Obwohl das für meine Art von Arbeit viel zu sanft und freundlich klang. Summer musste die nächsten Minuten wohl oder übel alleine durchstehen. Ich hoffte zumindest, dass es ihr gelang. Der Tag der Entscheidung war gekommen und würde zeigen, ob mein Training ihr genug Mut und Selbstbewusstsein gegeben hatte. Würde sie einen Rückzieher machen oder stark bleiben? Es blieb spannend.

*Du schaffst das, Summer!*, feuerte ich sie stumm an und hob den Daumen. Sie schien es gesehen oder gespürt zu haben, denn sie wandte all ihre Aufmerksamkeit erneut ihrem Freund zu.

Meine Hand wanderte wieder in die Popcorntüte, und ich schob mir eine Portion in den Mund. Ich liebte das Zeug abgöttisch und war froh, dass man es in der Mall warm, zuckrig und frisch an jeder Ecke kaufen konnte und dafür nicht extra ins Kino musste. Es ging nichts über einen guten Snack, wenn man live ein Drama verfolgte, das jeder Realityshow Konkurrenz gemacht hätte.

Für einen Moment hielt ich inne, kniff die Augen zusammen und begann, die Körpersprache der beiden zu analysieren. Summer ließ die Schultern hängen und schüttelte betreten den Kopf. Ihr Freund verschränkte die Arme vor der Brust. Weil sie auf der anderen Seite des Springbrunnens standen, konnte ich sie zwar bestens sehen, aber nicht hören. Blödes Wasserrauschen. Das weckte in mir inzwischen den dämlichen Drang, mal eben aufs Klo zu verschwinden – vielleicht hätte ich mir doch einen anderen Platz zum Beobachten aussuchen sollen. Fürs Erste futterte ich weiter Popcorn, aber leider war die Tüte schon zur Hälfte leer. Summer war langsam, und die Gesamtsituation strapazierte allmählich meine Geduld. Man musste solche Sachen kurz und schmerzlos erledigen. Quasi wie ein Pflaster von der Haut zu ziehen. Zack und weg!

*Komm schon, Summer*, dachte ich. Und dann passierte es. Summers Miene verdüsterte sich auf einmal. Sie straffte die Schultern, baute sich regelrecht vor ihrem Freund auf, und als sich ihre Lippen bewegten, hallten die Worte förmlich in meinem Kopf wider:

*Ich mache Schluss mit dir!*

Triumphierend reckte ich eine Faust empor, als Summer sich hastig abwandte und ihren nun *Ex*freund stehen ließ. Ein warmes Gefühl breitete sich in meinem Magen aus – und das lag nicht am Popcorn. Mein ganzer Körper kribbelte vor Aufregung bis in die Zehenspitzen. Egal was jetzt auch folgte, diese Mission konnte ich als erfolgreich abstempeln. Summer hatte die magischen Worte in die Welt hinausgelassen, und sie waren nicht mehr zurückzunehmen. Dennoch musste ich sofort zu ihr, damit sie stark blieb und ihre Meinung nicht mehr änderte.

Hastig machte ich einen Schritt rückwärts, zwischen den Palmentöpfen hindurch, als ich mit jemandem zusammenstieß, der in diesem Moment vorbeiging. Ich wankte ein Stückchen zur Seite, und meine Popcorntüte fiel mir aus der Hand. Im nächsten Moment sah es so aus, als bedeckten lauter kleine weiße Schneeflocken den dunklen Marmorboden der Mall. Wie ich dieses elende Gedrängel und Geschubse hier hasste! Als wäre nicht Platz genug, dass die Leute nebeneinander laufen konnten, nein, sie mussten sich ja immer an irgendwem vorbeiquetschen. An manchen Tagen kam ich mir hier vor wie bei irgendeiner Kontaktsportart.

Ellbogen dort, Einkaufstüten da, Achtung, Achtung!

Ich hatte mir abgewöhnt, mich bei jedem Zusammenstoß zu entschuldigen. Das brachte meistens eh nichts. Gerade als ich mich abwenden und endlich Summer folgen wollte, fiel mein Blick auf denjenigen, mit dem ich aneinandergeraten war. Meine Laune sackte sofort bis zum Erdkern.

*Colton Daniels – na, wunderbar!*

»Du schon wieder«, sagte er abfällig, als würden wir uns *ständig* über den Weg laufen, was allerdings nicht der Fall war. Ich meine, wenn man auf dieselbe Highschool ging und vier Kurse gemeinsam besuchte, sah man sich natürlich schon recht oft, aber ich lief ihm sicher nicht mit *Absicht* über den Weg. Colton verzog das Gesicht zu einer mürrischen Grimasse.

Eigentlich wäre ich gerne darüber hergezogen, wie lächerlich er aussah, wenn er versuchte, mich mit seinen Blicken zu töten. Aber Colton konnte so ziemlich jedes Gesicht machen und würde immer noch gut dabei aussehen. Man müsste ihm schon eine Tüte über den Kopf ziehen, um seinen schwarzen Wuschelkopf und diese schokoladenbraunen Augen ignorieren zu können.

Ich fragte mich, wie viele Stunden er heute Morgen wohl vor dem Spiegel gestanden hatte, um seine Klamotten auf diese so lässige und gleichzeitig so coole Weise zu kombinieren. Von den dunklen Boots bis hin zum moosgrünen Shirt und der schwarzen Jacke passte alles perfekt zusammen – wie ein Outfit aus einem Modekatalog. Es gab eben diese Leute, die alles tragen konnten – und er gehörte dazu.

Colton Daniels war einer der beliebtesten Jungen an unserer Schule, und wie ein Bachelor verschenkte er Rosen wie Flyer an ziemlich viele Mädchen. Meine beste Freundin Lorn scherzte immer darüber, dass Colton die beste Möglichkeit für die Schule wäre, an die dringend benötigten neuen Computer zu kommen – wenn er denn jemals Gutscheine für Küsse und Dates drucken und verkaufen würde, um der Schule dann das Geld zu spenden. Von mir aus konnte Colton tun und lassen, was er wollte, wo er wollte und mit wem er wollte. Ja, es hatte sogar eine Zeit gegeben, in der ich ihm selbst den ein oder anderen Blick hinterhergeworfen hatte – ich war schließlich nicht blind. Die Sache war nur die: Für Colton war ich Staatsfeind Nummer eins.

Nicht ganz unbegründet, wie ich zugeben muss.

Colton und ich kannten uns seit dem ersten Highschool-Jahr. Der Beginn der Highschool ist für viele eine große Sache. Man kann sich neu erfinden und neue Freundschaften schließen. Ich war damals einfach nur heilfroh, dass meine beste Freundin Lorn, die ich schon seit der Middle School kannte, an dieselbe Schule kam und ich nicht ganz allein war. Colton hingegen machte sich keine Sorgen über sein Image oder darüber, ob andere ihn mochten oder nicht. Gleich in den ersten Monaten entpuppte er sich als echter Casanova, und immer öfter lud er irgendwelche Mädchen auf Dates ein. Diese Beziehungen liefen manchmal nur wenige Tage, hin und wieder auch über den Zeitraum von ein paar Wochen. Sie waren in jedem Fall stets der Gesprächsstoff unserer Jahrgangsstufe.

Nach den Sommerferien, im neuen Schuljahr, saßen Colton und ich im Mathekurs direkt nebeneinander. Es war nur eine Frage der Zeit, bis er anfing, mit mir zu flirten. Ich kannte die Geschichten, die man sich über ihn erzählte, und ich wollte nicht so dumm und naiv sein, ihn zu mögen. Also machte ich ihm die klare Ansage, dass ich von seinem Ruf wusste und mich nicht bei seinen Verflossenen einreihen würde. Ein paar Tage danach gerieten wir ziemlich heftig aneinander, weil er rumerzählte, er hätte mich abblitzen lassen – und deshalb sei ich sauer. So ein Blödsinn, es war doch umgekehrt gewesen! Ich erinnerte mich noch genau, wie unheimlich wütend ich gewesen war. Wer gab Jungs das Recht, so einen Mist zu erzählen, nur weil ein Mädchen keine Lust auf ein Date hatte?

Kurz darauf ging die Sache mit dem Schlussmach-Service für mich los, und als sich die Chance bot, Colton und sein damals aktuelles Date Sabrina zu sabotieren, nutzte ich diese. Ich passte Sabrina nach einer Unterrichtsstunde ab und deutete an, dass Colton eine feste Freundin an der Highschool unseres Nachbarstädtchens hatte. Es war ein wenig kindisch, aber sehr effektiv. Das Gerücht verbreitete sich rasch, und eine Weile wollte niemand mehr mit Colton ausgehen. Es dauerte allerdings nicht lange, bis er rausbekam, wer dahintersteckte. Für ein paar Wochen lebte ich in ständiger Angst, Colton würde es mir jeden Augenblick heimzahlen, aber stattdessen ignorierte er mich eiskalt. Irgendwann gab es spannendere Gerüchte auf den Schulfluren, und Colton hatte was Festes mit Kim aus der Oberstufe am Laufen. Der große Knall zwischen uns folgte, als ich einige Zeit später Kim half, Colton zu verlassen.

Mein Schlussmach-Service war ein gut gehütetes Geheimnis, das nur die Schülerschaft kannte. Das lag vor allem daran, dass ich über viele Aktivitäten anderer einflussreicher und beliebter Schüler Bescheid wusste und unsere Arbeit der ungeschriebenen Regel folgte: Wir halten zusammen. Colton versuchte trotzdem immer wieder, Hinweise auf den Schlussmach-Service durchsickern zu lassen. Einige Lehrer ahnten sicher etwas, allerdings gab es keinerlei Beweise für das, was ich tat. Aber wann immer Colton und ich aufeinandertrafen, sprühten die Funken – und das nicht im guten Sinne. Wir hatten aufgrund unserer vielen Differenzen eine richtige Abneigung gegeneinander entwickelt, und bis heute hatte sich nicht viel daran geändert.

Mir war klar, dass wir niemals Freunde sein würden. Unsere Begegnungen endeten meist damit, dass er mir einen seiner cleveren Sprüche reindrückte und dann einfach abzog – ohne mir die Chance zu geben, etwas Geistreiches zu erwidern. Das wurmte mich jedes Mal! Colton Daniels war ein absoluter Wort-Ninja, und wäre er nicht so nervig, hätte ich ihn dafür sogar bewundert und respektiert. In einem anderen Leben, in dem ich mir das eingestehen konnte, ohne dabei gleich tot umzufallen.

»Ja, ich schon wieder«, sagte ich zynisch. »Ich verfolge dich bereits den ganzen Tag. Ist dir das etwa nicht aufgefallen? Mein liebster Moment war der, als du im Barnes & Nobles eine Ausgabe von *Männlich, Modisch & Modern* gekauft hast. Wohin geht es als Nächstes? Zur Pediküre oder zu einem Shooting für die *GQ?*«

»Machst du mir gerade Komplimente, oder versuchst du, mich zu beleidigen?«, erwiderte er. »Klappt beides nicht besonders gut.«

Ich tat, als würde ich mir Luft zufächeln. »In deiner Gegenwart kann man einfach so schlecht denken.« Dann seufzte ich übertrieben begeistert. »Ich meine, du bist *der* Colton Daniels! *Kein* Mädchen kann dir widerstehen! Natürlich verfolge ich dich. Ich habe ja auch nichts Besseres zu tun. Wenn du mir ein Autogramm gibst, kann ich endlich glücklich sterben.«

Colton schnaubte. Dann beugte er sich ein Stückchen zu mir hinab, sodass mir sein Aftershave in die Nase stieg. »Vorsicht, Cassidy«, sagte er mit ruhiger, schneidender Stimme. »Man sagt, dass hinter jedem Zynismus ein Fünkchen Wahrheit steckt. Ich könnte sonst noch glauben, du stehst auf mich.«

Ich bemühte mich, meine abweisende Miene beizubehalten. So ein Spinner!

Colton musterte mich eingehend. Spöttisch zog er eine Augenbraue hoch, als sei er mir irgendwie überlegen. »Du hast es schon wieder getan, Caster. Das sehe ich dir an«, meinte er, als ich hartnäckig schwieg. Er klang dabei resigniert. »Wessen Beziehung hast du diesmal zerstört? Der einzige Grund, warum du dich hier blicken lässt, ist doch einer deiner ominösen *Aufträge*.«

Typisch! Colton musste gleich wieder den Schlussmach-Service erwähnen. Etwas anderes sah er gar nicht mehr in mir. Auf meiner Zunge sammelten sich Worte für einen verbalen Gegenschlag, aber Colton war schneller.

Er klopfte mir fast freundschaftlich auf die Schulter und flüsterte: »Du steckst gleich so was von in Schwierigkeiten.«

Dann sprintete er los. Aber nicht, ohne noch einen Blick über seine Schulter zu werfen und ein hämisches Grinsen aufzusetzen. Von seinem seltsamen Benehmen irritiert sah ich ihm stirnrunzelnd nach. Eines Tages würde ich ihn an einen Stuhl fesseln und ihm all die Dinge an den Kopf werfen, die ich seit dem ersten Highschool-Jahr hatte loswerden wollen. *Selbstgefälliger Mistkerl!*

»Entschuldigen Sie, Miss? Gehört das Ihnen?«

Jemand tippte mir auf die Schulter, und der Möchtegern-Bad-Boy war erst einmal vergessen. Ein breitschultriger Mann in der Uniform eines Security-Mitarbeiters sah mich mit ernster Miene an. Er deutete auf den Boden, wo sich mein Popcorn verteilt hatte. Doch das meinte er gar nicht. Inmitten der kleinen Flocken lag noch etwas anderes: eine goldene Armbanduhr, mit sichtbarem Preisschild daran. Meine Augen wurden bei der Zahl darauf ganz groß.

Ich machte einen Schritt zurück. Nicht unbedingt, weil ich mich eingeschüchtert fühlte, sondern vielmehr als eine Art Reflex und weil ich es nicht mochte, wenn mir fremde Leute so nahetraten. Offenbar dachte der Mann nun jedoch, dass ich jeden Augenblick davonstürmen würde, und er packte unerwartet fest meinen Arm.

»Nein«, sagte ich selbstsicher. »Die Uhr gehört mir nicht. Ich bin gerade mit jemandem zusammengestoßen. Mit einem Jungen, etwa in meinem Alter. Er hat sie sicher verloren.«

In meinen Ohren klang das ziemlich plausibel, zumal das Popcorn doch der beste Beweis für einen Zusammenstoß war. Als ob ich jemals etwas, das ich aus eigener Tasche bezahlt hatte, so sorglos behandeln würde, dass es zu Boden fällt. Aber natürlich konnte der Mann meine Gedanken nicht lesen.

Ringsherum blieben ein paar Schaulustige stehen. Unter ihren Blicken wären andere sicher nervös geworden, zumal von einem Security-Mann angehalten zu werden schon echt peinlich war – aber nicht mir. Ich habe das meisterhafte Verdrängen von Gefühlen jeglicher Art schon seit vielen Jahren perfektioniert. Das half dabei, einen kühlen Kopf zu bewahren. Sollten sie doch alle denken, ich hätte etwas geklaut! Die Tatsache, dass ich nichts verbrochen hatte, gab mir genug Selbstvertrauen, um den neugierigen Leuten gegenüber meine gleichgültige Miene beizubehalten.

Bei dem Security-Mann war das schon ein wenig anders.

Mein Herz begann schneller zu schlagen, als sein Gesichtsausdruck immer vorwurfsvoller und drängender wurde. Er glaubte mir nicht.

»Zusammengestoßen, sagst du?« Der Security-Mann hob skeptisch beide Augenbrauen. Auf seiner Stirn trat eine Vene hervor, als würde er jeden Moment einen Wutanfall erleiden. Sein Griff wurde noch fester. »Diese Uhr wurde vor wenigen Minuten zusammen mit drei anderen Wertgegenständen aus einem Secondhandshop entwendet, der sich unmittelbar in deiner Nähe befindet. Bist du dir sicher, dass du nichts zu sagen hast?«

Plötzlich lag Mitgefühl in seinem Blick, als wollte er nun mit Freundlichkeit versuchen, mir ein Geständnis zu entlocken. Vielleicht hatte er eine Tochter, die manchmal dumme Sachen anstellte oder log. Ich schnaufte genervt.

»Ich habe nichts gestohlen, wenn es das ist, was Sie hören wollen«, antwortete ich. »Ich warte auf eine Freundin und habe anscheinend zur falschen Zeit am falschen Ort gestanden. Wenn Sie keine Videoaufnahme haben oder andere Beweise, dass ich in den Zwischenfall verwickelt bin, möchte ich Sie bitten, meinen Arm loszulassen. Sie tun mir nämlich weh.«

»Selbst wenn du es nicht warst, sondern der Junge, ich habe genau gesehen, wie ihr miteinander gesprochen habt«, fuhr er nun fort. Der Typ war wirklich hartnäckig. »Bist du seine Komplizin oder seine Freundin?«

»Sie haben vielleicht Nerven«, erwiderte ich. »Gehen Sie immer durch die Mall und beschuldigen wahllos Kunden eines Verbrechens? Das nenne ich wahre Detektivarbeit! Weiß Ihr Vorgesetzter von Ihrem Hobby? Nur weil ich ein Teenager bin, bedeutet das nicht, dass ich keine Rechte habe. Wenn Sie nicht sofort meinen Arm loslassen, werden *Sie* in Schwierigkeiten geraten. Es gibt genug Leute hier, die bezeugen können, wie Sie gerade einfach so ein Mädchen anfassen.« Ich nickte mit dem Kinn zu dem kleinen Grüppchen, das uns nach wie vor neugierig beäugte.

Erschrocken ließ der Security-Mann meinen Arm los, fast so, als hätte er sich verbrannt. »Ich habe nicht … ich wollte nicht … das ist mein Job!«, rechtfertigte er sich, nun ganz blass um die Nase.

»Mädchen zu belästigen ist Ihr Job?«

Empört riss er den Mund auf. »Diebe zu fassen!«

»Hören Sie«, sagte ich etwas umgänglicher. »Ich möchte keinen Ärger. Ich habe mit dem Diebstahl wirklich nichts zu tun. Der Junge hat nur mit mir gesprochen, um sich zu entschuldigen, dass er mich umgerannt hat. Anscheinend ein Dieb mit Manieren.«

»Dann kennst du ihn nicht?«

»Nein, ich kenne ihn nicht, Sir.«

Das war nicht einmal gelogen. Ich *kannte* Colton nicht. Nicht wirklich. Hätte die Frage anders gelautet, wäre meine Antwort vielleicht belastender gewesen. Mein Unterbewusstsein hatte wohl spontan entschieden, dass ich viele der Dinge war, die man mich hinter meinem Rücken nannte – aber ganz sicher keine Verräterin. Außerdem war ich anders als Colton. Seinen Namen zu nennen würde mich nicht viel besser machen als ihn. Zumindest gab es einen winzigen Teil meines Unterbewusstseins, der genau das glaubte.

»Ich denke, ich sollte deine Eltern anrufen.«

»Das wäre super«, antwortete ich und lächelte jetzt zuckersüß. »Fangen Sie doch bei meinem Dad an – ich würde nur zu gerne wissen, wer er überhaupt ist. Meine Mom scheint sich nämlich weder an seinen Namen erinnern zu können noch daran, wo er herkommt.«

Der Security-Mann betrachtete mich unsicher.

»Cassidy!«, brüllte in diesem Moment Summer. Auf der Flucht vor ihrem Exfreund war sie anscheinend erst mal eine große Runde durchs Untergeschoss gelaufen. Nun, sie musste ihn abgehängt haben, denn sie rannte direkt auf mich, den Security-Mann und die Pflanzenkübel zu. Ich hob eine Hand und winkte ihr. Mit tränenüberströmtem Gesicht hielt sie neben uns an. Dann ließ sie jegliche Zurückhaltung fallen und warf sich mir an den Hals. Ich schaute bestimmt genauso verdutzt wie der Security-Mann. Sie schniefte in meine Jacke.

Etwas steif, weil ich nicht recht wusste, was ich gegen ihre Tränen tun sollte, tätschelte ich ihr den Rücken.

»Ich habe es getan«, brachte sie zwischen zwei Schluchzern heraus. »Ich habe ihn endlich verlassen! *Endlich!*«

Der Security-Mann bückte sich, um die Armbanduhr aufzuheben. Er betrachtete Summer und mich eingehend. Dann seufzte er ergeben.

»Ich glaube dir«, sagte er. »*Vorerst.* Wenn ich dein Gesicht aber noch einmal im Zusammenhang mit einem Vorfall in der Mall sehe, dann läuft die Sache anders.« Er griff in seine Jackentasche und hielt mir eine Visitenkarte hin. Weil Summer keine Anstalten machte, mich loszulassen, steckte ich meine freie Hand aus, um sie entgegenzunehmen. »Falls dir irgendetwas einfallen sollte, das in dieser Sache weiterhelfen kann, dann ruf bitte an.«

»Ja, Sir«, sagte ich und hoffte, dass es dankbar und nicht spöttisch klang, was sein Verhalten eindeutig verdient hatte.

»Bring deine Freundin besser nach Hause.« Nun waren

seine Augen wieder randvoll mit Mitleid. »Wenn es ihr so schlecht geht, hättest du sie gar nicht erst allein lassen sollen.«

*Oh, super. Freundschafts-Ratschläge gibt es nach der Anschuldigung, eine Diebin zu sein, noch gratis dazu. Danke schön*, dachte ich. Und sagte laut, wie ein braves Mädchen: »Natürlich, Sir.«

Während sich der Security-Mann kopfschüttelnd entfernte, schob ich Summer etwas grob von mir.

»Du reißt dich jetzt zusammen, okay?« Ich sah ihr fest in die verheulten Augen. »Hör zu, Summer, du kannst verdammt stolz auf dich sein. Du hast mit ihm Schluss gemacht, die unschöne Beziehung beendet und bist nun frei. Jetzt beweg deinen Hintern zum Parkhaus, fahr nach Hause und lass alles erst mal in Ruhe sacken. Morgen früh in der Schule läufst du erhobenen Hauptes an deinem Exfreund vorbei, und dabei sagst du dir, dass du alles richtig gemacht hast. Du bist ein neuer Mensch!«

Summer nickte schwach. »Cassidy?«

»Ja?«, fragte ich sanft.

»Wieso fühle ich mich dann so schuldig? Es ist, als wäre da ein großes Loch in meinem Herzen, und ich kann niemals wieder ...«

*... einen Satz beenden? Fröhlich sein? Daran glauben, dass sich das klaffende Loch mit der Zeit wieder schließt?* All das kannte ich nur zu gut. Drängende Fragen, die von der Angst ausgelöst wurden, nicht zu wissen, wie es nun weiterging.

Selbst wenn man sein Leben nur kurz mit einer anderen Person geteilt hatte, hinterließ diese immer Spuren. Würde einen nach dem Schlussmachen jeder Gegenstand und jeder Ort an eine verflossene Liebe erinnern? Würde man es schaffen, die gemeinsamen Erinnerungen auszublenden? Gebrochene Herzen heilten auf unterschiedliche Weise, und niemand konnte sagen, wie lange das manchmal dauerte. Deshalb Angst zu haben war normal.

Wenn es etwas gab, worin ich wirklich Expertin war, dann Schlussmachen. Summers Gefühle waren mir nur allzu vertraut, und ich wusste genau, was sie durchmachte. Ich seufzte leise und lächelte matt. Entgegen meiner üblichen Zurückhaltung umschlang ich ihre Hand mit meinen Fingern und drückte sie ermutigend. Summer hörte auf zu weinen und schluckte schwer. Ihre Augen wurden groß, als sie auf meine Antwort wartete, also wählte ich meine Worte weise:

»Kurz gesagt: Schluss machen ist beschissen«, sagte ich und entlockte ihr damit ein kleines Lächeln. »Aber es gehört zum Leben dazu. Wir sind beide noch so jung, Summer. Die Highschool ist nicht mal zu Ende, und deshalb solltest du das Hier und Jetzt genießen. Menschen loszulassen tut immer weh, aber manchmal ist es das einzig Richtige, was wir tun können. Uns selber retten. Schau auf all das, was dir noch bleibt. Auf deine Freundinnen und deine Familie, Leute, die dich gut behandeln. Und hat er das getan? Nein. Er hat dich betrogen und ausgenutzt und dich nicht verdient, Summer. Sag dir das immer wieder wie ein Mantra vor: Du hast Besseres verdient, und du wirst jemand Besseren finden.«

»Ich habe Besseres verdient«, versuchte sie es zaghaft. »Ich werde jemand Besseren finden.«

»Ganz genau.«

»Jemanden, der mich liebt, so wie ich bin!« Ohhh, jetzt ging es richtig los. »Der nicht ständig sagt, ich wäre zu fett oder solle mich anders kleiden. Der mich zum Maiglöckchenball einlädt und nicht mit einem dummen Flittchen wie Katrina in die Kiste hüpft!«

»So in etwa«, murmelte ich. »Aber andere Mädchen als

Flittchen zu bezeichnen ist nie okay. Das ist eine schreckliche Angewohnheit. Wenn wir Mädchen uns untereinander so nennen, wer soll dann verhindern, dass andere das nicht auch tun? Nennen wir Katrina doch einfach eine … falsche Schlange?«

Summer fiel mir wieder um den Hals.

»Ich danke dir, Cassidy«, sagte sie, als sie mich wieder losließ und einen Schritt zurücktrat. Sie warf mir einen schwer zu deutenden Blick zu. »Du kannst eigentlich total nett sein. Wirklich. Das werde ich dir niemals vergessen.«

»Super«, sagte ich, jetzt doch etwas aus dem Konzept gebracht.

Summer strich sich ihr blondes Haar hinter die Ohren und zögerte einen Moment. Dann griff sie in ihre kleine Umhängetasche und zog ein Geldbündel heraus, das sie mir freudig entgegenstreckte.

Rasch riss ich es aus ihren Händen. »Damit würde ich echt nicht in aller Öffentlichkeit herumwedeln«, sagte ich. Vor allem nicht nach meinem netten Gespräch mit diesem Security-Mann. Sonst dachte er noch, ich würde die restliche heiße Ware gleich an Ort und Stelle verticken.

»Behalt den Rest einfach«, sagte Summer.

»Bist du sicher?«, fragte ich ungläubig. Ich hatte nicht den blassesten Schimmer, wie viel extra Cash zusammengerollt auf einmal in meiner Hand lag, aber niemand bündelte Scheine, wenn sie nicht ein paar mehr Nullen als üblich hatten.

Summer machte eine wegwerfende Handbewegung. »Es ist nicht so, als würde es mir fehlen.«

Etwas in meinem Inneren wollte die Hände ausstrecken und sie für diese Bemerkung erwürgen. Ich wusste, dass ihre Familie Geld hatte, aber war es wirklich so viel, dass sie es einfach *verschenken* konnte? Dass ihr nichts davon fehlen würde?

»Danke«, flüsterte ich, trotz allem.

Summer wischte sich mit dem Handrücken übers Gesicht und blickte auf die Mascaraschmieren auf ihrer Haut. »Ich muss furchtbar aussehen. Entschuldige.«

Ich nickte mechanisch und stopfte im nächsten Moment das Geldbündel in meine alte, abgewetzte Umhängetasche. Sie fühlte sich gleich viel schwerer an. Als ich wieder hochsah, hatte sich Summer bereits abgewandt und lief den Gang Richtung Damentoiletten hinunter.

Plötzlich war es, als würde ich alle Geräusche um mich auf einmal wahrnehmen. Menschenstimmen, Schritte auf Marmor, das Rauschen des Springbrunnens, die Musik aus den Lautsprechern, das Bellen eines Hundes in der Nähe. Mir wurde richtig schwindelig, und ich holte tief Luft. Was war nur mit mir los? Als mein steinaltes Aufklapphandy in diesem Moment zu vibrieren begann, fischte ich es dankbar für die Ablenkung aus meiner Jacke. Die SMS war von Summer. *Ich empfehle deinen Schlussmach-Service jedem weiter, Cassidy Caster!* Dahinter standen Dutzende Smileys.

Ich verdrehte die Augen.

*Cassidy Casters Schlussmach-Service.* Die Leute mussten wirklich aufhören, meine Arbeit so zu nennen. Andererseits gefiel mir der Klang. Hatte was von einem coolen Werbeslogan an sich. Zu Anfangszeiten hatte ich noch ganz anonym unter dem Titel »Schlussmach-Hilfe« gearbeitet. Ja, der neue Name war wirklich besser.

Wenn ich heute versuchte, mich an die Anfänge des Schlussmach-Services zu erinnern, fiel mir das gar nicht so leicht. Inzwischen war er ein so großer Teil meines Lebens, dass es mir oft vorkam, als hätte ich nie etwas anderes getan. Meine Erfolgsquote sprach für sich. Ein weiterer Grund, wieso sich die Sache mit dem Schlussmach-Service über den Zeitraum von wenigen Monaten wie ein Lauffeuer verbreitet hatte – natürlich weiterhin im Geheimen.

Coltons ehemaliges Date war das erste Mädchen gewesen, dem ich »geholfen« hatte. Doch aus dem Hintergedanken mit der Racheaktion war erst dann etwas Ernstes geworden, als ich Mia, ein Mädchen, das ich bis dahin nur vom Sehen kannte, weinend in der Toilette fand. Mein zweites Highschool-Jahr hatte gerade begonnen, und eigentlich wollte ich die Streitigkeiten mit Colton vergessen und in diesem Schuljahr ganz neu durchstarten. Colton war zu der Zeit mit Kim zusammen und ignorierte mich. Doch als Mia mir unter Sturzbächen von Tränen von dem Riesenstreit mit ihrem Freund erzählte, rührte das etwas in mir. Die nächste Stunde schwänzten wir beide, und so erfuhr ich, die ganze Zeit auf den kalten Fliesen in der Toilette sitzend, dass ihr Freund Mike sie schon seit Monaten schlecht behandelte und ständig fremdflirtete – und dass sie einfach nicht wusste, wie sie genug Mut aufbringen sollte, um ihn zu verlassen. Mia kam sich im Vergleich zu Mike Rooney, dem Fußballstar der Schule, unwichtig und klein vor. Während sie immer mehr Details ihrer Beziehung vor mir ausbreitete, sah ich die Tränen in ihren großen braunen Augen schwimmen. Mia erinnerte mich sehr stark an jemanden, den ich kannte: an mich selbst. Genauso hatte mich mein Spiegelbild angeblickt, als mich ein Junge verletzt hatte. Es hatte sich angefühlt, als habe man mir einen Teil meines Glücks ausgesaugt und ich würde ihn nie wiederbekommen. Ich war mit meinem gebrochenen Herzen ganz allein gewesen und hatte mich schrecklich einsam und verloren gefühlt. In diesem

Moment wurde mir klar, dass Mia es *nicht* allein schaffen würde, ihren Freund zu verlassen.

Nach dem Vorfall auf der Toilette gab es einen genialen Schlachtplan, und einmal Schlussmachen später war eine weitere schlechte Beziehung erfolgreich beendet. Mia konfrontierte Mike mit seinem Verhalten auf einer Party vor den anderen Spielern des Fußballteams und deren Freundinnen. Zuerst waren alle geschockt, dass die ruhige Mia sich so etwas traute. Mike war natürlich stinksauer, aber Mia und ich hatten vorher geübt, wie sie sich gegen den Tobsuchtsanfall wehren konnte, in den Mike wie schon so oft zuvor ausbrach. Mutig bot sie ihm dieses Mal die Stirn, sagte ihm, sie würde sich nicht weiter so mies behandeln lassen, und schließlich machte sie Schluss mit ihm. Als es vorbei war, stellten sich die anderen Freundinnen der Spieler geschlossen hinter Mia. Mike stürmte von der Party, und in den Wochen danach sah und hörte man recht wenig von ihm. Irgendwann zog seine Familie um, und er wechselte die Schule. Selbst heute gab es noch Gerüchte über ihn, in denen es hieß, er hätte sich von Mia so in den Boden stampfen lassen, dass sein Ego sich nie davon erholt hatte und er regelrecht geflohen war. Mia hingegen war eine kleine Heldin. Und eines sei gesagt: Keiner der anderen Fußballspieler wagte es jemals mehr, mies zu seiner Freundin zu sein.

Leider – oder zum Glück? – war das nicht das Ende vom Lied. An meiner Schule schien es mehr ungesunde Beziehungen zu geben als schlechte Sänger in einer Casting-Show. Als wäre die Highschool eine einzige Daily-Soap, eine Parade an Drama und Intrigen. Und ich war plötzlich die Expertin dafür, denn obwohl wir Stillschweigen vereinbart hatten, erzählte Mia alles ihren Freundinnen.

Langer Rede kurzer Sinn: Summer war die bisher Letzte in einer langen Reihe von Mitschülerinnen, die Rat bei mir suchten und sogar bereit waren, dafür zu bezahlen. Beim ersten Mal hatte ich das Geld gar nicht annehmen wollen, aber kurz zuvor war uns der Strom in der Wohnung abgestellt worden, weil wir zum wiederholten Male die Rechnung nicht bezahlt hatten. Also akzeptierte ich es doch, übernahm danach die Rechnung, und wir hatten wieder Licht und Wärme. Und als sich eine neue Gelegenheit bot, jemandem zu helfen *und* damit Geld zu verdienen, lehnte ich das Angebot nicht mehr ab.

Hin und wieder gab es sogar einige Jungs, die meine Hilfe wollten. Das war zwar eher selten der Fall, aber ich hatte mir fest vorgenommen jedem zu helfen, wenn er diese Hilfe auch wirklich brauchte. Nach und nach schienen die Leute dann automatisch davon auszugehen, dass man mich für meine Hilfe entlohnen musste – und ehrlich gesagt konnte ich es mir, im wahrsten Sinne des Wortes, nicht *leisten,* das Geld abzulehnen.

Einen wirklichen Basispreis gab es nicht. Ich entschied von Fall zu Fall, was angemessen war. Schließlich hatten manche mehr Geld als andere, und da erschien es mir nur fair, die reichen Kids etwas mehr hinblättern zu lassen.

Mit dem ersten bezahlten Auftrag war jedoch mein moralischer Kompass angeschlagen. Aber was war schon richtig oder falsch? War es falsch, Leuten zu helfen, die mich brauchten? War es richtig, Geld für meine Dienste zu verlangen? Die Welt war nicht nur in Schwarz und Weiß aufgeteilt. Ein wenig kam ich mir vor wie Veronica Mars, die heimlich auf Schultoiletten Aufträge entgegennahm, um den Menschen Gewissheit zu verschaffen oder Geheimnisse aufzudecken. Oder wie jemand von der Mafia, der anderen das Geld aus der Tasche zog – je nachdem, wie sehr mich mein Gewissen an schlechten Tagen wegen des Geldes quälte.

Aber der Wunsch, nicht für immer in dieser Stadt festzusitzen, war größer als alle meine Bedenken. Hauptsache nicht so enden wie Mom, mit zwei Kindern, zu wenig Geld, einem Scheißjob und einem Flickenteppich-Herz! Also half ich anderen auf meine Art. *Cassidy Casters Schlussmach-Service?* In der Tat. Denn das, was ich zu Summer gesagt hatte, war nicht gelogen: Manchmal musste man egoistisch sein, um sich selbst zu retten.

# KAPITEL 2

ES GAB DA DIESES LIED von den Beatles, in dem es hieß: »All You Need Is Love«, und das meine Mom, wenn sie gut gelaunt war, rauf und runter hörte. Ich kannte es auswendig, die Textzeilen hingen mir schon zu den Ohren raus, und was mich besonders daran nervte, war, dass ich mit John Lennon und seinen Bandkollegen keinesfalls einer Meinung war. Ganz im Gegenteil: In meinen Augen lagen sie völlig falsch. Liebe war nicht *alles*, was man brauchte. Das hatte ich über die letzten Jahre hinweg sogar zu meinem ganz persönlichen Mantra gemacht. Mit der Einstellung stand ich allerdings fast alleine da. Grundsätzlich waren die meisten doch total besessen davon, sich zu verlieben. Als wäre es eine Sportart, oder als säße einem eine stetig tickende Uhr im Nacken, welche die Zeit zählte, bis die eigenen Gefühle verkümmerten wie vertrocknete Pflanzen. Oder als gäbe es Liebe nur begrenzt und nur für eine bestimmte Art von Menschen. Dabei war sie überall präsent. Als Motiv beliebter Songs oder als Thema romantischer Komödien. Happy Ends waren die Zuckerstreusel auf den rosaroten Träumen der Leute.

In Bezug auf die Liebe gab es so einige Dinge, die mir ein echter Dorn im Auge waren. Vielleicht fehlten in meinem Hirn aber auch nur die Synapsen, mit denen ich verstehen konnte, was Liebe eigentlich war. Oder ich litt an fehlender Empathie und überhaupt mangelnder Gefühlsduselei, die mir die Knie weich werden ließ, wenn ich in die funkelsternblauen Augen eines süßen Jungen sah. In Wahrheit war ich aber nicht immer immun gegen Verliebtheit gewesen, vielmehr waren meine Erfahrungen mit ihr der Grund, warum ich meine Ansichten geändert hatte. Aber das gestand ich mir eher selten ein. Verdrängung fiel nun mal sehr viel leichter. Schließlich sehnten sich doch alle nach Liebe, nicht wahr? Meine Mom lieferte das beste Beispiel, um diese These zu stützen.

Nach dem seltsamen Zusammenstoß mit Colton in der Mall gestern hatte ich den Rest des Wochenendes einfach nur in meinem Zimmer abhängen und meine Ruhe haben wollen. Ich war jemand, der Zeit für sich brauchte, um wieder einen klaren Kopf zu bekommen. Vor allem musste ich Summers Liebesdrama aus meinem System löschen, wie einen Virus, der mich sonst lahmlegte – das tat ich nach jedem Auftrag.

Meine Mom machte mir dabei allerdings einen gehörigen Strich durch die Rechnung.

»Cass, komm endlich zum Essen!«, hörte ich ihre gedämpfte Stimme durch die Tür. Ich hatte extra abgesperrt, weil sie es liebte, ohne anzuklopfen hereinzuplatzen. »Und schließ die verdammte Tür auf!«

»Ich habe keinen Hunger!«, rief ich zurück.

»Fünf Minuten, Cass. Letzte Warnung!«

Mein Interesse, zusammen mit Mom und meinem jüngeren Bruder Cameron zu Mittag zu essen, war gleich null, und man brauchte eigentlich eine Menge Begeisterungsfähigkeit, um auch nur meine Mom allein ertragen zu können. Normalerweise aßen wir eher selten zusammen und wenn doch, dann hatte das immer etwas zu bedeuten. Ich konnte mir bestens vorstellen, was jetzt anstand. Genervt seufzte ich und verdrehte die Augen. Auf der anderen Seite der Tür war es wieder ruhig geworden. Ich rollte mich aus meinem Bett und trat beim Aufstehen auf mein verfluchtes Chemiebuch. Irgendwie war meine Schultasche unbemerkt umgekippt, und das ganze Zeug, das ich so mit mir herumschleppte, war herausgerutscht. Unachtsam stopfte ich die Sachen zurück und schob die Tasche mit meinem Fuß zur Seite, sodass sie gegen den Schreibtisch lehnte. Eigentlich musste ich mich kaum bewegen, um überhaupt zur Tür zu kommen. Mein Zimmer war sehr, *sehr* klein. Ein schmales Bett stand an der Wand gegenüber der Tür, links davon ein Tisch direkt unter dem Fenster. Ein richtiger Kleiderschrank hatte gar nicht erst in den Raum gepasst, weshalb alle meine Klamotten auf einer beweglichen Kleiderstange an Bügeln hingen und Unterwäsche oder Shirts in der winzigen Kommode untergebracht waren, die an der einzig noch freien Seite des Zimmers stand. Wenn ich irgendetwas nicht sofort wegräumte, waren Stolperfallen garantiert.

Ich hatte nie wirklich viele Sachen besessen, weil meine Familie eben nicht gerade viel Geld hatte. Nicht einmal die Farbe an den Wänden gehörte mir, weil wir bei unserem Einzug hier kaum etwas verändert hatten. Mom hatte damals noch versucht, mir einzureden, dass Blau eine neutrale Farbe war, aber ich fand sie zum Kotzen, bis heute. Genau deshalb hatte ich jeden Zentimeter mit ausgeschnittenen Bildern aus Magazinen oder Fotos in Form von Collagen zugeklebt.

Ehe ich den Raum verließ, musste ich noch etwas überprüfen. Das war so ein kleiner Tick von mir. Sicher war sicher … Unter meinem Bett gab es eine lose Diele, von der nur ich wusste. Ich hatte sie gleich bei unserem Einzug entdeckt, und genau deshalb stand über dem Versteck auch mein Bett – nicht dass ich aufgrund des Platzes groß eine Wahl gehabt hätte. Unter der losen Diele war ein kleines Loch, in das einer meiner alten Schuhkartons perfekt gepasst hatte. Dort bewahrte ich seit unserem Einzug in einem Plastikbeutel mein Erspartes auf.

Das Geld von Summer hatte ich gleich nach Erhalt gezählt. Vier Mal so viel wie vereinbart. Echt unglaublich! Das konnte ich doch nicht einfach behalten ... Hallo, schlechtes Gewissen! Als ich es jetzt erneut sah, entschied ich spontan, irgendetwas Gutes damit zu tun. Ich steckte einen Großteil der Scheine von Summer in die Gesäßtasche meiner Jeans und schob den Karton mit den restlichen Ersparnissen zurück ins Versteck.

Fünf Minuten später schlenderte ich durch den engen Flur zur Küche. Ich wappnete mich für eine Standpauke, aber Mom lächelte mich an. Verunsichert blieb ich in der offenen Tür stehen.

»Cass, ich habe wundervolle Neuigkeiten!«

Mein Bruder saß bereits über einem Teller Microwellen-Lasagne am Küchentisch und schaufelte sich das dampfende Essen rein, als nähme er an einem Wettessen teil. Cameron und ich waren knapp zwei Jahre auseinander. Er war fünfzehn und hatte letztes Jahr im September als Freshman an meiner Highschool angefangen. Obwohl wir nun schon seit vielen Monaten auf dieselbe Schule gingen, bekam ich ihn dort so gut wie nie zu Gesicht. Als Junior hatte ich ganz andere Kurse und Lunchzeiten, trotzdem fragte ich mich hin und wieder, was mein Bruder eigentlich so trieb. Zwischen uns schien ein ganzer Ozean an unausgesprochenen Dingen und Geheimnissen zu liegen, und niemand hatte ein Schiff, um ihn zu überqueren.

So war es schon seit einer Weile, und irgendwann hatte ich diese Tatsache einfach akzeptiert. Es gab wenige Momente, in denen wir uns verbündeten, und die hatten meist etwas mit den Entscheidungen von Mom zu tun. In einer Sache waren wir uns nämlich einig: Mom war verrückt.

Mom hieß übrigens mit Vornamen Camille und hatte es irgendwie lustig gefunden, meinen Bruder Cameron und mich Cassidy zu nennen. Wir hatten also alle die Initialen C. C. – wahnsinnig witzig, wirklich! Wahrscheinlich benutzte sie immer einen dummen Spruch auf Kosten unserer Namen als Eisbrecher, wenn sie ihrem neuesten Flirt-Opfer mitteilte, dass sie schon zwei Kinder hatte. *Wenn du ein C schon so super findest, dann habe ich eine Überraschung: Mich gibt es nur im Dreierpack!* Ich konnte mir das lebhaft vorstellen. Mom hasste es, allein zu sein, und dass sich ihr Beziehungsstatus erneut von »Single« auf »vergeben« umgestellt hatte, ließ sich an wenigen Details festmachen, die mir nur allzu vertraut waren. Willkommen beim Camille-O-Meter der Liebe!

Erstes Indiz: Mom trug ihre geliebte Glücksbringer-Perlenkette und wickelte sich diese immer wieder um den Zeigefinger ihrer linken Hand. Zweites Indiz: Sie seufzte schwermütig, als läge ihr eine Sorge auf dem Herzen, aber ihr Lächeln sagte etwas anderes. Ich wusste es sowieso besser: Ihr momentaner Gesichtsausdruck verriet mehr als tausend Worte. Mom legte ihn auf wie Make-up, wenn sie verliebt war.

Das hätte eigentlich eine prima Sache sein müssen. Etwas, zu dem ich ihr gratulieren sollte, wie sie mir zu meinen guten Noten. Es gab dabei allerdings ein sich wiederholendes Problem. Ein Muster, dem Moms Liebesleben folgte und das in etwa so ablief: Sie hatte alle paar Monate einen neuen Freund, und jedes Mal war es für sie die ganz große Liebe. Mein Bruder und ich konnten die Leier auswendig, denn wir mussten dann jedes Mal mitspielen. Die perfekte, glückliche Familie mimen. Es war ein bisschen so, wie eine Rolle im Theater zu haben. Akt eins: der neue Freund. Er kam zum Essen zu uns und stellte sich uns vor. Akt zwei: Wir nannten ihn beim Vornamen, und er kam immer öfter. Bald nicht mehr allein, sondern in Gesellschaft von Koffern. Plötzlich gab es eine Zahnbürste mehr im Bad, noch weniger Platz, und die Waschmaschine lief öfter. Akt drei: Wir taten so, als würden wir uns alle furchtbar liebhaben und den Kerl, den wir kaum kannten, gleich dazu. Glückliche Familie? Check!

Kurz danach begannen die ersten Streitereien, aufgrund der Eifersucht, die mal von Mom ausging, mal von ihrem Kerl. Ehe man sichs versah, herrschte pures Drama. Irgendeinen Grund gab es immer, wieso die Beziehungen meiner Mom nicht funktionierten. Ich war mir ziemlich sicher, dass das vor allem an der Sorte Mann lag, für die Mom eine Schwäche hatte: rechthaberische Machos, die Mom das Blaue vom Himmel herunter logen und sie ordentlich ausnutzten. Nur ganz selten schleppte Mom jemanden an, der das genaue Gegenteil war – und wenn das wirklich mal passierte, wurde diesen Typen Moms impulsive, klammernde und eifersüchtige Art schnell zu viel.

Das Schlimme an der Sache war, Mom schaffte es vielleicht, die netten Kerle zu vergraulen, aber den anderen räumte sie immer wieder neue Chancen ein. Und da kam ich ins Spiel. Wie oft hatte ich schon jemanden aus der Wohnung werfen müssen? Wie oft hatte ich mit zitternden Knien all meinen Mut zusammengenommen, um einem von Moms Freunden Paroli zu bieten, damit er endlich verschwand? Ich hatte aufgehört zu zählen, wie viele von diesen Schmarotzern ich für sie hatte loswerden müssen. Irgendjemand musste schließlich mit ihnen Schluss machen, sie aus unserem Leben verbannen. Mom heulte sich nach dem Verlassenwerden immer die Augen aus und beteuerte, sie würde nie wieder den gleichen Fehler begehen. Doch sie ließ es einfach nicht bleiben. Als würde es ihrer Natur widerstreben, eine Weile alleine zu sein.

Vielleicht gab es ja irgendwo eine geheime Singlebörse, für besonders verzweifelte Seelen. So etwas wie: armundwillig. net oder meinlebenistdochnochnichtzuendeundichbrauche-liebe.com?

Ich hatte nämlich nicht den blassesten Schimmer, wo Mom ihre egoistischen und selbstverliebten Kerle immer aufgabelte. Manchmal glaubte ich, sie wusste ohne eine Beziehung gar nicht, wer sie eigentlich war, und befand sich deshalb immer so verzweifelt auf der Suche. Der Letzte ihrer Freunde hatte an einem Abend fast unsere Küche in die Luft gesprengt, als er einen Truthahn zubereiten wollte, weil Mom seiner Meinung nach zu langsam war und nichts Vernünftiges zustande brachte. Und dann ständig diese Geschichten über seinen ach so tollen Job bei einer Baufirma und was für ein erfolgreicher Business-Mann er doch war. Er hatte sich furchtbar gerne reden gehört – und Mom klebte natürlich an seinen Lippen und himmelte ihn durchgängig an. Marcus, diese ganz besondere Mimose, war inzwischen trotzdem Vergangenheit.

Wir waren ihn erst vor ein paar Monaten losgeworden, und schon war der Nächste am Start? Ich wäre lieber wie ein Magier über brennende Kohlen gelaufen, statt mir jetzt Moms Geschichten anzuhören.

»Ganz *wundervolle* Nachrichten!«, trällerte sie fröhlich. »Cam, schling doch nicht so.«

Mein Bruder ignorierte sie und nahm sich lieber einen Nachschlag. Mir war es egal, ich mochte Fleisch sowieso nicht besonders gerne. Eine Sache, die Mom wüsste, wenn sie sich mal Zeit nehmen würde, ihren Kindern zuzuhören. Aber so war das in dieser Familie: Die meiste Zeit ging es nur um sie. Eine One-Woman-Show namens Camille Caster.

Mom hörte auf, mit der Perlenkette zu spielen, ließ die Hand sinken und sah mich direkt an. Es war, als wollte sie mit dem dramatischen Augenaufschlag und der Pause irgendwie die Spannung steigern. Sie sah eindeutig zu viele Telenovelas.

»Ist Mr. Broccoli ausgezogen?«, fragte ich hoffnungsvoll. »Sein Essen riecht nämlich genauso, wie sein Name klingt, und jedes Mal, wenn ich mich die Treppe hochschleppe, weil der Aufzug mal wieder nicht funktioniert, habe ich das Gefühl zu ersticken. Er verpestet mit diesem Giftnebel nicht nur unsere Etage, sondern auch noch den Rest des Hauses. Neben den Feuerlöschern sollten definitiv Gasmasken hängen.«

»Cass!«, sagte Mom empört. »Mr. Broccoli ist ein sehr netter, lebensfroher Herr. Hab ein wenig Respekt vor seinem hohen Alter.«

»Den hat er doch auch nicht, wenn er sonntags um sechs Uhr anfängt, Trompete zu spielen«, erwiderte ich, »oder sein Stinkesocken-Essen kocht.«

Wir lebten seit einigen Jahren im fünften Stock eines Apartmentkomplexes, und unsere Etagen-Nachbarn schienen alle irre zu sein. Neben Mr. Broccoli wohnten auf unserem Stockwerk noch Mr. und Mrs. Gurian, die mit ihren Wellensittichen sprachen, als seien es ihre geliebten Kinder, und Stalker-Stan, ein fünfundzwanzigjähriger Student, der jedes Mal, wenn ich mich durchs Gebäude bewegte, plötzlich ganz zufällig auftauchte – und diesem Umstand auch seinen Spitznamen verdankte. Ich bekam ab und zu mit, wie es in den anderen Stockwerken zuging – da wohnten normale Familien, mit normalen Angewohnheiten. Kein Wunder, dass diese Wohnung so lange frei gewesen war. Der Vermieter hatte Mom damals förmlich die Füße geküsst, als sie sofort zugesagt hatte.

Meinem Bruder war das alles egal. Solange der Kühlschrank voll war und das WLAN funktionierte, würde er niemals rebellieren und Mom sagen, was er wirklich dachte. Und wollte ich das überhaupt wissen? Es reichte, dass ich ihn manchmal durch die dünnen Wände mit seinen Freunden skypen hörte, wenn sie über Spiele und Animes philosophierten. Ich setzte mir dann jedes Mal Kopfhörer auf und ließ das Intro meiner Lieblingscomicserie »Gravity Falls« rauf und runter laufen.

»Du hast mir nicht zugehört, oder Cassidy?«

Ach, hatte sie etwas gesagt? »Es ging um deinen neuen Freund«, antwortete ich. Mit dieser Antwort konnte man nie falschliegen.

»Was hast du da eigentlich wieder an?«, fragte Mom beiläufig und schien mich zum ersten Mal seit Betreten der Küche richtig wahrzunehmen. Mode-Ganzkörper-Scan aktiviert. Welch Freude! »Du siehst aus wie …«

»Ja?«, fragte ich interessiert.

Mom war ziemlich kreativ, was die Beschreibungen meiner Outfits anging. Ich bevorzugte Löcher in meinen Jeans, Nieten an meinen Shirts und jede Menge Schmuck an mir. Von meinen Stiefeln war ich besonders angetan. Ich hatte sie für ein paar Dollar in einem Secondhand-Shop gefunden und selber aufgepeppt, indem ich mit einem wasserfesten Stift Ornamente und Schnörkel darauf gezeichnet hatte. In der Schule hatte man mich sogar öfter gefragt, wo die Stiefel herkamen, was für mich der eindeutige Beweis war, dass sie genauso cool aussahen, wie ich sie fand. Ich mochte es ausgefallen und rockig. Mom hingegen war eine totale Mode-Mitläuferin.

Wenn sie gerade eine Beziehung hatte, kleidete sie sich immer klassisch und elegant und mühte sich ewig lange mit kunstvollen Frisuren ab. War mal wieder alles vorbei, zog sie an, was ihr gerade in die Hände kam. Vor ein paar Jahren, als sie während ihrer absoluten Tiefs viel zu viel getrunken hatte, war sie manchmal wochenlang in denselben Klamotten herumgelaufen und hatte sich einen Scheiß dafür interessiert, was die Leute dachten.

Neben unserer gegensätzlichen Vorstellung davon, was ein toller Kleidungsstil war, unterschied Mom und mich aber vor allem unser Aussehen. Sie hatte kastanienbraunes Haar und grüne Augen, genau wie Cameron, während meine Augen tiefbraun waren und meine Haare aus dicken widerspenstigen Locken bestanden, die im Schein der Sonne aufgrund ihrer Helligkeit manchmal golden schienen. Die Leute nahmen deshalb sofort an, dass ich nach meinem Dad kam. Das war nur logisch, richtig? Doch an dieser Stelle war ein großes Fragezeichen in unserer Familie. Ich hatte meinen biologischen Vater nie kennengelernt, und es gab auch kein Foto, das mir zeigen konnte, wie er aussah.

Gab es Bilder, auf denen wir zu viert und scheinbar ganz wie eine heile Familie in die Linse schauten, dann war der Mann darauf Brian. Bis ich acht gewesen war, hatte Mom mich in dem Glauben gelassen, Brian sei mein richtiger Vater. Ich war bei Moms und seiner Hochzeit gerade mal ein Jahr alt, und schon ein Jahr später, als ich zwei war, wurde Cameron geboren. Brian war, soweit ich mich erinnern konnte, immer da gewesen, und er hatte mich nie anders als eine eigene Tochter behandelt. Er hatte sogar unseren Nachnamen angenommen, hatte zugestimmt, die seltsame C-Tradition meiner Mom fortzuführen, durch die mein Bruder auf den Namen

Cameron getauft wurde, und hatte die ersten Kindheitserinnerungen von Cameron und mir geprägt. Und gerade deshalb war es umso schmerzlicher, nicht nur verkraften zu müssen, dass er uns irgendwann dann doch verlassen hatte, sondern dazu noch zu erfahren, dass er gar nicht mein biologischer Vater war.

Mom war dieser Umstand eines Abends einfach so rausgerutscht. Für sie war es alles keine große Sache gewesen, doch für mich war damals eine Welt zusammengebrochen. Ich war doch noch so jung gewesen, und sie hatte mich sehr verletzt.

Und das tat sie heute noch. Mit großen Sachen oder auch kleinen, spitzen Bemerkungen wie …

»Was ist denn aus dem schönen Kleid geworden, das ich dir geschenkt habe?«, fragte Mom vorwurfsvoll. »Das war perfekt für dich. Du würdest damit so viel … umgänglicher aussehen.«

»Du meinst das Kleid, das du nicht mehr wolltest und in dem man wie Hannah Montana höchstpersönlich aussieht?«, erwiderte ich. Es war weiß und aus Spitze und sah einfach nur grausig aus. »Darin kannst du mich irgendwann mal beerdigen. Ich dachte, das sei eh der Deal gewesen: So kannst du weinen und den Leuten beteuern, was für ein Engel ich gewesen bin.«

»Cass!«, raunte Mom. Sie hatte es wirklich drauf, meinen Namen klingen zu lassen, als sei er selbst Zeichen ihres Entsetzens. Ich stellte mir vor, wie sie eine Spinne im Badezimmer fand und *Cass!* rief oder voller Ekel ein Haar im Dessert entdeckte. *Cass!* Wieso gab man seinen Kindern vollwertige Namen, wenn man sie dann sowieso abkürzte? In meinem Kopf klang Cass sowieso wie irgendeine Käsesorte, die fürchterlich stinken musste.

»Mom«, sagte ich achselzuckend. »Dann erzähl mal.«

»Ich habe jemanden kennengelernt«, sagte sie bedacht und seufzte dann theatralisch. Gut, dass ich stand, ich wäre vor Überraschung sicher vom Stuhl gefallen. »Er heißt Dick Batman.«

Ein paar Sekunden wartete ich darauf, dass Mom sich verbesserte, aber ich hatte mich offenbar nicht verhört.

»Sein Name ist … Dick Batman?«

Würde ich meine Augen noch weiter ungläubig aufreißen, fielen sie am Ende noch aus meinem Kopf heraus, also blinzelte ich zur Sicherheit ein paarmal. Okay, so ungewöhnlich war der Vorname nun auch nicht, aber in Kombination mit seinem Nachnamen ein gefundenes Fressen. Mir fielen gleich Dutzende Möglichkeiten ein, wie man ihn damit aufziehen konnte. Oh, diese Ironie!

Mom schien meine Gedanken anhand meines Gesichtsausdrucks erraten zu haben. »Cass, bitte«, sagte sie genervt. »Keine Scherze über seinen Namen. Dick hat schon genug durchgemacht.«

Cameron blickte jetzt auch endlich mal von seinem Essen auf.

»Das kann ich mir vorstellen«, sagte ich schelmisch. »Was findet er denn schlimmer? Dass Leute seinen Namen googeln, auf Nick Bateman stoßen und völlig vergessen, wer er überhaupt ist? Oder dass sie ihn fragen, wo er seinen Sidekick Robin gelassen hat? Oder dass sein Name wörtlich genommen ein anderes für Pen…«

»*Cassidy!*«, herrschte Mom mich an. Jetzt kam sogar der Einsatz meines ganzen Namens? Ihr war es also wirklich ernst. So ernst es jemandem wie Mom sein konnte. Ich meine, sie änderte ihre Meinung über die Dinge öfter als eine Boyband ihre Mitglieder. »Dick ist ein wahnsinnig netter Mann. Er hat es nicht verdient, dass du so über ihn herziehst, obwohl du ihn nicht einmal kennst. Du solltest ihm eine Chance geben, und dann wirst du schon sehen …«

»Nein, ohne mich«, unterbrach ich sie. »Ich werde kein weiteres Mal irgendeinem dahergelaufenen Typen eine Chance geben. Du hast all deine Joker für dieses Jahr aufgebraucht.«

»Was soll das denn heißen?«, fragte Mom irritiert.

»Ich bitte dich, Mom, das hatten wir alles schon hundertmal.«

»Wo willst du hin?«, fragte sie.

Ich hatte mich schon während ihrer Worte in Bewegung gesetzt und war im Flur verschwunden. »Mich vor Frust aus dem Fenster stürzen.«

»Diesen schrecklichen Sarkasmus hast du nicht von mir«, murmelte sie und kam mir nach.

Aufgrund der Größe der Wohnung war ich beinahe sofort an der Haustür. Meine Hand über dem Knauf schwebend drehte ich mich noch einmal zu ihr um. In mir brodelte es regelrecht.

»Da hast du recht«, sagte ich giftig. Wir hatten diese Art von Unterhaltung schon so oft geführt, und ich hatte keinerlei Geduld mehr übrig. »Wir sind uns gar nicht ähnlich, und dank dir werde ich auch niemals wissen, ob ich *irgendetwas* mit meinem leiblichen Dad gemeinsam habe.«

»Du weißt, ich würde dir mehr sagen, wenn ich könnte«, sagte Mom und klang verletzt dabei. »Die Sache mit deinem Vater… ich war damals in keiner guten Verfassung und so unglaublich jung und naiv. Und trotz allem bin ich irrsinnig dankbar, dich zu haben.«

Mein Herz krampfte sich zusammen. Ich biss mir auf die

Unterlippe, um nicht gleich etwas Falsches zu sagen – dieses Thema war schon immer mein wunder Punkt gewesen. Auch wenn Mom und ich uns nicht immer gut verstanden, wusste ich zu schätzen, dass sie Cameron und mich fast allein großgezogen hatte und sich auf ihre ganz eigene Art und Weise bemühte, uns eine gute Mom zu sein.

»Ich weiß«, sagte ich mit zittriger Stimme.

»Es tut mir leid«, sagte Mom.

»Das weiß ich ja auch«, murmelte ich unverständlich.

Mom wollte stets, dass Harmonie herrschte, und eine Zeit lang hatte ich ihr die vielen Entschuldigungen abgekauft. Aber wenn jemand das eine sagte und etwas ganz anderes tat, gab man irgendwann die Hoffnung auf, dass sich wirklich etwas verändern würde.

Wir tauschten einen letzten Blick, dann verließ ich die Wohnung. Kaum war die Tür hinter mir zugefallen, atmete ich tief durch. Plötzlich fühlte ich mich etwas unsicher auf den Beinen. Egal wie oft ich versuchte, über den Umstand hinwegzukommen, dass ich meinen Dad nicht kannte, es fiel mir unglaublich schwer. Meine Mom war zwanzig gewesen, als sie mit mir schwanger wurde. Als sie eines Abends nach einer ihrer vielen Trennungen sturzbetrunken gewesen war, hatte ich ein paar neue Dinge aus ihr herausbekommen. Sie hatte mit irgendeinem namenlosen Kerl auf einer College-Party geschlafen und ihn danach nie wieder getroffen. Zumindest hatte sie das felsenfest behauptet. Brian und Mom kannten sich von der Highschool, und anscheinend war er schon damals in meine Mom verliebt gewesen und heiratete sie deshalb vom Fleck weg, trotz des Babys, das nicht von ihm war. Irgendwie ironisch, dass Brian so bereitwillig den Platz meines Dads einnahm und einen auf Familie machte, nur um dann Jahre später unsere Familie einfach im Stich zu lassen: tschüss und weg! Nach nur vier Jahren Ehe hatte Brian Mom für eine jüngere Frau verlassen.

Glückliche Familie und heile Welt, ade!

Die wenigen guten Erinnerungen, die ich an meine Kindheit hatte, kamen mir manchmal wie eine Illusion vor, die ich nicht mehr von der Realität unterscheiden konnte. Hatte es sie überhaupt gegeben? Oder hatte ich mir etwas eingeredet, um anderen nicht sagen zu müssen, wie mein Leben in Wahrheit aussah? Lügen über Ferien voller Abenteuer, Ausflüge und Erlebnisse, um mich vor dem Mitleid anderer zu schützen. Normal zu sein. Doch dank Mom waren wir nicht normal. Wir waren zerstörte Träume und weggeschlossene Gefühle. Kein Wunder, dass ich völlig verkorkst war. Deprimiert schleifte ich mich zum Treppenhaus. Kaum hatte ich die Stufen erreicht, ertönte hinter mir das Geräusch des Aufzugs. Das Ding funktionierte wieder! Ich drehte freudig den Kopf herum, nur um Stalker-Stan zu entdecken. Er kam mit einem Grinsen aus dem Aufzug und steuerte mich an, sobald er mich erblickt hatte.

»Immer diese Zufälle, Cassie«, begrüßte er mich.

Stalker-Stan gehörte ebenfalls zu den Leuten, die nie meinen richtigen Namen benutzten. Ob ich es schaffen würde, mich mit Summers Geld zu ersticken, ehe er den Flur ganz durchquert hatte?

»Zufälle«, ächzte ich, »gibt es nicht. Du hast hier sicher überall Kameras installiert und tauchst deshalb gerade auf.«

»Du bist immer so superwitzig«, erwiderte er. »Das ist nur eines der Dinge, die ich so an dir mag. Wir sollten abhängen.«

Stan machte große, erwartungsvolle Augen und starrte mich unverhohlen an. Vermutlich markierte sich der Kerl

Tage, an denen wir ein paar Worte miteinander wechselten, dick in seinem Kalender und nahm sie als Zeichen unserer unterdrückten Leidenschaft füreinander. *50 Shades of Treppenhausgeflüster.*

Seit unserer ersten Begegnung machte er sich unentwegt an mich ran, dabei hatte ich ihm schon mehrmals gesagt, dass ich kein Interesse hatte und zudem viel zu jung für ihn war. Dabei hatte er damals ganz nett gewirkt, als er beim Einzug zufällig vorbeigekommen war und uns mit den Umzugskartons geholfen hatte. Stan schaute mich immer noch unverwandt an. Las er etwa Liebesratgeber von Edward Cullen? »Starre sie zu Tode, beobachte sie im Schlaf, sei aufdringlich und lass niemals locker – so eroberst du deine Bella.« Ich sollte wohl froh sein, dass er sich in der Sonne noch nicht das Hemd vom Leib gerissen hatte.

Kurz überlegte ich, ihm mal richtig die Meinung zu geigen und dabei kein Blatt vor den Mund zu nehmen, aber dann hatte ich doch wieder zu großes Mitleid mit ihm. Der Aufzug war inzwischen verschwunden, und da ich ohnehin direkt vor der Treppe stand, stürmte ich einfach ohne ein Wort zu sagen los. Ich hörte noch, wie Stan rief: »Nett, dich gesehen zu haben, Cassie« und wie er verhalten lachte, als wäre meine Flucht ein Zeichen meiner unsterblichen Liebe für ihn, die ich nicht zeigen konnte, weil ich so verdammt schüchtern war. Tja, Logik brachte einen von A nach B – Fantasie überallhin. Einstein, das alte Genie, hatte auch das gewusst!

# KAPITEL 3

WIE IMMER, WENN ICH eine Auszeit von meinem Leben brauchte, zog es mich in den Teil der Stadt, in dem meine beste Freundin Lorn lebte. Mit dem Bus waren es nur wenige Stationen bis in die Nähe des Westwood Parks. Lorns Familie wohnte in einem großen Haus ganz in der Nähe davon. Im Gegensatz zu der Gegend, in der ich lebte, gab es hier keine Apartmentkomplexe, sondern weitläufige Grundstücke mit schönen Gärten. Der Szenenwechsel hatte jedes Mal eine beruhigende Wirkung auf mich.

Newfort, unsere Heimatstadt, war eine Kleinstadt in Kalifornien. Es lag so nah an der pazifischen Küste, dass das Meer nur einen Katzensprung entfernt war. Das Wetter war besonders im Sommer absolut herrlich und zog jährlich zahllose Touristen an. Im Zentrum, dem ältesten Teil des Städtchens, befanden sich neben dem Rathaus und der beeindruckenden Universität auch all die Gebäude und Häuser, welche die Geschichte Newforts geprägt hatten. Da war die kleine alte Methodistenkirche aus weißem Holz oder das alte rosafarbene Haus an der Ecke Main und Oak Street, das im Bürgerkrieg als Hospital gedient und mehrere Angriffe überstanden hatte. Auch wenn Newfort nur etwas mehr als 15 000 Einwohner hatte, war es kein verschlafenes Nest, sondern es war, vor allem dank der vielen Touristen, immer viel los. Die letzten Ausläufer der Stadt reichten bis zum Meer, und noch sehr weit draußen, in den ländlicheren Gegenden, lebten ein paar Hundert Menschen auf Ranchen.

Obwohl ich die Tage zählte, bis ich Newfort nach der Highschool endlich den Rücken kehren konnte, verstand ich, wieso Einheimische und Besucher zugleich die Stadt ins Herz schlossen. Früher hatte ich es auch geliebt, hier zu leben. Die weiten Parks und Wälder, der Strand mit den rauschenden Wellen und die Weite des Ozeans waren wunderschön. Die Middle-School-Zeit zählte nach wie vor zu meinen schönsten Erinnerungen. Allein bei dem Gedanken an meine damaligen Freundinnen Addison und Nora – und natürlich Lorn – musste ich schmunzeln. Wir vier waren eine echt verrückte Bande gewesen und jeder Sommer seit Beginn unserer Freundschaft ein einziges großes Abenteuer. Pyjamapartys, wilde Entdeckungstouren im Newfort Forrest und nicht zu vergessen das magische Indianerritual.

Wir hatten uns im Sommer, als wir dreizehn waren, nachts gemeinsam rausgeschlichen, um den magischen Brunnen im Wald zu suchen. Einer Legende nach erfüllte dieser im Austausch für eine Gabe Herzenswünsche. Damals hatten wir ein kleines Ritual abgehalten – uns bei den Händen gefasst, Kerzen angezündet und einen Spruch gemurmelt – und dann unsere Freundschaftsarmbänder in den Brunnenschacht geworfen. Ich hatte damals so fest daran geglaubt, dass unsere Herzenswünsche wahr werden konnten und unsere Freundschaft für immer halten würde.

Leider waren all diese Erlebnisse heute nicht mehr als verblasste Erinnerungen. Vor Beginn der Highschool, als Nora umzog, war unsere Freundschaft auseinandergebrochen. Bis heute verstand ich nicht, was genau eigentlich passiert war. Addison, Nora, Lorn und ich waren unzertrennlich gewesen.

Der Gedanke machte mich jedes Mal von Neuem traurig. Dabei ging Addison sogar in unsere Stufe, aber sie wechselte weder mit Lorn noch mit mir ein Wort.

Aus vier besten Freundinnen waren zwei geworden…

Der Bus fuhr gerade an einem Spielplatz vorbei, zu dem meine Grandma früher oft mit Cameron und mir gegangen war, und meine Gedanken drifteten zurück zu meiner Familie. Nachdem Moms Ehe mit Brian in die Brüche gegangen war, waren wir zunächst in eine winzige Wohnung gezogen, in der Cameron, Mom und ich wie Mäuse in einem Schuhkarton gelebt hatten. Ohne Brian und seinen gut bezahlten Job konnte sich meine Familie leider nichts anderes leisten. Vielleicht fing da alles an – die ganze Sache mit dem Geld, von dem wir immer zu wenig zu haben schienen. Ich war damals sechs, Cameron vier, und im Rückblick war es oft schwer, sich an die Details dieser Zeit zu erinnern. Mom hatte vor ihrer ersten Schwangerschaft mit mir und auch während ihrer Ehe nie wirklich Fuß in der Berufswelt gefasst, und dementsprechend schwer war es später für sie, eine Stelle zu finden, die gut bezahlt wurde oder bei der sich Arbeitszeiten mit zwei Kindern vereinbaren ließen. Wir waren kein halbes Jahr in dem Schuhkarton gewesen, bis Mom schließlich einknickte und Grandma um Hilfe bat.

Grandma Helen hatte uns drei aufgenommen und geholfen, obwohl sie es selbst kaum schaffte, sich mit ihrer kleinen Rente und einem Putzjob über Wasser zu halten. Doch nach dem Schuhkarton war mir Grandmas kleines Haus wie ein Palast vorgekommen. Es war gemütlich, roch immer ein wenig nach Cookies und vermittelte mir das Gefühl von Geborgenheit. Mom fand eine Teilzeitstelle, und eine Weile schien es, als seien die Casters wieder auf dem richtigen Kurs. Irgendwann kurz nach meinem achten Geburtstag fing Mom dann allerdings an, auf Dates zu gehen.

Das war der Anfang des Teufelskreises, in dem sie sich fortan bewegen würde. Dates. Beziehungen. Trennungen. Sie schleppte immer häufiger unterschiedliche Kerle an, und Grandma wurde von Mal zu Mal wütender. Irgendwann war der Punkt erreicht, an dem Mom und Grandma pausenlos stritten und Cameron abends immer zu mir ins Bett kroch, wenn das Geschrei zu laut wurde. Es waren Nächte voller Angst und Sorge. Ein Teil von mir wusste, dass es nicht ewig so weitergehen konnte.

Schließlich verlor Mom nach einer üblen Trennung ihren Job, weil sie betrunken auf der Arbeit erschienen war, und Grandma setzte ihr ein Ultimatum: neuer Job, keine Dates mehr und endlich Verantwortung übernehmen oder ausziehen. Ich weiß noch genau, wie ich damals an Weihnachten zu einer höheren Macht gebetet habe, dass Mom es schaffen würde, vernünftig zu sein. Als Mom Cameron und mich eines Tages nach den Winterferien allerdings aus der Elementary School abholte, fuhren wir nicht wie sonst nach Hause zu Grandma. Im Kofferraum stapelten sich Kartons und Koffer mit unseren Sachen, und da wurde mir klar, dass ich Grandma eine lange Zeit nicht mehr wiedersehen würde. Eine Weile wohnten wir mal hier, mal dort. Nirgendwo richtig, ständig wie Gäste bei einem von Moms Freunden. Es gab Tage, da vergaß sie sogar, Cameron und mich in die Elementary School zu bringen, Tage, an denen sie uns ganz vergaß, und Tage, an denen wir uns im Bad einschlossen, weil Mom und ihr aktueller Freund sich bekriegten. Das Einzige, was mir Hoffnung gab, war Grandma. Sie hatte Cameron und mich nicht abgeschrieben und kämpfte dafür, dass wir sie besuchen durften.

Ich werde nie diesen Dienstag im März vergessen, an dem sie mich und meinen Bruder einfach von der Schule abholte und später am Abend von Mom verlangte, dass sie für uns eine vernünftige Wohnung finden musste oder Cameron und ich würden für immer bei Grandma bleiben. Auch wenn ich es niemals laut ausgesprochen hätte, damals hätte ich alles dafür getan, wenn Mom verschwunden wäre und wir für immer bei Grandma Helen hätten bleiben dürfen. Aber Grandma Helen war sehr alt und kränklich und verstarb im Jahr darauf. Ich war damals gerade elf Jahre alt.

Für mich und Cameron brach eine Welt zusammen. Der einzige Mensch, der sich je um uns gesorgt hatte, hatte uns für immer verlassen. Zumindest rührte ihr Tod etwas in Mom an. Kurz nach dem Start der Middle School bekam sie einen Vollzeitjob als Zimmermädchen, und wir zogen in unser aktuelles Apartment. Seitdem gab es erstmals etwas Konstantes in unserem Leben, das Mom für uns aufgebaut hatte. Das Leben wurde etwas besser. Ich hatte ein eigenes Zimmer und Freundinnen, auf die ich mich verlassen konnte. Addison, Nora und Lorn begleiteten mich durch die Zeiten, in denen Mom wieder in alte Muster zurückfiel. All die Tage, an denen Mom mich mit Cameron, auf den ich dann aufpasste, alleine ließ. All die Nächte, in denen sie betrunken von irgendwelchen Verabredungen heimkam. All die Stunden, in denen ich über unbezahlten Rechnungen hockte. All die Tränen, die ich nach jedem Streit mit Mom vergoss. Meine Freundinnen waren immer da und gaben mir Kraft. Jeder Augenblick mit ihnen war kostbar, und jedes Erlebnis erhielt einen besonderen Platz in meinem Herzen.

All diese Ereignisse hatten mich geprägt.

Hatten mich zu der Cassidy gemacht, die ich heute war.

Schwer seufzend schob ich die unschönen Jahre meiner Kindheit beiseite. Der Bus hielt an, und die alte Dame, die neben mir gesessen hatte, stieg aus. Noch eine Station und ich wäre bei Lorn. Ich musste lächeln, als ich an Lorn und mein erstes Treffen dachte. Lorn kam damals zu spät zum ersten Schultag, doch anstatt zaghaft an die Tür zu klopfen und sich zu entschuldigen, wie das wohl jede Elfjährige in der Middle School getan hätte, ließ sie lieber das Chaos regieren. Die Tür flog also auf, und ein Mädchen rollte auf einem Skateboard mitten ins Klassenzimmer. Sie schaffte es nicht, rechtzeitig zu bremsen, und kollidierte mit dem Schreibtisch unserer damaligen Lehrerin Ms. Westwick. Lorn flog von ihrem Board, landete auf den Unterlagen von Ms. Westwick und begann haltlos zu lachen. Natürlich musste sie später nachsitzen und handelte sich durch diese Aktion nicht unbedingt den Titel »Lehrerliebling« ein, aber Lorn hatte schon damals wenig auf die Meinung anderer gegeben. Aufgrund meiner Situation, mit wenig Geld und einer unbeständigen Mom, hatte ich immer Angst davor gehabt, von anderen verurteilt zu werden. Meine Klamotten waren secondhand, meine Schulbücher durch ein Extrabudget der Schule gesponsert, und ich konnte nicht ins Kino gehen, wann ich wollte, oder andere Dinge tun, die irgendeine Art von Taschengeld verlangten. Dazu kam, dass ich mich für Moms Benehmen schämte und nie jemanden in unsere kleine Wohnung einlud. Wie sollte man da jemals Freundinnen finden? Arm, uncool und seltsam.

Mom ging zwar inzwischen gewissenhaft arbeiten und verdiente genug, um Wohnung und Essen zu bezahlen, aber sie war immer noch Camille Caster – eine absolute Katastrophe in ihrer Rolle als Mom.

Ich wusste nicht, ob Lorn die Angst vor Ablehnung in mei-

nen Augen gesehen hatte, aber als sich unsere Blicke trafen –
sie mit dem Skateboard unter dem Arm auf der Suche nach
einem freien Platz, ich in der letzten Bank des Klassenzim-
mers sitzend – und ich zaghaft lächelte, lächelte sie zurück.
Es war, als habe sie in diesem Moment gesehen, wer ich wirklich war, ohne auch nur eine einzige Sache über mich zu
wissen.

Während Ms. Westwick Lorn zurechtwies, sahen wir uns
weiter stumm an. Und da wusste ich, dass das der Beginn einer wunderbaren Freundschaft sein würde. Rasch stellte sich
heraus, dass Lorn und ich vieles gemeinsam hatten. Die Familie Rivers hatte zwar keine Geldprobleme, dafür musste Lorn
aufgrund ihrer drei jüngeren Geschwister aber oft zurückste-
cken. Als Älteste trug sie die meiste Verantwortung, musste
mehr Aufgaben im Haushalt übernehmen als ihr Bruder und
war auch oftmals als Aufpasserin für ihre jüngeren Schwestern
eingespannt. Sobald ihre Eltern Hilfe benötigten, wandten
sie sich an Lorn. Manchmal war es, als wäre Lorn der dritte
Elternteil der Familie.

Mrs. Rivers arbeitete Vollzeit als Illustratorin, und Mr. Rivers
war Lehrer am örtlichen College. Lorns Bruder Bryce war bereits sechzehn, ging jedoch mit Cameron zusammen in eine
Stufe, weil er ein Jahr später eingeschult worden war. Er war
recht egoistisch und unzuverlässig und einer der Gründe, warum sich Mr. und Mrs. Rivers stets an Lorn hielten. Lorns
kleine Zwillingsschwestern April und Jane besuchten mit
ihren zehn Jahren noch die Elementary School. Es waren auf-
geweckte, neugierige Mädchen, die Lorn mit ihren frechen
Fragen oftmals in den Wahnsinn trieben, wenn diese mal wieder Babysitter spielen musste. Chaos stand bei den Rivers an
der Tagesordnung. Doch egal, was auch passierte, sie hielten

zusammen, wenn Not am Mann war. Darum beneidete ich Lorn sehr. Tatsächlich kam ich mir ein bisschen wie Harry Potter vor, der liebend gerne einen Platz in der Weasley-Familie eingenommen hätte. Bei den Rivers fühlte ich mich wohl. Dort kritisierte niemand an meinen Klamotten herum, nörgelte über seinen Beziehungsstatus oder beklagte sich über meinen Humor. Vom ersten Moment an, als Lorn mich mit zu sich nach Hause genommen hatte, bis heute wurde ich einfach so akzeptiert, wie ich war. Die Rivers waren meine zweite Familie.

Ich stand von meinem Sitz auf und sprang an der nächsten Haltestelle aus dem Bus. Doch es dauerte noch ein wenig, bis ich aus dem Wirbel an Gedanken und Erinnerungen an die Vergangenheit zurück in die Gegenwart kehrte. Mir spukten ständig solche Dinge durch den Kopf. Viel schwerer fiel mir dafür die Vorstellung meiner Zukunft – jenseits von Mom und außerhalb Newforts. Es gab Augenblicke, in denen ich fürchtete, niemals genug Energie oder Mut zu finden, um die schlechten Dinge, die mein Leben bisher bestimmt hatten, hinter mir zu lassen. Wenn es wirklich eine höhere Macht gab, die das Glück an die Menschen verteilte, würde ich dort gerne eine offizielle Beschwerde einreichen.

Grandma Helen hatte früher immer meine Hand genommen und mit sanften Fingerstrichen einen unsichtbaren Baum in meine Handinnenfläche gemalt. »Du bist stark, Cassidy. Unverwüstlich wie ein Baum«, hatte sie dann immer gesagt und mich fest an sich gedrückt. »Weißt du, woher ich das weiß? ›Stürme bringen Bäume dazu, tiefere Wurzeln zu schlagen‹«, hatte sie ihre Lieblingssängerin Dolly Parton zitiert. »Vergiss das niemals.«

Wie könnte ich ihre Worte je vergessen? Sie gaben mir

Kraft. Und wann immer es sich anfühlte, als würde mir etwas den Boden unter den Füßen wegziehen, malte ich mit der Fingerspitze einen kleinen Baum auf eine freie Stelle meiner Haut. Ich würde nie aufhören, Grandma Helen zu vermissen. Sie hatte mir so viel bedeutet.

Huch! Fast wäre ich an der Seitenstraße vorbeigelaufen, in der das Haus der Rivers stand. Es war das erste auf der linken Seite, hatte einen gepflegten Vorgarten, eine braune Backsteinfassade mit großen weißen Fensterläden, eine breite Veranda und, wie jedes gute amerikanische Haus, eine Doppelgarage. Die Regenrinnen des grauen Schieferdachs waren verbogen, und einige Steine im Pflaster der Auffahrt fehlten, aber ansonsten sah das Haus sehr heimelig aus. Vor der Garage lag Lorns Fahrrad, und daneben stand ein Werkzeugkasten. Vermutlich war mal wieder die Kette abgesprungen, aber Lorn weigerte sich hartnäckig, ihr Rad verschrotten zu lassen. Es hatte wirklich bessere Tage gesehen, aber sie schwor darauf, dass nur dieses Rad sie zum Basketball-Training bringen konnte, so, als wäre es irgendwie magisch. Das einzig Magische an dem Ding war, dass es bisher nicht ganz auseinanderfiel, wenn Lorn damit losradelte. Allerdings war Lorn in letzter Zeit verdächtig oft mit dem Auto unterwegs und dachte insgeheim vielleicht genau dasselbe.

Noch ehe ich die Haustür erreicht hatte, sprang diese auf, und die Zwillinge stürmten heraus. April und Jane waren wirklich kaum voneinander zu unterscheiden. Beide Mädchen hatten große blaue Augen und blonde Locken. Einzig ihre unterschiedlichen Vorlieben in Sachen Klamotten halfen, sie auseinanderzuhalten. April weigerte sich, aktuell etwas anderes als Kleider anzuziehen, und Jane stand momentan total auf die Farbe Grün, weshalb sie aussah wie ein lebender Mini-Groot.

»Cassidy!«, kreischten beide im Einklang.

Ich öffnete den Mund, aber da erschien schon Mrs. Rivers hinter den beiden. In den Händen hielt sie eine kleine, durchsichtige Transportbox, in der ich einen Hamster sitzen sah. Das neueste Mitglied der Rivers war erst vor Kurzem eingezogen und versetzte die Zwillinge in pausenloses Entzücken. Sie sprachen von nichts anderem mehr als dem Hamster. Mrs. Rivers' Augen wanderten überrascht zu mir.

»Oh! Hallo, Cassidy. Wir wollten gerade zum Tierarzt fahren«, erklärte sie. »Leider ist der kleine Kerl hier erkältet, weil *jemand* vergessen hat, das Fenster zu schließen.«

»Jane war es!«, rief April.

»April ist schuld!«, rief Jane.

Mrs. Rivers schmunzelte. »Lorn ist oben in ihrem Zimmer, Cassidy«, informierte sie mich. »Bleibst du zum Abendessen? Wir wollen gleich noch einkaufen fahren, dann rechne ich dich mit ein. Es gibt sogar Red Velvet Cake zum Nachtisch.«

»Wer kann dazu Nein sagen?«, antwortete ich begeistert, weil ich zu Hause schließlich gar nichts gegessen hatte. »Dankeschön für die Einladung.«

»Du bist hier immer willkommen, das weißt du doch«, sagte Lorns Mom. Dann schritt sie die Veranda hinunter, betätigte die Garagenfernbedienung, die an ihrem Schlüssel hing, und sorgte dafür, dass April und Jane ins Auto stiegen. Mit einem »Bis später!« in meine Richtung fuhr sie los.

Ich winkte ihr und den Zwillingen zu, als die Familienkutsche losfuhr.

Im Inneren des Hauses war es ungewöhnlich still. Normalerweise war hier immer etwas los. Das Radio lief, jemand schaute fern, irgendwo wurde geschnattert oder auch gestritten. Anscheinend hatte Lorn jetzt sturmfrei. Ihr Zimmer lag als einziges unter dem Dach. Es war zwar einer der kleinsten Räume im Haus, aber immer noch um einiges größer als meine Nussschale. Ich klopfte an und wollte eintreten, aber irgendetwas blockierte die Tür.

»Lorn? Hier ist Cassidy.«

»Einen Moment«, drang Lorns Stimme durch den Spalt.

Ich hörte ein lautes Rumpeln und ein paar Flüche. Schließlich öffnete Lorn die Tür und ließ mich ins Zimmer.

»Braucht man bei dir demnächst eine Genehmigung zur Audienz?«, fragte ich. Geduld war nicht gerade meine Stärke.

Lorn war etwas außer Atem und schob sich ein paar ihrer losen Haarsträhnen, die sich aus ihrem geflochtenen Zopf gelöst hatten, aus dem Gesicht.

»Ich hatte einen halben Herzinfarkt, als ich deine Stimme gehört habe«, murmelte sie und sah mich ziemlich schuldbewusst an.

Ich spähte durch den Raum, um nach etwas Verdächtigem Ausschau zu halten. Es war die typische Lorn-Chaos-Höhle voller herumliegender Klamotten und Schulsachen auf dem Boden und Bett. Der Kleiderschrank stand offen, und auf dem Schreibtisch lag allerhand Krimskrams herum, der offenbar aus einer der Schreibtischschubladen stammte. Die einzige Ecke des Raums, die vom Durcheinander unberührt geblieben war, war die kleine Vitrine, in der Lorns Basketballauszeichnungen und Pokale standen. Lorn war schon immer unordentlich gewesen, sogar noch mehr als es ihr Bruder Bryce war, aber irgendetwas war hier wirklich faul. Es sah aus, als habe eine Bombe eingeschlagen.

»Was hast du gesucht?«, fragte ich neugierig.

»Gesucht? Ich habe nichts gesucht«, wehrte Lorn sofort ab, klang dabei aber fast panisch. »Das ist Frühjahrsputz.«

»Alles klar! Weil du ja so gerne putzt!«

Lorn seufzte frustriert und ließ sich auf den Boden plumpsen. »Okay, ich gebe auf. Mein Leben ist ruiniert. Ich muss auf der Stelle die Stadt verlassen und nach Mexiko auswandern.«

»Wieso ausgerechnet nach Mexiko?«

»Weil ich Tacos liebe.«

»Tacos bekommst du auch hier«, sagte ich.

»Sei nicht so neunmalklug, ich versuche gerade, in meiner Melodramatik zu versinken«, beklagte sich Lorn mürrisch.

Ich schob eine Jeans zur Seite und setzte mich Lorn gegenüber im Schneidersitz auf den Boden und musterte sie eingehend. Eigentlich geriet sie eher selten aus der Fassung. Lorns Gesichtsausdruck war meist eine Mischung aus grimmiger Entschlossenheit und Konzentration. Wenn sie so richtig schlecht gelaunt war, machten alle einen Bogen um sie, erweckte sie dann doch den Eindruck, jede Sekunde zum Hulk zu werden. An der Newfort High legten sich nicht sehr viele mit ihr an. Die Freshmen hatten Angst vor ihr, und die älteren Schülerinnen und Schüler hielten sie für sozial inkompetent. Sogar ein paar der Lehrer nahmen sich in Acht vor ihr. Da half es reichlich wenig, dass Lorn beim Basketball alle wie eine Maschine gegen die Wand spielte – aufgrund ihres Temperaments hatte sie sogar schon öfter aussetzen müssen. Dabei war Lorn mit ihren glänzenden braunen Haaren und den sturmgrauen Augen auf natürliche Weise schön. Wenn sie öfter lächeln würde und den Leuten ihre freundliche, witzige Seite besser zeigen könnte, würde man sie wahrscheinlich nicht mehr einschüchternd, sondern sympathisch finden. Diese Seite bekamen allerdings die wenigsten zu sehen. Und dabei gab es über Lorn so viele interessante Dinge zu erfahren. Wahrscheinlich wusste niemand außer mir, dass Lorn eigentlich nur die Abkürzung für Loretta war – ihre Eltern standen einfach auf eine Country-Sängerin mit diesem Namen.

Lorn machte sich eben nicht viel aus Dingen wie Small Talk oder ihrem Aussehen. Aus Gewohnheit trug sie den immer gleichen Zopf und ihre sportlichen Klamotten, und wenn jemand mal auf sie zukam, war sie oftmals schweigsam oder wortkarg. Höchst dramatisch verzog Lorn nun das Gesicht. Sie riss die Augen weit auf und sah mich gequält an, während sie langsam den Mund öffnete, um mir jede Sekunde ihr Leid zu klagen.

»Was ist passiert?«, fragte ich.

»Ich bin verflucht!«

»Wie genau sieht dieser Fluch denn aus? Fällst du in einen ewigen Schlaf, wenn du eine Spindel berührst, oder geht das mehr in die Richtung Tim Burton, so richtig dunkel und tragisch?«, bohrte ich interessiert nach.

Lorn hob den Kopf und holte tief Luft. »Ich habe etwas verloren.«

»Deinen Verstand?«

»Etwas sehr Wichtiges.«

»Also doch nicht deinen Verstand.«

Lorn rollte mit den Augen und versetzte mir einen leichten Klaps auf den Arm. »Mensch, Cassidy!« Sie seufzte. »Erinnerst du dich noch an diesen einen *besonderen* Brief?«

»In dem stand, dass du in Geschichte durchfällst?«

»Nein.«

»Der, in dem du vom *Frozen Yoghurt Palace* gefeuert wurdest, weil du in den Pausen immer die Toppings gegessen hast?«

»Nein!«

»Du meinst also *diesen* bestimmten Brief?«

»Du hast keine Ahnung, wovon ich rede, oder?«

»Nicht den blassesten Schimmer«, gab ich zu.

Lorn seufzte wieder – dieses Mal äußerst theatralisch.

»Meinen … also … meinen …« Lorn holte tief Luft, schien die Worte aber nur schwer über die Lippen zu bekommen. »Meinen Liebesbrief an Theo! Den ich übrigens nur geschrieben habe, weil du gemeint hast, ich müsste meine angestauten Gefühle einfach mal rauslassen und dass das nirgends besser ginge als in einem altmodischen Brief, wegen der therapeutischen Wirkung«, sagte Lorn missmutig und klang von Sekunde zu Sekunde gereizter dabei. »Ich war ja dafür, so lange gegen einen Boxsack zu schlagen, bis meine Hände abfallen würden, aber natürlich wollte ich eine gute Freundin sein und dachte mir: ›Cassidy hat so oft recht. Versuch es doch mal auf einem Weg, der nicht all deinen Jähzorn und deine Energie abverlangt‹ – und jetzt ist der verdammte Brief weg!«

Lorn nestelte unruhig am Ärmel ihres Pullovers herum.

»Dein Zimmer ist wie ein schwarzes Loch, da könnte so ziemlich alles verschwinden«, sagte ich ruhig. »Wo hast du den Brief denn zuletzt gesehen? Er muss doch hier irgendwo sein, Lorn.«

Stimmt, nun erinnerte ich mich wieder an den Liebesbrief.

Lorn war schon seit Anfang der Highschool, also über zwei Jahre, in Theodor Griffin verschossen. Der Junge hatte kaum einen Fuß in unseren Geschichtskurs gesetzt, da war es schon um meine beste Freundin geschehen gewesen. Bis heute hatte Lorn jedoch kaum ein Wort mit ihm gewechselt. Zuerst war sie zu schüchtern gewesen, dann hatte Theo irgendwann eine Freundin gehabt, und erschwerend kam hinzu, dass er ständig mit Colton Daniels abhing, denn – Schocker! – die beiden waren Cousins. Und jetzt kamen wir zum besonders tragischen Part, denn aufgrund meiner Feindschaft zu Colton, die ebenfalls seit dem Freshman-Jahr ein Thema war, redete Lorn sich ein, dass hier irgend so eine Romeo-und-Julia-Nummer lief: zwei verfeindete Lager (Team Colton und Team Cassidy). Und Lorn hatte ausgerechnet einem Verbündeten des Feindes ihr Herz geschenkt. Wie konnte sie Theo ihre Gefühle zeigen, wenn sie absolut Team Cassidy war?

Eine von Lorns besten Eigenschaften war ihre grenzenlose Loyalität, und so sehr ich diese auch zu schätzen wusste, in dem Fall war das eine bescheuerte Ausrede. Was konnte sie denn dafür, wen sie mochte? Und was wäre ich für eine Freundin, wenn ich ihr dabei im Weg stehen würde? Ich hatte sie mehr als einmal ermutigt, sich mit Theo anzufreunden.

Wenn es jedoch um Gefühlsduselei ging, war Lorn noch schlechter als ich darin, ihre Emotionen zu zeigen. In Gegenwart von Theo brachte sie kaum ein Wort heraus, und ihr Hirn verwandelte sich in Wackelpudding. Ich hatte ihr vor ein paar Wochen geraten, zumindest einmal aufzuschreiben, was genau sie an Theo so mochte. Vielleicht auch, um sich bewusst zu machen, dass man keine starken Gefühle für jemanden hegen konnte, den man eigentlich kaum kannte. Ja, da kam die Anti-Romantikerin und Zynikerin in mir durch. Ich konnte eben nicht aus meiner Haut und hatte mich später auch reichlich mies gefühlt, denn Lorns Brief, den sie mir zu lesen gab, hatte mich ehrlich überrascht.

Lorn war nicht nur loyal, sondern auch ein sehr aufmerksamer Mensch. Ich hatte bis dahin gar nicht realisiert, was für eine gute Beobachterin sie war. Ihr fielen Kleinigkeiten auf, die für andere unsichtbar waren. Sie hatte regelrecht einen siebten Theo-Sinn. Dabei war Theo nicht mal der heißeste

Kerl in unserer Stufe oder der beste Sportler oder überhaupt über-begabt in irgendetwas. Er war einfach nur ein Junge, den Lorn mochte und der in ihren Augen etwas ganz Besonderes war. In ihrem Brief hatte sie viele Dinge aufgeführt, die sie ins Schwärmen brachten. Seine Offenheit und Freundlichkeit gegenüber allen anderen, sein Sinn für Humor, die Art, wie er seine Meinung kundtat, ohne etwas darauf zu geben, was andere von ihm hielten. Aber auch die kleinen Dinge, die Lorn so sehr gefielen, wie die Tatsache, dass er beim Nachdenken immer am Ende seines Stifts kaute und dabei total niedlich aussah, oder sein Faible für altmodische Cowboyhüte.

Theo war in Lorns Universum eine eigene, kleine Sonne. Ich hingegen musste bei Theo aufgrund seines seltsamen alten Hutes (den Lorn ja ach so sexy fand) immer an Indiana Jones denken. Nicht zu vergessen diese verschrobene, leicht geekige Seite, die bei Theo in den seltsamsten Momenten zum Vorschein kam. Er starrte oftmals Löcher in die Luft, war mit den Gedanken weit weg, redete hin und wieder wie ein waschechter Klugscheißer oder machte sich aus dem Staub, sobald Mädchen ihn ansprachen.

Sein Sonnyboy-Charisma war trotzdem total der Mädchen-Magnet, und Lorn hatte einige Konkurrentinnen. Im Gegensatz zu Colton hatte Theo – abgesehen von der einen Kurzzeitfreundin – nie Dates. Und genau diese Unnahbarkeit sorgte für jede Menge Wirbel um seine Person und schien Theo in den Augen einiger Mädels nur attraktiver zu machen.

Ein wenig konnte ich nachvollziehen, wieso Lorn sich in Theo verguckt hatte, aber er war nicht mein Typ. Ich brauchte jemanden, der mich herausforderte und mit dem es niemals langweilig wurde – nicht dass ich auf der Suche war.

Ich schüttelte mich, als plötzlich ein Bild von Colton vor

meinem inneren Auge auftauchte, und versuchte, es wie eine lästige Fliege zu verscheuchen. Wieso war auch jemand wie *er* mit jemandem wie Theo befreundet? Verwandtschaft konnte doch nicht der einzige Grund sein? Die beiden waren wie Feuer und Wasser. Colton war unberechenbar, abweisend, und wenn man nicht aufpasste, konnte die Berührung mit ihm einem im wahrsten Sinne des Wortes gefährlich werden. Theo war ausgeglichen, voller Mitgefühl, und nichts schien ihn aus der Ruhe bringen zu können. Also, was war ihr Geheimnis? Was verband die beiden? Meine Neugier war wirklich furchtbar, und ich wünschte, ich könnte sie abstellen.

Colton Daniels, was zur Hölle geht nur in deinem Kopf vor sich? Gott, ich konnte es aber auch nicht lassen! Colton war wie diese eine unlösbare Aufgabe, an der man so lange kleben blieb, bis man fast um den Verstand kam. Dabei hätte es mir egal sein können. Ich war doch kein FBI-Profiler, der einen Fall lösen musste. Nein, ich ging zur Highschool, und all die anderen Mädchen – ob sie ihn nun gedatet hatten oder nicht – hatten auch nicht den leisesten Schimmer. Und vielleicht war es gerade das: Niemand wusste, was in Colton vor sich ging, und es war eine unglaublich spannende Herausforderung, die Antwort darauf zu finden. Natürlich zumindest bei mir ohne den Teenie-Film-Hintergedanken, Colton für mich gewinnen zu wollen.

Diese ganze Ich-verliebe-mich-in-einen-Bad-Boy-Sache war doch total unrealistisch. Man verliebte sich doch nicht ausgerechnet in den Kerl, der einen zur Weißglut trieb, nur weil ein mysteriöser Charakter irgendwie sexy war. Tom Hiddleston hatte als Loki in *Thor* auch ein gewisses Charisma, aber er wollte gleichzeitig die Weltherrschaft und alle Menschen unterdrücken und wurde durch seine Coolness einfach kein besserer Mensch.

Dem ureigenen Loki von Newfort namens Colton sollte trotzdem mal jemand das Handwerk legen! Er hatte genug Herzen gebrochen. Man musste echt sehr masochistisch veranlagt sein, um ihm näher sein zu wollen.

»Cassidy, wo bist du mit deinen Gedanken?«, fragte Lorn. »Ich habe eine existenzielle Lebenskrise und brauche deine Hilfe!«

»Sorry«, nuschelte ich. »Dann hast du überall gesucht?«

»Ich habe das ganze Zimmer auf den Kopf gestellt«, nahm Lorn den Faden wieder auf und seufzte noch mal. »Was, wenn ich den Brief in der Schule verloren habe? Oder einer von meinen Geschwistern ihn findet? Oder noch schlimmer – meine Mom!«

»Hast du deinen Namen darauf geschrieben?«

»Ich erinnere mich nicht mehr.«

»Deine Schrift ist so krakelig, die kann man sowieso nicht lesen«, sagte ich. »Wahrscheinlich denkt die Person, die ihn findet, sie habe eine Nachricht von E. T. gefunden und dass uns eine Invasion bevorsteht. Vielleicht analysieren Wissenschaftler bereits deine Hieroglyphen. Atme erst mal tief durch, okay?«

»Ich kann an nichts anderes mehr denken!«, sagte Lorn und stöhnte qualvoll. »Wo ist dieser verdammte Brief hin?«

»Wie kommst du denn darauf, dass er vielleicht in der Schule sein könnte?«, fragte ich. »Und wieso bist du ausgerechnet heute darauf gekommen, nach dem Brief zu suchen?«

»April und Jane haben vorhin Bryce damit aufgezogen, dass er sich mit einem Mädchen trifft. Die beiden haben ständig gekichert und gefragt, ob er ihr jetzt ganz viele Liebesbriefe schreibt«, erklärte Lorn. »Da musste ich auf einmal an meinen eigenen denken. Und dann bin ich in Panik verfallen, als ich ihn nicht sofort gefunden habe. Ich weiß nicht mehr, wo ich ihn damals versteckt habe … Er könnte überall sein! Ich habe ihn dir in der Bibliothek zum Lesen gegeben, also kann ich die Schule nicht ausschließen … O Gott, wieso habe ich ihn überhaupt geschrieben?«

Ich legte meiner besten Freundin sanft eine Hand auf den Arm, damit das Ganze nicht wieder von vorne anfing. Lorn sah aus, als würde sie jeden Moment hyperventilieren. Ihre Wangen waren rot, und ihr Atem ging von Sekunde zu Sekunde schneller.

»Lorn«, sagte ich. »Tief durchatmen. Ich bin mir sicher, dass der Brief früher oder später wieder auftaucht.«

Sie seufzte laut. »Ich hasse es, wenn du so positiv bist.«

»Ich weiß, was du jetzt brauchst.«

»Eis, um besser in Selbstmitleid zerfließen zu können?«

»Eine Ablenkung«, sagte ich belustigt.

# KAPITEL 4

MINIGOLF WAR ETWAS, das ich schon eine Weile hatte spielen wollen. Ich wusste nicht, ob mein Einfall Lorns Stimmung heben würde, aber dafür war das erste Spiel für uns beide kostenlos. Wenn man so gut wie kein Geld hatte, musste man erfinderisch und kreativ sein. Für mich hieß das, immer wieder von Neuem nach Probestunden Ausschau halten. In Newfort und Umgebung gab es mehr solcher Angebote, als man auf den ersten Blick ahnen würde. Ob nun bei sportlichen Aktivitäten, Kursen an der Universität oder Sachen wie dem Minigolf heute – wenn man die Augen offen hielt und wusste, wo man suchen musste, dann fand man einiges, was Spaß machte. Es war quasi mein Hobby, Coupons aus Zeitungen zu sammeln oder im Internet zu recherchieren, wer Probestunden anbot. Oft verbrachte ich sogar die Pausen in der Schule damit. Minigolfen stand schon länger auf meiner To-do-Liste. In dem Viertel nahe der Highschool gab es eine ziemlich coole Minigolf-Anlage, die mich schon mit den Bildern der Webseite für sich hatte gewinnen können. Die Eintrittspreise waren sogar so günstig, dass ich vielleicht ein weiteres Mal herkommen könnte.

Über eine große Rasenfläche verteilt führten gepflasterte Wege zu den einzelnen Parkour-Stationen. Viele davon waren detailreiche Nachbauten bekannter Sehenswürdigkeiten, wie die Freiheitsstatue oder der Eiffelturm. Es gab aber auch kleine Häuser, eine Windmühle und sogar einen Springbrunnen, um den sich eine der Minigolfbahnen herumschlängelte. Obwohl wir erst seit zwanzig Minuten spielten, lag Lorn schon extrem weit vorn. Sie spielte, als habe sie ihr Leben lang nichts anderes getan.

Ich hingegen brauchte bei den meisten Stationen etliche Schläge, um den Ball einzulochen, und würde haushoch verlieren. Aber hier ging es auch nicht ums Gewinnen, sondern darum, Lorn aufzuheitern – und mein Plan schien aufzugehen. Seit der Freiheitsstatuen-Station unterhielten wir uns angeregt über eine romantische Komödie, die am Abend zuvor im Fernsehen gelaufen war.

»Diese Filme sind alle gleich«, sagte Lorn gerade. »Am Ende bekommen sie sich immer! Ich meine, das ist so unrealistisch.«

»Gerade deshalb guckt man doch solche Geschichten«, entgegnete ich. »Wegen dem Happy End und um Schauspieler anzuschmachten.«

»Sagt die mit dem Schlussmach-Service.«

»Das war eine Analyse – *ich* stehe natürlich da drüber.«

»Natürlich«, sagte Lorn und grinste mich an. »Jetzt mal im Ernst, wann hast du das letzte Mal für jemanden geschwärmt?«

»Nie. Ich bin ein Roboter ohne Gefühle«, scherzte ich.

»Heute Morgen stand Theo vor seinem Spind und hat ein Lied von Radiohead gesummt. Ich kenne niemanden außer mir, der diese Band noch mag«, Lorn seufzte, »wäre das die Szene aus einem Film gewesen, hätte ich angefangen zu singen, er hätte meine Hand gepackt, und wir wären durch die Schulflure getanzt!«

»Du kannst doch nicht mal tanzen«, sagte ich.

»Das ist ja das Problem!«, gab Lorn zurück. »Ständig ist da dieses Kopfkino im Was-wäre-wenn-Modus. Es ist supernervig.« Sie schlug so energisch gegen ihren Ball, dass dieser im hohen Bogen in einem Busch verschwand. »Mist!« Sie schnaubte. »Wieso muss Theo auch so unglaublich toll sein? Witzig, charmant und süß! Und diese Grübchen erst ... Urks! Ich brauche eine Impfung gegen Dauer-Geschmachte, Cassidy. Und zwar sofort!«

»Du könntest einfach mal mit ihm reden. So richtig.«

»Nein«, sagte Lorn energisch. »Ich kann gar nichts.« Ihre Miene verdüsterte sich. »Und der idiotische Liebesbrief ist auch weg.«

»Dein Brief ist nicht idiotisch«, sagte ich. »Du hast darin deine Gefühle aufgeschrieben, und die sind total viel wert.«

Ich trat neben Lorn und stupste sie leicht an der Schulter an.

»Hey«, sagte ich einfühlsam. »Sei nicht so streng mit dir. Außerdem habe ich dir doch gesagt, alles wird gut. Mein Bauchgefühl sagt mir, dass der Brief spätestens morgen auftaucht. Hat mein Bauchgefühl uns jemals im Stich gelassen?«

Lorn schüttelte den Kopf. »Nein. Noch nie.«

»Dann streng dich mal an, sonst gewinne ich noch«, zog ich sie auf. »Es bleiben zwei Stationen. Alles ist noch möglich!«

Wir wussten zwar beide, dass ich trotz des Aussetzers eben keine Chance gegen sie und ihren aktuellen Punktestand hatte, aber Lorn ging trotzdem auf meine Worte ein. »Ich schlottere schon vor Angst«, meinte sie. »Wie wäre es, wenn der Gewinner dem Verlierer im Anschluss ein Eis spendiert – ganz ohne Selbstmitleid?«

»Eigentlich müsste das anders herum sein.«

»*Eigentlich*«, sagte Lorn sanft.

Diese kleinen Gesten ihrerseits waren mir nicht unbekannt. Lorn versuchte, mich immer wieder auszutricksen, damit sie

Kleinigkeiten wie ein Eis hier oder eine Kinokarte dort für mich bezahlen konnte, ohne dass ich es ihr übel nahm. Ein winziger Teil von mir tat aber genau das. Ich wollte keine Almosen, schon gar nicht von einem Menschen, der mir so viel bedeutete wie sie. Allein dieser Gedanke war bescheuert, denn Lorn hatte mich nie anders behandelt, weil ich arm war. Dennoch lag diese Art von Gedanken immer in meinem Unterbewusstsein auf der Lauer. Man konnte es auf ein angekratztes Ego schieben oder darauf, dass ich ein Kontrollfreak war, aber mir fiel es unheimlich schwer – selbst nach vielen Jahren Freundschaft –, so etwas Einfaches wie ein Eis von Lorn anzunehmen.

*Mach keine große Sache draus*, sagte ich mir. Bemüht, mir nichts anmerken zu lassen, zuckte ich lässig mit den Achseln und setzte ein Lächeln auf.

»Zufälligerweise habe ich gerade einen Auftrag hinter mir. Wie wäre es also, wenn ich als Verliererin das Eis spendiere?«

»Schon wieder ein Auftrag?«, fragte Lorn überrascht. »In letzter Zeit häufen sich diese *Aufträge* aber, oder?«

Da hatte sie nicht ganz unrecht. Viele Anfragen waren gut fürs Geschäft, aber dadurch erfuhren auch immer mehr Leute vom Schlussmach-Service. Was würde passieren, wenn meine Arbeit irgendwann zu den Lehrern oder Eltern durchsickerte? Ich würde sicher einen Heidenärger kriegen. Auf keinen Fall durfte ich meinen Abschluss gefährden. Aber ich brauchte das Geld nun mal! Wie sollte ich sonst das College bezahlen? Auf ein Stipendium konnte ich mich nicht verlassen. Also musste ich darauf vertrauen, dass der Ehrenkodex der Newfort Highschool die Schüler weiter zum Schweigen anhielt.

Lorn stupste mich mit dem Ellbogen an.

»Cassidy, wenn du noch länger auf den Ball starrst, wird er gleich explodieren. Woran denkst du?«

Ich blinzelte. Tatsächlich hatte ich den Ball, der vor mir auf dem Boden lag, unbeabsichtigt lange angeglotzt.

»Ich wollte nur …«

»… dir über irgendwas Sorgen machen?«

»Erwischt«, murmelte ich.

Lorn schüttelte gespielt tadelnd den Kopf. »Ich bin deine beste Freundin, ich durchschaue dich, Cassidy. So zu tun, als gäbe es ein Geheimnis nicht, lässt es nicht einfach verpuffen.«

»Geheimnisse«, grummelte ich. »Wir sind hier doch nicht bei irgendeiner Verschwörung der Illuminati, Lorn. Jeder hat Geheimnisse. Kleine, große, schreckliche, peinliche … manchmal habe ich das Gefühl, die ganze Gesellschaft baut auf Geheimnissen auf.«

»Wie melodramatisch«, kommentierte Lorn.

»Aber es ist wahr!«, sagte ich energisch.

Lorn warf mir einen merkwürdigen Blick zu. »Cassidy?« Sie senkte die Stimme »Du weißt, dass du immer mit mir reden kannst, oder?«

Betreten blickte ich auf meine Schuhe. »Ich weiß.« Ich hob den Kopf und suchte Lorns Blick mit meinem. »Das weiß ich wirklich.«

Lorn nickte bedächtig. »Gut. Du bist am Zug.«

Wir standen jetzt bei der letzten Station. Es war die mit dem Eiffelturm. Meine Finger schlossen sich fester um den Schläger, und ich holte aus. Für einen Augenblick wirkte es, als würde der Ball nach links driften, aber er rollte über den künstlichen Rasen eine Rampe empor und verschwand im Loch unter dem Turm.

»Wow«, machte Lorn beeindruckt. »Perfekter Treffer.«

»Einige Momente sind eben nahezu perfekt«, sagte ich und lächelte zufrieden. Lorn hob ihre Hand für ein High five, und ich schlug ein. »Also, wie wäre es jetzt mit einem Eis?«

Eine Stunde später saß ich zusammen mit Lorns Familie beim Abendessen und genoss die wie immer muntere Atmosphäre, die bei den Rivers am Tisch herrschte. Lorn hingegen war von ihren Geschwistern genervt und schob lustlos ihre Kartoffeln auf dem Teller hin und her, dabei verdrückte sie normalerweise immer die größten Portionen von allen. April und Jane unterhielten sich angeregt über Sir Ham Ham – das war der Hamster – und wie sie dafür sorgen konnten, dass er schnellstmöglich gesund wurde. Belustigt beobachtete ich die Zwillinge. Die zwei waren zu niedlich! Sie hatten ihr Haustier auf den Namen Sir Ham Ham getauft, weil er ihnen beiden gehörte und daher auch zwei Namen haben sollte. Als Lorn mir, kurz nachdem der Hamster vor einem Monat hier eingezogen war, diese Geschichte erzählt hatte, hatte ich vor Lachen fast auf dem Boden gelegen. Beide Mädchen waren für den Namen *Ham* gewesen, weil Sir Ham Ham so dick und rund war wie ein Schinken, und irgendwie blieb Ham Ham schließlich hängen. Laut der Mitarbeiterin im Zoogeschäft war der Hamster von edler Abstammung (was Lorn für eine dumme Verkaufstaktik gehalten hatte), und deshalb verdiente er zusätzlich eine respektvolle Anrede wie Sir. Das einzig Besondere an Sir Ham Ham schien allerdings sein Talent zu sein, ständig aus seinem Käfig auszubüchsen. Seit er letzte Woche in einen von Lorns Turnschuhen gekackt hatte, hasste sie ihn wie die Pest.

»Können wir jetzt über etwas anderes reden?«, bat sie energisch und ließ ihr Besteck klirrend auf den Teller fallen. »Oder einfach den Nachtisch essen? Bitte?«

Mrs. Rivers runzelte die Stirn. »Was ist denn los, Lorn?«

»Sie hat schon seit heute Morgen schlechte Laune«, sagte Jane.

»Lorn ist ein Grummelbär!«, fügte April hinzu.

Meine beste Freundin verdrehte nur die Augen.

»Ist denn etwas passiert?«, fragte Mrs. Rivers.

Ich warf Lorn einen Blick zu. Der verschwundene Brief ...

»Ich bin einfach satt und will Nachtisch«, murmelte Lorn.

Stumm schob ich mir eine weitere Gabel Hähnchen in den Mund. Bei uns zu Hause gab es nie so leckere Sachen, weil weder Mom noch ich kochen konnten. Hier war einfach alles besser – selbst mit schlecht gelaunter Lorn. Keine endlosen Monologe über die große Liebe und Gefühle, sondern herrlich banale Themen.

Mrs. Rivers kam Lorns Bitte nach und holte den Kuchen aus der Küche. Beim Anblick des Red Velvet Cake lief mir das Wasser im Mund zusammen. Lorns Bruder Bryce (er saß mir gegenüber an dem großen Esstisch) warf mir einen abschätzigen Blick zu. Ich ertappte ihn öfter dabei, wie er mich kritisch musterte, wenn ich hier war. Vermutlich mochte er mich nicht sonderlich. Cameron und er gingen zwar in eine Stufe, aber Lorn und ich hatten mehrmals vergebens versucht, die beiden freundschaftlich zu verkuppeln. Unsere Brüder waren total verschieden. Vor Cameron hatte man wenigstens seine Ruhe, aber Bryce war voller Vorurteile. Ich denke, das lag daran, weil er sich von den Gerüchten in den Schulfluren beeinflussen ließ. So gefragt meine Dienste waren, viele Schüler zerrissen sich auch das Maul über mich. Ich hatte mir darum ein dickes Fell zugelegt. Offen zur Schau gestellte Abneigung war mir nicht fremd, und ich gab den Leuten erst gar keinen Platz in meinem Leben dafür. Wenn Cameron etwas wusste, hatte er bisher nichts zu dem Thema gesagt, aber Bryces Blicke waren Beweis genug, dass er nicht viel von mir hielt.

Ich ließ mir den Kuchen schmecken und beachtete ihn nicht weiter. Bald läge die Highschool hinter mir, und das College würde mein Leben umkrempeln. Mir war sogar egal, welches mich nahm – Hauptsache es war weit weg von Newfort und den Problemen meiner Mom. Im September würde das Senior-Jahr anfangen, und die verbleibende Zeit an der Schule würde ich nutzen, um alles aus dem Schlussmach-Service rauszuholen, was möglich war. Das Geld würde schließlich eine lange Zeit reichen müssen. Vielleicht konnte ich den Schlussmach-Service sogar am College fortführen? Aber bis dahin hatte ich noch genug Zeit, diese Entscheidung zu treffen. Wer mir wirklich Sorge bereitete, war Cameron.

Was würde aus ihm werden, wenn ich weg war?

Nach dem Essen verabschiedete ich mich von den Rivers und machte mich auf den Heimweg. Als ich aus dem Bus stieg, war es bereits stockdunkel. Minuten später begann es auch noch zu regnen, und ich hastete die Straße entlang. Ich fror in meiner dünnen Jacke, und meine Haare wurden mit jeder Sekunde, die ich weiter dem Regen ausgesetzt war, nasser und nasser. Als ich die Eingangshalle unseres Apartmentkomplexes erreichte und wieder im Trockenen war, fühlte ich mich wie ein begossener Pudel. Mürrisch drückte ich den Knopf des Aufzugs, aber das Mistding wollte einfach nicht kommen. Ich stöhnte genervt – schon wieder Treppen hochlaufen!

Atemlos kam ich im fünften Stock an. Und wie sollte es anders sein, öffnete sich sofort Stans Apartmenttür am Ende des Flurs, und er steckte den Kopf heraus. Hastig kramte ich den

Schlüssel aus meiner Tasche und konnte mich in Sicherheit bringen, ehe er bei mir ankam. Obwohl Sicherheit relativ war. Kaum war ich zur Tür rein, rief Mom meinen Namen.

»Cassidy, wir müssen reden! Komm bitte her!«

Sie klang stinkwütend. Wollte sie mir etwa Vorwürfe wegen meines Zuspätkommens machen? Sonst interessierte es sie doch auch reichlich wenig, wenn ich die Zeiten nicht einhielt. Stirnrunzelnd ging ich zu ihr ins Wohnzimmer. Mom stand mit einer kleinen Gießkanne vor der Fensterbank, auf der ihre heiß geliebten Orchideen in Reih und Glied standen. Behutsam strich sie mit den Fingern über eine nach der anderen. Sie war total vernarrt in alles, was blühte und wuchs, und manchmal fragte ich mich, ob sie diese Dinger nicht insgeheim mehr liebte als uns. Immerhin bekamen sie von Mom regelmäßig Aufmerksamkeit, Pflege und Zuwendung – ganz im Gegensatz zu Cameron und mir.

Mom stellte die Gießkanne auf dem Boden ab und drehte sich zu mir um. »Eine Freundin von mir hat dich in der Mall gesehen.«

»Ist es jetzt verboten, in die Mall zu gehen?«, fragte ich locker, aber ich hatte schon so eine Ahnung, worauf sie hinauswollte. Innerlich wappnete ich mich für eine Diskussion.

»Du bist mit einem Sicherheitsmann aneinandergeraten«, fuhr Mom mit ernster Stimme fort. »Er hat dich angehalten und ausgefragt. Hast du etwa geklaut, Cass? Sei ehrlich zu mir!«

»Nein. Sonst wäre ich wohl festgenommen worden.«

Ich versuchte, ruhig zu bleiben, auch wenn es mir einen Stich versetzte, dass sie mir so etwas wie Diebstahl zutraute. Sollten Eltern nicht einen unerschütterlichen Glauben an die Unschuld ihrer Kinder haben? Die größte Schwierigkeit, in die ich mich bisher hineinmanövriert hatte, war, einmal beim Schummeln in Chemie erwischt worden zu sein. Das Fach lag mir einfach nicht.

»Meine Freundin sagt was anderes«, erwiderte Mom skeptisch.

»Ach ja? Was genau sagt sie denn?«, fragte ich.

»Zuerst hat sie dich zwischen den Pflanzenkübeln am Springbrunnen gesehen und auf dem Rückweg die Sache mit dem Sicherheitsmann beobachtet. Klingt für mich stark danach, als hättest du dich versteckt und wärst erwischt worden.«

»Okay, es stimmt. Ich habe mich versteckt«, sagte ich. »Aber nur, weil da ein Mädchen aus meiner Schule war und mit ihrem Freund Schluss gemacht hat, und ich war da um … zu helfen.«

Das war immerhin die Wahrheit …

Mom runzelte die Stirn. »Das soll ich dir glauben? Hast *du* dich vielleicht vor einem Jungen versteckt? Du bist sehr viel unterwegs und erzählst mir immer, du wärst bei Lorn.«

»Bin ich auch!«, antwortete ich wütend und dachte, *weil ich es hier nicht aushalte.*

»Mom«, sagte ich unfreundlich. »Ich bin doch kein wandelndes Klischee. Ich klaue doch nicht, nur weil wir wenig Geld haben. Wozu habe ich sonst einen Nebenjob? Ich bin keine Kriminelle.«

Mom wusste allerdings nichts vom Schlussmach-Service. Ich hatte sie in dem Glauben gelassen, dass ich in irgendeinem Plattenladen in der Innenstadt neben der Schule jobbte, um fürs College zu sparen. Früher hatte ich tatsächlich zusammen mit Lorn im *Frozen Yoghurt Palace* gearbeitet. Aber die Bezahlung war mies gewesen, und die Überstunden hatten meine Leistungen in der Schule ziemlich gedrückt. Mit dem Schlussmach-Service kam nicht nur regelmäßig Geld rein, sondern ich hatte noch genügend Zeit zum Lernen. Sparen war die Devise, doch manchmal steckte ich heimlich etwas in die Dose auf dem Kühlschrank, in der Mom unsere Ersparnisse aufbewahrte. Ich konnte es nicht besonders oft machen, weil ihr sonst aufgefallen wäre, dass das Geld darin nicht weniger wurde. Und dass man in einem Plattenladen so viel verdiente – das würde sie mir nie glauben! Sie führte zwar kein Buch über unsere Ausgaben, aber mir war klar, dass dieses System auf Dauer nicht funktionieren würde.

Und als habe Mom meine Gedanken erraten, seufzte sie und sagte mit energischem Blick zu mir: »Ich weiß, dass du hin und wieder Rechnungen bezahlst. Woher kommt dieses Geld? So viel kannst du bei deinem Nebenjob doch gar nicht verdienen. Ich möchte auf der Stelle die Wahrheit hören!«

»Was?« Ich starrte sie an.

»Hast du gedacht, das fällt mir nicht auf? Ich bin nicht dumm, Cass. Anfangs war ich mir nicht ganz sicher, aber ich habe vor Kurzem ein paar Unterlagen für die Steuer geordnet und eine Rechnung gefunden, die ich ganz sicher nicht selber bezahlt habe«, sagte Mom. Sie verschränkte die Arme vor der Brust. »Klaust du Sachen in der Mall und verkaufst sie dann weiter?«

»Mom!«, herrschte ich sie an. »Natürlich nicht!«

»Wo kommt das Geld dann her?«

»Von meinem Job«, wiederholte ich.

»Na gut«, sagte Mom, klang dabei aber noch immer misstrauisch. »Dann werde ich dir das mal glauben. Muss ein toller Job sein.«

»Ist er auch«, log ich. »Die Leute geben gutes Trinkgeld,

wenn man ihnen Musik empfiehlt, und wir haben einige Stammkunden.«

Kurz wirkte Mom niedergeschlagen. Sie selbst mochte ihren Zimmermädchenjob nicht sonderlich. Schlechte Bezahlung und ständiger Schichtdienst mit miesen Arbeitszeiten. Vor einer Weile hatte sie davon gesprochen, eine Umschulung zu machen, damit sie sich einen neuen Job suchen konnte, um mehr zu verdienen. Eine ihrer größten Stärken war ihr Grüner Daumen – das bewies nicht nur die schöne Fensterbank. Mom wusste eine Unmenge über das Pflegen und Züchten von Blumen und Pflanzen, da sie regelmäßig ihre Nase in Zeitschriften und Bücher über das Thema steckte. Sie hatte sogar mehrmals den Wunsch geäußert, im botanischen Garten von Newfort zu arbeiten. Aber dafür musste sie einen speziellen Kurs besuchen. Mit jedem neuen Freund hatte sie das Vorhaben wieder und wieder auf Eis gelegt. Mit Dick auf der Bildfläche würde es sicher auch nicht weitergehen. Für seine große Liebe opferte man eben seine Träume. Das Normalste der Welt, zumindest für Camille Caster.

»Sei nicht sauer«, sagte Mom, nun etwas versöhnlicher. »Ich wollte nur sichergehen, dass du keinen Unsinn anstellst.«

Fast hätte ich gelacht. In dieser Familie waren sämtliche Rollen vertauscht, und wenn jemand *Unsinn* anstellte, dann war sie es. Wie konnte ein Mensch nur so eine schlechte Selbstwahrnehmung haben? Damit sie mich nicht weiter löcherte, schilderte ich ihr, was in der Mall vorgefallen war. Es war dieselbe Geschichte, die ich auch dem Security-Mann erzählt hatte. »Das ist die ganze Story. Mehr weiß ich nicht.«

Mom klopfte neben sich aufs Sofa. Ich kam ihrer Aufforderung nach. Als ich neben ihr saß, betrachtete sie mich eingehend.

»Du bist so erwachsen, und trotzdem mache ich mir immer Sorgen um dich«, sagte sie plötzlich ganz sanft und strich mir eine Haarsträhne hinters linke Ohr. »Du hast ein ganzes Leben, von dem ich nichts weiß. Ich sage das nicht sehr oft, aber ich bin froh, dass du auf dich selber aufpassen kannst, Cass. Du machst etwas aus dir.«

Ihre Worte versetzten mir einen Stich im Herzen. »Mom...«

»Dennoch, solange du hier wohnst, musst du dich an ein paar Regeln halten, junge Dame. Du wirst das nächste Mal früher zu Hause sein und vor allem Bescheid geben, wo du bist«, fuhr sie unbeirrt fort. »Und du hörst auf, heimlich Rechnungen zu bezahlen. Ich kriege das schon hin und bin dabei nicht auf die Hilfe meiner minderjährigen Tochter angewiesen. Hast du das verstanden?«

»Verstanden«, murmelte ich halbherzig.

»Dann ab ins Bett. Morgen ist Schule.«

Ich zögerte. Am liebsten hätte ich sie umarmt, ihr irgendwie gezeigt, dass mir ihr Zuspruch etwas bedeutete. Doch der kurze Moment zwischen uns war vorbei. Mom hatte sich inzwischen auf das Sofa gesetzt, sich ihrem Glas Wein zugewandt und blätterte nebenbei in einer Zeitschrift, während das Gefühl von aufkeimender Wärme in meinem Inneren zu einer kleinen Erbse zusammenschrumpelte.

# KAPITEL 5

AN DER NEWPORT HIGHSCHOOL wechselten die Stundenpläne jedes Schuljahr, und dementsprechend gab es immer
viel Hin und Her wegen der einzelnen Kurse und wer es in
welchen schaffte. Die meisten Kurse waren Pflichtveranstal-
tungen. Neben den Hauptfächern, die wir alle belegen mussten, gab es aber auch Wahlfächer. Einige waren superinteres-
sant! Graphic Design zum Beispiel oder mein persönlicher
Favorit: kreatives Schreiben. Die Plätze waren dementsprechend rasch vergeben, weshalb man sich schnell einschreiben
musste. Ich war zwar eine der Ersten gewesen, die sich in die
Online-Liste für den Schreibkurs eingetragen hatte, doch
beim Erstellen der Stundenpläne hatte sich am Anfang des
Schuljahrs ein Fehler ins System geschlichen. Dadurch waren
etliche Schüler und Schülerinnen in Mr. Feltons Kunstunterricht gelandet, statt in dem Kurs ihrer Wahl. Im Kunstkurs waren nämlich immer Plätze frei.

Kein Wunder, denn Mr. Felton benahm sich so, als wäre er
geradewegs aus einer Irrenanstalt ausgebrochen. Jedes Mal,
wenn er den Klassenraum betrat, schrie er laut: »Der Felton
Express fährt ein, springt alle an Bord!«, und wir mussten
»Choo, choo!« machen, als seien wir wieder im Kindergarten
und würden ein Spiel spielen. Mr. Felton legte viel Wert auf
Harmonie und langweilte uns regelmäßig mit seinen esoteri-
schen Ratschlägen. Er war aber nicht nur irgendwie verrückt,
er sah auch so aus. Seine Haare waren wie ein weißer Watte-

bausch, der sich nach einem Griff in die Steckdose elektrisch aufgeladen hatte, und seine Kleidung war irgendetwas zwischen Jesus-Gewand und orientalischem Teppich.

Ich war kein Fan von ihm oder diesem blöden Kunstkurs, doch was den Unterricht schier unerträglich machte, war Colton.

Ja, ich saß mit Colton Daniels im Kunstkurs.

Mit. Colton. Daniels.

Ich wäre lieber zusätzlich jedes Wochenende zur Schule gegangen, als mit ihm im selben Kurs zu sitzen, aber meine Proteste wegen des Stundenplan-Schlamassels waren damals von der Sekretärin komplett ignoriert wurden. Also saß ich in diesem Kurs fest. Auf einem ziemlich unbequemen Hocker, wenn ich das nebenbei mal anmerken darf. Hier gab es nämlich keine Stühle. Hocker waren anscheinend so ein Künstlerding, das Mr. Felton gut fand.

Nach der üblichen Begrüßung durften wir die Pinsel schwingen. Gedanklich fuhr ich mit dem Ich-habe-keine-Motivation-Zug nach Hawaii, wo es schön warm war und ich keinen Unterricht hatte. Meine Sitznachbarin Jessica nahm die Anweisung mit dem Pinsel schwingen wortwörtlich. Sie hätte mir beim Malen von nicht identifizierbaren Schemen fast ein Auge ausgestochen, da sie mit dem Arm immer wieder weit ausholte und ihr Pinsel zur Waffe wurde. Jeder von uns hatte eine Leinwand vor sich. Farbe mussten wir uns immer zu zweit teilen, weil das Budget der Schule für Kunst so knapp war wie der Platz auf dem doofen Hocker für meinen Hintern. Mr. Felton blieb neben mir stehen.

»Was hast du auf die Leinwand gezaubert, Cassidy?«

Statt uns mit unseren Nachnamen anzureden, wie es alle anderen Lehrer taten, nannte er uns beim Vornamen – Überraschung!

»Das ist …«, setzte ich an, wusste aber nicht, was ich sagen sollte. Ich hatte einen Kreis gemalt. Den Zirkel der Schande vielleicht? In den man Lehrer sperren sollte, die den Unterricht wirken ließen wie den Ausflug in eine Hippie-Kommune. Oder das Loch, in das ich Colton irgendwann hineinwerfen würde. »… der Mond.«

»Der Mond, wie wunderbar!«, sagte Mr. Felton. »Du könntest aber noch etwas mehr *Energie* und *Elan* in dein Bild stecken, findest du nicht? Ein bisschen mehr Motiv, ein bisschen mehr Farbe!«

»Sicher«, murmelte ich. »Ich versuche es.«

Hinter mir schnaubte jemand spöttisch, und ich musste mich nicht umdrehen, um zu wissen, dass es Colton war. Der saß nämlich in diesem Kurs hinter mir und atmete mir regelrecht in den Nacken. Ich hatte schon öfter überlegt, mir ein Shirt mit einem fiesen Spruch auf der Rückseite bedrucken zu lassen, den er dann unaufhörlich lesen musste, wenn er mich mit seinen Blicken durchbohrte.

Mr. Felton hatte das Geräusch offenbar auch gehört, aber ganz anders interpretiert. »Colton, möchtest du Cassidy ein paar Tipps geben? Tauscht euch gerne aus. Dafür sind wir doch hier!«

Ich rollte mit den Augen und drehte mich auf Mr. Feltons Bitte hin zu Colton um.

»Wieso nicht. Sie hat es nötig«, antwortete Colton mit einem Ausdruck im Gesicht, der so dermaßen eingebildet war, dass ich ihm am liebsten mitten im Unterricht an die Gurgel gegangen wäre.

»Na, na!«, machte Mr. Felton. »Achte bitte auf deinen Ton.«

»Entschuldigung«, sagte Colton affektiert. »Ich befürchte

allerdings, an Cassidy ist sämtliche Begabung für hohe Kunst vorbeigegangen. Da helfen ein paar Tipps auch nicht mehr.«

»Ich zeig dir gleich mal, für was ich eine besondere Begabung habe«, sagte ich energisch und stand von meinem Platz auf.

»Oh, das wissen alle an dieser Schule ganz genau.« Ein spöttisches Lächeln breitete sich auf seinen Lippen aus.

»Das reicht jetzt«, ging Mr. Felton dazwischen. »In meinem Unterricht herrschen Harmonie und Einklang. Ich möchte, dass Sie beide Ihre Differenzen beseitigen. Wie wäre es, wenn Sie nächste Woche gemeinsam an dem neuen Projekt arbeiten, das ansteht?«

»Nur über meine Leiche«, sagte ich heftig.

»Nicht mal, wenn man mich bezahlt«, sagte Colton.

»Gut, dann ist das beschlossen«, überging der Lehrer uns beide. »Als Nächstes sind Porträts an der Reihe, und ich denke, während des Malens können Sie so einiges übereinander lernen. Wir werden für dieses Projekt mehrere Wochen in Zweierteams arbeiten.«

Colton zog verärgert die Brauen zusammen. »Wochen?«

Mr. Felton nickte. »Ich bitte um die Aufmerksamkeit der gesamten Klasse«, sagte er und klatschte in die Hände. »Legen Sie alle für einen Moment Ihre Pinsel beiseite. In der nächsten Woche wird es Ihre Aufgabe sein, ein Porträt eines Ihrer Mitschüler anzufertigen. Ich teile Sie am Ende der Stunde in Teams ein. Damit Sie und Ihre Teampartner sich besser darauf einstellen können, überlegen Sie sich doch bis nächste Woche ein paar interessante Fakten, die Ihre Persönlichkeit widerspiegeln. Dann können Sie sich während der Projektarbeit besser kennenlernen.«

Damit war das Thema gegessen, und Mr. Felton drehte weiter seine Runden, um die Arbeit seiner Schützlinge zu inspizieren. Für den Rest der Stunde war ich damit beschäftigt, den Ninja-Pinsel-Todes-Attacken meiner Sitznachbarin auszuweichen und mich schwarz zu ärgern. Ich? Ein Porträt von Colton malen? Ich wollte nichts mit ihm zu tun haben und schon gar nicht jeden Montag eine Stunde lang in sein viel zu perfektes Gesicht starren.

Es wunderte mich, dass er mir nicht den Rest des Unterrichts garstige Bemerkungen zuflüsterte, um seinem Ärger Luft zu machen. Coltons Miene eben nach zu urteilen brodelte gerade eine Menge fieser Gedanken zu diesem Thema unter seiner Oberfläche.

Als ein Klingeln endlich das Ende der Stunde verkündete, schleifte ich mich missmutig zu meinem Spind, der im Erdgeschoss in der Nähe der Naturwissenschaftsräume lag. Hinter mir klackerten schon die ganze Zeit Schuhe auf dem glatten Boden, und leichte Paranoia kroch mir den Nacken hoch. Ich wurde nicht verfolgt, so ein Blödsinn! Einige Leute aus dem Kunstkurs hatten schließlich im selben Gang wie ich ihren Spind. Die liefen eben auch hier lang, mehr nicht. Doch als ich einen Blick über die Schulter warf, war weit und breit niemand zu sehen. Ich runzelte irritiert die Stirn. Also doch Verfolgungswahn. Kaum hatte ich mich wieder umgedreht, zuckte ich erschrocken zurück – Colton stand gefährlich nah vor mir. War er mir hinterhergegangen, um mir außerhalb von Mr. Feltons Hörweite seine Gedanken um die Ohren zu knallen?

»Hast du einen Geist gesehen, Caster?«

»Alles, was ich sehe, ist ein Großkotz!«

»Dabei hast du gar keinen Spiegel dabei.«

»Du aber offenbar dein übermäßiges Ego.«

»So groß kann es gar nicht sein, wenn ich angeboten habe, ausgerechnet dir Tipps für Kunst zu geben«, erwiderte er.

»Bist du mir deshalb nachgegangen? Um mir ein paar deiner wertvollen Tipps zu geben?«, sagte ich frostig. »Die kannst du dir nämlich sonst wohin stecken. Entschuldige mich jetzt, ich muss mein Mathebuch holen und zur nächsten Stunde gehen.«

»Ich wollte dich nur wissen lassen, dass ich nicht mit dir an irgendwelchen Porträts arbeiten werde«, meinte er. »Mr. Felton teilt uns sicher jemand anderen zu, wenn wir beide darum bitten.«

»Es gibt kein *wir*«, antwortete ich schnippisch. »Kunst ist mir so was von egal. Ich wechsle im September sowieso in einen anderen Kurs.«

»Mir ist Kunst aber nicht egal!«, sagte Colton. Seine Augen weiteten sich. Das hatte er anscheinend gestanden, ohne groß darüber nachzudenken. Er biss sich energisch auf die Unterlippe.

»Schon kapiert«, sagte ich selbstgefällig.

»Gar nichts kapierst du«, sagte er grob. »Du zerstörst doch mit Freuden das Leben anderer Menschen, ohne darüber nachzudenken, was das eigentlich für sie bedeutet.«

»Drama-Queen-Alarm«, sagte ich belustigt. »Und du wäschst deine Hände in Unschuld, oder was? Du bist echt nicht zu fassen.«

»Mit meinen Händen mache ich Dinge, die du dir nicht mal in deinen kühnsten Träumen ausmalen kannst«, sagte er grinsend.

»Vorsicht, Colton«, meinte ich in dem exakt gleichen Ton, den er in der Mall angeschlagen hatte, als er diese Worte zu mir gesagt hatte. »Man könnte sonst noch glauben, du stehst auf mich.«

Überrascht öffnete er den Mund, schwieg aber.

»Manchmal bist du für den Jahrgangsbesten echt ganz schön dumm«, murmelte ich und drängte mich an ihm vorbei. Zwischen den Stunden blieb nicht besonders viel Zeit, um seine Bücher auszutauschen und zum nächsten Fach zu laufen. Ich war jetzt schon spät dran. Für einen Augenblick fragte ich mich, wie Colton es mit diesem dummen Gehabe und der maßlosen Selbstüberschätzung überhaupt schaffte, so verdammt gute Noten zu erzielen. Er war nämlich wirklich der Jahrgangsbeste unserer Stufe, und ich konnte mir nicht erklären, wieso. In den Kursen, die wir gemeinsam hatten, war er immer abwesend oder alberte herum, nie sah ich ihn in der Bibliothek mit den anderen Lerngruppen an etwas arbeiten, und überhaupt war mir das alles nicht geheuer. Diese Meinung teilten auch eine Menge Lehrer, aber man hatte Colton immer wieder im Unterricht ohne Ankündigung geprüft, und er war nie beim Schummeln erwischt worden. Auch wenn ich es nicht einmal denken wollte: Colton Daniels war clever. Hoffentlich verfolgte er mich nicht bis aufs College. Nach einem Gespräch mit einer Beraterin der Schule hatte ich Berkeley und die San Diego State ins Auge gefasst und schon mal für Bewerbungen anvisiert.

Inzwischen füllte sich der Gang etwas, weil andere Schüler und Schülerinnen hastig zu ihren Schulschränken wuselten, um schnell noch etwas zu holen oder abzulegen. Die Highschool war manchmal eine schreckliche Hetzerei. Wie sehr ich all das verabscheute! Ich rief mir in Erinnerung, dass ich Lorn in Mathe und später dann beim Lunch sehen würde.

Gleich besser gelaunt schloss ich meinen Spind auf und wollte nach meinem Mathebuch greifen – nur dass es nicht meins war, sondern Lorns. Ganz eindeutig! Die meisten meiner Schulbücher waren gebraucht und fielen fast auseinander. Das hier sah aus wie neu und hatte auf dem Cover einen Sticker des *Atlanta Dream*-Logos, Lorns liebstem Basketball-Team. Keine Ahnung, wie es in meinen Spind gekommen war. Vielleicht hatten wir sie letzte Stunde verwechselt? Neben mir schlug eine Schranktür mit einem Knall zu, und vor lauter Schreck ließ ich das Mathebuch fallen. Aus dem Augenwinkel bemerkte ich, wie etwas zwischen den Seiten heraussegelte. Doch nicht etwa der Brief? Kurz schoss mir die Szene von gestern durch den Kopf. Ich hatte Lorn versichert, dass ich ihren Brief finden würde. Aber hallo! Ich war gut. Demnächst sollte ich mich wohl als moderner Nostradamus versuchen.

Ich bückte mich, um das Buch aufzuheben und streckte die Hand gerade nach dem gefalteten Brief aus, als mir jemand zuvorkam.

*Schwupps,* hatte Colton ihn aufgelesen.

»Der gehört mir!«, stieß ich erschrocken aus.

»Was du nichts sagst«, meinte Colton überlegen.

Wir standen einander gegenüber, und er machte nicht im Mindesten Anstalten, mir den Brief wiederzugeben – klar, sonst hätte er ihn gar nicht erst genommen. Scheiß Pech auch! Wie kam Lorn denn bitte auf die Idee, ihren Liebesbrief ins Mathebuch zu schieben?

»Du hast meine Nerven für heute echt genug strapaziert«, sagte ich wütend. »Dieser Brief ist mein Eigentum. Her damit!«

»Jetzt nicht mehr«, erwiderte Colton.

»Wie alt bist du, fünf?«, sagte ich. »Es gibt so etwas wie ein Briefgeheimnis. Du machst dich gerade strafbar, weißt du?«

»Wer ist jetzt eine Drama-Queen? Das ist ein gefaltetes Blatt und kein Brief, den ich unrechtmäßig geöffnet habe«, sagte Colton. »Aber gut zu wissen, dass es dir etwas bedeutet.«

»Das sind meine Hausaufgaben«, log ich. »Die brauche ich.«

»Hausaufgaben? Das glaube ich dir aber nicht.« Skeptisch hob er eine Augenbraue. Er genoss sicher jede einzelne Sekunde hiervon.

»Was soll ich sagen, ich stehe voll auf Mr. Hardin. In seinem Matheunterricht schmelze ich zu einer Pfütze am Boden zusammen, weil er mein Blut in Wallung bringt«, brabbelte ich drauflos. Das Ganze war nur eine Ablenkung, denn ich war inzwischen vorgetreten und hob vorsichtig die Hand. Coltons Augen fixierten mein Gesicht, also sprach ich weiter. »Und weil ich jetzt in seinen Kurs muss, wäre ich dir sehr verbunden, wenn du mir die Hausaufgaben wiedergibst, damit ich heute Abend glückselig in mein Tagebuch schreiben kann, wie wundervoll er meine Leistung fand.« Mit einer flinken Bewegung aus dem Handgelenk heraus schnappte ich nach dem Brief, aber Coltons Reaktionsvermögen war so ausgeprägt, dass er zurücksprang und meine Fingerspitzen nicht mal das Blatt berührten. Rasch steckte Colton den Brief in seine Tasche.

Ein fieses Lächeln stahl sich auf seine Lippen. »Zufällig bin ich ein Ass in Mathe. Ich werde deine Hausaufgaben mal inspizieren, damit du Mr. Hardin nicht enttäuschst«, feixte er.

»Wie großzügig von dir«, grummelte ich.

Ich musste verhindern, dass er Lorns Brief las. Mir blieb also gar nichts anderes übrig, als ihn hier und jetzt umzulegen. Na ja, zumindest in meinem Kopf wirkte das wie ein wasserdichter Plan: Colton erwürgen und triumphierend samt Brief über seine Leiche steigen.

Weil das nun mal nicht ging, stopfte ich schweren Herzens Lorns Mathebuch in meine Tasche und schloss meinen Spind. Mit vor der Brust verschränkten Armen sah ich ihn an.

»Na schön. Lies alles. Wir sehen uns dann.«

Mein Herz begann schneller zu schlagen, als ich mich abwandte. Hinter mir hörte ich Papier knistern. Lorn würde mich umbringen! Aber ich würde Colton sicher nicht die Genugtuung verschaffen, ihn wegen des Briefes anzubetteln. Dann folgte ein leises Rascheln.

»Warte, du kannst den Brief wiederhaben.«

Ich blieb stehen und drehte mich um.

»Wenn du Mr. Felton sagst, dass uns beide in ein Team in Kunst zu stecken eine furchtbare Idee ist«, fügte Colton hinzu.

Er hatte den Brief wieder aus seiner Tasche geholt und hielt ihn mit einer Hand hoch, sodass er außer Reichweite für mich war.

»Deal«, sagte ich und streckte die Hand aus.

»Nicht so schnell. Du bekommst den Brief zurück, nachdem wir beide in unterschiedliche Teams gesteckt wurden«, sagte Colton und lächelte spöttisch. »Sonst wäre es ja zu leicht.«

»Das macht dir wirklich unheimlich Spaß, oder?«

»Du kannst dir gar nicht vorstellen wie viel Spaß.«

Für einige Sekunden sahen wir einander stumm an.

»Na gut«, sagte er schließlich. »Ich will mal nicht so sein. Du hast Glück, dass ich gute Laune habe, weil ich später zu einem Date verabredet bin. Hier. Dein toller Liebesbrief.«

»Das sind meine Hausaufgaben!«, protestierte ich.

»Du musst Formeln ja unwiderstehlich finden«, zog er mich auf.

Meine Augen waren weiterhin auf Colton fixiert, und je länger ich ihn so ansah, desto schwerer fiel es mir, wütend zu sein. Es war ein seltsamer Moment, weil ich zum ersten Mal das Gefühl hatte, in seinem Blick läge mehr als die übliche Abneigung gegen mich. Stumm hielt er mir Lorns Brief hin, und ich riss ihn an mich. Es wurde von Sekunde zu Sekunde merkwürdiger. Wieso blickte keiner von uns beiden weg? Ich fühlte mich wie hypnotisiert von dieser leichten Anspannung, die sich zwischen uns aufgebaut hatte. Als wären wir zwei Magneten, deren Gegensätze dafür sorgten, dass sie einander immer wieder fanden.

Schließlich hielt ich es nicht mehr aus.

»Wieso hast du in der Mall eine Uhr geklaut?«, fragte ich.

Colton öffnete leicht den Mund, zögerte aber.

»Wusstest du, dass der Security-Mann hinter dir her war? Hast du die Uhr absichtlich fallen lassen, damit ich Ärger kriege?«

Colton seufzte kaum hörbar. »Schwer zu erklären.«

»Nein, ist es nicht«, erwiderte ich. »Hast du …«

»Leute, was steht ihr noch da rum!«, rief jemand mit abgehetzter Stimme. »Colton, wir kommen zu spät zu Spanisch!«

Theo Griffin kam schlitternd neben uns zum Stehen. »Hey, Cassidy.« Er schenkte mir ein Lächeln. »Fürs Zuspätkommen gibt es Nachsitzen!«, sagte er dann streng. Er war wie Colton und ich siebzehn Jahre alt, und doch wirkte Theo in dieser Sekunde wie ein Lehrer, der zwei Schüler mit bloßem Blick tadelte.

Kurz kam ich völlig aus dem Konzept.

»Gibt es ein Problem?«, fragte Theo.

Ich schüttelte mechanisch den Kopf.

»Okay. Dann los, Colton. Beweg dich!«, sagte Theo. »War schön, dich gesehen zu haben, Cassidy. Geh doch auch lieber zum Unterricht.«

Ungläubig sah ich beiden nach, als sie losliefen.

»Seit wann höre ich auf dich?«, fragte Colton.

»Schon immer«, sagte Theo belustigt. »Sonst würdest du andauernd in Schwierigkeiten geraten. Du weißt es. Ich weiß es.«

Die beiden bogen um die Ecke des Flurs.

Ich wurde aus Theo Griffin nicht schlau.

Und aus Colton Daniels erst recht nicht.

Was Jungs anging, war ich manchmal ahnungsloser als John Snow bei Mädchen. Fehlte nur noch irgendein Statist in dieser Schulflur Szene, der rief: *You know nothing ... about boys, Cassidy Caster!* Aber wie Isaac Newton als großer Mathematiker schon gesagt hatte: *Was wir wissen, ist ein Tropfen, was wir nicht wissen, ein großer Ozean.* In Momenten des Zweifels brachten mich die Sprüche solch kluger Köpfe zuverlässig zum Schmunzeln. Ich stand eben total auf Wissenschaftskram. Immerhin eine Sache, bei der ich immer den Durchblick behielt.

# KAPITEL 6

NACH DEM MATHEUNTERRICHT rief Mr. Hardin mich zu sich nach vorne.

»Für das Zuspätkommen müsstest du eigentlich nachsitzen«, sagte er. »Ausnahmsweise belassen wir es bei einer Verwarnung. Ich habe nämlich gute Laune und drücke ein Auge zu, Miss Caster. Seien Sie beim nächsten Mal aber bitte pünktlich.«

Lorn hatte vor dem Klassenzimmer auf mich gewartet und die kurze Unterhaltung mitbekommen. »Das nennt man wohl Glück«, sagte sie. »Wieso warst du heute Morgen überhaupt so spät dran?«

Wir gingen nebeneinander den Schulflur entlang.

»Zuerst das Wichtigste«, erwiderte ich hastig. Ich griff in meine Tasche und holte ihren Liebesbrief heraus. »Sieh mal, was aufgetaucht ist! Er war in deinem Mathebuch. Wir haben unsere Bücher wohl letzte Stunde nach der Gruppenarbeit vertauscht.«

»Das sagst du erst jetzt!«, rief Lorn überrumpelt.

Sie riss den Brief an sich und stürmte ins nächstgelegene Mädchenklo. Als ich sie eingeholt hatte, stand sie bereits in einer Kabine vor einer Toilettenschüssel und riss den Brief in winzige Stücke, sodass er wie trauriges Konfetti auf dem Wasser schwamm. Sobald der letzte Papierfetzen aus ihren Händen flog, spülte sie alles runter. Sie seufzte erleichtert.

»Geht es dir jetzt besser?«, fragte ich erheitert.

»Nie wieder Liebesbriefe!«, schwor sie. »Ich habe nicht mal gemerkt, dass ich dein Mathebuch hatte. Wieso hast du ihn mir nicht gleich gegeben? Ich war total von der Rolle.«

»Damit Mr. Hardin noch denkt, wir würden Briefe im Unterricht schreiben, ihn uns abnimmt und laut vorliest?«, fragte ich.

»Okay, okay«, sagte Lorn. »Du bist meine Heldin!«

»Weißt du …«, setzte ich an. Ich hielt inne und vergewisserte mich, dass meine beste Freundin und ich allein in den Mädchenklos waren. »Wegen eben. Da ist etwas Seltsames passiert. Mit Colton Daniels.«

»Du nennst ihn immer beim vollen Namen, als wäre er James Bond«, lachte Lorn. »Warte … deshalb warst du also vor Mathe spät dran. Jetzt erzähl schon, Cassidy! Spann mich nicht so auf die Folter.«

»Da war nur so ein Moment zwischen uns im Flur.«

»Was für ein Moment?«, hakte sie nach.

»Ich kann es nicht so genau beschreiben.«

»Ein guter oder schlechter Moment?«

»Wenn ich das wüsste«, murmelte ich.

Ehe wir näher auf das Thema eingehen konnten, knurrte Lorns Magen.

»Ich verhungere. Lunch? Reden wir in der Cafeteria weiter?«

»Äh, klar«, antwortete ich. »Viel zu reden gibt es da sowieso nicht.«

»Wenn du möchtest, können wir auch noch hierbleiben«, sagte Lorn.

Ich zuckte mit den Achseln. Wieso hatte ich überhaupt von Colton angefangen? Hatte ich nichts Besseres zu tun, als mir Gedanken über ihn zu machen? Moment! Was sollte da schon zwischen uns gewesen sein? Vermutlich war mein Blutzucker im Keller, und ich hatte mir die Sache eingebildet. Kopfschüttelnd folgte ich Lorn aus dem Mädchenklo hinaus.

Während wir in Richtung Cafeteria gingen, beschäftigte mich trotzdem dieses ungewohnte Gefühl am Rand meines Bewusstseins. Als würde ich etwas Offensichtliches übersehen und kam einfach nicht darauf, was genau es war.

Der Rest des Schultags verging schleppend und war langweilig, bis Sekunden nach dem Ende der letzten Stunde etwas passierte, das meine Laune hob: Ich bekam einen neuen Auftrag. Lorn hatte mich einmal gefragt, wie die Leute mich kontaktierten, ohne groß dabei aufzufallen. In den meisten Fällen erhielt ich eine SMS mit einer Anfrage und nannte den Leuten dann Uhrzeit und einen Ort innerhalb der Schule, an dem wir uns treffen würden. Ich wusste nicht genau, wie und von wem meine Nummer weitergereicht wurde, aber es funktionierte, und das war alles, was zählte. Wie Flüsterpost und weitaus anonymer, als mich vor allen mitten im Gang anzusprechen. Nicht immer waren die Botschaften an mich auch ernst gemeint. Hin und wieder erlaubte sich jemand einen Scherz oder meinte, mir eins auswischen zu können, indem sie versuchten, mich an die irrsinnigsten Orte zu locken. Deshalb hatte ich mir angewöhnt, den Treffpunkt selber zu bestimmen, und wählte dazu stets unterschiedliche.

Manchmal gab ich den unbekannten SMS-Schreibern aber auch eine Chance, so wie heute. *Triff mich nach der Schule im Computerraum,* hieß es in der Nachricht, die ich las, als es gerade zum Unterrichtsschluss geklingelt hatte. Spontan beschloss ich, dort vorbeizuschauen. Ich stand auf, packte meine Sachen zusammen und lief neugierig zum Treppenhaus.

Der Computerraum lag im zweiten Stock, in der Nähe der

Bibliothek. Während ich unterwegs war, tippte ich eine Nachricht an Lorn, damit sie nicht auf mich wartete. Die Nachmittage nach der Schule verbrachten wir oft gemeinsam, weshalb sie mich meist mit ihrem Auto mitnahm. Oben angekommen überraschte mich die Stille im Computerraum. Meine Augen schweiften umher, und ich entdeckte einen flimmernden Bildschirm. Einer der Computer war eingeschaltet. Die meisten Modelle hier waren steinalt, die Internetverbindung aber recht akzeptabel. Man konnte sich mit seinem Schüler-Account einloggen und umsonst surfen, weshalb ich manchmal in den Freistunden herkam. Ich hatte mal bei einem Gewinnspiel einen Laptop gewonnen. Solche Teile waren inzwischen ja unverzichtbar für die Hausaufgaben, aber wir hatten bei uns zu Hause eine furchtbar lahme Internet-Verbindung – noch schlimmer als in der Schule. Vermutlich lag es daran, dass Cameron mit seinen Online-Spielen unsere Leitung bis aufs Äußerste strapazierte. Vielleicht war Mom aber auch auf einen Anbieter reingefallen, der mit Sprüchen wie »Sie sterben zwar, ehe sich ein Browser öffnet, aber immerhin haben Sie dann noch Geld für die Beerdigung übrig« oder »Scheiß Kohle, Scheiß Netz, Scheiß jetzt« warb? Klang nach echten Verkaufsschlagern, was? War aber billig.

»Hallo?«, rief ich in den Raum. »Hallo!«

»Cassidy?«, kam ein dünnes Stimmchen zurück.

Jetzt entdeckte ich ihn – ein spindeldürrer Junge mit schlabberigen Klamotten saß auf dem Boden vor dem eingeschalteten Computer. Stühle waren eh überbewertet. Kurz war ich überrascht. Ein Junge, der meine Hilfe wollte? Super selten. Ein Teil von mir freute sich regelrecht darüber. Ich kannte ihn sogar. Sein Name war Augustus, er war in meiner Stufe und im Unterricht sehr schweigsam und unauffällig.

Ich ging auf ihn zu. »Hey, Augustus!«

»Du bist echt gekommen«, murmelte er ehrfürchtig.

»Bei so einer wortgewandten SMS konnte ich nicht widerstehen.«

Mein Sarkasmus entlockte ihm ein flüchtiges Schmunzeln.

»Ich war mir nicht sicher, ob du auch Jungs hilfst.«

»Ich helfe jedem, der meinen Rat will«, sagte ich.

»Fast hätte ich mich nicht getraut, die SMS zu schreiben.«

»Warum sitzt du denn auf dem Boden?«, fragte ich.

»Weil ich ganz unten angekommen bin«, antwortete er theatralisch.

Ich ließ meine Tasche von der Schulter gleiten und ließ mich ihm gegenüber im Schneidersitz nieder. Er machte ein Gesicht, als käme er gerade von einer Folterstunde mit Hades aus der Unterwelt zurück – pure Verzweiflung mit einer Prise Todesangst. Abwesend starrte er auf seine Schuhe und zupfte mit den Fingern an den ausgefransten Schnürsenkeln herum.

Ich räusperte mich. »Also …?«

»Ich brauche Hilfe«, sagte er.

»Beim Schlussmachen nehme ich an?«

Er nickte, dann schüttelte er den Kopf. »Es ist komplizierter als das … Wo soll ich nur anfangen? Ich bin so nervös.«

»Wo du möchtest, aber Hauptsache, du erzählst was.«

»Ich habe nicht besonders viel Geld, weißt du«, nuschelte er. Er sah dabei weiter auf seine Schuhe und bekam knallrote Wangen. »Ich kann dir nicht viel Geld geben – so wie die anderen.«

»Das ist egal«, sagte ich.

Augustus hob den Kopf und traute sich endlich, mich direkt anzusehen. »Egal?«, fragte er und blickte wieder schüchtern weg.

Ich zuckte mit den Achseln. »Es ist nicht so, als ob ich eine Preistabelle hätte«, erklärte ich ehrlich. »Reiche, versnobte Kids auszunehmen ist ein besonderes Hobby von mir, für das einfache Volk gelten andere Regeln. Egal, was die anderen sagen.«

»Du hast wirklich seltsame Hobbys.«

*Wem sagst du das*, dachte ich. Laut sagte ich: »Erst die Geschichte, dann alles Weitere.«

Mein *Hobby* brachte allerhand haarsträubende Storys mit sich, und so war ich auf ziemlich alles vorbereitet, doch Augustus' Problem entpuppte sich bereits nach den ersten Sätzen als Typ eins vom Schwierigkeitsgrad her. Je länger eine Beziehung andauerte, umso schwieriger war es, sie zu beenden. Hier lag der Fall anders, und mir schwebte sofort eine Lösung vor Augen.

»Ich bin in einem Online-Forum für Poetry Slammer«, erzählte Augustus. »Dort habe ich jemanden kennengelernt. Wir haben über viele Wochen hinweg gechattet, sind uns dabei nähergekommen, und dann habe ich ihm gestanden, dass ich Gefühle für ihn habe.«

»Das ist doch … *nett*. Wo genau ist das Problem?«

»Heute wollten wir zum ersten Mal skypen, ein Online-Video-Chat-Date sozusagen«, sagte Augustus. »Gestern hat sich durch Zufall herausgestellt, dass wir auf die gleiche Schule gehen, aber nein, es kommt noch schlimmer. Er denkt, dass ich ein Mädchen bin. Mir ist das Ganze so unheimlich peinlich …« Er senkte beschämt den Kopf. »Jetzt kann ihm nicht mehr unter die Augen treten. Und wenn ich ihm die Wahrheit sage, wer weiß, wie er dann reagiert? Bis auf wenige meiner Freunde weiß niemand, dass ich …« Er brach ab.

»Du hast Angst davor, dass die Leute es erfahren.«

Augustus nickte kräftig. »Erbärmlich, oder?«

»Angst zu haben ist menschlich«, sagte ich sanft. »Wir alle haben von Zeit zu Zeit Angst. Manchmal sogar vor unserem wahren Ich.«

»Du auch?«

»Ich auch«, gab ich zu. Öfter, als ich wollte.

»Was soll ich deiner Meinung nach tun?«, fragte er.

»Das kommt darauf an, was du willst. Ich führe schließlich einen Schlussmach-Service, wenn man den Leuten glauben darf.«

»Ich weiß gar nicht, wieso ich dir geschrieben habe«, sagte Augustus beklommen. »Tut mir leid, dass ich deine Zeit verschwendet habe. Ich bin nicht mal richtig mit ihm zusammen.«

»Liegt vielleicht daran, dass sich den falschen Leuten zu öffnen, in etwa so ist, wie ihnen eine Pistole in die Hände zu drücken«, murmelte ich und fuhr dann energischer fort: »Fremden gegenüber hat man weniger zu verlieren. Also raus mit der Sprache: Was willst du?«

Augustus faltete die Hände ineinander. Er zögerte.

»Die Skype-Verabredung ist heute. Mir qualmt schon der Kopf vom vielen Grübeln. Wenn ich ihm absage, fragt er irgendwann wieder nach einem Treffen, und weiter lügen kann ich auch nicht. Ich denke, ich brauche einen klaren Schlussstrich für uns beide.«

»Bist du dir sicher?«, fragte ich.

»Ich kann mich jetzt nicht outen. Noch nicht.«

»Wieso denkt er eigentlich, dass du ein Mädchen bist?«

»Mein Username basiert auf einem Gag zwischen mir und meinen Freunden und lautet ›Miss_Pandora‹«, erklärte er. »Mir ist nicht mal in den Sinn gekommen, dass man mich deshalb für ein Mädchen halten könnte. Im Netz benutzt doch niemand seinen richtigen Namen.«

»Und wie kam das mit der Verwechslung heraus?«

»Er hat mir ein Bild von seinem Outfit geschickt und gesagt, ich solle passend zu unserem Online-Date ein Kleid anziehen.«

»Das ist recht bestimmend«, erwiderte ich. »Und sexistisch.«

Also ich an Augustus' Stelle hätte dem Kerl geschrieben, dass er für das Skype-Date selber ein Kleid tragen konnte, wenn er auf wallenden Stoff stand. Als Accessoire dazu ein schönes Protestschild, auf dem stand: *Auch Männer dürfen Kleider tragen! Kleider für alle! Wir leben im 21. Jahrhundert!*

Aber Augustus war nicht ich. Ich räusperte mich.

»Gib mir dein Handy. Ich vergraule ihn am Telefon.«

Augustus schluckte schwer, dann sah er mich aus weit aufgerissenen Augen an. Er wirkte wie ein verlorenes Hundebaby und tat mir ein wenig leid. Das hier war wieder einer *dieser* Momente. Einer dieser entscheidenden Momente. Mein erster Instinkt war, ihm den Rat zu geben, dass die Wahrheit immer mehr wert war als eine Lüge. Wer sich seinen Problemen stellte, konnte darüber hinauswachsen. Aber seine Situation war ungewöhnlich Ich wollte mir nicht anmaßen, seine Motive nachvollziehen zu können. Er trug sein ganz eigenes Päckchen mit sich herum. Und ich war nicht hier, um Weichen für die Lebenswege anderer zu stellen, sondern dafür da, Stolpersteine aufzuheben und es anderen leichter zu machen. Den Schlussmach-Part für sie zu übernehmen, wenn sie es nicht vermochten.

»Handy«, forderte ich ihn auf.

Er reichte es mir. »Was, wenn er dich an der Stimme

erkennt? Wenn er auf dieselbe Schule geht wie wir ... wird er dann am Ende eins und eins zusammenzählen?«

»Soll er denken, was er will«, sagte ich.

Fünf Minuten später war das Ganze erledigt. Paul hatte die Abfuhr nicht sehr gut weggesteckt und mich mit einigen Beleidigungen beschimpft, für die man in Nordkorea sicher lebenslänglich ins Gefängnis gekommen wäre. Irgendwann hatte ich einfach aufgelegt und Pauls Nummer mit Augustus' Handy geblockt.

»Was schulde ich dir?«, fragte Augustus. Er sah traurig aus.

»Ein Versprechen«, erwiderte ich. »Wenn du das nächste Mal in so einer Situation steckst, musst du für dich selbst einstehen, okay? Man sollte sich niemals von irgendetwas runterziehen lassen. Schon gar nicht davon, einfach man selbst sein zu wollen.«


Wenig später verließ ich das Hauptgebäude der Highschool.

Ein gebrochenes Herz mehr auf der Welt, und die Schule sah noch genauso aus wie vorher. Ein wenig tat mir Augustus' Chat-Freund schon leid. Jemanden übers Telefon abzuservieren war nicht gerade die feine Art. Immerhin hatte er meine Stimme nicht erkannt.

Statistisch gesehen gingen die meisten Beziehungen vor den Weihnachtsfeiertagen oder im Sommer kaputt, aber auf der Highschool wurde gefühlt jeden Tag aufgrund irgendeines Dramas etwas beendet. Ich hatte einmal einen Artikel gelesen, in dem stand, dass Leute in meinem Alter nur zu 47 Prozent persönlich Schluss machten und allein 30 Prozent am Telefon abserviert wurden. Und dann gab es noch die fünf Prozent, die nicht mal von ihrem Partner persönlich abserviert wurden, sondern andere vorschickten. Ob es da draußen wirklich Leute gab, die Probanden auf der Straße zu ihren gescheiterten Beziehungen befragten, um solche Prozentsätze zu erklären? Wie bescheuert!

Mein eigenes Liebesleben ließ sich nicht so leicht wie die Art des Schlussmachens in eine Schublade stecken. Mit meinen siebzehn Jahren hatte ich bisher acht Dates mit eher mauer Erfolgsquote gehabt. Meine erste Verabredung hatte ich mit vierzehn. Ich war damals total in einen Jungen aus meinem Englischkurs verknallt, und als einige Mitschüler (darunter er und ich) nach der Schule zusammen Pizza essen gingen, war das mein erstes Date (zumindest fühlte es sich so an). Wir beide verstanden uns unheimlich gut und unterhielten uns die ganze Zeit. Am Ende trennten wir uns von den anderen, und er begleitete mich nach Hause. Als er mich küsste, erwartete ich ein Wunder. Prickelnde Haut, elektrische Blitze und weltbewegende, alles erschütternde Gefühle (so wurde ein Kuss in den kitschigen Büchern immer beschrieben, die Mom so gerne las, und in die ich damals noch gerne einen Blick warf). Doch stattdessen war die Situation seltsam und peinlich, und ich bekam eine ordentliche Ladung Sabber ab – danach weinte ich für eine Stunde am Stück in mein Kissen. Man sagte ja immer, dass man seine erste Liebe nie vergaß. Nun ja, die Horror-Sabber-Kuss-Erfahrung war prägender. Ein paar Tage später knutschte der Junge mit Sabrina Sullivan auf dem Pausenhof rum. Der gefielen seine Wasserfall-Küsse offenbar richtig gut.

Ich brach sofort wieder in Tränen aus. Was dazu führte, dass Nora mich im Arm hielt, Addison nicht wusste, was sie tun sollte, und Lorn wütend über den Pausenhof marschierte und dem ollen Jungen eins auf die Nase gab. Sie hatte so fest zugeschlagen, dass seine Nase anschließend gebrochen war und Lorn für eine ganze Woche nicht zum Unterricht kommen durfte. Lorn hatte uns schon damals alle beschützen wollen. Schade, dass sie das bei der Freundschaft unseres Vierergespanns nicht geschafft hatte.

Die Erinnerung an den ersten Kuss verblasste mit der Zeit, so wie die Seiten eines Buches, das zu lange in der Sonne gelegen hatte, und verschwand schließlich ganz aus meinem Herzen.

Ich war nie eines dieser Mädchen gewesen, die in den Spiegel blickten und sich einredeten, wie hässlich sie waren, und ich war auch keines jener Mädchen, die mit ihrer strahlenden Modecover-Schönheit einen Auftritt in Zeitlupe hinlegen konnten. Nein, ich war wohl irgendwas dazwischen –, aber es hatte mich nie groß Überwindung gekostet, mit Jungs ins Gespräch zu kommen. Dates machten Spaß, und manchmal endeten sie auch in einer Katastrophe. Aber spätestens nach Patrick begann ich mich zu fragen, ob ich überhaupt dazu bestimmt war, verliebt *und* gleichzeitig glücklich zu sein.

Es war kurz nach meinem fünfzehnten Geburtstag gewesen. Auf dem Nachhauseweg von der Schule machte ich mit Lorn einen Stopp in einem Tacoladen, um etwas zu essen, und sah ihn: Patrick Powell, zwei Jahre älter als ich, super süß und mit seiner Lederjacke absolut verwegen. Ja, ich war hin und weg gewesen und träumte regelmäßig davon, dass wir zusammen auf seinem Motorrad (eigentlich war es mehr ein kleines Moped) durchbrennen und das schnöde Leben in Newfort hinter uns lassen würden! Er arbeitete im Tacoladen, und bald hing ich jeden Tag dort ab, um ihn so oft wie möglich zu sehen. Während Lorn sich an den Gratis-Tacos bereicherte, die Patrick bekam, nutzten wir jede kleine Pause, um uns zu küssen. Als ich allerdings gerade mal eine Woche mit schlimmer Grippe im Bett lag, beobachtete Lorn, wie Patrick mit anderen Mädchen flirtete. Eine Auseinandersetzung später war Patrick Geschichte. Seitdem hasste ich Tacos wie die Pest. Lorns Liebe zu den Dingern war jedoch ungebrochen, und das nahm ich ihr ein wenig übel.

Man hätte meinen können, dass ich erst mal die Schnauze voll von Jungs hatte. Doch als ich mit Lorn im *Frozen Yoghurt Palace* einen Nebenjob anfing, freundete ich mich mit einem Jungen aus unserer Highschool an, der ebenfalls dort jobbte. Wir verstanden uns auf Anhieb, und je mehr Zeit wir bei der Arbeit miteinander verbrachten, umso lieber gewann ich ihn. Rasender Puls, schwitzige Hände, knallroter Kopf – in Toms Gegenwart gewannen meine Gefühle eindeutig die Oberhand. Ich beschloss, ihm zu gestehen, was ich für ihn empfand, und fühlte mich unglaublich mutig! Wir waren ein paar Monate glücklich – bis mir nach und nach klar wurde, dass er mich ausnutzte. Ich half ihm, wann immer er das wollte, übernahm Schichten für ihn, ließ ihn Hausarbeiten abschreiben und einiges mehr. Irgendwie war ich von der Freundin zur Dienstbotin degradiert worden. Als ich ihn mit meinen Emotionen konfrontierte, machte er einfach Schluss.

Kurz darauf flog Lorn hochkant aus dem Job, weil sie immer von der Auslage naschte, und ich kündigte aus Solidarität. Außerdem ertrug ich es nicht mehr, meinen Ex so oft zu sehen, und hatte endlich eine Ausrede zu gehen, die meinen Stolz nicht verletzte.

Damals hatte ich geglaubt, dass sich Liebe eben genau so anfühlen musste: ein wenig chaotisch, ein wenig bittersüß und vor allem nicht von Dauer. Aber tief in meinem Inneren ahnte ich, dass ich gar nicht wusste, was echte Liebe war. Im nächsten Jahr flirtete ich und traf mich mal hier und mal dort mit ein paar Leuten aus meiner Highschool, aber es war nie etwas Ernstes. Durch meine Erfahrungen war ich vorsichtiger geworden. Überhaupt lieferten Moms ständige On-Off-Beziehungen immer wieder neue Beweise dafür, dass Liebe wie eine Atombombe alles zerstörte und riesige Löcher zurückließ. Ich könnte mir auch ein Küchenmesser in die Seite rammen, das wäre genauso schmerzhaft.

Das Blöde war, dass ein Teil von mir sich noch immer an die Hoffnung klammerte, es müsste da draußen mehr geben. Mehr als nur diese Achterbahnfahrten mit ihren Höhen und Tiefen. Etwas Beständiges. Doch spätestens als mein Schlussmach-Service seinen Beliebheitsboom hinlegte und ich fast wöchentlich mitbekam, wie verkorkst Beziehungen waren, schwor ich der Liebe vollkommen ab. Ich hatte eine neue Bestimmung gefunden. Langsam erlosch der winzige Funke Hoffnung in mir, und ich wurde eine Meisterin darin, meine Gefühle loszulassen, sie abzusägen wie morsche Äste am Cassidy-Baum, den meine Grandma immer als stark und unverwüstlich beschrieben hatte. Es war an der Zeit, meine Erkenntnisse weiterzugeben. So wie eben bei Augustus.

Ich blies mir eine Haarsträhne aus der Stirn. Nichts wie über den Schülerparkplatz und weg. Das Gelände der Newfort High war zwar umzäunt, aber neben ein paar Eichen abseits der Parkplätze gab es eine offene Stelle im Zaun, die man super als Abkürzung nutzen konnte. Wenn ich morgens spät dran war, lief ich oft hier lang.

Mir fiel auf einmal ein schwarzer Jeep ins Auge, der quer über drei Parkplätze stand und deshalb nicht zu übersehen war. Plötzlich ertönte Musik mit lautem Bass, und ich zuckte zusammen. Selbst nach Schulschluss war auf dem Gelände der Highschool noch einiges los. Viele Clubs und AGs fanden nach dem Unterricht statt, genauso wie das Training der Sportteams. Ich hatte allerdings nicht erwartet, dass ein paar Jungs auf dem Parkplatz eine private Party feiern würden.

Mein Herz machte einen Salto, als ich einen von ihnen wiedererkannte – Andrew Carlyle. Es war schon einige Wochen her, dass ich seiner Exfreundin Sarah geholfen hatte, ihn aus ihrem Leben zu verbannen, und seitdem war ich ihm nicht mehr über den Weg gelaufen. Andrew hatte die Trennung ziemlich mitgenommen, und angeblich war das immer noch der Fall. Ich wusste, dass er nicht gut auf mich zu sprechen war. Okay, das war untertrieben. Einen Tag nach dem Beziehungsaus hatte er quer über meinen Spind das Wort *Schlampe* in roter Farbe gesprüht und mich ein dämonisches Miststück genannt. In dem Film »Einfach zu haben« sah es vielleicht cool aus, wenn Emma Stone sich ein rotes A (für Ehebrecherin, wie in der Buchvorlage) auf ihre Kleidung stickte und wie eine Rebellin erhobenen Hauptes durch die Flure stolzierte, aber in der Realität war es ziemlich unangenehm, von allen angestarrt und verurteilt zu werden. Mein Job hatte einige verdammt beschissene Nebeneffekte. Klar, die Leute vergaßen solche Zwischenfälle irgendwann wieder, aber Andrew war von der Sorte nachtragend und jähzornig. Keine gute Kombination.

Ihm aus dem Weg zu gehen diente meinem Selbstschutz. Doch ich war schon fast am Zaun und wollte nicht mehr umkehren. Vielleicht würde er mich ja gar nicht sehen? Im Moment stand er mit ein paar Freunden am Heck des Jeeps und wippte im Takt des Rap-Songs. Ich war schon fast vorbei, als er den Kopf hob und unsere Blicke sich trafen. Wie auf Knopfdruck spiegelte sich Verachtung darin wider.

*Zeig jetzt keine Schwäche*, ermahnte ich mich. Meine Schritte zu beschleunigen brachte jetzt sowieso nichts mehr. Andrew hatte mich gesehen und löste sich aus der Gruppe, um sich mir in den Weg zu stellen. Ich hätte locker davonlaufen können, der Parkplatz war riesig, aber dann würde er mir sicher hinterherkommen. Und ich stand ihm lieber gegenüber, als ihn hinter mir zu wissen, wo ich nicht sehen konnte, was er tat. Man sollte einer Bedrohung niemals den Rücken zukehren.

»Dich habe ich ewig nicht mehr gesehen, Cassidy.«

»Ja, wirklich schade, dass die Schule so groß ist«, erwiderte ich.

»Weißt du, was wirklich schade ist?« Es war eine rhetorische Frage. Seine Stimme klang düster. »Dass Sarah sich nach drei Jahren von mir getrennt hat, weil du ihr eingeredet hast, ich wäre nicht gut genug für sie. Ich verstehe nur nicht, wieso.«

»Soll ich dir eine Liste erstellen?«, fragte ich. »Oder wie wäre ein schönes Diagramm, das deine Stärken deinen Schwächen einander gegenüberstellt? Statistiken lügen nämlich nicht.«

»Du hältst dich echt für wahnsinnig witzig, was?«

»Witzig ist mein zweiter Vorname.«

»Wohl eher vorlaut«, sagte er, »oder risikobereit.«

»Du meinst, weil ich mir in deiner Gegenwart vielleicht etwas einfangen könnte, das meine Hirnzellen auf die Größe eines Staubkorns zusammenschrumpfen lässt? Dann gebe ich dir recht.«

»Du bist so ein Miststück«, spuckte er giftig aus.

»War nett, mit dir zu plaudern, aber ich muss meinen Bus kriegen«, sagte ich möglichst neutral. »Viel Spaß noch.«

»Warte, Cassidy. Ich habe noch was für dich.«

Ich wollte lieber nicht herausfinden, was er damit meinte. Zwei der Gründe, warum Sarah ihn verlassen hatte, waren seine unkontrollierte Wut und die schlimme Angewohnheit,

Menschen als sein Eigentum anzusehen. Mit solchen Typen kannte ich mich bestens aus – Mom hatte eine Zeit lang regelmäßig genau solche angeschleppt. Gut, dass Mrs. Rivers Lorn und mich dazu gebracht hatte, einen Selbstverteidigungskurs zu absolvieren. Wenn es hart auf hart kam, konnte ich für mich selber einstehen. Schlimm genug, dass so etwas im 21. Jahrhundert überhaupt nötig war.

Andrew drehte sich um und griff nach etwas, das sich auf der Ladefläche des Jeeps befand. »Wir haben im Werkunterricht Vogelhäuser gebaut, und ich dachte schon, dass der Rest des Material zu nichts zu gebrauchen wäre, aber mir kommt gerade eine tolle Idee«, sagte er schadenfroh.

Werkunterricht? Machte er jetzt einen auf Axtmörder?

Ehe ich einen Schritt zurückmachen konnte, hatte er einen Eimer in der Hand und schüttete seinen Inhalt genau über meinem Kopf aus. Für eine Sekunde wusste ich gar nicht, was genau passiert war. Dann realisierte ich, dass es sich bei dem Inhalt des Eimers um weiße Farbe handelte. Ich strich mir notdürftig mit den Händen die Haare aus dem Gesicht und versuchte, etwas von der Farbe abzubekommen. Sie fühlte sich kalt und schleimig auf meiner Haut an und machte meine Haare schwer. Mein Oberteil war komplett hinüber, und das Zeug tropfte langsam auch noch auf meine Hose.

»Deine Persönlichkeit hatte einen neuen Anstrich nötig«, sagte Andrew gehässig. »Geht aufs Haus. *Dir* noch viel Spaß.«

Seine Freunde begannen, wie ein Rudel Hyänen zu lachen.

Ich fuhr mir erneut notdürftig mit den Händen übers Gesicht. Langsam wandte ich mich ab und ging zurück zum Schulgebäude. So konnte ich unmöglich in einen Bus steigen. Der Gestank der frischen Farbe stieg mir in die Nase, und meine Augen fingen an zu brennen. Zu allem Überfluss trat ausgerechnet Colton aus der Tür, als ich mich dem Haupteingang näherte. Ich versuchte angestrengt, an ihm vorbeizusehen, bemerkte aber dennoch, wie er mich mit einem Blick bedachte und sich nach mir umdrehte. Meine Schritte wurden schneller. Im Mädchenklo wusch ich mir die Farbe so gut es ging aus den Haaren, was allerdings ewig dauerte. Mir blieb nichts anderes übrig, als die nassen Strähnen, in denen noch immer unübersehbar eine Menge weißer Farbreste war, zu einem Knoten hochzubinden. Ich entledigte mich meiner Jacke und Bluse und rollte sie zusammen, um beides in meine Tasche zu stopfen. Mein Top war noch in Ordnung, die Flecken auf meiner Hose leider längst trocken. Ein Blick in den Spiegel verriet mir, dass ich so schrecklich aussah, wie ich mich fühlte. Meine Augen waren blutunterlaufen und mein Gesicht leichenblass. Wundervoll!

Da ich nicht im Klo übernachten wollte, ging ich zurück Richtung Ausgang und hoffte, dass Andrew und seine Freunde sich inzwischen verzogen hatten. Er musste sich ja unheimlich stark vorkommen. Da ich nicht vorhatte, einen Krieg zu starten, würde ich Andrews Aktion fürs Erste einfach hinnehmen. Wenn er in Zukunft so weitermachte, dann sollte er sich aber besser warm anziehen.

»Cassidy?«

Ich hatte nicht damit gerechnet, jemanden im Flur anzutreffen, schon gar nicht Theo. Verdattert starrte ich ihn an, als wäre er nicht einer meiner Mitschüler, sondern eine himmlische Erscheinung.

»Bist du in Ordnung?«, fragte er freundlich.

Gott, hatte er das eben auf dem Parkplatz etwa gesehen?

»Ja, danke der Nachfrage«, antwortete ich.

»Willst du was gegen ihn unternehmen?«

»Ich brauche deine Hilfe nicht«, sagte ich defensiv.

»Dann vielleicht meine Jacke«, sagte Theo. Ohne ein weiteres Wort zog er seine blaue Jacke aus und hielt sie mir hin. »Draußen ist es zu kalt, um ohne herumzulaufen.«

»Du willst mir deine Jacke geben?«, fragte ich perplex.

»Wir könnten natürlich auch den Fundus der Schule durchstöbern, aber da tun sich wahrscheinlich Abgründe auf, die keiner von uns sehen möchte«, sagte er und grinste ein breites Zahnpastalächeln.

»Das ist sehr ritterlich von dir, aber ich ...«

Theo legte mir die Jacke einfach in den Arm. »Gib sie mir wieder, wenn du Zeit findest.« Er wandte sich ab und ging auf den Ausgang zu. Ich starrte ihm mit offenem Mund nach. War hier irgendwo eine versteckte Kamera? Hatte ich Halluzinationen von den Farbdämpfen? Hastig ging ich Theo nach, aber er war schon auf dem Parkplatz und stieg gerade zu Colton in einen roten VW.

Sekunde mal. Colton? Hatte er Theo etwa ...?

Ich schüttelte mich. Mir war echt eine Sicherung durchgebrannt. Das hier war doch kein Mystery-Roman, in dem jedes Detail ein Hinweis auf etwas Größeres war. Theo war eben einfach ... nett. Recht hatte er auch noch. Draußen hatte es aufgefrischt, und ich zog mir die Jacke gleich über, um nicht zu frieren. Der Wind war unangenehm kühl und der Himmel so dunkel, als würde es gleich gewittern. Ich sollte schleunigst zur Bushaltestelle laufen. Von Andrew und seinen Freunden war nichts mehr zu sehen.

Lorn würde ins Koma fallen, wenn ich ihr erzählte, dass Theo mir seine Jacke überlassen hatte wie ein verdammter Gentleman. Vermutlich tütete sie die Jacke ein und benutzte sie als erstes Ausstellungsstück für ihren Theodor-Griffin-

Schrein. Die Vorstellung allein brachte mich ein wenig zum Lachen. Dann hielt ich inne. Ich hatte eine meiner wichtigsten Regeln vergessen, wenn es um Jungs ging: Wenn sie dir helfen, stehst du in ihrer Schuld.

Die Frage war nur: Wer genau hatte mir einen Gefallen getan?

# KAPITEL 7

»BIST DU WIRKLICH OKAY?«

Ich seufzte. Lorn hatte diese Frage jetzt schon fünfmal gestellt. Mein Handy hatte geklingelt, als ich gerade vor der Gemüsetheke stand und nach den Tomaten greifen wollte. Auf dem Rückweg war ich nämlich ein paar Haltestellen früher ausgestiegen, um einen Abstecher in den Supermarkt zu machen. Wenn ich es nicht tat, kümmerte sich ja sonst keiner darum. Mom ernährte sich in den nächsten Tagen bestimmt von Luft und Liebe – und das nicht mal nur sprichwörtlich. Cameron war nicht sehr wählerisch, was Essen anging, und in dieser Hinsicht leicht zufriedenzustellen.

»Hier ist eine Tomate, die aussieht, als habe sie das Gesicht von Baby Jesus«, teilte ich meiner besten Freundin mit. »Meinst du, ich bin gerade Zeugin eines himmlischen Wunders geworden?«

»Wieso musst du immer vom Thema ablenken?«

»Weil du mich jetzt genug bemitleidest hast«, sagte ich. »Es war nur Farbe, und Andrew ist eben ein Mistkerl.«

Lorn antwortete nicht mehr. Ich hörte sie leise atmen.

»Überlegst du gerade, mit was du ihn morgen in der Schule verprügeln könntest?«, fragte ich. »Hallo? Lorn?«

»Kannst du mir beschreiben, wie Theos Jacke aussieht?«

»Okay, ich lege jetzt auf.«

»Halt! Das war ein Scherz. Ich weiß, wie sie aussieht.«

»Natürlich«, sagte ich und verkniff mir ein Lachen.

»Denkst du manchmal darüber nach, dass früher alles einfacher war?«, fragte Lorn. Ihre Stimme klang seltsam hohl. »Als wir noch in der Middle School waren und keine Ahnung von der Welt hatten? Jeder Tag war ein ganz großes Abenteuer für uns.«

»Nicht jeder Tag«, flüsterte ich. Zumindest nicht für mich.

Für einen Augenblick sagte keine von uns etwas. Dann hörte man im Hintergrund die Zwillinge laut kreischen. Lorn stöhnte auf.

»Ich sehe mal nach den beiden. Bis morgen, Cassidy.«

»Bis morgen«, verabschiedete ich mich.

Ich schob das Handy in die Jackentasche und nahm die Baby-Jesus-Tomate in die Hand. »Du bist vielleicht eine hässliche Tomate.«

Eine ältere Dame neben mir räusperte sich laut.

»Ich habe gehört, sie schmecken besser, wenn man mit ihnen spricht«, meinte ich und warf die Tomate zu den anderen in eine Tüte, damit ich sie gleich wegen des Preises wiegen konnte.

»Du bist ein seltsames Mädchen«, sagte sie.

»Das nehme ich mal als Kompliment.«

Ich legte noch ein paar weitere Sachen in den Einkaufskorb, natürlich nicht, ohne vorher gründlich überlegt zu haben, ob wir sie wirklich brauchten und sie ins Einkaufsbudget passten. Wenn man von klein auf Preise zusammenrechnen musste, hatte man Mathe zwar irgendwann satt, Zahlen gingen einem aber ins Blut über.

Weil der Tag so unheimlich blöd gewesen war, gönnte ich mir eine Packung Schokolade. Den Dollar mehr würde ich jetzt einfach ausgeben, ohne groß darüber nachzudenken, dass man auch diverse andere Sachen damit hätte bezahlen können. Anschließend schlenderte ich zur Kasse. Vor mir in der Schlange stand eine Mutter mit ihrer Tochter. Das Kind war vielleicht zehn, so alt wie Lorns Schwestern, und half der Frau dabei, die Einkäufe auf das Band zu legen. Die beiden witzelten herum, und das Mädchen lachte laut. Ich sah ihnen so lange nach, bis die Kassiererin mich anpampte, weil ich den Betrieb aufhielt. Sofort entschuldigte ich mich, bezahlte und packte meine Sachen in eine der braunen Papiertüten. Draußen vor dem Supermarkt fiel mein Blick erneut auf die kleine Familie, und mir wurde das Herz schwer. Sie gingen über die Straße und waren im nächsten Augenblick um eine Hausecke verschwunden.

Ich versuchte, das mulmige Gefühl abzuschütteln, aber den restlichen Weg über klammerte es sich an meinem Innersten fest. Flüchtige Momente konnten so viel in meinem Kopf in Bewegung setzen. Wie bei einem verdammten Fernseher, der sich ohne Erlaubnis einschaltete und eine Parade an schlechten Erinnerungen abspielte. Müsste das alles nicht anders funktionieren? Sollte unser Verstand uns nicht besser vor den Dingen beschützen, die unser Herz nicht vergessen konnte? Und einfach den Kanal wechseln?

Gegen ein Wunder hätte ich echt nichts einzuwenden. Oder zumindest eine winzige Veränderung bei Mom …

Als ich den Flur zu unserem Apartment entlanglief, wurde mir rasch klar, dass ich hinter dieser Tür alles andere als ein Wunder zu erwarten hatte. Ich hörte die Musik bereits, als ich mich die letzten Treppenstufen hochgeschleppt hatte. Es war eine Platte von Elvis. Gerade spielte »Fever«. Es war das erste Lied auf einer von Moms Tracklists, was bedeutete, dass Mom entweder gerade erst angefangen hatte, sie zu hören, oder bereits einmal komplett durch war. Ich tippte auf Letzteres, denn ich wusste genau, was das bedeutete: Dick Batman war Geschichte.

Wenn mich mein Gedächtnis nicht im Stich ließ, hatte sie erst *gestern* von ihm erzählt. Gestern! War ich in irgendeine Parallelwelt gedriftet, in der man Zeit eine andere Bedeutung beimaß? Denn sonst wäre das hier sogar für Mom ein neuer Rekord.

Bevor ich die Tür aufschloss, sandte ich ein stilles Gebet an die Baby-Jesus-Tomate. Eigentlich wollte ich mich klammheimlich in mein Zimmer schleichen und nicht mehr herauskommen, bis die Musik aufhörte zu spielen, aber daraus wurde nichts. Lautes Schniefen drang an meine Ohren und appellierte an mein Mitgefühl. Ich seufzte. Rasch verstaute ich die Einkäufe in der Küche und brachte meine Schultasche in mein Zimmer. Kaum hatte ich die Schuhe ausgezogen, rief Mom schon etwas mit Sturzbachtränenstimme.

»Wieso trifft es immer mich?«

Sie klang, als habe ein Laster sie überfahren. Okay, es half ja nichts. Ich wagte einen Blick ins Wohnzimmer. Mom war zu einem Häufchen Elend auf dem Sofa zusammengesackt. O nein! Sie hatte sogar diese grässliche Decke herausgefischt, durch die man seine Arme stecken konnte. Beim Anblick der undefinierbar grauen Farbe dieser hässlichen Ärmeldecke schüttelte ich mich. Mom sah aus wie ein dicker Elefant ohne Rüssel. Schnulzenlieder, die Ärmeldecke, billiger Wein auf dem Couchtisch und zu guter Letzt diese elendigen Lavendelräucherstäbchen, welche die ganze Luft verpesteten – das war ihr Rezept, um schön im Selbstmitleid zu versinken, wenn eine Beziehung geendet hatte, weil bei ihr nichts für immer hielt. Oder auch nur für einen Tag.

»Mom?«, fragte ich vorsichtig und blieb im Türrahmen ste-

109

hen. Jeden Augenblick würde sie etwas in meine Richtung werfen, und – *wusch!* – kam schon einer ihrer Pantoffeln angeflogen. Ich duckte mich weg. Meine Reflexe waren inzwischen sehr gut. Immerhin war es nicht ihr Weinglas, das gab jedes Mal eine Riesensauerei.

»Lass mich bloß in Ruhe!«, blaffte Mom. »Oh …« Sie schniefte in ein Taschentuch. »Du bist das, Cass.« Noch mehr Tränen liefen ihr übers Gesicht. »Ich dachte, du wärst vielleicht Dick.«

Solange Dick nicht wirklich Batman war, bezweifelte ich stark, dass er in den fünften Stock fliegen und in unsere Wohnung einbrechen konnte. Außerdem war es noch nie vorgekommen, dass einer ihrer Exgeliebten irgendwo auftauchte, um sich zu entschuldigen. Moms Menschenkenntnis war einfach gleich null.

»Wer auch sonst, Mom«, sagte ich ruhig.

Nachdem ich mich neben sie aufs Sofa gesetzt hatte, breitete ich behutsam die Arme aus, um sie an mich zu drücken. Sie heulte wie ein Schlosshund. Ihr schmaler Körper bebte richtig. Früher hatte mir der Anblick das Herz zerrissen, und ich musste jedes Mal mitweinen, ohne zu wissen, wieso eigentlich. Einen Menschen, den man liebte, leiden zu sehen, war nie einfach. Doch mein Gehirn nahm diese Abläufe nur noch als einen altbekannten Kreislauf war. Mom und ihre übermäßig vielen Trennungen hatten mich immer belastet und dazu geführt, dass ich mich ebenfalls schlecht fühlte, wenn sie ihre negativen Gefühle bei mir ablud. Lorn hatte mir dabei geholfen, mich von den Gefühlen meiner Mom zu distanzieren. Sie war nicht ich und ihre Trennungen nicht mein Schmerz. Manchmal musste man in erster Linie das tun, was für einen selbst am besten war und sich nicht vom Drama anderer Menschen in ein tiefes Loch ziehen lassen. Das zu erkennen war allerdings ein langer Prozess gewesen, der noch immer anhielt.

Denn in Momenten wie diesen, konnte ich nicht anders, als Mom ein paar tröstende Worte zu schenken, um sie aufzumuntern.

»Alles wird gut, Mom«, sagte ich mitfühlend.

Würde mir jemand solch dämliche Floskeln zuflüstern, wäre ich wahrscheinlich an die Decke gegangen, aber meine Mom stand auf diese ganzen Glückskeks-Orakel-Karma-Sachen, die halfen, positiv zu denken.

Wo steckte mein Bruder eigentlich?

»Was ist denn passiert?«, wagte ich mich vor.

Mom richtete sich ruckartig auf. Ihre Augen funkelten zornig.

»Dick ist passiert!«, keifte sie. »Er hat mich einfach abserviert. Am Telefon, Cassidy! Der Mann hat keinen Funken Anstand. Wir wollten heute Abend zusammen essen gehen, um unsere Beziehung offiziell zu machen. Ist das denn zu glauben! So ein Heuchler. Seine Entscheidung kam aus dem Nichts!«

Wütend griff sie nach ihrem Weinglas, leerte es in einem Zug und knallte es auf den Tisch. Anschließend wurde sie ganz still.

»Das tut mir leid«, sagte ich. »Ehrlich.«

Zumindest hatte sich der Typ von selbst verabschiedet, und ich würde nicht wieder jemanden für sie abservieren müssen, weil sie dazu nicht in der Lage war. Ich kam nicht umhin, deshalb ein kleines Stück erleichtert zu sein.

Mom schlang die Arme um sich und seufzte.

»Was habe ich denn nur falsch gemacht?«, fragte sie bekümmert. »Ich dachte, er würde das Gleiche für mich empfinden wie ich für ihn. Bin ich denn so ein schlechter Mensch, Cassidy?«

Ich betrachtete meine Mom. Die Antwort auf diese Frage war nicht so einfach, wie sie hätte sein sollen. Beim Schlussmachen hatte ich jedoch gelernt, dass unsichere Menschen die Schuld einer Trennung meist bei sich suchten. Zwar war es nicht verkehrt, sein eigenes Verhalten zu reflektieren, um mögliche Konflikte zu erkennen, aber sich in die Opferrolle zu drängen, war auch nur ein Schutzmechanismus, der auf Dauer am Selbstbewusstsein nagte.

Ein solches Gefühl wieder zu vertreiben war harte Arbeit und erforderte besondere Maßnahmen – meine waren bisher alle an Mom gescheitert. Das Einzige, was ich tun konnte, war, ihr ein offenes Ohr zu schenken und ihr das zu geben, was sie brauchte: eine Tochter, der sie sich anvertrauen konnte. Ein winziger Teil von mir wünschte sich, dass ich ein eben solches Vertrauen in Mom setzen könnte wie sie in mich. Doch sie hatte mich schon zu oft enttäuscht und im Stich gelassen, als dass ich auch nur einen weiteren Versuch wagen würde, ihr irgendetwas anzuvertrauen.

»Du bist kein schlechter Mensch«, sagte ich. Das war genau das, was sie hören wollte. »Du hast nur eine schlechte Entscheidung getroffen. Morgen sieht die Welt schon wieder anders aus.«

»O Schatz«, murmelte sie. »Ich danke dir.«

»Möchtest du einen Tee? Der hilft immer.«

»Kannst du bei mir bleiben?«, wisperte sie.

»Klar«, sagte ich. »Wir können einen Film schauen.«

»Das wäre schön«, sagte sie. »Ich muss fürchterlich aussehen.« Mom fuhr sich übers Gesicht. »Ich gehe mal eben ins Bad.«

Ich nickte mechanisch. Wenn hier jemand fürchterlich aussah, dann ich, aber ihr war nicht einmal aufgefallen, dass ich weiße Farbe im Haar hatte. Als sie aus dem Wohnzimmer war, schloss ich für eine Sekunde die Augen. Dann hörte ich die Wohnungstür zuschlagen.

Ich lief in den Flur und begrüßte dort meinen Bruder.

»Hey! Wo bist du gewesen?«, fragte ich. »Mom hat mal wieder eines ihrer Tiefs, und es wäre echt schön, wenn du mir unter die Arme greifen könntest. Ich drehe sonst durch.«

Cameron sah mich lange an und schwieg.

»Was?«, hakte ich nach. »Ist alles okay bei dir?«

Seine Miene glich einer Gewitterwolke.

»Als ob dich das interessiert«, sagte er.

»Natürlich tut es das.«

»Ich finde, solange du hier bist, kannst *du* dich um Mom kümmern. Wenn ich den Rest meines Lebens hier festhänge, dann will ich zumindest noch eine Weile meine Freiheit genießen«, sagte er.

Irritiert starrte ich ihn an. »Was heißt das denn?«

Cameron zog seine Jacke aus und hängte sie an die Garderobe. »Genau das. Denkst du, ich merke nicht, wie du heimlich Pläne schmiedest? Sobald du mit der Highschool fertig bist, verschwindest du und lässt mich mit ihr allein.« Seine Stimme klang kühl und vorwurfsvoll. »Du weißt, wie sie ist. Es besteht nicht der Hauch einer Chance, dass sie ihr Leben auf die Reihe bekommt, und wer wird sich um sie kümmern, wenn du weg bist? Ich.«

»Wie kommst du denn auf so was?«, fragte ich.

»Die Wände sind dünn. Ich höre so einiges, wenn du mit Lorn telefonierst«, sagte er trotzig. »Außerdem bin ich nicht blöd. Ich habe die College-Broschüren in deinem Zimmer ge-

113

sehen. Berkeley, San Diego State … die sind im Gegensatz zur Universität oder dem Newfort Community College nicht gerade um die Ecke.« Camerons Blick wurde finster. »Außerdem kriege ich auch ein paar Gerüchte mit, die in der Schule erzählt werden.«

Das überraschte mich nun wirklich. Ich hatte geglaubt, dass Cameron sich mit seinen fünfzehn Jahren seit einer Weile in dieser Teenagerphase befand, wo ihn nichts und niemand interessierte.

»Und ich habe deinen Streit mit Mom mitbekommen«, setzte er nach. »Ich glaube zwar nicht, dass du klaust, aber du hast auch garantiert keinen Job in einem Plattenladen.«

»Wieso redest du dann nicht normal mit mir?«, erwiderte ich. »Denkst du echt, ich würde dich ohne einen Plan zurücklassen, Cam?«

»Ja, das denke ich!«, schleuderte er missmutig zurück.

»Das ist nicht fair«, sagte ich.

»Nein, ist es nicht«, meinte Cameron und wandte sich ohne ein weiteres Wort ab.

Ich öffnete den Mund, um etwas zu sagen, aber da kam Mom aus dem Badezimmer.

»Cassidy und ich schauen einen Film, guckst du mit?«

»Muss Hausaufgaben erledigen«, sagte er und schob sich an ihr vorbei.

Mom schüttelte den Kopf. »Teenager!«

Ironisch, dass sie dabei völlig vergaß, dass ich auch einer war. Aber vielleicht irrte ich mich und war nie einer gewesen.

# KAPITEL 8

**AM NÄCHSTEN MORGEN** stand ich besonders früh auf, weil
Lorn zum Basketball-Training musste und ich versprochen
hatte, das Ganze zu filmen, damit das Team später eine Analyse der Spielzüge erstellen konnte. Der Coach kannte sich
mit der Kameratechnik absolut nicht aus, also hatte ich angeboten, ihm zu helfen. Schon wie man nach der Schule trainie-
ren konnte, war mir als Sportmuffel ein Rätsel, aber *vor* der
ersten Stunde noch eine Sondereinheit zu absolvieren? Man
nannte Sport nicht umsonst Mord.

Aber Lorn liebte Basketball eben. Ich saß in der Sporthalle
auf der untersten Stufe der Tribünen und verfolgte das Spiel
durch die Kameralinse. Wenn die beste Freundin Basketball
spielte, kannte man natürlich die Regeln und Abläufe recht
gut. Das Team der Newfort High hatte viele gute Spielerinnen
und arbeitete momentan auf die Meisterschaft in einigen Monaten hin. Lorn war regulär im Team eingeteilt und mit ihren
Allrounder-Qualitäten ein echter Gewinn. Sie spielte in der
Position des *Point Guard* und war somit eine Art Spielmache-
rin, zeigte anderen Spielzüge an und sorgte dafür, dass das
Team in die Offensive ging. Dafür musste man besonders flink
sein und konnte etwa Größe durch Schnelligkeit wettmachen.
Lorn war zwar etwas größer als ich, aber für Basketball-Stan-
dards wiederum recht klein. Gerade verteilte sie wieder einen
Ball an Teamkapitänin Kim, die ihn im Netz versenkte. Eine
Weile hatte ich in Kim immer nur Coltons Exfreundin gese-

hen, aber sie war echt okay, und ich kam ganz gut mit ihr klar. Lorn hatte ziemlich gute Chancen, Kims Amt zu übernehmen, denn die war bereits Senior und ging im Sommer von der Schule ab. Ein wenig beneidete ich Lorn darum, dass sie so genau wusste, was sie wollte. Vor ihr lag sicher eine Zukunft als glorreiche Spielerin in irgendeiner beliebten Liga.

Der Coach, ein hochgewachsener Mann in seinen Vierzigern, pfiff ab und verteilte eine Runde Lob ans Team, ehe er die Mädchen entließ. Lorn und die anderen liefen auf die Umkleiden zu. Meine beste Freundin hielt einen Daumen hoch, und ich erwiderte die Geste. Der Coach gesellte sich zu mir und bedankte sich für meine Hilfe beim Filmen des Ganzen. Ich erklärte ihm noch kurz, wie er die Aufnahme abspielen und später auf seinen Laptop ziehen konnte, da war Lorn auch schon fertig und zurück in der Halle.

Ihre Haare waren noch feucht von der Dusche, die Wangen gerötet. Sie strahlte übers ganze Gesicht wie immer, wenn das Adrenalin vom Basketballspielen durch sie hindurchflutete.

»Hast du meinen letzten Pass gesehen?«, fragte sie euphorisch, als wir die Sporthalle verließen. »Das war einer meiner besten!«

»Sehr beeindruckend«, stimmte ich zu.

In den Fluren der Schule war noch nicht sehr viel los. Vereinzelt stromerten unsere Mitschüler zur Cafeteria, um sich vor dem Unterricht einen Kaffee oder Smoothie zu besorgen, oder unterhielten sich über gestrige Ereignisse. Lorn musste ihre Sportsachen verstauen, also gingen wir den Hauptgang zu ihrem Spind hinunter.

»Ich habe Geschichte ganz vergessen«, beklagte sie sich. »Kann ich bei dir abschreiben, Cassidy?«

»Sicher«, sagte ich und verbarg ein Grinsen. Lorn vergaß öfter mal die Hausaufgaben in Geschichte. Wenn Chemie mein Kryptonit war, dann war Geschichte ihres.

Wir lachten gerade über einen wirklich schlechten Witz, den Kim Lorn eben in der Umkleide erzählt hatte und den sie nun wiedergab, als mir mein Grinsen auf dem Gesicht gefror. Nur wenige Meter vor uns lehnte Colton an einem Spind und hatte die Nase in einem Buch. Es wirkte recht gestellt, wie er so lässig dastand und seine Blicke immer wieder von den Seiten abschweiften. Als würde er auf etwas oder jemanden warten. Vielleicht kam jede Sekunde eine seiner Verabredungen um die Ecke, und sie würden eine wilde Rummach-Orgie im Flur starten. Als sich unsere Blicke trafen, hob er provokant die Augenbrauen und grinste frech.

»Was soll das denn?«, fragte Lorn, die Colton nun auch bemerkt hatte. »Meinst du, Theo ist auch in der Nähe?«

Sofort hielt sie Ausschau nach Coltons Cousin.

»Ich denke nicht«, sagte ich unsicher.

»Colton macht wohl gerne einen auf Danny Zuko.«

»Wen?«, fragte ich.

»Den Typ aus ›Grease‹, aus dieser Gang«, sagte Lorn.

»Den Film habe ich nie gesehen«, sagte ich.

»Lederjacke, dunkle Haare, lässiges Posen.«

»Das klingt wirklich nach Colton.«

»Wir könnten den Film ja später …«

Lorn kam nicht dazu, den Satz zu beenden. Abrupt blieben wir vor meinem Spind, der auf dem Weg zu Lorns lag, stehen.

*Was zur Hölle!*

»Lies das erst gar nicht!«, rief Lorn.

Sie wollte den großen Zettel, den jemand sorgfältig mit einer Menge Klebeband an der Spindtür angebracht hatte, sofort abreißen, doch so schnell ließ er sich nicht lösen. Lorn fluchte lautstark. Es war sowieso zu spät. Den Satz in den leuchtend roten Buchstaben konnte man selbst von Weitem nicht übersehen. In fetten Lettern stand dort: *Casidy ist eine duhme Schlampe, die es mit der ganen Schule teibt!* Die mangelnde Rechtschreibung machte die fiese Beleidigung nicht besser.

»Lorn, lass gut sein«, sagte ich.

Doch Lorn dachte gar nicht daran aufzugeben. Sie riss mit aller Kraft das Klebezettelmonster ab und warf es auf den Boden. Fehlte nur noch, dass sie wie Rumpelstilzchen drauf herumsprang.

»Welcher Feigling hängt so was Gemeines an deinen Spind?«

»Jemand, der offenbar in Englisch durchfällt«, sagte ich.

»Das war bestimmt Colton! Ich bringe ihn um!«

Lorn drehte sich um, aber Colton war inzwischen weg.

»Ruhig Blut, Dexter. Wer geht denn mit Theo zum Abschlussball, wenn du im Gefängnis sitzt?«, fragte ich todernst. »Überhaupt, hast du noch nie eine Folge von ›Law & Order‹ geschaut? Das ist gar nicht so leicht, wie es aussieht. Allein ein Loch zu graben ist eine Heidenarbeit. Colton ist den Aufwand nicht wert.«

Außerdem hätte wirklich jeder den Zettel schreiben können. Lorn hob ihn nun vom Boden auf und zerfetzte ihn voller Wut.

»Was geht denn hier vor sich?« Schuldirektor Peterson stand plötzlich vor uns. Seinem Blick nach zu urteilen gefiel ihm die Situation gar nicht. Er war ein spindeldürrer Mann mit leicht angegrautem schwarzem Haar und einem Faible für schicke Anzüge. Unter seinen Augen lagen solche Schatten, dass man meinen könnte, er wäre ein Vampir, der in seinem Sarg seit Ewigkeiten keine Minute Schlaf gefunden hatte.

»Haben Sie gerade ein Plakat von der Wand gerissen und zerstört?«

»Wir würden es doch niemals wagen, unserer wunderschönen Schule eines ihrer sagenumwobenen Kunstwerke zu berauben«, scherzte ich. Jeder an der Schule wusste, dass Direktor Peterson die Plakate der Unterstufe nur aufgehängt hatte, weil seine Nichte in die Unterstufe ging und er davon überzeugt war, dass sie mit ihrem Talent irgendwann in Van Goghs Fußstapfen treten würde.

»Es war ein Zettel«, sagte Lorn rasch. »Jemand hat ein paar sehr unschöne Dinge darauf geschrieben und an den Spind von…«

»Miss Caster«, unterbrach Direktor Peterson ihre Ausführungen, als habe er gerade erst realisiert, wen er vor sich hatte. »Und Miss Rivers.«

Es klang fast so, als würde er über zwei Ganoven auf der Flucht sprechen. Caster und River – Achtung, Achtung! Zugegeben, wir saßen öfter in seinem Büro als der Durchschnittshighschool-Schüler. Lorn wegen ihres Temperaments und ich aufgrund ähnlicher Vorfälle wie der aktuellen Sache mit meinem Spind.

Direktor Peterson, der Schüler, die Ärger machten oder sich welchen einhandelten, nicht leiden konnte, räusperte sich.

»Eine von Ihnen steckt immer in Schwierigkeiten«, sagte er. »Vielleicht sollten Sie Miss Putin einen Besuch abstatten, um ein wenig zu reden. Zum Beispiel über diesen Zwischenfall hier.«

»Was für einen Zwischenfall?«, fragte ich. »Lorn hat nur einen Zettel zerrissen. Ist das jetzt verboten? Sollen wir gleich eine Initiative starten, um die Bäume dieser Welt zu retten?

Wir könnten damit anfangen, keine Tests auf Papier mehr zu schreiben.«

»Sarkasmus ist eine schlimme Angewohnheit«, murmelte er. »Miss Caster, bitte melden Sie sich nach der Schule bei Miss Putin.«

»Das ist wirklich …«, wollte Lorn dazwischengehen, aber ich hielt sie auf.

»Okay«, sagte ich rasch. »Ich gehe hin.«

»Und jetzt entsorgen Sie diesen Müll vom Boden!«

Sobald Peterson außer Hörweite war, fasste Lorn mich am Arm. »Was sollte das?«

»Willst du etwa Ärger bekommen? Ich weiß, dass der Coach gesagt hat, er setzt dich auf die Reservebank, wenn du dich nicht benimmst«, sagte ich. »Direktor Peterson hat uns eh auf dem Kiecker. Dann gehe ich halt zur ollen Schulpsychologin. Egal.«

»Du hasst Miss Putin aber«, sagte Lorn.

»Und du liebst Basketball«, entgegnete ich.

»Der Coach würde mich nicht wegen so was aus dem Team schmeißen. Ich bin eine seiner besten Spielerinnen«, sagte Lorn.

»Und eine der temperamentvollsten«, meinte ich. »Lorn, wenn du dir vor der Meisterschaft noch einen Fehltritt leistest, bist du raus. Vielleicht nicht für immer, aber die Meisterschaft liegt dir so sehr am Herzen.«

»Meine beste Freundin noch viel mehr«, sagte sie ernst.

Ich schloss sie in eine feste Umarmung.

»Das ist keine große Sache, okay? Miss Putin wird wieder eine ihrer Reden schwingen und fertig. Ich bin schneller wieder aus ihrem Büro, als du *Basketball* rufen kannst.«

Lorn starrte eine Sekunde lang auf ihre Schuhe. »Okay.«

»Wenn du noch Geschichte abschreiben willst, sollten wir uns beeilen.« Ich begann, meinen Spind-Code in das Zahlenschloss an der Schranktür einzugeben, während Lorn die Zettelstückchen vom Boden aufhob und im Müll entsorgte.

»Der Zettel *muss* von Colton sein«, sagte Lorn vorwurfsvoll. »Deshalb stand er auch eben im Flur wie so ein Schaulustiger!«

»Ich denke, das ist nicht sein Stil«, antwortete ich.

»Colton hat Stil?« Lorn schnaubte. »Seit wann das denn?«

»Glaub mir. Wenn Colton Daniels mir eins auswischen wollen würde, dann würde er dazu die schweren Geschütze auffahren.«

In diesem Moment wusste ich noch nicht, dass sich meine Worte noch bewahrheiten sollten. Auf die schlimmstmögliche Weise.

# KAPITEL 9

*DIE SCHULPSYCHOLOGIN MISS PUTIN* schien fast so alt wie die Newfort High selbst zu sein. Ihr Ruf war nicht besonders gut – da hatten wir etwas gemeinsam. Mit ihrer missmutigen Miene und der strengen Aura, die sie umgab, war sie echt kein Sonnenschein. Ihr Büro lag neben dem Sekretariat und den Räumen von Direktor Peterson. Es war klein und wirkte mit dem Schreibtisch und den vielen Aktenschränken extrem vollgestopft. Persönliche Gegenstände wie Fotos oder etwas Dekoratives hatte Miss Putin nicht aufgestellt. Dadurch wirkte das Büro karg und trist. Bei jedem meiner unfreiwilligen Besuche hier trug Miss Putin denselben weißen Rollkragenpollover, der ihren Hals aussehen ließ wie den eines Vogel Strauß'.

Genervt sah ich sie an.

»Wieso sind Sie heute hier, Miss Caster?«, fragte sie monoton. Energisch ließ sie die Finger auf dem Schreibtisch klackern. Jemand sollte ihr mal eine ordentliche Pediküre schenken – mit den Fingern konnte sie locker bei Teen Wolf mitmachen. Ihre schmalen grauen Augen fixierten mich vorwurfsvoll.

»Weil Direktor Peterson mich hergeschickt hat.«

Freiwillig kam bestimmt niemand her!

»Sie waren dieses Jahr öfter als alle anderen Schüler und Schülerinnen dieser Schule in meinem Büro«, sagte Miss Putin mit ihrer Kreissägenstimme, die schrill und monoton

zugleich war – und die einem in den Ohren dröhnte. »Ich habe
hier Ihre Schulakte.«

Mit ihren knochigen Fingern warf sie einen Ordner auf den
Tisch. Einen sehr dicken. Der schon fast auseinander fiel.

»Miss Caster, Sie sind eine gute Schülerin. Ihre Noten sind
zufriedenstellend, Sie können sicherlich auf ein ganz passables College gehen«, fuhr Miss Putin vor. »Aber Sie scheinen
außerhalb des Unterrichts immer den Unmut anderer auf sich
zu ziehen. Können Sie mir vielleicht sagen, woran das liegt?«

Zufriedenstellende Noten? Ein passables College? Was zur
Hölle! Meine Leistungen waren weitaus besser als das. Miese-
petrige Schreckschraube! Ich zählte im Stillen von drei rückwärts, um ihr den Gedanken nicht gleich an den Kopf zu werfen. Lorn redete ich schließlich auch immer Beherrschung
ein.

Was sollte ich darauf bitte antworten?

Ich konnte ihr schlecht vom Schlussmach-Service erzählen,
da ich doch so bedacht darauf achtete, dass niemand außer
den Schülern davon erfuhr. Ja, ich war auffällig oft hier gelandet …

Und zwar immer dann, wenn es Auseinandersetzungen mit
Mitschülern gab, die meistens daraus bestanden, dass ich beleidigt wurde oder man mir echt ätzende Streiche spielte, um
sich zu rächen. Einmal hatte man meinen kompletten Spind
mit Seetang gefüllt, und sämtliche meiner ohnehin sehr lädier-
ten Sachen waren danach hinüber gewesen. Ein anderes Mal
hatte jemand dafür gesorgt, dass eine wichtige Mathearbeit
von mir im Stapel des Lehrers gegen ein leeres Blatt ausgetauscht worden war – und ich war prompt durchgefallen.
Doch anstatt dass Miss Putin die Sache als das ansprach, was
sie war – nämlich Mobbing –, wurde ich immer zur Schuldi-

gen erklärt. Ich sollte mich dringend mal in der Cafeteria auf einen der Tische stellen und den Leuten hier erklären, dass *Victim Shaming* in meinen Augen ein Kapitalverbrechen war. Die Erwachsenen an der Newfort High schienen nicht zu begreifen, dass man nicht immer einen Ratschlag von ihnen haben wollte, sondern manchmal nur ein offenes Ohr brauchte. Gut, nicht unbedingt das von Miss Putin, die mit ihrer ruppigen Art nicht gerade das Bedürfnis in einem weckte, sich ihr anzuvertrauen. Ich wünschte mir nur, dass nicht immer alle verlangten, ich solle mich anpassen.

»Ich habe keine Ahnung«, log ich.

»Ich kann Ihnen nicht helfen, wenn Sie nicht ehrlich zu mir sind«, sagte Miss Putin bestimmt. »Hier geht irgendetwas vor sich, das ich und der Lehrkörper dieser Schule nicht verstehen.«

»Sie müssen mir nicht helfen«, erwiderte ich.

Miss Putin deutete auf meine Schulakte. »Wissen Sie, warum Ihre Akte eine der dicksten an der Newfort Highschool ist?«

»Benutzt Direktor Peterson sie als Tagebuch?«

Die Schulpsychologin ignorierte meine Bemerkung und schlug eine Seite auf. »Viele Ihrer Lehrer und Lehrerinnen haben sich für Sie eingesetzt, Miss Caster. In dieser Akte befinden sich neben unzähligen Vermerken über Zwischenfälle auch jede Menge Schreiben, die bekunden, was für ein aufgewecktes und intelligentes Mädchen Sie sind. Jeder kluge Kopf müsste eigentlich wissen, dass er manchmal die Hilfe oder den Rat anderer braucht, um Konflikte bewältigen zu können.«

Was für ein Wink mit dem Zaunpfahl!

Ich würde trotzdem weiter schweigen wie ein Grab.

Wir sahen einander für einen Moment stumm an.

Miss Putin seufzte geschlagen. »Wollen Sie nächstes Jahr wirklich auf die Highschool zurückblicken und merken, dass Sie keinerlei schöne Erfahrungen gemacht haben? Engagieren Sie sich doch für eine AG oder einen Club. Zeigen Sie den Leuten, wer Sie wirklich sind.«

»Danke für diese tolle Beratung«, sagte ich sarkastisch. »Aber, ich will gar nicht zurückblicken. Die Highschool geht vorbei, und niemanden interessiert dann, wer man hier war.«

Miss Putin schüttelte den Kopf. »Wie Sie meinen, Miss Caster.«

»Kann ich jetzt gehen?«, fragte ich.

Sie deutete zur Tür. »Bis zum nächsten Mal.«

Kaum war ich aus dem Büro verdrehte ich die Augen. Das nächste Mal kam sicher schneller, als mir lieb war … Im Vorraum des Sekretariats blieb ich stehen, um meine Gedanken zu sortieren. Meine Füße fühlten sich schwer und bleiern an. Die wenigen Minuten mit der Schulpsychologin hatten mich auf seltsame Weise ausgelaugt. Einige ihrer Worte ließen mich zweifeln. Ich war schon vor meinem Schlussmach-Service nicht übermäßig beliebt gewesen, aber es gab viele Schüler hier, die mich trotzdem schätzten. Keine schönen Erinnerungen an die Highschool? Dass ich nicht lache!

»Miss Putin muss dich ja ganz schön durch die Mangel genommen haben«, sagte jemand spöttisch. »Du siehst echt fertig aus.«

Ich drehte den Kopf zur Seite und entdeckte – Colton. Er saß mit vor der Brust verschränkten Armen auf einem der Stühle in der Reihe neben dem Durchgang zum Flur. Seine Unterlippe war aufgeplatzt, und über seiner rechten Augenbraue klebte Blut. Am Saum seines Shirts waren ebenfalls ein paar getrocknete Spritzer Blut zu sehen. Wenn hier jemand fertig aussah, dann ja wohl er!

»Wie ich sehe, arbeitest du fleißig an deinem Resümee als Bad Boy«, sagte ich. »Haufenweise Mädchen, Diebstahl, jetzt Prügeleien. Fliegst du aus dem Club der harten Jungs, wenn du nicht regelmäßig etwas verbockst, oder wolltest du dir noch ein neues Abzeichen verdienen? Lass mich raten: etwas von beiden.«

»Wer sagt denn, dass ich mich geprügelt habe?«

»Dein Gesicht.«

»Du urteilst ziemlich schnell, Cassidy.«

»Zumindest schneller, als es deine Reflexe offenbar sind.«

Colton überging den Kommentar. »Ich habe gesehen, dass du heute Morgen einen ganz zauberhaften Brief an deinem Spind hattest.«

»Sag bloß, der war von dir? Da waren nicht mal Herzchen drauf!«, erwiderte ich und machte eine furchtbar enttäuschte Miene.

Ha! Hatte ich es mal geschafft, etwas zu erwidern, ehe er sich aus dem Staub machte. Vermutlich musste er zu Direktor Peterson, weil er irgendetwas angestellt hatte, und wartete deshalb hier.

Colton schnaubte. »Du kannst mich mal.«

»Was? Gleich hier? Wie skandalös!«, sagte ich zynisch.

Er rollte mit den Augen. »Wer will jetzt was beweisen?« Colton löste seine Abwehrhaltung und beugte sich vor. »Du tust immer so taff, aber wenn es drauf ankommt, bist du nur ein kleines Mädchen.«

»Danke für das Kompliment, ich bin stolz, ein Mädchen zu sein«, sagte ich energisch. »Und aus jedem kleinen Mädchen wird mal eine starke Frau. Den blöden Spruch kannst du dir also sonst wohin stecken. Der ist so was von sexistisch.«

Colton schnaufte. »Ich meine das ernst, Caster. All das«, er deutete auf mich, »ist doch nur eine Fassade, hinter der du dich versteckst. Das durchschaut man sofort. Vielleicht solltest du aufpassen, was du in Gegenwart bestimmter Menschen tust und sagst. Das könnte sonst übel enden.«

»Das sagt genau der Richtige«, meinte ich spöttisch.

»Okay, meine Formulierung war vielleicht etwas … unglücklich, aber du weißt, dass ich recht habe. Pass besser auf.«

»Willst du mir Angst machen oder mich warnen?«

Colton seufzte und rieb sich den Nasenrücken. »Himmel.«

Das war eine berechtigte Frage! Ich wechselte selten mehr als ein paar Sätze mit Colton, und das war jetzt schon das zweite Mal in kurzer Zeit, dass er mir irgendwie verändert vorkam. Etwas hielt mich in diesem Augenblick wie eine unsichtbare Hand im Raum fest. Es wäre leicht gewesen, in die Rolle desjenigen zu schlüpfen, der einfach verschwand und diese Wortschlacht gewann, aber ich wollte hören, was er damit meinte. Für eine kurze Zeit herrschte Stille, und meine Augen huschten erneut über seine Verletzungen. Ein leiser Verdacht beschlich mich. Einer, der so absurd war, dass ich nicht anders konnte, als ihn auszusprechen, weil ich hören musste, wie Colton ihn abstritt.

»Du hast dich doch nicht etwa mit Andrew geprügelt, oder?«

Colton wirkte für einen Moment ganz steif. Für einen Moment sah er mich ernst an, dann brach er in Gelächter aus. Er konnte gar nicht mehr an sich halten. Ich spürte, wie meine Wangen heiß wurden. Gott, wie blöd konnte ein Mensch eigentlich sein? Ich und meine große Klappe! Scheiße, damit würde er mich für immer aufziehen!

»Als ob ich jemals deine Ehre verteidigen würde«, sagte er frostig wie eh und je. »Ich weiß nicht, was dich so zerstört hat, dass du durch die Gegend läufst und andere Beziehungen vernichtest, aber du solltest dringend deine Wahrnehmung checken. Nicht alles dreht sich um dich, Caster.«

Coltons Bemerkung traf mich unerwartet hart. Es war, als habe er die Tür, hinter der all meine Gefühle versteckt waren, einen winzigen Spalt geöffnet, und ich konnte nichts dagegen tun.

»Ich bin kein Spielzeug, das irgendjemand zerstört hat!«, brauste ich auf. »Mit meiner Wahrnehmung ist alles in bester Ordnung. Du solltest nicht von dir auf andere schließen. Der Grund, warum Kim nichts mehr mit dir zu tun haben wollte, ist, dass du ein selbstgerechtes Ekelpaket bist! Beziehungen gehen in die Brüche. So ist das verdammte Leben eben. Werde erwachsen!«

Colton sprang vom Stuhl. »Wie kann man so verblendet sein?«, fuhr er mich an. »Du bist wie ein wandelnder Wortvirus und infizierst andere Leute mit deinen Vorstellungen. *Das* ist selbstgerecht!«

Tief in meinem Inneren platzte endgültig ein Knoten.

»Wenn du jemanden verletzt hast, dann kannst du nicht einfach entscheiden, dass es anders ist! Du kannst jemandem das Herz brechen, aber deshalb gehört es nicht dir!«, rief ich. »Ich helfe anderen, neue Möglichkeiten für sich zu entdecken, aber bestimme nicht ihren Weg. Jeder ist für seine Entscheidungen selbst verantwortlich!«

Und in diesem Moment realisierte ich, dass das wahr war. Wir alle waren Puppenspieler im Leben anderer Menschen.

Wir beeinflussten und lenkten sie durch ausgesprochene Gedanken und Gefühle, die aus unseren Herzen in die Welt flossen, aber es gab keinen magischen Zauber, der eine andere Person ihres Willens beraubte. Wenn am Ende des Tages das Licht ausging, waren wir ganz allein für unsere Taten verantwortlich.

Colton war so perplex über meinen Gefühlsausbruch, dass er mit offenem Mund dastand und anscheinend nicht wusste, was er sagen sollte. Sein Schweigen war Antwort genug. Ich hatte recht, und das schien ihm ebenfalls bewusst zu sein. Im Hintergrund hörte ich das Öffnen einer Tür und Direktor Petersons Stimme. Ich warf Colton einen entschlossenen Blick zu, dann lief ich schnurstracks in den Schulflur und machte mich aus dem Staub. Kaum war ich um die Ecke gebogen, gönnte ich mir einen Augenblick der Ruhe, um mich zu fassen. Aus den Augenwinkeln sah ich, wie jemand an mir vorbeiging. Als die Person direkt vor mir war, erkannte ich, dass es ein Junge aus der Oberstufe war. Er hielt sich einen Eisbeutel ans Kinn und schlürfte missmutig auf den Ausgang des Hauptgebäudes zu. Colton hatte sich also wirklich nicht mit Andrew geprügelt. War dieser Typ nicht im Football-Team, oder irrte ich mich? Auch egal.

Auf dem Parkplatz fiel mir Cameron ins Auge, der Richtung Bushaltestelle trottete. Ein Teil von mir hätte gerne mit ihm über unseren kleinen Streit gestern gesprochen, aber für heute hatte ich genug Drama. Mir wurde trotzdem schwer ums Herz.

»Hey, Cassidy!«, rief Lorn. Sie winkte mir zu. »Hierher!«

Wieso war sie so aufgeregt? Lorn hüpfte regelrecht neben ihrem Wagen auf und ab. Mit schnellen Schritten schloss ich zu ihr auf. Kein Wunder, dass sie kurz vorm Ausflippen war, denn Theo stand auf der anderen Seite des Autos neben seinem eigenen, einem großen blauen Pick-up-Truck. Er lächelte, als er mich kommen sah. Lorn kam mir entgegen und packte mich am Arm. Ihre Miene sprach Bände, und es sah aus, als würde sie gleich vor lauter Aufregung umkippen.

»Er wollte seine Jacke holen«, quiekte sie.

Die hatte ich ganz vergessen. Sie steckte noch in meiner Tasche und war wahrscheinlich total zerknautscht.

Lorn klammerte sich an mir fest. »Er wollte etwas fragen! Uns beide«, wisperte sie. »Deshalb haben wir gewartet, bis du kommst. Wie war es bei der Putin? Hat sie dich zur Schnecke gemacht?«

»So in etwa«, murmelte ich.

»Okay, Einzelheiten später«, sagte Lorn. »Theo steht da!«

»Das sehe ich«, sagte ich. »Durchatmen, Lorn. Atme!«

»Hey«, begrüßte Theo mich.

»Tut mir leid, dass ich dir deine Jacke noch nicht wiedergegeben habe«, entschuldigte ich mich und zog sie aus meiner Tasche. »Vielen Dank. Das war sehr nett von dir.«

»Kein Problem«, sagte Theo. Er nahm die Jacke an sich und warf sie auf die Lagefläche seines Pick-up-Trucks. »Also … ich habe eigentlich gewartet, weil ich euch beide einladen wollte.«

»Uns?«, fragte ich. Das kam unerwartet.

»Am Wochenende zeigen wir bei uns auf der Ranch ein paar alte Western auf einer Leinwand. Ist so ein Ding meiner Eltern. Letztes Mal waren ein paar Leute aus unserer Stufe dabei, und es war ziemlich witzig«, sagte er lässig. »Falls ihr nichts anderes vorhabt, würde ich mich freuen, wenn ihr vorbeikommt.«

»Auf deine Ranch?«, fragte ich ungläubig.

»Na ja, es ist die Ranch meiner Familie. Draußen, Richtung Newfort National Forrest«, sagte Theo. Er grinste. »Ich weiß, es ist keine extravagante Party, aber es gibt gutes Essen und gute Gesellschaft.« Beim letzten Wort zwinkerte er uns verschwörerisch zu. »Wir gehen alle schon so lange auf dieselbe Schule, da wäre es doch schade, wenn wir nie zusammen abhängen.«

Lorn bohrte ihre Finger so fest in meinen Arm, dass ich bestimmt ein paar blaue Flecken davon bekam. Theo lächelte uns unbeirrt an, als könne er kein Wässerchen trüben. Verdächtig.

»Wir kommen super gerne!«, platzte es schließlich aus Lorn heraus. »Das klingt total witzig. Vielen Dank für die Einladung!«

»Ja«, sagte ich langsam. »Danke für die Einladung.«

»Okay, ich texte euch dann.« Theo wollte sich abwenden, hielt dann aber inne. »Ähm, ich habe eure Handynummern gar nicht ...«

»Moment!«, sagte Lorn eilig. Endlich ließ sie mich los, zog ihr Smartphone heraus und tauschte mit Theo Telefonnummern. Meine gab sie ihm auch. Als die beiden fertig waren, verabschiedete sich Theo von uns und ging vom Parkplatz.

Wollte er nicht auch nach Hause fahren?

»Er nimmt Colton mit, und der ist noch nicht fertig«, sagte Lorn, die das Fragezeichen in meinem Gesicht bemerkt hatte. »Cassidy, was war denn gerade los mit dir? Du hast kaum was gesagt. Und kannst du es fassen? Theo hat uns zu sich nach Hause eingeladen? Dich und mich! Zu sich! Nach Hause! Cassidy!«

»Colton wohnt bei ihm«, sagte ich starr.

»Was?«, fragte Lorn verwundert.

»Das habe ich neulich mitbekommen.«

»Und wieso?«

»Ich habe nicht den blassesten Schimmer.« Ich rieb mir den Arm an der Stelle, die Lorn eben malträtiert hatte. »Sorry, Lorn. Heute war ein seltsamer Tag, und ich stehe etwas neben der Spur.«

»Schon gut. Hast du mich gesehen? Ich habe gerockt!« Lorn warf in einer übertriebenen Geste ihren Zopf zurück und schnitt eine alberne Grimasse. »Aus meinem Mund kamen Worte! Echte Worte! Sogar ganze Sätze! Ich habe Theo Griffins Handynummer! Yes!«

Lorns Freude war ansteckend.

»Wer hätte gedacht, dass du so selbstbewusst in Theos Gegenwart sein kannst?«, sagte ich stolz. »Das müssen wir feiern!«

»Mit den besten Milkshakes der Stadt«, schlug Lorn vor.

Wir stiegen ins Auto ein und schnallten uns an.

»Ich habe bis fünf Zeit, dann muss ich die Zwillinge bei unserer Nachbarin abholen. Meine Eltern feiern heute ihren Hochzeitstag, und ich habe versprochen, den Babysitter zu mimen. Bryce hat sich mal wieder erfolgreich rausgeredet, weil er angeblich bei einem Freund ein Schulprojekt fertigstellen muss.«

»Schon wieder?« Ich verdrehte die Augen.

»Mom und Dad kaufen ihm das jedes Mal ab.«

»Was, meinst du, treibt er mit seinen Freunden wirklich?«, fragte ich.

»Die zocken sicher irgendwelche nerdigen Computerspiele.«

»Vielleicht hat er auch wirklich eine Freundin und schreibt ihr heimlich furchtbar kitschige Liebesbriefe«, sagte ich.

»Bryce? Eine Freundin? Der liebt nur sich selbst«, sagte Lorn und schnaufte. »Er ist so eine kleine Diva. Echt unausstehlich.«

»Du findest alle deine Geschwister unausstehlich.«

Lorn blickte zur Seite. »Wo kämen wir denn hin, wenn sie wüssten, wie sehr ich sie liebe? Das steigt denen noch zu Kopf.«

»Liebe steigt den Leuten immer zu Kopf«, murmelte ich.

»Deine Mom?«, fragte Lorn.

»Statt einer Therapiesitzung im Auto auf dem Parkplatz der Schule hätte ich lieber den versprochenen Milkshake«, scherzte ich. »Also dreh das Radio auf und gib Gas, Lornicorn!«

Lorn musste bei Erwähnung ihres alten Spitznamens lachen. In der Middle School mussten wir uns irgendwann einmal ein Fantasietier ausdenken, dessen Namen mit dem ersten Buchstaben unseres eigenen anfing. Ein paar Monate hatten Addison, Nora, Lorn und ich uns dann nur noch mit unseren albernen Spitznamen angesprochen, bis wir uns nach Addisons vierzehntem Geburtstag einig waren, dass nun eine neue Ära anbrechen würde und wir viel zu cool und erwachsen für Spitznamen waren. Inzwischen waren sie nur Überbleibsel einer vergangenen Freundschaft.

Der Sommer vor der Highschool. Er erschien mir ewig weit weg in der Vergangenheit zu liegen, dabei waren die Erinnerungen daran noch frisch. Wir hatten uns am magischen Brunnen verabredet – so wie jeden Sommeranfang, aber Nora war einfach nicht gekommen. Später erfuhren wir, dass ihre Familie umgezogen war. Sie hatte uns nicht mal davon erzählt. Alle Versuche, Nora zu erreichen, waren vergebens. Mit einem Mal hatte sie ein Leben – und neue Freundinnen – woanders. Und Addison? Obwohl sie auf die Newfort High ging, hätte ebenso ein großer Ozean zwischen ihr, Lorn und mir liegen können. Kurz vor Anbruch der Highschool hatte Addisons Familie einen schweren Autounfall gehabt, und danach war sie nie wieder dieselbe gewesen. Anfangs hatten Lorn und ich noch versucht, auf sie zuzugehen, aber Addison hatte sich völlig zurückgezogen. Für eine Weile hatte ich gehofft, dass sie einfach nur Zeit brauchte, um alles zu verarbeiten, aber mit dem Start der Highschool wurde klar, dass sie nichts mehr mit Lorn und mir zu tun haben wollte, und wir gingen endgültig getrennte Wege.

Bis auf Lorn und mich, das neue Zweiergespann.

»Zu Befehl!«, erwiderte Lorn reichlich spät und startete den Wagen. Ich beobachtete meine beste Freundin wehmütig. Ein winziger Part von mir war froh über die Entwicklung unserer alten Freundschaft. Es war ein egoistischer Gedanke, aber Lorn war der einzige Mensch, den ich mit niemandem teilen musste. Bei ihr stand ich immer an erster Stelle. Auf gleicher Stufe mit ihrer Familie. Und das bedeutete mir mehr als alles andere auf der Welt. Wenn ich schon etwas glauben musste, dann, dass Freundschaft der größte Schatz war.

»Wohin fahren wir?«, fragte Lorn.

In einem Anflug von Nostalgie an vergangene Zeiten musste ich bei der Frage gleich an unser ehemaliges Lieblingseiscafé an der Strandpromenade denken. Dort waren wir oft zu viert gewesen.

»Wie wäre es mit *Sandy's*?«, schlug ich vor.

»Da waren wir nicht mehr, seit …«

»Ich weiß«, sagte ich leise.

Lorn schmunzelte. »Warum nicht.«

# KAPITEL 10

DIE STILLE in unserer Wohnung war ungewohnt. Es gab selten Momente, in denen ich unsere vier Wände für mich allein hatte. Am Kühlschrank hing ein Zettel von Cameron, auf dem stand, er wäre mit Freunden unterwegs. Mein Bruder ging ziemlich selten aus, und das hatte denselben Grund wie bei mir: fehlendes Geld. Er war auch noch viel zu jung zum Jobben, denn mit fünfzehn stellte niemand ihn ein. Ich sah ihn und seine Freunde öfter mal in den Schulfluren, aber ihm war es natürlich viel zu peinlich, vor seinen Freunden seine Schwester zu beachten, also ignorierte er mich immer konsequent. Ich war trotzdem froh zu wissen, dass er Anschluss gefunden hatte. In den letzten Monaten hatte ich so viel Zeit mit dem Schlussmach-Service und vor allem dem Lernen für die Schule verbracht, dass ich kaum Zeit für Cameron hatte. Kein Wunder, dass er schlecht auf mich zu sprechen war. Was er gestern Abend zu mir gesagt hatte, schwirrte mir noch immer im Kopf herum. Wir brauchten dringend einen Plan, damit Mom ihm nach meinem Abschluss nicht unnötig zur Last fiel. Seufzend riss ich einen Zettel vom Notizblock neben der Spüle und schrieb mit einem Kugelschreiber ebenfalls eine Nachricht für Mom.

Nachdem Lorn mich vor zwanzig Minuten abgesetzt hatte, waren mehrere SMS von Summer eingetrudelt, in denen sie mir mitteilte, sie habe eine Freundin, die meine Dienste ebenfalls in Anspruch nehmen wollte. Ziemlich hochgestochen die

135

Formulierung. Sollte dieses Mädchen nur annähernd so sein wie Summer, dann wäre es gutes Geld, wenn ich dabei aber sicher auch Nerven aus Stahl brauchte. Summer hatte ich über Wochen hinweg in mehreren Etappen dabei geholfen den Mut zu finden, ihr Ding durchzuziehen. Wenn die Bezahlung stimmte, war dieses potenzielle Angebot allerdings eines, das ich nicht ablehnen konnte. Falls Mom nach ihrer Trennung eine Weile in ihrem üblichen schwarzen Loch saß, würde sie nämlich eine Zeit lang keine Rechnungen bezahlen. Im schlimmsten Fall verlor sie ihren Job.

Ich holte meine Umhängetasche mit meinen wichtigsten Habseligkeiten aus meinem Zimmer und machte mich auf den Weg zu Summer und ihrer Freundin. Die beiden wollten mich in einem Spa in der Innenstadt treffen. Wellness war anscheinend Summers Art, mit dem Schulstress umzugehen, der manchmal die Überhand gewann. Wenn man etwas mehr Geld hatte, war so was auch mitten in der Woche möglich. Da konnte man glatt neidisch werden. Bevor ich die Wohnung verließ, machte ich noch mal kehrt und griff mir das Geldbündel von Summer. Ich hatte schon viel früher etwas Gutes mit dem Geld tun wollen, und wenn ich zu Fuß zum Spa ging, würde ich dabei *die Arche* passieren. Die Idee war mir gerade spontan gekommen: Das Geld in einen Umschlag stecken und es spenden!

Als Sozialprojekt der Stadt war die Arche eine Einrichtung für Menschen und Familien, die eine helfende Hand brauchten. In schlechten Zeiten konnte man dort Zuflucht finden, eine warme Mahlzeit erhalten oder die kostenlose Kinderbetreuung nutzen. Für mich war es immer ein Trost gewesen zu wissen, dass Cameron und ich im äußersten Notfall hier Hilfe finden würden. Der Gedanke hatte mir früher Sicherheit geschenkt, wenn Mom mal wieder einen totalen Absturz hatte und aufgrund einer gescheiterten Beziehung ihre Sorgen in Alkohol ertränkte. Ich war verdammt froh, dass es nie so weit gekommen war und Mom inzwischen etwas gefasster mit Stresssituationen umging.

Mit einer Spende dieser Größenordnung konnte ich der Arche helfen und die wiederum eine Menge mit der Summe anfangen, um Menschen weiter eine Stütze zu sein. Hier würde Summers Geld für die richtigen Zwecke genutzt werden, und die Vorstellung fühlte sich besser an, als es für mich zu behalten.

Im Wohnzimmer kramte ich noch rasch einen Briefumschlag aus einer der Schubladen, strich die Scheine aus meiner Tasche glatt und schob sie behutsam hinein. Ich legte eine Notiz dazu, auf der stand, dass diese Spende von der Familie Michaels für die Wertschätzung der Arche war, und unterschrieb mit Summers Namen. Ein Haufen anonymes Geld wirkte sonst sicher etwas unseriös und landete am Ende bei der Polizei.

Bei meinem Marsch Richtung Innenstadt schrieb ich Summer eine SMS, um sie zu fragen, ob die Aktion für sie okay war. Sie schickte als Antwort eine Reihe Smileys. Ich atmete erleichtert auf.

Der Himmel hatte sich ganz schön zugezogen.

Als ich in die Straße einbog, in der die Arche lag, fielen die ersten Tropfen zur Erde. Die Einrichtung bestand aus mehreren flachen Backsteingebäuden, mit Schieferdächern und weiß lackierten Fensterrahmen. Auf dem angrenzenden Grundstück lag eine alte Kirche, deren Buntglasfenster trotz der anbrechenden Dämmerung in schillernden Farben strahlten. Die St. Magnus Church war eine bekannte Sehenswürdigkeit in Newfort, denn auf ihrem Gelände lag ein Rosengarten, der es schon öfter in die Zeitung geschafft hatte. Es rankte sich eine ganz eigene Legende um diesen Rosengarten, denn angeblich war die erste Rose wie von Zauberhand auf dem Grab der verstorbenen Geliebten des Gründers der Kirche gewachsen. Es war eine verbotene Liebe gewesen, eine, die unglücklich endete. Der Geist der toten Lady sorgte der Erzählung nach dafür, dass eine Rose, gepflückt von in Liebe vereinten Händen, diese Liebe niemals vergehen lassen würde. Ich war selber noch nie dort gewesen – die Gründe dafür verstanden sich wohl von allein. Geister hatten bestimmt Besseres zu tun, als für das Glück anderer zu sorgen. Das Gute war, dass der Erlös der verkauften Rosen an die Arche ging und so vor ein paar Jahren der Bau des Spielplatzes für die Einrichtung finanziert werden konnte. In Geschichte hatten wir mehr als einmal die Historie unserer Stadt durchgenommen – Applaus für mein Streber-Gedächtnis! Vielleicht lag es aber auch an meiner Schwäche für Geschichten, die auf verlässlichen Fakten beruhten.

Weil ich mit dem Haufen Kohle nicht zum Vordereingang spazieren wollte, umrundete ich die Arche. Es gab sicher eine weitere Möglichkeit, ins Gebäude zu gelangen und den Briefumschlag unauffällig irgendwo abzugeben. Plötzlich stand ich in einem Hinterhof, in dem ein Pick-up-Truck mit Anhänger parkte und gerade entladen wurde. Ein älterer Mann in Holzfällerhemd und Jeans, mit den absurdesten Gummistiefeln, die ich je gesehen hatte (sie waren quietschgelb und hatten als Motiv lauter kleine Pizza-Ecken), hakte gerade etwas auf einem Klemmbrett ab.

Vorbeischleichen? Zurückgehen? Unschlüssig blieb ich stehen. Der Mann legte das Klemmbrett durchs offene Fens-

138

ter auf die Fahrerseite des Trucks, ging zum Anhänger und nahm eine Kiste heraus. Dann verschwand er im Inneren des Gebäudes. Meine Chance! Ich steuerte die Seitentür an und – stoppte erneut. Dieser Truck kam mir bekannt vor. Kaum war der Gedanke durch meinen Kopf gegeistert, hörte ich Schritte, und Theo trat in mein Blickfeld. Er trug seinen Indiana-Jones-Hut, den er wie ein Cowboy mit der Hand zurechtrückte.

»Oh, hi. Wir laufen uns in letzter Zeit aber oft über den Weg.«

»Zufall«, murmelte ich. »Was machst du denn hier?«

Theo ging zum offenen Anhänger des Pick-up-Trucks. Er deutete auf die vielen Kisten, die dort verstaut waren. »Wir bauen auf unserer Ranch eigene Nahrungsmittel an. Kartoffeln, Gemüse, solche Sachen eben, und beliefern die Arche einmal im Monat mit Vorräten. Mein Dad schwirrt hier auch irgendwo herum.«

»Trägt er quietschgelbe Gummistiefel mit Pizza-Muster?«

Theo grinste. »Er hat ein Faible für verrückte Schuhe. Meine Mom schenkt ihm zu jedem besonderen Anlass ein neues Paar.«

»Deine Eltern scheinen ziemlich cool zu sein.«

»Wir verstehen uns sehr gut«, sagte er. »Das sollte ich vielleicht niemandem verraten, weil es in unserem Alter eine Pflicht ist, seine Eltern zu hassen – aber meine Familie ist toll.« Theo hievte sich eine Kiste mit Orangen in die Arme. »Was ist mit dir? Ich weiß, dass du einen Bruder hast. Genau wie Lorn.«

»Brauchst du Hilfe mit den Kisten?«, schoss es aus meinem Mund. Sicher ein Reflex, um nicht über meine Familie reden zu müssen.

»Das wäre super! Dann geht das Ausladen schneller.« Theo strahlte mich regelrecht an. »Nur, wenn du willst, natürlich.«

»Warum nicht«, sagte ich.

»Was machst du überhaupt hier?«, fragte Theo.

Ich nahm eine Kiste mit Kopfsalat und folgte ihm.

»Ich soll etwas für eine Freundin abgeben.«

»Du meinst so etwas wie eine Spende?«, fragte er.

»Genau.«

Theo ging voraus. Zuerst durch einen langen Flur, vorbei an ein paar geschlossenen Türen bis zu einer Großküche, an deren Ende ein geräumiger Vorratsraum lag. Regale gingen bis unter die Decke. Einige waren voller Lebensmittel, andere komplett leer. Theo stellte erst seine eigene Kiste ab, dann nahm er meine.

»Wir stellen die Kisten in die dazugehörigen Fächer. Die meisten sind ausgeschildert«, erklärte er. »Das System hier ist simpel, aber so behalten die Mitarbeiter den Überblick.«

In den nächsten Minuten trugen wir die Kisten vom Anhänger zum Vorratsraum und nahmen einige wieder mit, die leer waren. Die Arbeit hatte etwas Beruhigendes, wie ich fand. Als sämtliche Lebensmittel entladen waren, vertäute Theo die leeren Kisten mit mehreren Gurten, damit sie beim Transport nicht herunterfielen.

»Bist du etwa schon fertig?«

Mr. Griffin tauchte in der Tür auf.

»Ich hatte etwas Hilfe. Dad, das ist Cassidy, eine Freundin aus der Schule. Wir gehen in dieselbe Stufe. Cassidy, das ist der unverwechselbare Newt Griffin, auch bekannt als mein Dad«, stellte Theo uns einander vor. »Er ist Experte für fabelhaft-verrückte Schuhwesen und wo sie zu finden sind.«

Mr. Griffin reichte mir zur Begrüßung die Hand. »Dann bist

du wohl die berühmt-berüchtigte Cassidy Caster«, sagte er mit tiefer, aber freundlicher Stimme. »Theo hat mir schon eine ganze Menge von dir erzählt. Freut mich, dich kennenzulernen.«

Ich schüttelte Mr. Griffins Hand. »Freut mich ebenfalls.« Mein Blick schweifte zu Theo. »Du hast ihm von mir erzählt?«

»Nur Gutes«, versicherte mir Mr. Griffin.

Theo wurde prompt rot. »Er übertreibt. Ich erzähle eben gerne Sachen aus der Schule«, murmelte er. »Ist nichts Besonderes.«

Mr. Griffin warf seinem Sohn einen erheiterten Blick zu.

Theo sah seinem Vater wirklich ähnlich. Dasselbe braune Haar und diese haselnussbraunen Augen, die irgendwie von innen heraus gut gelaunt zu funkeln schienen. Sein sonniges Gemüt hatte er bestimmt von ihm geerbt. Ich lernte eher selten Eltern meiner Mitschüler kennen – okay eigentlich nie –, und Mr. Griffin war mir auf Anhieb sympathisch. Er strahlte etwas Gutmütiges aus.

»Sie haben noch jede Menge Pizza vom Mittagessen übrig, was meint ihr, sollen wir uns zur Belohnung auch ein Stück holen?« Ehe ich michs versah, hatte Mr. Griffin mir auf die Schulter geklopft und schob mich sanft nach drinnen. »Wenn du uns schon aushilfst, dann sollte zumindest ein Stück Pizza drin sein.«

Wer konnte schon zu Pizza Nein sagen?

Ich hatte die Arche noch nie von innen gesehen. In Zeiten der größten Not hatte mir immer Lorns Familie unter die Arme gegriffen, und darüber war ich froh. Es erstaunte mich, wie bunt die Inneneinrichtung war. An den Wänden hingen jede Menge Bilder von Festen oder Malereien von Kindern, die Möbel waren wild aus allem Möglichen zusammengewürfelt, und der Boden bestand aus Mosaiken. Die Einrichtung hatte einen chaotischen Charme, das musste ich zugeben. In einer kleinen Cafeteria holten wir uns an der Essensausgabe ein Stück Pizza und ein Getränk. Die Hauptbetriebszeit war anscheinend vorüber, denn es war kaum etwas los. Theo schlug vor, dass wir uns nach draußen setzen sollten, weil es in der Cafeteria recht stickig war. Sein Dad wurde auf dem Weg dorthin von einem Mitarbeiter der Arche in ein Gespräch verwickelt, also saß ich wenig später allein mit Theo auf einer Bank, von der aus man den Rosengarten der St. Magnus Church sehen konnte. Am liebsten hätte ich mit Lorn den Platz getauscht. Nicht weil es seltsam war, mit Theo allein zu sein, sondern weil ich wusste, dass Lorn alles für so eine Chance gegeben hätte. Immerhin konnte ich ihm so mal auf den Zahn fühlen, oder? Sozusagen abchecken, ob er etwas für meine beste Freundin war.

»Lorn hat erzählt, dass du heute bei Miss Putin warst«, sagte Theo und bemühte sich, dabei nicht allzu neugierig zu klingen.

»Ja, wir treffen uns öfter zum Teekränzchen«, antwortete ich.

»Lorn meinte, es wäre nicht deine Schuld gewesen.«

»Wenn Lorn dir schon die ganze Geschichte erzählt hat, wieso fragst du mich dann danach?«, fragte ich und musterte Theo. Erheitert zog er eine Augenbraue hoch und schmunzelte. »Was?«

»Du bist immer so furchtbar misstrauisch«, sagte er. »Als ich euch heute Nachmittag eingeladen habe, hättest du dein Gesicht sehen müssen. Als würdest du eine Verschwörungstheorie hinter der Einladung erwarten. Du kommst nur Lorn zuliebe, richtig?«

Oh, Mist! Ahnte er, dass Lorn in ihn verknallt war?

»Nein«, sagte ich hastig. »Ich meine, ja. Ich bin misstrauisch. Aber ich gehe nicht nur wegen Lorn zu eurer kleinen Party. Es fällt mir halt schwer, auf andere zuzugehen. Es kann nicht jeder so ein Sonnyboy wie du sein, Mr. Jeder-mag-mich-auf-Anhieb.«

Theo biss eine Ecke von seinem Pizzastück ab. »Gut zu wissen.«

»Colton war auch im Sekretariat«, sagte ich.

Way to go, Cassidy! Wie kam ich denn jetzt bitte darauf?

»Er hat sich mit Damien aus der Oberstufe geprügelt«, sagte Theo. »Damien kann Colton nicht leiden, weil Colton mal mit einem Mädchen aus war, auf das Damien stand. Heute hat er Colton aus irgendeiner Laune heraus mitten im Schulflur angepöbelt, und daraus wurde dann der Streit. Ich war sogar dabei und wollte noch schlichten, aber Colton lässt sich manchmal zu leicht provozieren, und als Damien zugeschlagen hat, hat er zurückgeschlagen. Deshalb mussten beide zum Direktor. Er hat die beiden allerdings mit einer Verwarnung gehen lassen, normalerweise ist der Direktor ja strenger.«

»Jemanden zu schlagen, ist aber nie eine Lösung.«

»Natürlich nicht«, stimmte Theo mir zu. »Aber es gibt diese Momente, da brechen deine Gefühle einfach aus dir heraus. Wie ein Impuls, du handelst zuerst und denkst später darüber nach. Und ehrlich? Das Gefühl kenne ich selber auch zu gut.«

»Ja, kommt mir auch bekannt vor«, murmelte ich.

Mein Blick schweifte über den Rosengarten in unmittelbarer Nähe. Es war inzwischen richtig dunkel geworden, und die Straßenlaternen hatten sich eingeschaltet. In fahles Licht getaucht wirkte alles hier wie ein blasses Abziehbild des ursprünglichen Ortes. Als würden die Schatten der Nacht ihre Finger nach dieser Welt ausstrecken. Mich fröstelte es leicht.

»Alles okay?«, fragte Theo einfühlsam.

Ich hatte so lange geschwiegen, dass er sich sorgte.

»Wieso hasst Colton mich so?«, fragte ich leise.

»Colton hasst dich doch nicht«, antwortete Theo ernst.

Ich blickte ihm direkt ins Gesicht. »Doch tut er.«

»Er hasst die Tatsache, dass Kim ihn abserviert hat, und projiziert diesen Ärger auf dich. Ich glaube, wenn Colton jemanden hasst, dann sich selbst«, sagte Theo. Mit einem Mal wirkte er traurig. »Colton ist ein schwieriger Mensch, und das kann ich nachvollziehen, weil ich weiß, wie er tickt. Er fühlt bestimmte Dinge intensiver als andere. Und er lässt sich öfter von Impulsen leiten, als gut für ihn ist. Colton hat ein Problem damit, Dinge loszulassen. Und das wird sich auch nicht so schnell ändern.«

»Du kennst ihn ziemlich gut, was?«

»Wir sind beste Freunde seit Kindertagen«, sagte Theo. »Unsere Mütter waren nicht nur Schwestern, sondern auch beste Freundinnen. Unsere Familien haben sehr viel Zeit miteinander verbracht. Colton und ich sind Seite an Seite aufgewachsen und haben alles zusammen gemacht. Eigentlich ist er eher ein Bruder für mich als nur ein Cousin. Wir stehen uns sehr nahe. Trotzdem bin ich nicht mit allem einverstanden, was er macht, aber Familie bleibt eben immer Familie.«

Wenn ich Theo so über Colton reden hörte, hatte ich das Gefühl, er würde von einer anderen Person sprechen. Verschiedene Erlebnisse rückten Menschen anscheinend in unterschiedliches Licht. In Theos Blick lag so viel Zuneigung für Colton.

»Du hast gesagt, eure Familien *haben* viel Zeit miteinander verbracht … Vergangenheit. Ist das jetzt etwa nicht mehr so?«

Theo öffnete den Mund, zögerte jedoch.

»Schon okay, ich hätte nicht fragen sollen«, sagte ich rasch.

»Es ist kein Geheimnis«, sagte Theo langsam. »Ich … ich rede nur nicht sehr oft mit jemandem darüber. Aber vielleicht hilft es dir, ihn ein Stückchen besser zu verstehen. Coltons Eltern sind beide bei einem Schiffsunglück gestorben. Er war damals noch sehr jung. Unsere Ranch ist seit Generationen im Familienbesitz, aber Coltons Mom hatte andere berufliche Pläne. Nach ihrer Heirat haben meine Eltern die Ranch geführt, und Coltons Mom ist ausgezogen, um Künstlerin zu werden, und hat irgendwann schließlich eine eigene Familie gegründet. Sie kamen regelmäßig zu Besuch, und der gute Kontakt blieb bestehen. Colton hat die Ferien und Feiertage immer bei uns auf der Ranch verbracht, oder ich habe ihn besucht. Nach dem Tod seiner Eltern stand es außer Frage, dass er bei uns einziehen würde.« Theo seufzte traurig. »Das war damals eine schwere Zeit für uns alle. Wir waren am Boden zerstört und litten unter dem Verlust, aber für Colton war es natürlich am schlimmsten. Ich kann mir nicht vorstellen, was es mit einem anstellt, die eigenen Eltern schon so früh zu verlieren. Ein Teil von ihm ist daran zerbrochen.«

Theos Worte sickerten zäh wie Honig in mein Bewusstsein. Dutzende Gefühle brachen über mich herein, allen voran Mitgefühl. Grandma Helens Beerdigung war unheimlich schwer für mich gewesen, und bei der Vorstellung, meine Mom würde für immer von mir gehen, formte sich ein dicker Kloß in meiner Kehle.

»Für dich war das sicher auch nicht leicht«, sagte ich einfühlsam und legte ihm eine Hand auf den Arm. »Du hast deinen Onkel und deine Tante verloren. Ein Stück deiner Familie.«

Theo seufzte schwermütig. »Früher hatten wir überall im Haus ihre Gemälde hängen, aber nach dem Tod der beiden hat Colton den Anblick nicht mehr ertragen. Manchmal gehe ich in die alte Scheune, wo sie aufbewahrt werden, und sehe sie mir an. Das hilft ein wenig.«

»Dann waren sie beide Künstler?«

»Ziemlich bekannte Maler sogar. Coltons Mom hieß mit Vornamen Shirley, sein Dad Easton. Sie haben gemeinsam Bilder gemalt und sie unter dem Namen Shirley Easton veröffentlicht und verkauft. Die wenigsten wissen, dass hinter dem Namen zwei Personen stecken. Sie hatten sogar eine eigene Galerie in New York.«

»Das ist beeindruckend«, sagte ich.

Mein Herz zog sich zusammen. Deshalb war Colton Kunst so wichtig. Kein Wunder, dass er so zornig gewesen war, als ich die Sache mit dem Projekt auf die leichte Schulter genommen hatte.

»Was ist nach ihrem Tod aus der Galerie geworden?«

»Coltons Eltern hatten festgelegt, dass sie im Falle ihres Ablebens verkauft werden sollte. Der erzielte Gewinn wurde auf ein Sparkonto verbucht, zu dem Colton Zugang erhält, wenn er einundzwanzig wird«, erklärte Theo. »Meine Eltern verwalten es so lange. Er wird sich zumindest keine Sorgen um Geld für ein gutes College machen müssen. Ich weiß, das ist wenig tröstlich, aber … vielleicht führt er ihr Erbe auf einer Kunsthochschule fort.«

»Der Gedanke ist irgendwie … schön«, sagte ich leise.

»Sitzt ihr immer noch hier?« Mr. Griffin kam durch die Terrassentür der Cafeteria zu uns heraus. »Es ist spät, Theo.«

Theo und ich schreckten aus unserer Unterhaltung auf.

Er warf einen Blick auf die Uhr. »Mist, du hast recht, Dad.«

»Sollen wir dich zu Hause absetzen, Cassidy?«, fragte Mr. Griffin.

»Ich wollte noch …«

»Ah, stimmt. Die Spende deiner Freundin, richtig?« Ich nickte. Theo wandte sich wieder an seinen Dad. »Cassidy hat eine Spende dabei. Ist Mrs. Rollins noch für solche Sachen verantwortlich?«

»Dann beeilt euch, sie wollte gerade losgehen«, sagte Mr. Griffin. Theo und ich aßen flink den Rest unserer kalten Pizza und folgten Mr. Griffin in die Eingangshalle der Arche, wo gerade eine ältere Dame mit Brille und Turmfrisur hinter dem Empfangstresen hervorkam. »Ich warte im Hinterhof am Truck auf euch, okay?« Verdammt, wie spät genau war es? Die Arche wirkte völlig verlassen. Ich hatte total die Zeit aus den Augen verloren und Summer und ihre Freundin dabei komplett vergessen.

Ich fischte den Umschlag mit dem Geld aus meiner Tasche.

»Oh, Theo! Wie schön dich zu sehen.«

»Mrs. Rollins, das ist eine Freundin von mir, Cassidy.«

»Deine Freundin? Was für ein hübsches Ding!«, krächzte die Frau. Sie dackelte auf uns zu, griff sich meine Hand und schüttelte sie kräftig. »Halt dir diesen Jungen warm, meine Liebe! Er ist ein echtes Goldstück! Und diese Grübchen erst!«

»Sie ist *eine* Freundin, nicht *meine*«, verbesserte Theo die alte Mrs. Rollins. Sie hob eine Augenbraue und zwinkerte dann.

»Wie du meinst, Theo. Was kann ich für euch tun?«

»Ich möchte eine Spende abgeben. Hier, bitte.«

»Das ist aber ein schwerer Umschlag.« Mrs. Rollins spähte hinein. »Du liebe Güte, Kind, das ist ja ein halbes Vermögen.«

»Es ist nicht von mir«, sagte ich hastig. »Sondern von Familie Micheals. Sie wissen schon, die große Anwaltskanzlei in Newfort.«

»Sehr großzügig«, sagte Mrs. Rollins. »Ich kümmere mich darum. Eigentlich wollte ich gerade gehen, aber das kann nicht warten. Damit kann hier eine Menge Gutes vollbracht werden! Wunderbar!«

Mrs. Rollins dackelte zurück zu ihrem Platz. Kaum, dass Theo und ich draußen im Hinterhof standen, warf er mir einen seltsamen Blick zu. »Familie Michaels, ja? So wie in Summer Michaels?«

»Mmmh«, machte ich bloß und sah ihn dabei nicht an.

»Die Summer Micheals, der du letztens geholfen hast?«

Überrumpelt starrte ich ihn an. »Hat Colton dir das erzählt?«

Ich dachte gleich an unsere Begegnung in der Mall …

»Colton erzählt mir so ziemlich alles«, sagte Theo.

»Du meinst, um mich schlecht zu machen?«

Theo zögerte. »Na ja, an dem Tag war er wirklich nicht so gut auf dich zu sprechen. Aber, ich finde es toll, dass du anderen hilfst«, sagte er. »Ganz ehrlich. Also mach dir nichts draus.«

Dieser verdammte Colton! Ich konnte mir genau vorstellen, wie er gehässig über mich herzog und dabei seinen Spaß hatte. Innerlich brodelte es in mir. Ich ging doch auch nicht hin und erzählte irgendwelche Beobachtungen über ihn weiter. Himmel!

Ein Hupen ertönte. »Springt in den Truck, wir müssen los!« Mr. Griffin lehnte sich aus dem offenen Fenster. Der Motor des Pick-up-Trucks erwachte zum Leben. Theo deutete mit dem Kopf Richtung Wagen. »Steig ein. Wir bringen dich nach Hause, ehe wir fahren.«

148

»Nicht nötig, ich wohne ganz in der Nähe.«

»Bist du sicher?«

»Sehr sicher. Danke.«

Theo sah mich noch immer mit diesem komischen Ausdruck in den Augen an. Er seufzte. »Noch was, Cassidy. Sag Colton nicht, dass ich dir von seinen Eltern erzählt habe«, bat er mich. »Ich vertraue darauf, dass du es erst mal für dich behältst.«

»Versprochen«, sagte ich und meinte es ehrlich.

»Bis morgen in der Schule.«

»Bis dann, Theo.«

Ich winkte den Griffins, als sie aus dem Hinterhof fuhren. Bei einem Blick aufs Handy traf mich fast der Schlag. Summer hatte mir Dutzende SMS und zehn Voicemails hinterlassen. Ich spielte die erste ab. Summer beklagte sich hysterisch, dass sie im Spa einen Nervenzusammenbruch erlitten hatte, nachdem eine Schlammpackung bei ihr eine allergische Reaktion ausgelöst hatte. Deshalb waren sie und ihre Freundin nach Hause gegangen und wollten das Treffen verschieben. In der zweiten jammerte sie unentwegt über ihr schreckliches Schicksal und schlug vor, dass ich sie am Wochenende einfach besuchen sollte, denn die nächsten Tage würde sie keinen Fuß vor die Tür setzen. Die anderen hörte ich erst gar nicht an. Morgen war schließlich auch noch ein Tag. Und der heutige war in mehr als einer Hinsicht schon seltsam genug gewesen. Wie viel vierundzwanzig Stunden doch verändern konnten.

# KAPITEL 11

EIN KLIRRENDES GERÄUSCH weckte mich am Morgen, und ich rollte mich mürrisch aus dem Bett, weil ich laut Wecker noch zehn Minuten länger hätte schlafen können. Im Flur stieg mir überraschenderweise der Geruch von frischen Pancakes in die Nase. Verschlafen rieb ich mir die Augen und steuerte die Küche an. Mom fegte gerade die Scherben einer heruntergefallenen Tasse auf ein Kehrblech.

»Was ist denn hier los?«, fragte ich ungläubig.

Der Tisch war gedeckt. Es gab Pancakes. Und war das frisch gepresster Orangensaft? Ich kniff mich in den Arm. Kein Traum.

»Ich mache Frühstück«, sagte Mom. Sie warf die Überbleibsel der kaputten Tasse in den Müll und wandte sich wieder dem Herd zu. In der Pfanne brutzelte schon der nächste Pancake. »Das ist die wichtigste Mahlzeit des Tages. Wir essen heute zusammen.«

»Du machst nie Frühstück, Mom!«, sagte ich perplex. Ich hatte das Gefühl, als wäre ich in einer dieser Körpertausch-Komödien, in denen die Protagonistin auf einmal in einem anderen Leben aufwachte. Schnell sah ich an mir hinunter. Immer noch ich selbst.

»Meine Schicht fängt erst um zwölf an, deshalb dachte ich mir, ich mache euch eine kleine Freude«, sagte Mom schwungvoll.

»Dann gehst du heute also arbeiten?«, vergewisserte ich mich.

»Natürlich. Wieso auch nicht?«

Langsam ließ ich mich auf einen der Küchenstühle plumpsen.

»Das ist ... toll, Mom«, sagte ich.

»Rieche ich hier Pancakes? Cassidy, machst du ...« Meinem Bruder blieben die Worte im Hals stecken, als er Mom am Herd stehen sah. Er wirkte, als habe er gerade einen Außerirdischen gesehen.

»Guten Morgen!«, trällerte Mom. »Ja, es gibt Pancakes!«

Cameron kam zu mir an den Tisch. Sein Mund formte ein OMG!

»Ich weiß«, flüsterte ich so leise es ging zurück.

Mom drehte sich zu uns um und stellte einen Teller mit unzähligen Pancakes auf den Tisch. Keiner von uns rührte sich.

»Greift zu, solange sie noch heiß sind. Ich habe ein altes Rezept von Grandma Helen benutzt«, sagte Mom gut gelaunt. Weil Cameron und ich keine Anstalten machten, uns zu bewegen, schob Mom uns ein paar Pancakes auf die Teller und goss uns Orangensaft ein. »Möchtet ihr ein paar Blaubeeren? Oder lieber Sirup?«

»Mom«, wagte ich mich vor. »Du sprichst nie von Grandma.«

Sie machte eine wegwerfende Handbewegung. »Papperlapapp.«

Cameron probierte die Pancakes. »Die sind richtig lecker.«

»Nimm dir so viel du möchtest, Schatz«, sagte Mom zufrieden.

Ich starrte sie an. Sie sah aus wie Camille Caster, und sie klang wie Camille Caster, aber sie benahm sich, als hätte jemand sie komplett umgepolt. Vorsichtig spießte ich ein Stück Pancake auf meine Gabel und schob es mir in den Mund. Wirklich lecker. Das versetzte mich nur noch mehr in eine Art Schockstarre.

Mom trank ihren Kaffee aus, dann stand sie auf, gab Cameron und mir einen Kuss auf den Scheitel, als wären wir beide wieder fünf Jahre alt, und verabschiedete sich. Sie tänzelte regelrecht ins Badezimmer und pfiff dabei eine fröhliche Melodie.

Ich legte sofort die Gabel weg. »Cameron, hast du dasselbe erlebt wie ich? Mom hat gekocht und war gut drauf, und Grandma Helen hat sie auch erwähnt, obwohl sie erst kürzlich schon wieder verlassen wurde!«

»Vielleicht hat das was mit dem Anruf zu tun.«

»Was für ein Anruf?«, fragte ich drängend.

Cameron trank seinen Saft und sah mich schuldbewusst an. »Als du gestern unterwegs warst, hat hier ein Notar angerufen«, sagte mein Bruder. »Er wollte Mom in einer dringenden Angelegenheit sprechen. Sie war ziemlich lange am Telefon. Ich stand eine Weile im Flur, aber ich habe keine Ahnung, worum es dabei ging.«

»Hast du einen Namen aufgeschnappt?«

»Wieso ist das wichtig? Willst du ihr nachspionieren?« Cameron klang vorwurfsvoll. »Vielleicht ist ja endlich mal was Gutes passiert. Sie wird es uns schon noch erzählen, Cassidy.«

»Sorry«, murmelte ich. »Auch wegen neulich.«

Cameron erwiderte nichts und aß weiter Pancakes.

»Ich werde dich nicht mit ihr allein lassen, okay? Wir finden eine Lösung«, sagte ich deshalb. »Ich verspreche es dir.«

Er senkte den Blick auf den Teller und schwieg.

Nach dem Frühstück räumten wir zusammen die Küche auf und gingen nacheinander ins Badezimmer. Als ich vor dem Spiegel stand und meine Augen mit Kajal umrandete, vibrierte mein Handy.

Lorn: »Kann ich später Geschichte abschreiben? BITTE!«

Wie tröstlich, dass sich einige Dinge nie änderten.

Während der großen Lunchpause hockte Lorn in der schuleigenen Bibliothek und kopierte in ihrer unleserlichen Handschrift meine Hausarbeiten. Da das Zusehen ziemlich langweilig war, lief ich die hinteren Gänge ab, in denen es mehrere Regale mit Reiseführern und Landkarten gab. Da ich noch nie richtig im Urlaub gewesen war, kam ich gerne her und betrachtete die Fotos in den Reiseführern. Es gab wirklich einige wunderschöne Orte auf der Welt. Ich versank unheimlich gerne in Vorstellungen von mir in Paris, Amsterdam oder aufregenden Ländern wie Ägypten.

In diese Ecke verirrte sich eher selten jemand, weshalb es angenehm still war und man nicht mal Papier rascheln hörte. Deshalb fiel mir das leise Kichern einen Gang weiter sofort auf.

Nebenan standen reihenweise Duden, und als ich das letzte Mal nachgesehen hatte, konnten die keine Witze erzählen und einen zum Lachen bringen. Neugierig spähte ich um eines der Regale herum.

Meine Damen und Herren, ich präsentiere: Colton Daniels Live-Performance seiner perfektionierten Flirtkünste! Er stand mit gleich zwei Mädchen dort und unterhielt sich im Flüsterton mit ihnen. Weil er mir den Rücken zugewandt hatte, bemerkte er mich nicht sofort. Colton sagte irgendetwas, und wieder erklang Kichern. Handys wurden gezückt und Nummern getauscht. Mit leicht geröteten Wangen und glückseligem Grinsen verabschiedeten sich die Mädchen von Colton. Er wollte weitergehen und entdeckte mich.

»Was, kein Kommentar von dir?«, fragte er, nachdem er seine Überraschung über meine Anwesenheit rasch abgelegt hatte.

»Nope«, machte ich kurz angebunden.

»Ach komm schon. Du hast sicher etwas dazu zu sagen.«

Im Normalfall hätte ich wirklich gerne etwas gesagt, Colton einen Spruch reingedrückt – so wie er es umgekehrt bei jeder sich bietenden Gelegenheit auch bei mir tat, aber … plötzlich hatte ich wieder Theos Worte über seine Eltern im Kopf. Ich starrte ihn einfach an und fragte mich, wie es möglich war, dass man ihm seinen schlimmen Verlust nicht ansah, er seine Gefühle so gekonnt unter der Oberfläche versteckte. Genau wie ich es tat. Und vielleicht war es gerade diese Gemeinsamkeit, die mich in diesem Moment aus der Bahn warf. Mir wurde schwer ums Herz.

»Hey, Caster!« Colton schnippte mit seinen Fingern vor meinem Gesicht herum. Ich hatte kaum geblinzelt, da war er bei mir. »Was ist los mit dir? Wieso starrst du Löcher in die Luft?«

Coltons Augen suchten meine. Er runzelte die Stirn.

»Langsam wird es unheimlich. Hat mein umwerfendes Aussehen dir ein Schleudertrauma verpasst, oder wieso redest du nicht mehr mit mir?«, fragte er ironisch. Unsicherheit zeichnete sich in seiner Miene ab. Ich brachte noch immer kein Wort über die Lippen. »Ist irgendwas passiert … hey, Cassidy!«

Erst als er meinen Vornamen aussprach, riss es mich aus meiner merkwürdigen Trance. Colton nannte mich nie beim Vornamen.

»Alles okay«, sagte ich leise. »Und was ist mit dir?«

»Hast du mich gerade ernsthaft gefragt, wie es mir geht?« Colton riss ungläubig die Augen auf. »Ist hier irgendwo eine versteckte Kamera? Wird das eine neue Racheaktion oder was?«

»Ich bin nicht diejenige, die ständig an Rache denkt!«, erwiderte ich. »Wie kann man nur so kleinlich und engstirnig sein! Lauf einfach deinen Dates hinterher und lass mich in Ruhe.«

»Du bist doch diejenige, die wie eine Stalkerin hinter dem Regal zugeschaut hat, was ich in der Bibliothek mache«, sagte er abwehrend. »Gott, dich soll mal jemand verstehen, Caster!«

Mit diesen Worten stampfte er an mir vorbei.

Ich hatte das merkwürdige Verlangen, ihn aufzuhalten, irgendetwas Gewichtiges zu sagen – aber ich ließ ihn dann doch gehen. Wie kam ich auch auf die absurde Idee, dass ausgerechnet ich Colton Trost spenden konnte, wenn er mit niemandem über seine Eltern sprach? Ob ich zu meinem Schutz ein paar neue Regeln aufstellen sollte? Anti-Gefühls-Regeln gegen Vollidioten! Ich fuhr mir genervt durchs Haar und ging zurück zu dem Tisch, an dem Lorn saß. Sie war gerade fertig geworden, denn sie klappte meinen und ihren Hefter zu und atmete befreit durch.

»Wo warst du denn?«, fragte Lorn neugierig.

In ihrem Eifer hatte sie natürlich nichts mitbekommen. Es erschien mir falsch, ihr von Coltons Eltern zu erzählen, weil ich Theo doch versprochen hatte, diese Sache für mich zu behalten. Über gestern Abend hatte ich sie bei einem kurzen Telefonat auf den neuesten Stand gebracht, aber das war eben eine andere Sache. Ein bisschen neidisch war Lorn schon gewesen. Sie hatte scherzhaft gesagt, sie würde mich demnächst nirgends mehr alleine hingehen lassen, da ich offenbar einen Theo-Radar hatte. Aber wir waren beste Freundinnen, und mir würde nicht mal im Traum einfallen, etwas zu tun, das Lorn verletzen konnte. Wir vertrauten einander zu zweihundert Prozent, und daran konnte absolut nichts etwas ändern.

»Mir nur etwas die Beine vertreten«, murmelte ich.

»Jedenfalls tausend Dank! Du hast mich gerettet!«

Lorn reichte mir meinen Hefter. Ich stopfte ihn in meine Tasche, die ich neben ihrer stehen gelassen hatte.

»Cassidy Caster, Heldin des Alltags. Gefällt mir viel besser als die Sache mit dem Schlussmach-Service«, sagte ich.

»Seit wann stört es dich, was andere über dich denken?«

»Es gibt Tage, da stört es jeden, was andere über ihn denken«, murmelte ich und zog mir einen Stuhl heran, um mich Lorn gegenüber an den Tisch zu setzen. »Manchmal wünschte ich, man könnte einfach die Augen schließen und wäre woanders.«

»Das klingt reichlich pessimistisch«, sagte Lorn.

»Ich brauche eine Auszeit von mir selbst«, murmelte ich.

»Wer wärst du denn heute gerne?«, fragte Lorn.

»Wie wäre es mit Coco Chanel?«, überlegte ich. »Sie war wunderschön und clever und hat ein Modeimperium hochgezogen.«

»Sie hat aber auch gesagt: Das Mutigste, was man tun kann, ist eigenständiges Denken. Und zwar lautstark«, sagte Lorn. »Und darin bist du Expertin. Niemand ist mutiger als du, Cassidy.«

»Seit wann bist du so altklug?«

»Seitdem April Zitate berühmter Modeikonen aufsagt wie das Alphabet«, meinte Lorn. »Sie ist wie besessen von dem ganzen Mode-Kram! Bald muss ich mithilfe einer Ausgabe der *Teen Vogue* einen Exorzismus betreiben. Ich wette, zu dem Basketballspiel am Samstag kommt sie mit ihrem neuen Sonnenschirmchen aus Spitze.«

»Mode ist wenigstens ein harmloses Hobby«, sagte ich.

»Du meinst im Gegensatz zum Schlussmachen?« Lorn sah mich durch zusammengekniffene Augen an. »Ich finde es beunruhigender, wenn meine zehnjährige Schwester denkt, ihre Persönlichkeit würde sich über ihr Aussehen und ihre Klamotten definieren.«

»Ach, dann hast du dir keine Gedanken gemacht, was du anziehst, wenn du Theo am Wochenende siehst?«, fragte ich beiläufig.

Lorn streckte mir die Zunge heraus. »Nein!«

Ich grinste. »Dann kannst du gleich ohne Dusche in deinem Basketball-Trikot gehen«, scherzte ich. »Bist du schon nervös?«

»Wir haben hart trainiert, und wir sind gut«, sagte Lorn. »Außerdem ist es ein Freundschaftsspiel gegen eine andere Highschool, und der Coach sagt immer, wir sollen uns keinen Druck machen. Gewinnen ist nicht alles. Bei der Meisterschaft sieht das anders aus. Davon hängt so viel ab. Für alle aus dem Team.«

»Meinst du, ich finde irgendwann auch etwas, worin ich so gut bin wie du im Basketball?«, fragte ich nachdenklich.

»Du bist in so vielen Dingen gut«, sagte Lorn. »Du findest in jedem Secondhandladen irgendein ganz besonderes Teil, das von anderen übersehen wird. Du bist offen und probierst alles einmal aus. Ständig schleppst du mich zu irgendwelchen Probestunden, und egal wie öde die auch manchmal sind, mit dir macht alles Spaß. Das ist deine Art. Alles, was du machst, wird dadurch irgendwie besonders. Wie ein kleiner Zauber. Man müsste dich quasi ›Cassidy Feenstaub‹ nennen.« Lorns Miene wurde weicher. »Und auch, wenn du es niemals zugeben würdest, kämpfst du für andere gegen Ungerechtigkeiten an.«

»Lorn …«

»Du hast ein gutes Herz, Cassidy.«

»Wenn die Leute wüssten, was du für warmherzige Reden schwingen kannst, hätten sie vielleicht weniger Angst vor dir«, sagte ich.

»Wo bliebe da der Spaß?«, fragte Lorn sarkastisch.

»Danke«, sagte ich und drückte ihre Hand.

Einen Moment später stand die Bibliothekarin neben unserem Tisch und meckerte herum, weil wir die Ruhe der Bibliothek mit unserem Gequatsche störten. Da wir beide sowieso hungrig waren und noch etwas essen wollten, gingen wir zum Lunch. Im Flur äffte Lorn die Bibliothekarin nach, und wir mussten beide lachen.

Dennoch … in einer winzigen Ecke meines Bewusstseins spürte ich eine dumpfe Spur von Mitgefühl für Colton, das einfach nicht verschwinden wollte. Da half auch kein lautes Lachen.

# KAPITEL 12

MIT EINEM MAL stand das Wochenende vor der Tür – der Rest der Woche war wie im Schnelldurchlauf vergangen. Ich war froh, dass eine Weile nichts Aufregendes passiert war. Mom benahm sich zwar immer noch recht geheimnisvoll und verriet Cameron und mir nichts über ihren Sinneswandel, und auch Colton strafte mich weiter mit seinen Todesblicken bei Begegnungen in den Korridoren der Newfort High, aber es war schön, einfach mal in den Alltag hineinleben zu können. Keine neuen Aufträge, da Summer sich nicht mehr wegen ihrer Freundin gemeldet hatte und auch kein Stress wegen Schularbeiten. Ich hatte von Freitag auf Samstag bei Lorn übernachtet, damit ich vormittags gemeinsam mit ihr zum Spiel fahren konnte und wir später ja noch zu Theos Party fahren wollten. Er hatte uns beiden heute Morgen getextet und die genaue Adresse der Griffin Ranch geschickt. Zu Lorns Spiel schaffte er es nicht, wie er schrieb, weil er seinen Eltern noch aushelfen musste. Anscheinend gab es irgendein Problem mit einem der Pferde. Zur Wiedergutmachung versprach er jedoch, dass er Lorn und mich einmal für eine Probestunde zum Reiten einladen würde.

»So ein Ritt am Strand ist sicher superromantisch!«, schwärmte Lorn, die Theos Nachrichten erneut in sich aufsog.

»Klingt wie eine Szene aus einem Nicholas-Sparks-Film.«

»Ich bin nur noch nie geritten. Nachher falle ich vom Pferd,

159

oder es passiert irgendwas super Peinliches«, sprach sie weiter. Lorn begann plötzlich zu kichern. »Meinst du, wenn ich stürze, zieht er sein Shirt aus, um damit meine Wunde abzutupfen?«

»Das klingt jetzt wie eine Szene aus *Twilight*.«

»Ich kann nichts dafür!«, sagte Lorn und ließ sich dramatisch auf ihr Bett sinken. »Mein Hirn spielt alle möglichen Szenarien durch, nur dass es dabei um Theo und mich geht. Hilf mir!«

»Gegen Gefühle ist man machtlos«, sagte ich und seufzte. Ich hockte auf dem Boden von Lorns Zimmer und zog ein paar frische Klamotten aus meiner Tasche. »Aber dein Herz sollte deinem Verstand mal mitteilen, dass ihr Theo erst mal besser kennenlernen solltet, ehe sämtliche Hirnzellen flöten gehen.«

Lorn warf eines der Kissen vom Bett nach mir.

»Hey!«, rief ich empört.

»Ich dachte, er hat das Cassidy-Gütesiegel bekommen?«

»Ich will bloß nicht, dass er dir das Herz bricht.«

»Mein Herz weiß aber noch nicht, wie es sich anfühlt, gebrochen zu sein, und deshalb sind ihm deine Ratschläge echt schnuppe.«

»So ist das mit Herzen«, murmelte ich.

Mein Herz ignorierte Colton betreffend nämlich auch alles, was mein Verstand mir riet. Ich ärgerte mich furchtbar darüber, dass er so viel Platz in meiner Gefühlswelt einnahm, aber unsere häufigen Begegnungen machten es mir nicht gerade leicht, ihn aus meinem Kopf zu verbannen. Colton hier und Colton da ... ich wollte mich selbst ohrfeigen! Statt wie Lorn hoffnungslos verliebt zu sein war ich ... hoffnungslos gefrustet. Beides war gleich schlimm.

Genug blödes Gedanken-Geschwafel für heute!

Mrs. Rivers kam ins Zimmer. »Ihr seid ja immer noch nicht fertig. April, Jane und Bryce sind schon beim Frühstück. Wir wollen in einer halben Stunde los, um gute Plätze zu bekommen.«

»Wir sind nur ein paar Spielstrategien durchgegangen«, sagte Lorn und warf ihrer Mom einen genervten Blick zu. »Gib uns fünf Minuten, dann kommen wir runter. Cassidy kann sich nicht entscheiden, welches Top besser zu ihrer gequälten Seele passt. Schwarz oder doch lieber schwarz. Das will gut überlegt sein.«

Ich nahm das Kissen, welches eben knapp neben mir gelandet war, und warf es zu Lorn zurück. Es traf sie an der Schulter.

»Zieh doch eines von Lorns Kleidern an«, schlug Mrs. Rivers vor. Sie deutete auf Lorns Kleiderschrank. »Du bist so ein hübsches Mädchen, Cassidy. Grün würde dir sicher gut stehen.«

»Lorn besitzt Kleider?«, fragte ich geschockt.

Mrs. Rivers sah ihre Tochter an. »Für den Fall, dass sie irgendwann von verrückten Wissenschaftlern entführt wird und sie mir eine anständige, wohlerzogene Tochter zurückbringen.«

»Haha, sehr witzig, Mom«, sagte Lorn beleidigt.

»Fünf Minuten!«, warnte sie uns.

Lorn sprang vom Bett und riss ihren Kleiderschrank auf. Sie zog ein grünes Kleid heraus und warf es achtlos zu mir rüber.

»Mom hat recht, das würde dir super stehen«, sagte sie.

Mein erster Impuls war es, das Angebot abzulehnen, aber als meine Finger über den weichen Stoff strichen, brachte ich es nicht mehr über mich, Nein zu sagen. Das Kleid war wunderschön. Es war smaragdgrün, an der Taille gerafft und hatte entlang des Ausschnitts feine Stickereien aus kleinen Blumen. Der untere Teil bestand aus mehreren Lagen, die übereinander aussahen wie eine sich öffnende Knospe. So etwas fand man nicht in Secondhandläden oder auf Flohmärkten. Ich biss mir auf die Unterlippe und blickte zögernd zu Lorn. Die schlüpfte gerade in ihr Basketball-Trikot und flocht dann ihre Haare zu einem Zopf.

»Schnell, sonst mampfen die kleinen Monster alles auf!«

Ich legte meine Klamotten zurück in meine Tasche und zog das Kleid an. Weil ich nicht sehr viel kleiner als Lorn war, passte es wie angegossen. Himmel, ich würde es nie wieder ausziehen!

Lorn starrte mich an. »Wow! Weißt du was? Behalt es.«

»Was? Nein!«

»Das Kleid ist wie für dich gemacht. Es hat sicher all die Jahre nur auf diesen Tag gewartet«, sagte sie und lächelte.

»MÄDCHEN!«, brüllte Mrs. Rivers die Treppe hoch.

Lorn packte mich an der Hand. »Du bist jetzt der kleine, grüne Leprechaun unseres Teams und wirst uns Glück bringen.«

Das brachte mich zum Lachen. »Wenn du das sagst.«


Die Basketballspiele der Newfort High waren stets sehr gut besucht. Unsere Schule war für ihre Vielfalt an erfolgreichen Sportteams bekannt, und an einigen Wochenenden schien es, als habe sich die ganze Stadt in der Turnhalle versammelt, um eines unserer Teams anzufeuern. Familie Rivers und ich hatten noch Plätze in der unteren Reihe der Tribüne ergattern können. Als das Spiel angepfiffen wurde, verfolgten alle gespannt das Geschehen. Unser Team lag von Anfang an vorne und wurde lautstark bejubelt. Lorn war in Höchstform und zusammen mit Kim unschlagbar. Es dauerte nicht lange, da war der Punktestand der Newfort High nicht mehr einzuholen. Während der zweiten Halbzeit gab das gegnerische Team alles, aber wir waren zu gut für sie. Und gerade als sich kurz vor Schluss alle von ihren Plätzen erheben wollten, um einen abschließenden Applaus zu geben, wurde Lorn gefoult. Ein stämmiges, dunkelhaariges Mädchen kam von der linken Seite und rammte Lorn weg, als sei sie ein Grashalm im Wind. Lorn verlor den Ball. Es gab ein grässliches Geräusch, als Lorn auf den unnachgiebigen Boden knallte und regungslos liegen blieb. Der Schiedsrichter pfiff sofort ab. Ein Raunen ging durch die Menge. Mrs. Rivers sprang augenblicklich von ihrem Sitz und drängte sich durch die Sitzreihe der Tribünen. Jane, die neben mir saß, begann zu weinen, und April starrte geschockt aufs Spielfeld. Bryce wurde mit einem Mal kreidebleich. Mein eigenes Herz schlug so heftig, dass es durch meine Rippen zu springen drohte. Dann richtete Lorn sich mit der Hilfe einer Teamkollegin wieder auf. Der Coach nahm sie aus dem Spiel. Aufgrund des Fouls gab es einen Platzverweis für die Spielerin, die Lorn gerammt hatte, und einen Freiwurf für unser Team. Aber wir hatten sowieso gewonnen.

Ich nahm Jane in den Arm. Als sie sich beruhigt hatte, verließ ich mit den Rivers-Geschwistern die Tribüne und ging zum Ausgang, der in den Korridor der Schule führte. Mrs. River kam uns entgegen. Sie wirkte mitgenommen, aber gleichzeitig erleichtert.

»Es geht ihr gut«, gab sie Entwarnung. »Der Sturz sah schlimmer aus, als er war. Das gibt eine Menge blaue Flecken, aber es ist nichts gebrochen. Sie wird gerade vom Schularzt durchgecheckt.«

Jane klammerte sich an Mrs. Rivers. »Mom!«

»Lorn ist eben hart im Nehmen«, murmelte Bryce.

April verschränkte die Arme vor der Brust. »Diesem Mädchen sollte mal jemand sagen, dass Basketball Regeln hat!«

Im Hintergrund stieg der Lärmpegel. Vermutlich Jubel zum Sieg der Mannschaft. Mir war überhaupt nicht nach feiern. Lorn war zwar nicht das erste Mal bei einem Spiel verletzt worden, aber das waren bisher immer Unfälle gewesen. Das gerade war mit Absicht passiert.

»Cassidy, kannst du mit den Kindern vielleicht beim Wagen warten? Ich komme mit Lorn dann nach«, bat mich Mrs. Rivers.

»Natürlich«, antwortete ich.

Mrs. Rivers reichte mir die Schlüssel des Familienautos.

Fünf Minuten später saßen April und Jane im Wagen. Ich hatte das Radio angestellt, und sie sangen einen Popsong mit. Bryce stand neben mir und starrte zur Rückseite der Sporthalle. Aus den Augenwinkeln sah ich, wie er die Hände zu Fäusten ballte. Ehe ich ihn fragen konnte, ob alles okay war, machte er einen Schritt nach vorne. Seiner Kehle entwich ein knurrender Laut.

»Hey du! Wieso hast du meine Schwester angegriffen!«

Ich folgte seinem Blick und sah, dass ein paar der Spielerinnen aus dem gegnerischen Team gerade die Halle verließen. Darunter das dunkelhaarige Mädchen, das Lorn eben gefoult hatte, und zwei andere. Sie lachten höhnisch.

»Bist du etwa ihr Beschützer?«, fragte die Unruhestifterin spöttisch.

Bryce wollte vorpreschen, aber ich hielt ihn zurück.

»Was hast du für ein Problem?«, fragte ich frostig. »Sollte das heute nicht ein Freundschaftsspiel sein? Andere Spielerinnen zu verletzen ist wirklich alles andere als freundschaftlich.«

»Basketball bedeutet Körperkontakt, Blondie«, erwiderte sie zickig. »Aber was versteht schon so ein Püppchen wie du davon.«

»Da spricht eine schlechte Verliererin aus dir«, sagte ich finster. »Wieso hast du Lorn absichtlich weggerammt?«

Das Mädchen baute sich vor mir auf. »Ich muss dir keinerlei Rechenschaft ablegen«, zischte sie und versetzte mir einen Stoß. »Eure Scheiß Mannschaft hält sich für was Besseres, weil sie unsere jedes Mal schlägt. Ein Denkzettel hat noch keinem geschadet. Du kannst dich gerne auf meiner Liste einreihen.«

»Lindsey, hör auf«, sagte eine ihrer Teamkolleginnen.

»Entschuldige dich bei meiner Schwester!«, verlangte Bryce.

Super, da hatte er sich ja den richtigen Moment ausgesucht, um den Helden zu spielen. Die Mädchen hatten sich gerade abgewandt. Ich fasste Lorns Bruder am Arm. »Lass gut sein, Bryce.«

Lindsey blieb stehen und fixierte Bryce. »Wie bitte?«

»Verschwindet einfach«, sagte ich energisch.

Schnell schob ich Bryce ein Stück aufs Auto zu und strauchelte im nächsten Moment, weil Lindsey mir offenbar ein Bein gestellt hatte. Ich kam so unglücklich mit dem Knie auf, dass der Schmerz mir bis in die Wirbelsäule hochschoss und mich völlig unerwartet traf. Mir entwich ein Fluch. Wütend rappelte ich mich wieder auf und fuhr zu Lindsey herum.

»Was zur Hölle ist dein verdammtes Problem!«

Lindseys Hand schoss nach vorne, weil sie meine Haare packen wollte, aber dieses Mal sah ich ihren Angriff kommen. Ich wich zur Seite, machte einen Ausfallschritt nach vorne und stieß ihr meinen linken Ellbogen gegen die Brust. Sie taumelte nach hinten und landete auf ihrem Hintern. Ihr Gesichtsausdruck war unbezahlbar. Der Parkplatz hatte sich inzwischen schon mit den ersten Besuchern des Spiels gefüllt, die zu ihren Autos wollten. Lindsey schien das auch zu bemerken. Als eines der anderen Mädchen sie zum wiederholten Male aufforderte, endlich zu gehen, folgte sie ihnen. Ich riskierte einen Blick auf mein Knie. Es sah genauso schlimm aus, wie es sich anfühlte. Blut lief mir das Bein hinunter. Sofort wurde mir ganz schummrig. Lorn war vielleicht hart im Nehmen, aber ich fand den Anblick von Blut echt eklig.

»Das war ziemlich cool«, sagte Bryce.

Überrascht sah ich ihn an. Er wirkte plötzlich etwas verlegen. Lorns Bruder hatte mich noch nie als cool bezeichnet. Ich war mir ja sogar sonst ziemlich sicher, dass er mich insgeheim hasste.

»Du warst auch sehr mutig«, sagte ich. »Aber, Bryce? Menschen wie Lindsey zu provozieren endet nie gut. Manchmal ist es noch viel mutiger, sich von solchen Situationen abzuwenden, okay?«

»Okay«, murmelte er.

»Sieh mal, da vorne kommt auch deine Mom.«

Mrs. Rivers kam eilig auf uns zu. »Entschuldigt, dass ihr warten musstet«, sagte sie etwas außer Atem. »Danke fürs Aufpassen, Cassidy. Lorn duscht noch schnell und zieht sich um.«

»Ich verschwinde mal kurz aufs Klo«, sagte ich.

»Bis gleich«, sagte Mrs. Rivers und sah dann nach ihren Kindern.

Die Toilette war gleich neben dem Eingang zur Sporthalle. Weil sich die Traube an Menschen innerhalb der letzten Minuten fast gänzlich aufgelöst hatte, musste ich wenigstens nicht anstehen. Ich feuchtete ein paar Papiertücher an und wischte über mein Knie. Die Wunde brannte höllisch, aber ich biss die Zähne zusammen.

Was war das für ein komisches Geräusch? Ich hielt inne.

Das klang wie … kam das etwa aus einer der Kabinen?

Sprachlos blickte ich über meine Schulter.

Ein Mädchen kicherte. Da knutschte eindeutig jemand im Mädchenklo rum. Ich drehte den Wasserhahn zu und warf die Papiertücher weg. Die Kabinentür schwang auf, und ein Mädchen mit kurzen braunen Haare kam heraus und zupfte ihre Bluse zurecht. Als sie mich bemerkte, rannte sie geradewegs zur Tür hinaus. Dabei hatte ich sie nicht mal schräg angeguckt. Ein Klo wäre jetzt nicht auf meiner Liste potenzieller Orte, an denen ich mal rummachen wollte, aber wenn das ihr Ding war? Bitte.

Moment – war das nicht eines der Mädchen, die neulich bei Colton in der Bibliothek gestanden hatten? Die Erkenntnis traf mich reichlich spät. Aber, das bedeutete dann ja … erwartungsvoll starrte ich auf die Klokabine. Tatsächlich! Sie schwang ein zweites Mal auf, und Colton Aufreißer Daniels trat in den Raum. Natürlich, wer sonst würde eine Verabredung im Mädchenklo haben? Seine Haare standen wild nach oben, und er hatte Lippenstift am Mundwinkel. Ja, okay, Scheiß Doppelmoral. Es war eben ein Reflex, über Colton zu urteilen, wenn ich ihn sah. Andere reagierten allergisch auf Erdnussbutter und ich auf Colton Daniels. Vielleicht war das sogar eine genetische Sache, für die ich gar nichts konnte, wer weiß?

»Deine Knutsch-Freundin ist schon weg«, sagte ich zuckersüß. »Anscheinend hatte sie keine Lust mehr auf dich. Aber wie ich dich kenne, findest du bestimmt schnell ein anderes Mädchen.«

Colton versuchte sich an dieser Art von Lächeln, das irgendwie verwegen wirken sollte, aber bei ihm sah es bloß aus, als wolle er gerade für irgendeinen Katalog posieren. Im Mädchenklo.

»Du bist also wieder ganz die Alte, was?«, sagte er.

»Du anscheinend nicht. Das ist ein *Mädchenklo*.«

»Na und? Wir leben in einem freien Land.«

»Offensichtlich, sonst dürftest du nicht herumlaufen.«

»Fantastisch küssen zu können ist kein Verbrechen.«

Ich verdrehte die Augen und sagte nichts dazu. Es war zwar die ideale Steilvorlage für eine Erwiderung, aber ich wollte mich nicht in ein Gespräch mit Colton verstricken, sondern schnell weg.

»Sind dir die Sprüche ausgegangen? Ich bin enttäuscht.«

»Oh, du brauchst mich doch gar nicht, um dich lächerlich zu machen. Das schaffst du auch ganz allein«, erwiderte ich selbstgefällig.

»Was machst du dann noch hier?«

»Darauf warten, dass du verschwindest, um etwas Privatsphäre zu haben«, sagte ich missmutig. »Also? Gehst du jetzt endlich?«

Colton knöpfte sich den oberen Teil seines Hemds zu, nahm dabei aber nicht den Blick von mir. »Was ist mit deinem Knie?«

»Was geht dich das an?«, erwiderte ich.

Er hob die Hände. »Es war nur eine Frage.«

»Mit dir ist *nie* etwas *nur* eine Frage.«

»Du hast mich neulich doch auch etwas gefragt.«

»Da war ich bloß …«

»Seltsam drauf? Irgendwas ist mit dir«, sagte Colton. »Schon seit ein paar Tagen, aber ich komme nicht darauf, was ...«

Colton trat näher. Uns trennten nur noch wenige Zentimeter. Er sah mich an, als würde er irgendetwas in meinen Augen suchen. Wenn sie wirklich der Spiegel zur Seele waren, sollte ich schleunigst an etwas anderes als an Theos Worte denken, sonst würde meine Miene mich verraten. In diesem Moment schien das nur nicht zu funktionieren. Stattdessen spürte ich wieder diese Spannung zwischen uns wie ein Knistern auf der Haut. Mir stellten sich die Nackenhaare auf. Als er sich eine Haarsträhne aus dem Gesicht blies, streifte mich sein Atem wie der sanfte Hauch einer Sommerbrise. Seine Augen waren von einem so tiefen Braun, dass sie fast schwarz wirkten. Ich hatte mit einem Mal das Gefühl, mich in ihnen zu verlieren. Angestrengt blinzelte ich.

»Bist du nur zum Spiel gekommen, um jemanden abzuschleppen?«, fragte ich und legte eine verächtliche Miene auf. »Unter ›School Spirit‹ versteht man nämlich etwas ganz anderes.«

»Hätte ich gewusst, dass du in einem Kleid so gut aussiehst, hätte ich vielleicht *dich* abgeschleppt«, raunte Colton. Ich konnte schon verstehen, wieso die Mädchen auf ihn flogen. Wenn er so einen Ton anschlug, klang seine Stimme verdammt sexy.

Ich lehnte mich ein Stückchen weiter vor. »Ach wirklich?«

Seine Augen weiteten sich überrascht, weil ich auf seinen Flirt einging. Dabei wollte ich ihn nur aufziehen, etwas erwidern. Plötzlich waren seine Lippen an meinem Ohr. Und er mir viel zu nah. Seine Hand streifte meinen Arm, als er sich an dem Waschbecken hinter mir abstützte. Seine Haare kitzelten meine Wange. Und alles, woran ich denken konnte, war: Colton roch nach Meer. Nach einer kühlen Brise Salzwasser, nach Ferne und Freiheit. Für einen winzigen Moment spürte ich die Sonnenstrahlen vergangener Zeiten auf der Haut wie den Kuss eines Phantoms. Mein Puls beschleunigte sich. Ich hielt automatisch den Atem an.

»Das wäre …«, wisperte er. Seine Stimme verlor sich am Ende, als habe er mit einem Mal vergessen, was er sagen wollte. Spürte er etwa dasselbe wie ich? Dieses flüchtige, kaum greifbare Gefühl, wie eine Welle, die versuchte, einen mitzureißen. »… eine verflucht schlechte Idee«, beendete er langsam den Satz.

Die Tür zur Mädchentoilette öffnete sich quietschend. Wir fuhren sofort auseinander. Ein kleines Mädchen, das mit den Kniestrümpfen und Zöpfen ein wenig aussah wie Pippi Langstrumpf, sah uns mit großen Augen an. Hinter ihr kam eine Frau herein, wahrscheinlich ihre Mom. Ihr Blick ging zwischen Colton und mir hin und her, dann schlug sie sich eine Hand vor den Mund, als habe sie höchstpersönlich einen Skandal aufgedeckt. Sie nahm ihre Tochter an die Hand und zog sie wieder aus der Toilette heraus.

Colton und ich begannen gleichzeitig zu lachen. Es war, als hätten wir vergessen, wo wir waren und wer sich in unserer Gesellschaft befand. Absurd und völlig verrückt. Er fing sich als Erster wieder, holte tief Luft und deutete mit dem Finger auf mich.

»Nur fürs Protokoll, ich werde dich niemals küssen.«

Im nächsten Augenblick war er weg.

»Ich dich auch nicht!«, rief ich ihm nach. »Niemals!«

Mein Spiegelbild sah mich vorwurfsvoll an, als würde es meine Gedanken kennen. Die nämlich spielten sehnsüchtig durch: Was wäre eigentlich, wenn … Als habe sich ein Schalter umgelegt und ich wäre auf einmal eine andere Person.

Eine Cassidy, die Colton liebend gern geküsst hätte.

# KAPITEL 13

LORN BEHARRTE DARAUF, dass wir unter allen Umständen zur Ranch der Griffins fahren sollten. Verletzung beim Basketball hin oder her. Es war egoistisch von mir, ihr die Sache ausreden zu wollen, denn neben der Sorge um Lorn verfolgte ich auch eigene Motive. Nach meiner Begegnung mit Colton wollte ich ihn meiden. Vorzugsweise für immer. Keine Ahnung, was da in der Toilette zwischen uns passiert war, aber es überkam mich jedes Mal ein wohliger Schauer, wenn ich daran dachte. Also etwa alle fünf Minuten – in meinem Hirn war endgültig eine Sicherung durchgebrannt.

Lorn wühlte gerade in ihrem Kleiderschrank herum und suchte etwas zum Anziehen heraus, da sie nicht in Pulli und Jogginghose gehen wollte. In die bequemen Sachen war sie nur für den Heimweg geschlüpft. Sie hatte eine riesige Beule an der linken Schläfe und eine aufgeplatzte Lippe, war aber sonst okay.

»Es sieht schlimmer aus, als es ist«, sagte sie. »Der Arzt hat mich gleich wieder gehen lassen. Keine Gehirnerschütterung, nichts. Mom hat auch nichts dagegen, wenn wir fahren, Cassidy.«

»Jaja«, gab ich mich geschlagen. »Tut mir leid.«

»Weißt du …« Lorn hob wissend eine Augenbraue. »… ich spiele gerne den Puffer zwischen dir und du-weißt-schon-wem.«

»Keine Ahnung, wovon du redest«, sagte ich stur.

»Du hast mir erst vor fünf Minuten die Story von deinem und Coltons Klo-Techtelmechtel erzählt«, sagte Lorn belustigt. »Ich frage mich nur: Was denkt sich Cassidy Caster nun? Ist Colton Daniels nur ein blöder Aufreißer, oder findet sie ihn sexy?«

»Cassidy Caster befindet sich im selben Raum wie du.«

»Komm schon, Cassidy!«, bettelte Lorn. »Sag es mir!«

»Na gut! Ja, ich fand ihn irgendwie sexy. Für eine einzige Sekunde, denn sobald er den Mund aufmacht, kommt nur Blödsinn raus. Und Blödsinn ist nicht sexy«, antwortete ich mürrisch.

»Verstehe«, sagte Lorn und grinste verschmitzt.

»Gar nichts verstehst du«, grummelte ich.

»Oh, ich verstehe dich besser als du dich selbst.«

Ehe ich das Thema weiter vertiefen konnte schnappte Lorn sich eine rot karierte Bluse aus ihrem Kleiderschrank. »Die ziehe ich an.«

»Und wo bleibt dein Cowboy-Hut?«, scherzte ich.

»Ich angle mir den von Theo, was sonst!«

»Du meinst, bei eurem romantischen Strandritt?«

»Das ist der Plan«, sagte Lorn gespielt ernst. »Heute ein Date, morgen sein Hut, nächster Stopp Weltherrschaft!« Sie zögerte. »Glaubst du, ich brauche einen Plan? Was, wenn wir uns über nichts unterhalten können? Oder ich irgendwas Peinliches sage?«

»Du hast das neulich auf dem Parkplatz super gemacht«, beruhigte ich sie. »Und ihr habt viele Gemeinsamkeiten. Spielt er nicht Fußball in der Ersatzmannschaft? Ihr könntet über Sport reden oder das Spiel von heute. Du kannst ihn auch Sachen über die Ranch fragen. Vielleicht zeigt er dir den Stall. Solche Unterhaltungen sind anfangs immer etwas seltsam.

Ich bin ja auch noch da, und ich verspreche, dieses Mal stehe ich dir bei.«

»Was ist, wenn er mich gar nicht mag?«

Ich ging zu Lorn und nahm ihre rechte Hand, um sie ermutigend zu drücken. »Solange du deinen richtigen Namen unter Verschluss hältst, kann nichts schiefgehen.« Dann zwinkerte ich ihr zu. »Der schlägt alle in die Flucht. Wir nehmen ihn mit ins Grab!«

Lorn lachte. »Wieso musste Mom mich auch nach einer Country-Sängerin benennen? Loretta Lynn Rivers klingt wie eine piekfeine Südstaatenschönheit, die auf ihren Debütantinnen-Ball in einem pinken Kleid über die Tanzfläche wirbelt und dann einen Prinzen heiratet.«

»Für mich bist du immer nur Lorn gewesen.«

»Und das hat mir auch immer gereicht«, sagte Lorn.

Wir verabschiedeten uns von Mrs. Rivers und brachen auf. Ich gab die Adresse der Griffin Ranch in die Navigations-App von Lorns Handy ein. Wir kannten uns zwar in Newfort und der Umgebung sehr gut aus, weiter außerhalb der Stadt gab es aber unzählige Ranches – und sicher war sicher. Weil ich keinen Führerschein hatte, saß Lorn am Steuer. Wir fuhren ein Stück, bis wir die Stadtgrenze passierten und auf die Landstraße kamen. Die Strecke war mir noch vertraut, denn sobald man Richtung Meer wollte, fuhr man hier entlang. In regelmäßigen Abständen gab es Bushaltestellen, denn tagein und tagaus legte ein Bus den Weg zwischen Stadt und Strandmeile zurück und beförderte so Dutzende junger Leute oder Touristen von A nach B. Als Lorn und ich in der Middle School waren, sind wir mit unseren Schülertickets ständig hin und her gefahren. Einen Freeway oder Flughafen gab es nicht in der Nähe. Die Gegend um Newfort herum bestand aus riesigen

Waldflächen, vielen Wiesen und kleinen Seen, die teilweise zum Newfort National Park gehörten und damit zum Naturschutzgebiet der Gegend.

Der Newfort Forrest ... in dem Teil des Waldes, der in entgegengesetzter Richtung nahe einigen beliebten Ausflugszielen wie dem großen Baggersee lag, stand irgendwo der magische Brunnen, an dem Lorn, Addison, Nora und ich uns vor vielen Jahren ewige Freundschaft geschworen hatten. Was wohl aus dem Ort geworden war?

Der Wagen schlängelte sich nun einen ansteigenden Berg hinauf, der danach steil abfiel. Wenn man aus dem Fenster blickte, sah man in der Ferne die Umrisse des Newfort Gebirges. Ich kurbelte das Beifahrerfenster herunter, um ein wenig Meeresluft zu schnuppern. Kalifornien wurde nicht umsonst The Golden State genannt und war für viele Besucher der Inbegriff von Sommer, Sonne und Strand. In Geschichte hatten wir gelernt, dass der Titel sich eigentlich vom Goldrausch Kaliforniens ableitete, dennoch konnte ich es niemandem verübeln, wenn er den Namen mit einer anderen Vorstellung verband. Die Tagestemperaturen waren stets angenehm, und man konnte das ganze Jahr über Sonne tanken.

Auch jetzt streifte eine warme Brise meine Haut, als ich mein Gesicht näher ans offene Fenster brachte. Ich konnte das Rauschen der Wellen förmlich hören. Der Strand lag zwar nur einen Katzensprung von Newfort entfernt, aber unser Ziel befand sich etwas abseits der üblichen Touristen-Fallen. Das satte Grün der Natur verblasste allmählich, wich Mais- und Weizenfeldern und gleichmäßigeren Flächen, weil das Land in Richtung der Küste abflachte. Die Ranch von Theos Familie war sogar mehrmals ausgeschildert und leicht zu finden. Wir waren knapp eine halbe Stunde unterwegs, als hinter der Biegung der geteerten Straße die ersten Gebäude in Sicht kamen. Der Himmel über uns hatte an dieser Stelle ein so strahlend helles Blau angenommen, dass keine einzige Wolke zu sehen war und die Szenerie unwirklich erschien. Auf mehreren Koppeln grasten Pferde.

»Hier zu leben muss traumhaft sein«, murmelte ich.

Lorn nickte staunend. »Das perfekte Ferienziel.«

Sie parkte den Wagen hinter einigen anderen Autos, die in einer Schlange entlang eines Holzzauns vor dem Haupthaus standen. Wir stiegen aus und sahen uns um. Unauffällig hielt ich Ausschau nach Coltons Wagen, aber ich konnte ihn nirgends entdecken. Hoffentlich war er heute irgendwo anders. Ich sandte ein stummes Gebet aus und saugte dann weitere Eindrücke in mich auf. Die Ranch war umgeben von Weideland, eingebettet zwischen dem Newfort Gebirge und der atemberaubenden Sicht aufs Meer. Die Atmosphäre war ruhig und friedlich. Das Haupthaus besaß mehrere Stockwerke und erinnerte mit der Fassade aus Holz an eine Lodge. Durch die großen Fenster, die einladende Terrasse und das grüne Tondach wirkte das Ganze allerdings um einiges moderner als eine dieser typischen Berghütten. In der umliegenden Gegend waren vereinzelt Blockhütten und mehrere Scheunen verteilt. Im Hintergrund hörte ich nun wirklich das Rauschen der Wellen.

Wir gingen zur Vordertür und waren kaum auf den Stufen der Veranda, als jemand um das Haupthaus kam und uns zuwinkte.

»Hallo, Cassidy! Und du musst dann wohl Lorn sein?«

Mr. Griffin lächelte uns fröhlich an. Heute waren seine Gummistiefel blau-weiß gestreift, wie die Uniform eines Matrosen.

»Theo und die anderen sind hinten im Garten.«

Er kam zu uns auf die Terrasse, schüttelte Lorn die Hand und verschwand dann mit der Entschuldigung, nach den Snacks sehen zu müssen, im Haus. Der Garten lag auf der Rückseite und war ziemlich verwildert, dafür aber gemütlich. Jemand hatte eine Leinwand aufgebaut, vor der Unmengen an Klappstühlen standen. Theo war gerade dabei, eine weitere Reihe aufzustellen. Unter ein paar Bäumen waren runde Tische mit Getränken und Essen aufgebaut worden, wie bei einem Barbecue. Es waren zwar nicht übermäßig viele Leute da, aber trotzdem viele fremde Gesichter darunter.

Von Colton fehlte jede Spur, und ich entspannte mich sofort.

»Ihr seid echt gekommen«, freute sich Theo. »Ich habe gehört, was beim Spiel passiert ist, Lorn. Geht es dir so weit gut?«

Lorn bekam sofort einen Tomatenkopf. Sie nickte steif.

Theo musterte ihr Gesicht. »Die Beule sieht ziemlich übel aus. Falls du etwas brauchst oder dich später kurz hinlegen willst, sag Bescheid, okay? Meine Mom kennt sich mit Verletzungen aus.« Er lächelte und zeigte dabei ein paar Grübchen. »Glückwunsch übrigens zum Sieg. Schade, dass ich nicht dabei sein konnte.«

»Beim nächsten Mal dann«, kam ich Lorn zu Hilfe.

Lorn nickte wieder. Theo berührte sie kurz an der Schulter. »Natürlich! Bei der Meisterschaft unterstütze ich euch!«

»Theo! Hilfst du mal tragen?«, rief Mr. Rivers.

»Bis gleich. Sucht euch ruhig einen Platz.«

Kaum war er weg, atmete Lorn tief durch. »Was stimmt denn nur nicht mit mir!«, schimpfte sie. »Es ist wie verhext. In einem Moment bin ich ganz cool, dann kriege ich blanke Panik.«

»Ich glaube, er hat das gar nicht bemerkt«, sagte ich.

»Wenn ich den Rest des Tages wie ein Zombie vor mich her starre, wird er es aber bemerken«, murmelte Lorn mitgenommen.

»Erst mal starren wir alle auf die Leinwand«, tröstete ich sie.

Und so war es dann auch. In der nächsten halben Stunde trudelten immer mehr Leute ein. Erwachsene, die Freunde von Theos Eltern waren, Leute aus unserer Stufe, und ein Junge aus der Fußballmannschaft hatte sogar ein Mädchen aus Lorns Basketballteam im Schlepptau, weil die beiden miteinander gingen. Colton ließ sich allerdings nicht blicken, und der neugierige Teil von mir hätte gerne gewusst, was er gerade tat und wo genau er steckte. Der andere und weitaus sturere Teil versuchte, seine Abwesenheit gekonnt zu ignorieren. Aber ehe der erste Film anlief, ein bekannter Western mit Clint Eastwood, von dem sogar Lorn und ich schon einmal gehört hatten, platzte die Frage doch aus mir heraus. »Wo steckt eigentlich Colton?« Theo hatte sich gerade neben uns gesetzt und sah mich verdutzt an. Ich räusperte mich etwas verlegen, weil mein Interesse viel zu offensichtlich war. »Ich habe nämlich keine Lust, dass wir uns in die Haare kriegen«, fügte ich rasch hinzu, damit Theo nichts Falsches dabei dachte.

»Colton meinte, er habe noch was zu erledigen«, antwortete Theo. »Er hatte wohl keine Lust und wollte lieber…«

Weiter kam Theo nicht, denn das Opening von *Spiel mir das Lied vom Tod* flackerte über die Leinwand, und alle verstummten, um dem Film ihre Aufmerksamkeit zu widmen – so auch Theo. Gebannt sah er auf die Leinwand. Damit war das Thema erledigt. Innerhalb der nächsten Stunden wurde viel gegessen, getrunken, sich irgendwann doch im Flüsterton unterhalten und über die altbackenen Western-Dialoge amüsiert. Als der zweite Film anlief, schienen sich die Gäste verdoppelt zu haben. Die Stimmung wurde immer lauter und ausgelassener, und auch Lorn und ich hatten unseren Spaß. Im Film gab es einige Lacher, und wenn dieser uns mal nicht so packte, dachten wir uns leise neue, bescheuerte Dialoge aus, um die Handlung aufzupeppen – das hatten wir schon als Kinder gern gemacht, und es war meist witziger als der Originaltext. Als es dunkel wurde, schalteten sich Lampions im Garten ein, die über die Äste der umliegenden Bäume und entlang der Zäune gespannt wurden. Nachdem wir Theo eine Weile nicht gesehen hatten, weil er ständig Getränke nachfüllen musste oder von Leuten in ein Gespräch verwickelt wurde, setzte er sich endlich wieder zu uns. Erschöpft ließ er sich auf seinen Platz neben Lorn plumpsen. Ich stieß Lorn meinen Ellbogen gegen die Schulter.

*Deine Chance!* Jetzt konnte sie Theo für sich gewinnen!

»Hier ist ja ganz schön was los«, sagte Lorn langsam.

»Es kommen viele Leute aus der Gegend«, sagte Theo. »Die Besitzer der Ranches hier stehen einfach auf alte Western.«

»Hast du einen Lieblingsfilm?«, fragte ich.

Lorn verfiel wieder in ihre seltsame Starre.

»Ich verrate euch ein Geheimnis: Filme sind nicht so mein Ding«, sagte Theo. »Man sitzt nur viel rum und schweigt sich an.«

»Was ist dann dein Ding? Fußball?«

»Schon eher«, sagte er.

»Lorn hat früher auch mal gespielt«, fuhr ich fort.

»Ach echt?« Theo sah Lorn erwartungsvoll an.

Ich zwickte Lorn extra fest ins Bein.

»Ahhhh! Ich meine, *ja!* Habe ich.«

»Welche Position?«, fragte Theo.

Bingo! Und schon unterhielten sich die beiden.

»Ich gehe mir noch was zu trinken holen«, sagte ich, stand auf und ließ die beiden allein. Ein Blick über meine Schulter verriet mir, dass sie sich trotz meiner Abwesenheit weiter unterhielten.

Mit einem vollen Becher Limonade in der Hand entfernte ich mich von der kleinen Film-Party und erkundete die Gegend rund ums Haus. Ich hatte gerade eher wenig Lust, mich mit irgendwelchen Leuten aus der Schule zu unterhalten. Außerdem wollte ich mir nach dem langen Sitzen ein bisschen die Beine vertreten. Meine Füße trugen mich entlang einer der Koppeln an einem kleinen Feld aus Kornblumen vorbei, die im Schein des aufgehenden Mondes wie Saphire funkelten. Ein angenehm salziges Lüftchen wehte mir übers Gesicht. Ich folgte den Geräuschen des Ozeans.

Links von mir lag ein Feld aus hohen Gräsern, rechts eine kleine Scheune. Durch die Ritzen der Holzverkleidung fiel dumpfes Licht. Nach ein paar Schritten blieb ich stehen. Mein Blick war erneut zum Himmel geschweift, und jetzt erst sah ich die vielen Sterne, die über mir wie winzige Glühwürmchen schwebten. Ihr Anblick war wunderschön und rührte etwas tief in mir an. Ich wusste gar nicht, wie lange ich einfach nur dagestanden und die Sterne betrachtet hatte. Ein Gefühl von absoluter Ruhe und Zufriedenheit überkam mich – bis ein Rascheln im Gräserfeld neben mir mich aus meiner Trance riss. Ich wollte nachsehen, woher das Geräusch kam, stolperte aber über eine Unebenheit im Boden und plumpste mit einem lauten Quieken mitten in die hohen Gräser hinein. Mein Becher ging bei dem Sturz verloren.

Der Untergrund war feucht, und der Geruch der Gräser

brachte mich zum Niesen. Licht flutete zu mir hinüber, weil jemand aus der Scheune gekommen war. Angelockt durch mein kindisches Quieken. Am besten blieb ich einfach zwischen den Gräsern sitzen und hoffte, dass man mich nicht entdeckte. Auf der Peinlichkeits-Skala war meine Tollpatschigkeit nämlich ziemlich weit oben.

Mein Vorhaben hätte auch ganz gut geklappt, wäre da nicht wieder dieses Rascheln gewesen – und im nächsten Moment der Kopf einer Schlange, der neben mir im Gras auftauchte. Für eine Sekunde starrte ich das Tier überrascht an. Zuerst bewegte es sich gar nicht mehr, dann spürte ich seine glatten Schuppen an meinem Unterarm. Und dahin war es mit meiner Ruhe. Panisch versuchte ich, mich aufzurappeln, blieb aber irgendwo hängen und spürte einen Stich.

Keuchend vor Schreck strauchelte ich auf den Weg zurück und blieb für einen Moment mit klopfendem Herzen am Boden hocken.

»Cassidy Caster liegt mir zu Füßen, dass ich das noch erleben darf«, sagte Colton. Seine Stimme ging mir durch Mark und Bein.

Abrupt schoss ich hoch und fuhr herum.

Alter Falter! Echt jetzt?

»Sag bloß, du bist betrunken?«, fragte Colton

»Ich bin … gestolpert«, sagte ich lahm.

Seine Mundwinkel verzogen sich zu dem spöttischen Lächeln, das ich so oft in ihm zum Vorschein brachte. »Du blutest übrigens.«

Was? Ich besah mir das Handgelenk, an dem ich eben diesen stechenden Schmerz gespürt hatte. Tatsächlich zogen sich mehrere Blutschlieren über meine Haut. Offenbar hatte ich mich an irgendwas geschnitten.

»Da war eine Schlange«, sagte ich langsam.

O Gott, hatte die mich etwa gebissen?

Ich wusste, dass es eine Menge Schlangen rund um und auch in Kalifornien gab, hatte mich aber nie genauer damit beschäftigt.

»Eine Schlange?«, fragte Colton alarmiert. »Komm mit.«

Als ich mich nicht rührte, trat er auf mich zu, umfasste mein unverletztes Handgelenk und schleifte mich förmlich mit sich. In der Scheune ließ er mich wieder los und ging zu einem der Stützpfeiler, an dem ein Erste-Hilfe-Kasten hing.

»Wie sah die Schlange aus?«, wollte er wissen.

»Wie eine Schlange«, sagte ich unsicher.

Seine ernste Miene machte mir irgendwie Angst. Colton deutete auf ein paar Heuballen, die auf dem Boden lagen und auf die ich mich offenbar setzen sollte. Ich blieb stehen. Er stellte den Erste-Hilfe-Kasten dort ab, ging zurück in eine Ecke der Scheune, wo ein Schrank stand und kam mit einer kleinen braunen Flasche zurück. Sein Gesichtsausdruck war düster wie eine Gewitterwolke.

»Setz dich hin. Wenn man von einer Schlange gebissen wurde, soll man sich wenig bewegen, sonst verteilt sich das Gift zu schnell.«

»Ihr habt giftige Schlangen auf eurer Ranch?«

»Natürlich«, sagte Colton mit Grabesstimme.

Blitzschnell pflanzte ich meinen Hintern auf einen Heuballen.

»Also, wie sah die Schlange aus? War es eine glänzende braune?«, hakte er nach, »etwa so groß?«, dann formte er mit seinen Händen den Abstand eines langen Lineals zwischen den Fingern.

»Vielleicht?«, sagte ich heiser. Meine Kehle war staubtrocken.

»Hochgradig giftig«, sagte Colton bedauernd. »Fühlst du dich schon anders? So ein Schlangenbiss beeinflusst die Wahrnehmung.«

Ich starrte ihn sprachlos an. Bitte was?

»Trink das besser ganz schnell.«

Er hielt mir die kleine braune Flasche hin.

»Willst du lieber umkippen?«, fragte er.

Ich nahm ihm die Flasche ab und schraubte den Deckel runter.

»Cassidy, dein Gesicht wird schon ganz rot!«

Mit wild wummerndem Herzen setzte ich die Flasche an die Lippen. Sobald das Zeug meine Zunge benetzte, spuckte ich es in hohem Bogen wieder aus und hustete. Es schmeckte scharf und brannte wie Feuer in meinem Rachen. Ich beugte mich vornüber und hustete ein zweites Mal. Das war eindeutig Whiskey und keine Arznei.

Wütend funkelte ich Colton an. Sein Lachen sprach Bände.

»Du Arschloch! Du hast mir eine Heidenangst eingejagt!«

»Du lebst in Kalifornien und hast keine Ahnung, ob eine Schlange giftig ist oder nicht. Ich konnte nicht anders!«, sagte er amüsiert. »Selbst wenn du gebissen wurdest, war das höchstens eine Gummiboa, und die sind für Menschen absolut harmlos.« Kopfschüttelnd betrachtete er mich. »Du hättest dein Gesicht sehen sollen. Das werde ich nie im Leben vergessen.«

Ich stand auf und wollte ihm wütend gegen den Arm boxen, aber dann hatte ich eine bessere Idee. Wenn Colton dachte, mir einen Schrecken einzujagen wäre lustig, würde ich einfach das Gleiche mit ihm machen. Ich fasste mir auf einmal an den Kopf, als hätte ich furchtbare Kopfschmerzen, und gab ein gequältes Stöhnen von mir.

»Was genau war in der Flasche? Mir ist schlecht.«

Mit all der schauspielerischen Leistung, die ich aufbringen konnte, sah ich ihn gespielt panisch an, presste mir eine Hand auf den Mund und wandte mich ab. Ich tat so, als wollte ich sofort aus der Scheune stürmen, setzte mich in Bewegung und wankte dann absichtlich zur Seite. Als Colton sah, dass ich jede Sekunde stürzen würde, wollte er mich noch packen, aber da war es zu spät. Schon ließ ich mich auf die Knie plumpsen, schloss die Augen und kippte gekonnt nach hinten. Die Nummer war oscarreif!

Mucksmäuschenstill wartete ich auf Coltons Reaktion.

»Cassidy? Das ist nicht lustig. CASSIDY!«

Colton packte meine Arme und schüttelte mich.

Ich ließ ihn noch einige Sekunden zappeln, während er panisch meinen Namen wiederholte, dann schlug ich die Lider wieder auf, blickte ihm frech ins Gesicht und sagte feixend:

»Erste Hilfe sieht aber anders aus.«

Sein angespannter Griff um meine Arme lockerte sich merklich. Er schnaubte jedoch aufgebracht. »Du hast echt Nerven!«

»Jetzt sind wir quitt«, sagte ich selbstgefällig.

Colton ließ mich los und durchbohrte mich mit einem finsteren Blick. Ich stand auf und strich mir das Haar aus dem Gesicht. Zwischen uns war kaum eine Handbreit Abstand, und trotzig erwiderte ich seine Abwehrhaltung. Mit einem Mal wurde der Ausdruck seiner Augen sanfter, als wäre er nicht mehr sauer.

»Zeig mal deinen Arm«, sagte er tonlos.

»Nein, danke. Ich kann mir selber helfen.«

»Das ist *unser* Erste-Hilfe-Kasten«, sagte er.

»Dann verblute ich eben«, erwiderte ich.

»Jetzt setz dich wieder hin«, feuerte er zurück.

»Du hast mir gar nichts zu sagen.«

»Ich will dir helfen!«

»Ich will deine Hilfe aber nicht!«, rief ich.

»Gib mir einfach deinen verdammten Arm, Cassidy!«

Himmel! Das war ja wie im Kindergarten mit uns. Energisch seufzend setzte ich mich auf den Heuballen und streckte meinen Arm aus. Schweigend starrte ich die kleine braune Flasche an, die bei meiner Performance heruntergefallen war und nun zwischen Stroh auf dem Boden lag, nur damit ich Colton nicht mehr ansehen musste. Colton sagte ebenfalls kein Wort. Aus den Augenwinkeln beobachtete ich, wie er sich neben mich setzte. Colton machte sich am Erste-Hilfe-Kasten zu schaffen. Sekunden später sprühte er irgendetwas Kaltes auf meinen Unterarm, sicher Desinfektionsmittel, denn es brannte höllisch, und dann berührten seine Finger mein Handgelenk. Damit ich ihn nicht ansehen musste, ließ ich meinen Blick durch die Scheune schweifen. Zu meiner Überraschung glich sie einem Atelier! Der Innenraum war recht klein durch die Stützpfeiler und Deckenbalken, aber dafür wurde er ideal genutzt. Vor einer Front runder Fenster stand ein breiter Tapeziertisch, der voller alter Zeitungen war, die als Unterlage für Farbe und Pinsel dienten. Es gab mehrere Staffeleien. Auf einer davon lehnte ein angefangenes Bild, das einen See erahnen ließ. Überall waren weitere Keilrahmen, die jedoch mit Tüchern verhangen waren. Nur ein einziges Gemälde hing an einer Wand in einem Meer aus Zetteln, die Skizzen und Fotografien zeigten. In der Ecke war die Signatur SH zu erkennen.

»Das haben deine Eltern gemalt, oder?«

Colton klebte gerade ein Pflaster über meine Wunde. Seine Finger verharrten in der Bewegung, als ich ihm den Blick zuwandte.

»SH ist ihre Künstlersignatur, nicht wahr?«

»Theo hat es dir also erzählt«, sagte Colton mit undeutbarer Miene. »Deshalb warst du die letzte Zeit so komisch und hast dich mir zu allem Überfluss im Mädchenklo an den Hals geworfen. Aus Mitleid. Weil du glaubst, mich zu verstehen, und meine arme geschundene Seele retten willst oder so einen Scheiß.«

»Erstens, ich habe mich dir *nicht* an den Hals geworfen«, sagte ich entschieden. »*Du* hast *mich* angemacht! Und zweitens, du redest den größten Mist aller Zeiten. Wenn du dich wie ein Arschloch verhältst, darf ich dich auch darauf hinweisen. Universelles Gesetz.«

Coltons Griff entspannte sich, und als er die Hand zurückzog und seine Finger flüchtig meine Haut streiften, bekam ich eine Gänsehaut. Einen Herzschlag lang war es unheimlich still.

»Das Gemälde zeigt den Ort, an dem sie sich kennengelernt haben«, sagte Colton schwermütig. »Ein Blick über Charleston, South Carolina. Weit über 2000 Meilen von uns entfernt. In einer anderen Zeitzone. Genau so stelle ich mir meine Eltern manchmal vor: unendlich weit entfernt, wie in einer anderen Welt.«

»Bist du schon einmal dort gewesen?«, fragte ich.

»Nein. Aber meine Mom hat mir erzählt, dass die Sonnenuntergänge dort die Stadt in andere Farben tauchen und der Anblick etwas Magisches hatte«, sagte Colton. »Das ist der Moment, den Dad und sie immer versucht haben einzufangen. Der flüchtige Augenblick zwischen Tag und Nacht, Grenzen, die verschwimmen und der Welt so ein Gesicht geben, das die wenigsten bemerken, weil sie zu unachtsam durchs Leben gehen.«

»Das klingt fast poetisch.«

»Künstler sind auf ihre Weise alle Poeten.« Colton betrachtete das Bild mit wehmütiger Miene. »Früher war es mal ihr Plan, nach Charleston zu ziehen, dort vielleicht ein Haus zu kaufen. Irgendwas kam immer dazwischen. Wir haben eigentlich nie irgendwo längere Zeit gelebt. Meine Eltern waren ständig auf der Suche nach Inspiration, und als Künstler konnten sie schließlich von überall auf der Welt arbeiten«, erzählte er. »Newfort, die Ranch … das hat sich noch am ehesten nach zu Hause angefühlt.«

»Theo hat gesagt, sie hatten eine Galerie in New York.«

»Das stimmt … sie hatten mehrere Ausstellungen in New York und sich dort schließlich in eine kleine Galerie verliebt, die sie vom Fleck weg gekauft haben«, sagte Colton. »Danach haben wir immer zwischen Sacramento, wo die Eltern meines Vaters leben, und einem Apartment in New York gependelt. Da der Flug nicht gerade kurz ist und die Arbeit in der Galerie irgendwann viel Zeit beansprucht hat, haben sie mich immer öfter bei meiner Tante, meinem Onkel und Theo gelassen. Meine Großeltern sind ziemlich eigen, deshalb war mir das nur recht …« Colton hielt inne, als er bemerkte, dass ich noch immer nicht den Blick von ihm genommen hatte.

»Danke, dass du mir das erzählt hast«, sagte ich sanft.

»Ich weiß gar nicht, wieso ich *dir* das erzählt habe.«

»Weil du insgeheim willst, dass ich versuche, deine arme geschundene Seele zu retten«, sagte ich mit einem zynischen Lächeln. »Vielleicht aber auch weil man nicht voraussehen kann, wohin Geheimnisse wandern, sobald man sie Fremden anvertraut. Das kommt einem kleinen Stück Freiheit ziemlich nah.«

Colton sah mich bedächtig an. »Wovon würdest du schon frei sein wollen?«, fragte er. Sein Blick war wertend und hart.

187

»Die Liste ist lang«, antwortete ich gefasst. »Aber nur zu. Geh deiner Lieblingsbeschäftigung nach, verurteile mich wieder. Cassidy zerstört Beziehungen! Cassidy bringt Menschen auseinander! Cassidy schlägt Profit aus dem Unglück anderer!«

Coltons Augen verengten sich zu Schlitzen. »Das alles ist ja auch wahr.«

Ich stand auf und streckte die Arme von mir, als müsse ich irgendjemandem etwas beweisen. »Ich entschuldige mich nicht dafür, meinen Weg zu gehen! Nicht bei dir oder sonst jemandem! Das Universum entschuldigt sich schließlich auch nicht bei mir dafür, dass es mich in diese Richtung gedrängt hat! Also hör gefälligst auf, so scheißnachtragend zu sein, Colton.«

»Ich treffe keine Entscheidungen für andere Leute, ich treffe Entscheidungen erst, wenn sie unvermeidlich sind«, sagte er. »Das solltest du vielleicht auch mal ausprobieren. Cassidy.«

»Weil das bei dir bisher so gut funktioniert hat?«, pfefferte ich zurück. »Und du deine Gefühle so gut im Zaum hast?«

»Du machst mich echt irre!«, brauste er auf. »Wenn du meinst, so eine Expertin zu sein, was Gefühle angeht, könntest du zwei Leute zusammenbringen, statt wieder und wieder völlig sinnlos eine Beziehung zu zerstören!«, sagte Colton angriffslustig. »Lass uns doch einfach wetten, dann kannst du mir eindeutig beweisen, dass du auch was Gutes für andere tun kannst!«

Ich öffnete empört den Mund, aber wir wurden unterbrochen.

»Ich sag doch, sie schlagen sich die Köpfe ein.«

Lorn und Theo tauchten am Eingang der Scheune auf.

Meine beste Freundin blickte prüfend von mir zu Colton und wieder zurück. »Okay, du hast gewonnen«, sagte sie zu Theo, griff in ihre Tasche und reichte ihm einen Fünfdollarschein.

Auch die beiden hatten offenbar eine Wette am Laufen, nur schien hier eine ganz andere Wette im Mittelpunkt gestanden zu haben. Entgeistert starrte ich meine beste Freundin an.

»Du bist nicht mehr wiedergekommen«, sagte Lorn, als würde das alles erklären. »Die meisten Leute sind nach dem dritten Film nach Hause, also ist die Party sozusagen vorbei. Lass uns fahren.«

»Dagegen habe ich nichts einzuwenden«, grummelte ich.

»Wollt ihr nicht noch …«

»Nein!«, riefen Colton und ich wie aus einem Mund. Unsere Blicke trafen sich, und Funken schienen förmlich durch die Luft zu fliegen. Seine Augen spiegelten meine Gefühle wieder: Frustration und Ärger. Ich entzog mich diesem Strudel der negativen Atmosphäre, indem ich wortlos aus der Scheune lief. Lorn hechtete mir nach. Sportlich, wie sie war, holte sie mich ein.

»Willst du drüber reden?«, fragte sie.

Ich schüttelte den Kopf.

»Ich hoffe, dein Abend lief besser als meiner.«

»Oh«, machte Lorn. »Du wirst dich wundern.«

# KAPITEL 14

SONNTAGVORMITTAG NAHMEN LORN und ich an einem Töpferkurs am örtlichen College teil, weil die erste Probestunde umsonst war. Mr. Rivers hatte mich irgendwann auf die Idee gebracht, den dortigen Anfängerkurs auf meine To-do-Hobbyliste zu schreiben. Als Lehrer dort hatte er einen Überblick über die Dinge, die dort angeboten wurden, und dachte, das könnte mich interessieren. Bingo! Lorn hatte ich gar nicht groß überreden müssen, weil der Vorschlag ihr auch gefiel.

Das College war zentral in einem großen Park gelegen und gut mit dem Fahrrad zu erreichen, weshalb wir das Auto heute stehen gelassen hatten. Ich durfte mir das Rad von Bryce ausleihen, der seit dem Vorfall auf dem Parkplatz außergewöhnlich nett zu mir war. Vielleicht hatte er erkannt, dass ich doch kein so schlechter Mensch war, wie er immer gedacht hatte. Lorn staunte auch nicht schlecht, als Bryce mir das Rad ohne Widerworte überließ. Wir schlossen die Räder vor dem Hauptgebäude ab und suchten den Raum, in dem der Töpferkurs stattfand.

Der Kursleiter war ein Mann mittleren Alters, der jedem einen Platz zuteilte und die ersten Handgriffe für Anfänger erklärte. Meiner Meinung nach gab es da nicht viel zu wissen.

Jeder Teilnehmer saß auf einem Schemel vor einer Töpferscheibe, auf die man den Ton knallte und versuchte, das Zeug zu formen. Nach den ersten Minuten im Selbstversuch war allerdings schnell klar, dass Töpfern nicht so leicht war, wie es aussah. Der Kursleiter hatte innerhalb weniger Minuten mit geschickten Handbewegungen aus dem Tonklumpen eine Vase geformt, während wir Neulinge uns damit abmühten, dem Ton überhaupt irgendeine Form zu geben. Meine Hände waren nass und matschig, und der Ton zwischen meinen Fingern wurde zu einer unförmigen Eistüte, die aussah, als wäre sie auf dem Kopf gelandet. Die sich stetig bewegende Tonscheibe war da nicht gerade hilfreich. Mit viel Fantasie könnte die Eistüte ein Zelt sein. Lorn, die gleich neben mir saß, schnaufte genervt.

»Das funktioniert einfach nicht!«, schimpfte sie.

»Was soll das denn darstellen?«, fragte ich.

Ihr Ton war platt wie eine Flunder. Sie versuchten, ihn mit den Händen auf der Tonscheibe zusammenzukratzen, aber ohne Erfolg.

»Das sollte eine Trinkschüssel für Sir Ham Ham werden.«

»Sieht eher wie ein Frisbee aus«, sagte ich.

»Ein Koma-Frisbee!«, meinte Lorn. »Wenn dich das fertige Ding am Kopf trifft, siehst du eine Weile nur noch Sterne.«

»Erzählst du mir jetzt, was du gestern mit deiner kryptischen Andeutung gemeint hast? Bezüglich Theo?«, fragte ich.

Am Vorabend waren wir nach der unbehaglichen Autofahrt genervt ins Bett gefallen, denn Lorn hatte ein Mädchen aus ihrem Team und deren Freund mitgenommen, und die beiden hatten ununterbrochen auf dem Rücksitz rumgemacht. Zum Reden waren wir danach nicht mehr gekommen. Lorn war laut schnarchend eingepennt, ehe ich noch mal hatte nachhaken können, was zwischen ihr und Theo gewesen war. Ich hatte ewig allein wachgelegen und mich über die Auseinandersetzung mit Colton geärgert.

»Es lief nicht unbedingt schlecht«, sagte Lorn und starrte angestrengt auf ihre Arbeit. »Wir haben uns echt gut unterhalten und auch viel gelacht, aber ich denke, das lag nicht an mir. Sondern daran, dass Theo von Natur aus einfach nett ist.«

»Und weiter?«, bohrte ich nach.

Lorn hielt ihre Tonscheibe an und sah zu mir. »Ich habe ja versucht, ich selbst zu sein. Hat aber nicht funktioniert. Also habe ich mir gedacht, ich muss die Sache anders angehen.« Lorn sah jetzt betreten weg. »Theo sollte zwischendurch ein paar Teelichter am Büfetttisch anzünden, für die Stimmung, und ich habe ihm geholfen. Wir standen also nebeneinander, und ich habe mich ganz lässig auf dem Tisch abgestützt und versucht zu flirten.«

»Nur versucht?«

Lorn seufzte laut. »Mein Mund war plötzlich staubtrocken, und ich habe kein Wort mehr herausbekommen, also wollte ich mir was zu trinken holen und habe dabei die Kerzen auf dem Tisch umgeworfen. Auf einmal brannte ein Stück der Tischdecke, weil sie aus Papier war. Theo hat versucht, sie zu löschen, und dann hat der Ärmel von seinem Hemd Feuer gefangen«, sagte Lorn gequält. »Es war das totale Chaos, und alle haben es mitbekommen. Danach war es irgendwie superkomisch, und wir sind euch suchen gegangen, quasi als Ablenkung.«

»Klingt, als wäre der Funke übergesprungen«, scherzte ich.

Lorn strafte mich mit einem bösen Blick. »Mensch, Cassidy!«

»Ich bin dafür in ein nasses Grasfeld gefallen und dachte, mich hätte eine giftige Schlange gebissen«, sagte ich. »Colton hat mir dann ein angebliches Gegengift aufgezwungen, was in Wahrheit Whiskey war, den ich gefühlt zehn Meter weit gespuckt habe.«

»Wir sind solche Loserinnen«, sagte Lorn. Sie schmunzelte.

»Vielleicht hätte ich statt meinem Schlussmach-Service einen Blog betreiben sollen: Die Bad-Date-Chronicles«, meinte ich und schüttelte bei der Erinnerung an die Peinlichkeit den Kopf.

»Was ist da jetzt eigentlich zwischen dir und Colton?«

Lorns direkte Frage überraschte mich. Ich tat für einen Moment so, als würde ich meine Eiswaffel bearbeiten. Zögernd sah ich wieder zu meiner besten Freundin, die geduldig wartete.

»Er treibt mich zur Weißglut«, sagte ich ehrlich. »Aber … ich weiß nicht, wie ich es in Worte fassen soll … da ist noch mehr.«

»Definiere *mehr*«, sagte Lorn auffordernd.

»Fehler in der Datenbank«, witzelte ich.

»Er sieht ziemlich gut aus«, sagte Lorn. Sie hatte die Stimme gesenkt, weil die Frau neben uns schon genervt schaute, als würden wir ihre Konzentration durch unser Gespräch stören. »Das können alle feststellen, die Augen im Kopf haben. Aber … man fühlt mit dem Herzen und nicht mit den Augen. Nimm zum Beispiel Wesley aus unserer Stufe. Gott, der Kerl ist echt heiß! Und ich wette, wenn du ihm in die Augen blicken würdest, wäre da nicht mehr. *Mehr* bedeutet immer lauter komplizierte Gefühle.«

»Wann bist du nur so weise geworden?«, fragte ich.

»Töpfern fördert offenbar die Intelligenz«, sagte Lorn.

Am Ende des Kurses wurden unsere Kunstwerke in den Brennofen gesteckt, und uns wurde gesagt, dass wir sie später abholen dürften. Um die Zeit bis dahin zu überbrücken holten Lorn und ich uns in der Mensa des Colleges einen Kaffee und suchten uns im Park ein ruhiges Plätzchen. Auf dem Campus gab es einige sehr schöne Ecken, und so landeten wir auf einer Bank vor einem großen Springbrunnen.

»Weißt du noch, dass Nora früher immer vom Campus geschwärmt hat?«, schwelgte Lorn in Erinnerungen. »Sie wollte immer einen der Fotografie-Kurse hier belegen. Manchmal macht es mich richtig traurig, nicht zu wissen, was aus ihr geworden ist.«

»Ich werde nie die Nacht vergessen, in der wir alle zum Wunschbrunnen gewandert sind, um dieses alte Indianer-Ritual durchzuführen«, sagte ich und lächelte bei dem Gedanken. »Wir haben uns damals ewige Freundschaft geschworen und fest daran geglaubt, dass all unsere Träume in der Zukunft wahr werden.«

»All unsere Träume«, echote Lorn nachdenklich. »Meinst du, unser Schwur gilt noch, jetzt, wo wir vier keine Freundinnen mehr sind?«

Ich dachte kurz darüber nach. Teil des Rituals war es gewesen, unsere Herzenswünsche geheim zu halten, bis sie sich erfüllten.

»Ich weiß es nicht«, antwortete ich. »Aber vielleicht sollten wir darüber sprechen, um die Sache hinter uns lassen zu können? Denn ganz offensichtlich hat die Magie ja nicht funktioniert, zumindest was die Freundschaft von uns allen betrifft.«

»Und, was hast du dir damals gewünscht?«, fragte Lorn. »Inzwischen weiß ich, dass du nichts lieber tun würdest, als aus Newfort zu verschwinden, aber damals war das anders, oder?«

»Damals war vieles anders«, nuschelte ich betreten.

»Komm schon, was war es? Bei mir ist es wohl offensichtlich, ich wollte immer nur Basketball spielen. Irgendwann in eine bekannte Mannschaft kommen und das Spielen zum Beruf machen.«

Ich trank einen Schluck Kaffee und zögerte. »Ich habe mir einen Ort gewünscht«, sagte ich leise. »Einen Ort, an den ich immer zurückkehren kann, der mein sicherer Hafen ist. Ich möchte so vieles von der Welt sehen und so viele Dinge erleben, am liebsten alles ausprobieren, aber ich habe mir schon damals am sehnlichsten gewünscht, diesen einen bestimmten Ort zu haben, der wie ein Anker für mich sein kann. Meine Wurzeln. Etwas, wohin ich zurückkehren kann, um Schutz vor jedem Sturm zu suchen.«

»Du meinst ... hier in Newfort?«, fragte Lorn sanft.

»Manchmal habe ich schreckliche Angst fortzugehen«, gab ich zu. »Wenn wir beide nächsten Sommer mit der Schule fertig sind und getrennte Wege gehen, was wird dann aus uns, Lorn?«

»Das kann ich dir nicht sagen«, antwortete Lorn. »Aber unsere Freundschaft wird bestehen bleiben. Sie ist ein wenig wie Ton.«

»Du meinst wie eine schiefe Eistüte und eine Hamsterschale?«

»Wandelbar, du Erbsenkopf!«, lachte Lorn. »Wenn mal was nicht passt, dann formen wir es mit unseren Händen einfach um.«

»Das klingt ... schön.«

»Nicht so schön wie ein Blick in Coltons Augen«, zog sie mich auf.

»Da läuft nichts zwischen uns!«, sagte ich energisch.

»Vielleicht ist das die Angst, die da aus dir spricht«, sagte Lorn nachdenklich. »Angst davor, einen weiteren Menschen lieb zu gewinnen, der dich an Newfort festhalten lässt.«

»Das ist Blödsinn«, sagte ich entschlossen.

»Deine Mom hört doch immer Elvis, wenn sie mal wieder verlassen wurde«, sagte Lorn. »Elvis wusste, dass Gefühle viele Facetten haben können. Es gibt da diesen einen Song, in dem er singt: We can't build our dreams on suspicious minds. Diese Zeile ist mir im Gedächtnis geblieben. Weil er recht hat – Träume lassen sich nicht auf Misstrauen errichten. Man muss Vertrauen in andere Menschen fassen. Selbst wenn man verletzt wurde.«

»Wenn du weiter solche Sprüche raushaust, muss ich dir noch ein Denkmal setzen«, sagte ich zynisch. »Seit wann hast du denn so viel Ahnung von solchen Sachen? Habe ich was verpasst?«

Lorn wandte sich mir zu. »Cassidy Caster, du bist siebzehn Jahre alt«, sagte sie streng. »Karten auf den Tisch: Denkst du wirklich, dass du dich nie richtig verlieben wirst? Niemals?«

Ihre Worte gaben mir mehr zu denken, als ich im ersten Augenblick angenommen hatte. Richtig verlieben? Es stimmte, ich hatte oft geglaubt verliebt zu sein, und meine Erfahrungen hatten mich eines Besseren belehrt, aber das bedeutete doch nicht, dass ich niemals verliebt gewesen war – oder doch? Der Gedanke, dass meine Gefühle für Colton ganz anders waren als meine bisherigen Empfindungen, jagte mir unerwartet einen Schauer über den Rücken.

Um mir selbst etwas zu beweisen, sagte ich stur: »Wenn ich mich verliebe, dann jedenfalls nicht in Colton Daniels.«

»Was ist denn so falsch an Colton?«, fragte Lorn.

»Wir pflegen eine langjährige Feindschaft!«

»Dann sprecht euch eben mal aus.«

»Er verurteilt mich konstant!«

»Du meinst genauso wie du ihn?«

»Gott, Lorn, wird das eine Therapiesitzung?«, schnaufte ich.

»Du bist verunsichert, weil du weißt, dass ich recht habe.«

»Nein, ich …« Mir blieben die Worte im Hals stecken.

»Colton ist wirklich nicht der umgänglichste Mensch«, gab Lorn zu. »Aber, er hat – genau wie du – sicher seine Gründe. Und obwohl er seit der Sache mit Kim ganz offensichtlich eine gewisse Wut dir gegenüber verspürt, sieht doch selbst ein Blinder, dass da noch mehr ist.« Lorn sah mich mit festem Blick an. »Fällt dir nie auf, wie er sich manchmal im Flur nach dir umdreht? Und wieso flirtet er so oft in deiner Nähe mit irgendwelchen Mädchen? Colton weiß ganz genau, wie er dich auf die Palme bringt.«

»Hast du nicht neulich noch gedacht, er würde hinter der Sache mit dem Zettel an meinem Spind stecken?«, fragte ich. »Woher kommt denn dein plötzlicher Meinungswechsel? Wegen Theo?«

»Wie kann Theo Colton mögen, wenn Colton hinter seiner Fassade nicht anders ist, als wir denken?«, erklärte Lorn. »Ja, ich hatte so meine Vorurteile, aber vielleicht habe ich mich geirrt.«

»Du willst echt, dass ich ihm eine Chance gebe …«

Das Herz schlug mir inzwischen bis zum Hals. Dieses ganze Gespräch war nervenaufreibend und machte mich innerlich furchtbar nervös. Was, wenn Lorn wirklich, wirklich recht hatte?

»Ich kann das nicht, Lorn«, sagte ich verbissen.

»Okay«, sagte sie verständnisvoll. »Wir beide versuchen in Zukunft, einfach ein bisschen … mutiger zu sein, ja?«

Ich nickte. Das konnte ich ihr versprechen.

»Sag mal, ist das dein Bruder da hinten?«, fragte Lorn.

Ich folgte ihrem Fingerzeig.

»Oh«, sagte ich. »Was macht Cameron denn auf dem Campus?«

Wir beide beobachteten, wie Cameron nicht unweit von uns entfernt über einen der Parkwege zum College lief. Er trug seinen Rucksack und balancierte einen großen Karton in den Händen.

»Soll ich ihm nachgehen?«, fragte ich unsicher.

»Bleib lieber hier«, riet mir Lorn. »Du würdest doch auch nicht wollen, dass dein Bruder sich an deine Fersen heftet, oder? Die Menschen erzählen dir eben nur die Dinge, von denen sie wollen, dass du sie weißt. Das ist doch was völlig Normales.«

»Okay, noch einer deiner klugen Sprüche, und ich werfe mich in den Springbrunnen hier«, sagte ich mürrisch. Lorn klopfte mir auf die Schulter. »Lass uns mal nach unseren Kunstwerken sehen.«

Mein Blick schweifte ein letztes Mal zu Cameron, der gerade durch den Haupteingang des Colleges verschwand. »Gute Idee.«

# KAPITEL 15

MR. FELTON SCHIEN vor dem Unterricht irgendwelchen seltsamen Yoga-Stellungen in seinem Klassenzimmer nachzugehen. Als ich den Raum betrat, hockte er gerade vor seinem Pult auf dem Boden, streckte den Hintern in die Höhe und stützte sich mit den Händen auf seinen Knien ab. Der Anblick war bizarr. Fast wäre ich rückwärts wieder aus dem Raum gegangen, aber da hatte mich der Lehrer schon bemerkt. Heute trug er ein Leinenhemd mit orientalischen Stickereien und eine weite Hose. Fehlte nur noch der fliegende Teppich. Er strahlte mich gut gelaunt an.

»Sie sind ungewöhnlich früh, Cassidy!«

»Haben Sie eine Minute Zeit für mich?«

»Sogar mehr als eine Minute. Möchten Sie marokkanischen Tee?« Er deutete auf die Thermoskanne, die auf seinem Pult stand. »Er wärmt von innen und öffnet den Geist für das, was dem Auge verborgen bleibt. Außerdem schmeckt er ausgezeichnet.«

»Nein, danke«, sagte ich höflich.

Mr. Felton tänzelte zu seinem Stuhl, ließ sich darauf nieder, goss sich Tee ein und seufzte zufrieden. »Nun, wie kann ich Ihnen helfen?«

»Sie haben mich und Colton in ein Team gesteckt.«

»Äußerst exzellentes Gedächtnis, meine Liebe.«

»Könnten Sie uns bitte anderen Leuten zuteilen?«

»Aus welchem Grund?«, fragte er.

»Die Liste der Gründe ist lang«, antwortete ich. »Aber ich will Sie nicht langweilen. Sagen wir, es wäre für das Wohl aller Schüler und Schülerinnen dieses Kurses das Beste.«

»Wie melodramatisch, Cassidy.«

»Wir können uns absolut nicht ausstehen«, sagte ich.

»Umso besser! Ändern Sie etwas daran, während Sie zusammenarbeiten«, sagte Mr. Felton. »Ich wünsche viel Erfolg!«

»Mr. Felton«, setzte ich fast flehend an. »Sie verstehen nicht, eine Zusammenarbeit mit Colton ist unmöglich. Wir sind nicht kompatibel, wir streiten ständig! Und im Gegensatz zu mir bedeutet ihm Kunst wirklich etwas. Seine Eltern waren … bitte.«

»Tut mir leid, Cassidy. Meine Entscheidung steht fest«, antwortete mein Lehrer. »Ich denke, es ist wichtig, dass junge Menschen lernen, sich untereinander zu arrangieren. Das stärkt den Charakter und ist eine wichtige Lektion fürs Leben.«

Mit hängenden Schultern verließ ich das Klassenzimmer. Wenn ich ehrlich war, hatte meine Enttäuschung nicht nur mit Mr. Feltons Entscheidung zu tun. Nach dem Gespräch mit Lorn hatte ich mir fest vorgenommen, mich Colton gegenüber etwas offener zu verhalten, aber er hatte so vehement gefordert, dass wir kein Team bildeten, dass ich mich irgendwie mies fühlte. Er würde natürlich wieder mir die Schuld zuschieben, so viel stand fest. Die Zeit, bis die Stunde anfing, wollte ich auf keinen Fall in Gegenwart von Mr. Felton und seinem merkwürdigen Power-Yoga verbringen, also beschloss ich, einen Abstecher in die Cafeteria zu machen. Plötzlich räusperte sich jemand neben mir ziemlich laut.

»Er hat also Nein gesagt.« Colton lehnte mit dem Rücken an

einigen Spinden, einen Becher Kaffee in der Hand, als ob ihn meine Gedanken heraufbeschworen hätten. In seiner Stimme schwang ein resignierter Unterton mit. Er nahm seinen Rucksack vom Flurboden und warf ihn sich über eine Schulter.

»Hast du etwa mitgehört?«, fragte ich.

»Ich hatte dieselbe Idee wie du«, sagte er. »Dann habe ich dich im Klassenzimmer gesehen und dachte, ich warte mal ab.«

»Du hättest Mr. Felton sicher auch nicht umstimmen können.«

»Wahrscheinlich.«

Ich hob skeptisch eine Augenbraue. Gab er mir recht?

»Es stimmt übrigens nicht ganz. Wir streiten nicht immer«, sagte Colton und kam auf mich zu. »Wir könnten sogar ganz damit aufhören, wenn du endlich …«

»Ich entschuldige mich nicht bei dir«, ging ich sofort in Abwehrhaltung über. »Darauf kannst du warten, bis du schwarz wirst.«

»Ich dachte auch eher an meinen Vorschlag von gestern.«

»Du meinst die Idee mit der Wette? Vergiss es.«

»Genau, die Wette«, sagte Colton betont langsam. »Würde aber endgültig beweisen, dass ich recht habe und du unfähig dazu bist, anderen *wirklich* zu helfen. Kein Schlussmachen, sondern *echte* Gefühle.«

Ich schnaufte. »Warum sollte ich mich darauf einlassen?«

»Warum nicht? Hast du etwa Angst, du könntest verlieren?«, sagte er herausfordernd. Sein Blick nagelte mich förmlich fest.

»Angst vor einer dämlichen Wette? Nein. Eine gesunde Skepsis gegenüber Vorschlägen von dir? Ja«, erwiderte ich spöttisch. »Du willst also, dass ich zwei Leute zusammenbringe statt auseinander. Schön. Und was genau hast du davon, Colton?«

»Das war nur ein Teil der Wette«, sagte er.

»Wusste ich doch, dass es einen Haken gibt.«

»Wenn ich gewinne, dann hörst du auf. Kein Schlussmach-Service mehr«, sagte er. »Keine Einmischung mehr in Beziehungen, klar?«

»Wieso ist dir das nur so wichtig?«, fragte ich irritiert.

»Ich habe meine Gründe«, antwortete er vage.

»Was, wenn du verlierst?«, fragte ich.

»Dann lasse ich dich in Ruhe. Ich werde nie wieder etwas zu dem Thema sagen«, schlug er vor. »Meine Lippen sind versiegelt.«

»Schwache Gegenleistung«, sagte ich schnippisch. »Es ist mir reichlich egal, was du von mir hältst. Mit dem Geld vom Schlussmach-Service finanziere ich mir später das College. Glaubst du, ich gebe das wegen einer bescheuerten Wette auf?«

Ganz egal, was er von mir hielt, war es mir inzwischen natürlich nicht mehr, aber in diesem Moment überschattete mein Ärger alles andere. Wie sollte ich Colton gegenüber jemals mutiger werden, wenn er ständig seine eigenen Mauern hochfuhr?

»Werden wir ja sehen.«

Zeit für weitere Diskussionen blieb nicht mehr. Allmählich trudelten die ersten Schüler und Schülerinnen in den Fluren ein, und die erste Stunde würde gleich beginnen. Schweigend gingen Colton und ich aneinander vorbei. Er ins Klassenzimmer, ich den Gang runter zu Lorns Spind. Ich kam nicht weit. Als ich um die Ecke bog, sah ich Theo bei meiner besten Freundin stehen, bremste ab und machte sofort kehrt. Hatte

Lorn sich geirrt? War es am Wochenende doch besser für die beiden gelaufen als gedacht? Ich würde ihnen fest die Daumen drücken!

Der Tag entpuppte sich als einzige Katastrophe. Mr. Felton wollte, dass der Kurs sich auf dem Gelände verteilte, um mit den Porträts im Freien anzufangen. Colton und ich starrten einander schlecht gelaunt an und sprachen nur miteinander, um den jeweils anderen anzumeckern, wenn er die Position, die wir gerade skizzierten, zu sehr veränderte. Unsere Mitschüler unterhielten sich und schienen Spaß bei der Sache zu haben, bei uns dagegen herrschte eine Stimmung wie in der Eiszeit. Mr. Felton schaute immer wieder bei uns vorbei und wies uns zurecht, weil wir keinerlei Fortschritte gemacht hatten. Doch am schlimmsten war der Teil, als er plötzlich auf die wundervolle Idee kam, dass es Colton und mir eindeutig an Vertrauen mangelte und wir ein paar Übungen machen sollten, um unsere Anspannung zu lockern. Und weil unser Lehrer den Einfall feierte, als ob gleich Bob Ross erscheinen würde, um mit uns happy little trees zu malen, sollten alle mitmachen. Zuerst musste der ganze Kurs verschiedene Gangarten über den Rasen ausprobieren. Mr. Felton sagte an, wie wir uns bewegen sollten: superlangsam wie eine Schildkröte, mit staksenden Schritten wie auf Stelzen oder rasend schnell wie bei einem Wettlauf. Es war bescheuert.

Irgendwann mussten wir dazu übergehen, uns unserem Teampartner gegenüberzustellen, einander an die Hände zu nehmen und einfach nur anzusehen, während wir uns banale Fragen stellen sollten.

Mr. Felton musste Colton und mich anleiten, weil sich keiner von uns bewegte. Und ich hatte immer geglaubt, Chemie wäre das schrecklichste Fach aller Zeiten, aber nein: Diese pseudo-psychologischen Übungen in Kunst überstiegen alles bei Weitem.

»Reicht einander die Hände«, sagte Mr. Felton.

Mürrisch streckte Colton seine Hände aus. Damit Mr. Felton uns nicht weiter in den Nacken atmete, legte ich meine Hände in Coltons. Ich hatte schon vielen Leuten die Hand gegeben, aber das war anders. Es fühlte sich seltsam an. Seine Hände waren warm und ein wenig rau, und als sein Daumen leichten Druck auf die Stelle knapp unter dem Handgelenk ausübte, machte mein Herz einen verräterischen Satz. Ich spannte mich automatisch an.

»Und einander schön in die Augen sehen. Unterhaltet euch!«

Unterhalten? Es war schon schwer genug, Colton nur anzusehen! Direkt in die Augen zu blicken. Zuerst wollte ich all meine Ablehnung gegen ihn in mir heraufbeschwören, aber als sich unsere Blicke trafen, überkamen mich ganz andere Gefühle. Wenn man seinem Gegenüber so intensiv ins Gesicht blickte, schien man auf einmal tausend Kleinigkeiten zu bemerken. Wie diesen winzigen goldenen Sprenkel in seinem linken Auge. Oder die feine, kaum sichtbare Narbe an seinem Kinn. Die Art und Weise, wie er die Unterlippe verzog, wenn ihn etwas störte. Die Details, die langsam in mein Hirn sickerten, ließen Colton weicher erscheinen, wie die Konturen eines Gemäldes, dessen scharfe Linien auf den ersten Blick viel zu präzise und gewollt wirkten, auf den zweiten aber an Tiefe gewannen. Es war schwer zu beschreiben. Genau wie Lorn war ich der Meinung, dass Colton bei der Gen-Lotterie ziemlich Glück gehabt hatte,– aber sein Aussehen war mir immer zu perfekt erschienen, geradezu lächerlich. Und jetzt, in dieser

Sekunde, die so einen unbeschreiblich unwichtigen Bruchteil unseres Lebens darstellte, schien ich zu begreifen, dass ihn mehr ausmachte. Seine Finger bewegten sich kaum merklich, und doch jagte die Veränderung in unserer Berührung mir einen Schauer den Rücken hinunter. Ich öffnete leicht den Mund, war mir aber nicht sicher, was ich überhaupt sagen wollte. Coltons Augen wurden jetzt größer, er schluckte schwer, und seine Lippen zuckten, als wollten sie ihn durch ein Schmunzeln verraten.

Da war wirklich etwas zwischen uns.

»Warum willst du, dass ich den Schlussmach-Service aufgebe?«, fragte ich, um irgendetwas zu tun, das nicht aus Anfassen und Anstarren bestand. Colton schnaubte.

»Hey! Das ist eine Frage!«

»Du würdest mir auch nicht alles beantworten, was ich dich frage, bloß weil ich spontan Lust dazu habe«, erwiderte er.

»Wir sollen uns aber gegenseitig Sachen fragen.«

»Ja, aber Kennenlern-Fragen wie: Was ist deine Lieblingsfarbe? Den ganz normalen Unsinn, der sowieso keinen interessiert. Mehr nicht.«

»Farben? Wozu braucht man die, wenn es Schwarz gibt.«

Meine Antwort entlockte Colton ein Lächeln. »Du trägst nicht immer nur Schwarz«, sagte er. »Das Kleid neulich war grün.«

»Du meinst das Kleid, in dem ich über dich hergefallen bin?«, sagte ich ironisch. »Ja, das ist mein Aufreißer-Kleid. Kerle haben ihre Lederjacken und Mädchen ihre eigenen Waffen.«

»Nächste Spießer-Fragen: Haustiere? Geschwister?«

»Keine Haustiere, dafür einen Bruder. Cameron.«

»Cameron und Cassidy?« Colton schüttelte den Kopf.

»Meine Mutter heißt Camille. Namen mit C sind ihr Hobby«, sagte ich sarkastisch. »Deinen würde sie sicher lieben.«

»Deine Mom würde mich lieben? Interessant.«

»Ich sagte, deinen *Namen*. Nicht dich.«

»Dabei kann ich so charmant sein«, meinte Colton und wackelte in einem Anflug von Albernheit mit den Augenbrauen.

»Den bräuchtest du bei ihr nicht mal. Meine Mom lässt sich recht schnell um den Finger wickeln«, sagte ich missmutig.

»Dann gibst du also zu, dass ich charmant bin?«

»Das wäre nicht das erste Adjektiv, das ich mit dir in Verbindung bringe«, sagte ich und stieß ein humorloses Lachen aus. »Selbstgefällig, angriffslustig oder stur schon eher.«

»Bist du dir sicher, dass du dich nicht gerade selbst beschreibst?«, fragte Colton. »Obwohl du noch vorlaut, rechthaberisch und temperamentvoll dabei vergessen hast.«

Mr. Felton tauchte nach ein paar Minuten wieder auf, ging dieses Mal aber an uns vorbei. Anscheinend war er zufrieden, weil Colton und ich endlich miteinander redeten und die Übung absolvierten.

Als der Lehrer außer Sichtweite war, fragte ich: »Was wird das hier? Wort-Duell-Scrabble?«

»Bei dem ich dich garantiert schlagen würde«, sagte Colton.

»Du würdest eine Niederlage nicht mal kommen sehen, wenn sie dir ins Gesicht springt«, erwiderte ich selbstgefällig.

»Allein das Denken in Kategorien wie Sieg und Niederlage zeigt bereits eine Neigung zum Schwarz-Weiß-Malen«, sagte er.

»Du zitierst Shakespeare?«, fragte ich überrascht.

»Wenn Mr. Thompson einem im Englisch-Unterricht etwas beibringt, dann ist es seine grenzenlose Liebe zu Shakespeare«, antwortete er.

»Trotz seiner Leidenschaft für Böhnchen und Tönchen etwas aus seinem akzeptablen Unterricht mitzunehmen? Beeindruckend.«

Colton runzelte die Stirn. »War das ein Kompliment?«

»Leuten, die mich hassen, mache ich grundsätzlich keine Komplimente«, sagte ich mit grimmiger Miene in süffisantem Ton. »Die kriegen höchstens gratis Arschtritte.«

»Du denkst also, dass ich dich hasse?«, fragte er.

»Du bist Vorsitzender des Cassidy-Caster-Hass-Clubs. Vermutlich hältst du Treffen für die ganze Newfort High ab.«

Colton rollte mit den Augen. »Sicher. Komm doch auch mal vorbei. Ecke 5te und Du-Kannst-Mich-Mal-Straße. Leider ist das Einzige, was es bei uns gratis gibt, Fackeln und Mistgabeln für die große Cassidy-Jagd.«

»Haha!«, machte ich trocken.

»Du hast damit angefangen«, sagte er.

»Wie lange müssen wir uns eigentlich noch …«

»Anstarren und festhalten?«, beendete er meinen Satz.

»Ihr hättet damit vor einer Weile aufhören können, aber ich wollte euch beide nicht unterbrechen«, antwortete Mr. Felton. Unser Lehrer hatte offenbar den letzten Dialog mitbekommen. Ich hatte gar nicht gemerkt, dass er bereits zurückgekommen war.

Colton und ich schossen abrupt auseinander.

»Wie bitte?«, fragte ich.

»Die Stunde ist schon seit einigen Minuten beendet, aber ihr beide wart so in euer Gespräch vertieft, dass ihr mich nicht beachtet habt«, sagte der Lehrer und lächelte wohlwollend. »Die Vertrauens-Lektion war ein voller Erfolg. Findet ihr nicht?« Mr. Felton betrachtete uns für einen Moment. »Bis zum nächsten Mal.«

Ich schnappte mir meine Kunstsachen und meine Schultasche, die ich ein Stück weiter weg im Gras abgelegt hatte, und lief zum Hauptgebäude. Unser Kurs hatte sich fast komplett aufgelöst. Als ich hörte, dass Colton mir folgte, wurde mir das Herz schwer.

Für eine Weile hatte ich all meine Vorurteile vergessen und einfach mit ihm geredet. Es war so leicht gewesen … wieso fühlte es sich nur so verboten an? Als würde ich meine eigenen Prinzipien betrügen? Gott, es war zum Haareraufen! Ich war hier doch nicht in irgendeinem Drama wie Romeo und Julia gefangen.

Wieso machte mich diese Erkenntnis nur so wütend?

*Weil Lorn recht hat*, flüsterte eine Stimme in meinem Kopf. *Sie hat gesehen, was du ignorierst. Diesen kleinen Teil, der Colton auf eine unerklärliche und verrückte Weise anfing zu mögen.*

Und das war nicht mal die größte Katastrophe des Tages.

# KAPITEL 16

DAS NÄCHSTE MAL trafen Colton und ich in Chemie wieder aufeinander. Normalerweise saß ich in der vorletzten Reihe neben einem Mädchen namens Mabel, das auch meine Laborpartnerin war. Colton eine Reihe vor mir, neben Olly, einem Jungen, der so gut wie nie ein Wort von sich gab und deshalb der Einzige war, den Colton neben sich duldete. Er diskutierte nämlich nicht nur supergerne mit mir, sondern auch mit unserer Lehrerin Mrs. Turner. Zugegeben, Mrs. Turner lag öfter mal falsch mit ihren Ausführungen, aber musste Colton den nervigen Besserwisser spielen? Doch heute waren weder Mabel noch Olly anwesend, und wie in einem dieser schrecklichen Highschool-Filme, wo immer rein zufällig das zukünftige Liebespaar gemeinsam in ein Team gesteckt wurde, teilte Mrs. Turner Colton und mich einander zu. Klar, es war logisch: Wir waren an diesem Tag die einzigen Schüler ohne Laborpartner, aber wieso wollte mir mein Karma unbedingt noch einen Tritt in den Hintern verpassen? Als Mrs. Turner gleich zu Beginn der Stunde das Offensichtliche verkündete, blickte Colton drein, als habe sie ihn aufgefordert, einen Drogen-Cocktail à la *Breaking Bad* zusammenzumixen. Kurz überlegte ich, mich aus der Situation herauszureden, indem ich tat, als fühlte ich mich schlecht und sei somit unfähig, am Unterricht teilzunehmen. Allerdings gefiel mir der Gedanke wesentlich besser, Colton zu ärgern, wenn ich mit ihm zusammenarbeiten musste. Wir könnten gerne mal wetten, wer in dieser Situation durchhielt, wenn er so auf Wetten stand.

Nachdem Colton fünf Minuten lang einen Aufstand gemacht hatte, gab Mrs. Turner ihm die Chance, sich neben mich zu setzen oder das Klassenzimmer zu verlassen. Er entschied sich für Ersteres. Irgendwie musste ich gleich ein wenig an diese Szene aus *Twilight* denken, in der Edward in Zeitlupe auf Bella zukam. Colton sah nämlich so aus, als würde es ihm körperliche Schmerzen bereiten, sich mir zu nähern. In Kunst hatte er damit noch keine Probleme gehabt. Da sollte noch mal jemand behaupten, Mädchen wären die größeren Dramaqueens! Ich rollte mit den Augen.

»Du bist richtig schlecht in Chemie«, sagte Colton.

Ich zuckte mit den Schultern. »Ja und?«

»Erst versaust du mir meine Kunstnote, und jetzt das.«

»Es ist eine Stunde. *Eine*«, antwortete ich. »Mabel und Olly sind sicher nicht an einem tödlichen Virus erkrankt und nächste Woche wieder da. Also halt die Klappe und entspann dich.«

Dem konnte Colton nichts entgegensetzen. Ein paar der anderen Mädchen aus dem Kurs warfen sehnsüchtige Blicke zu uns hinüber. Falls jemand Freaky-Friday-mäßig für die Stunde den Körper tauschen wollte, hätte ich nichts dagegen. Was mussten sie Colton auch alle so anschmachten? Teenager-Hormone und so, sicher, aber es gab weitaus bessere Hobbys als Jungs anzustarren.

Colton seufzte entnervt. Ihm fiel das Gestarre wohl auch auf.

»Die Aufmerksamkeit nach vorne, bitte!«, rief Mrs. Turner laut. »Wir führen heute ein Experiment mit verschiedenen Metallen durch, bei dem wir besonders auf den Feuerschutz achten müssen.«

Genervt sah ich zur Tafel. Ich würde nie verstehen, was die Leute an Chemie fanden. Für mich war das Geschwafel sterbenslangweilig. Im Klassenraum hingen außerdem überall Plakate mit dämlichen Sprüchen wie: *Denke wie ein Proton! Stay positive!* So viel zum Thema auf den Feuerschutz achten. Die Teile würden im Fall eines Feuers zuerst lichterloh brennen. Lehrer kannten wohl keine Ironie. Mrs. Turner schrieb ein paar Anweisungen an die Tafel und ging mit dem Kurs langsam alle Sicherheitsregeln in Ruhe durch.

»Am besten lässt du mich alles machen«, sagte Colton zu mir, als wir endlich anfangen konnten. »Du schreibst nur mit, klar?«

»Habe ich Ja-Sagerin auf der Stirn stehen?«, fragte ich. »Man hat einen Laborpartner, damit man Sachen gemeinsam erledigt.«

Colton hörte mir gar nicht zu. Er entfernte sich von unserem Platz, um sich die Materialien bei Mrs. Turner am Materialienschrank abzuholen. Ich ging ihm hinterher, weil er sowieso nicht alles alleine tragen konnte. Dummer Besserwisser!

Wenig später war der ganze Kurs mit Sicherheitsbrillen und Laborkitteln ausgestattet und machte sich ans Werk. Das Experiment war ziemlich simpel. Es ging darum, unterschiedliche Metallpulver von einem Uhrglas mit einem Spachtel in die Flamme des Bunsenbrenners zu schütten. Die Metalle reagierten auf die Flamme in Form eines Funkenregens verschiedener Intensität und Stärke und Farbgebung, und das sollte schriftlich festgehalten werden. Um die Ergebnisse besser sehen zu können, wurden ein paar der Fenster abgedunkelt. Überall im Raum entstanden winzige Feuerwerke, nur ohne lautes Geknalle, dafür mit ordentlich Zischen und Knistern. Ich überließ Colton tatsächlich das Feld und trug nur brav die Ergebnisse auf das ausgeteilte Arbeitsblatt ein. Colton fixierte hoch konzentriert die Flamme des Bunsenbrenners, und ich musste mir ein Lachen verkneifen, weil er dabei so ernst aussah, als ginge es um Leben und Tod. Wenn er sich anstrengte, verzog er die Lippen wie ein Fisch, der nach einem Köder schnappte. Als er bemerkte, dass ich ihn beobachtete, statt weiter die Funken zu dokumentieren, unterbrach er sich.

»Wieso siehst du mich so komisch an?«

»Weil deine Miene unbezahlbar ist«, erwiderte ich. »Man könnte meinen, du erschaffst gerade Frankenstein, so wie du guckst.«

Colton nahm sich wortlos das nächste Pulver. »Magnesium«, sagte er. »Schreib das mit und pass gefälligst auf, Cassidy.«

Ich wollte etwas sagen, aber da schüttete er das Pulver schon in die Flamme, und die chemische Reaktion ließ mich erschrocken zusammenzucken. Das war ein richtiges Funkengewitter! Knisternd sprangen die Funken auf den Tisch, und ich fuhr abrupt vom Stuhl hoch. Colton grinste, als wäre es seine Absicht gewesen, mir einen Schreck einzujagen. Er griff nach dem nächsten Pülverchen.

»Du solltest die Flamme echt kleiner stellen!«, sagte ich.

»Ich weiß, was ich tue«, antwortete er unfreundlich.

»Dreh die Flamme kleiner. Das ist gefährlich.«

Ich sah mich nach allen Seiten um. Die anderen im Kurs hatten den Bunsenbrenner ganz offensichtlich auch auf kleinerer Stufe.

So viel zum Thema: Chemie war sterbenslangweilig.

»Was zur Hölle machst du da?«, fragte ich entgeistert. Colton war gerade dabei, mehrere Metallpulver zusammenzukippen.

»Ich führe den Abschluss des Experiments durch.«

»Mrs. Turner hat eben gesagt, dass wir nicht mehr als zwei Pulver mischen sollen«, fuhr ich ihn an. »Hörst du nicht zu?«

Colton wandte sich von mir ab. Ich packte ihn am Arm und riss ihm mit der freien Hand den Spachtel aus der Hand. Großer Fehler! Durch das kurze Gerangel flog sämtliches Pulver vom Uhrglas direkt in die Flamme. Die Funken stoben so hoch und laut auf, dass sie einer Fontäne aus knisternden Sprenkeln glichen, die plötzlich überall zu sein schienen. Jemand schrie vor Angst auf. Mit einem Mal ging sogar das Arbeitsblatt in Flammen auf, einige der Funken trafen mich an der Hand, und ich keuchte erschrocken. Colton warf den Bunsenbrenner bei dem Versuch, ihn abzustellen, vom Tisch und zischte, weil er sich offenbar dabei verletzt hatte. Chaos brach aus. Mrs. Turner eilte mit einem Feuerlöscher an unseren Tisch.

Alle Augen waren auf uns gerichtet.

Blitzschnell löschte unsere Lehrerin das Feuer und besah sich den Unfallort. Ihr Blick glitt zu Colton, dann zu mir. Sie musste nicht erst etwas sagen, damit ich wusste: Das bedeutete Ärger.

Man musste Mrs. Turner zugute halten, dass sie Colton und mich nicht zum Direktor schickte, sondern uns eine eigene Standpauke hielt. Ich hatte sie niemals zuvor so verdammt wütend erlebt. Den ganzen Weg zum Krankenzimmer schimpfte sie vor sich hin. Ich war heilfroh, als sie uns in die Hände von Schwester Harris übergab, die an der Newfort High für Verletzungen jeder Art zuständig war. Miss Harris war erst vor einer Weile an die Schule gekommen und noch recht jung, vielleicht Ende zwanzig und dazu noch ausgesprochen hübsch. Groß, schlank, mit glänzendem braunem Haar und charismatischer Ausstrahlung. Man mochte sie auf Anhieb. Man munkelte, dass sie und Mr. Hardin sich dateten, aber das waren nur Gerüchte.

»Ihr habt beide nur eine leichte Verbrennung davongetragen und wirklich Glück gehabt«, sagte Miss Harris gutmütig. »Die werden jetzt für eine Weile gekühlt, dann trage ich ein Wundheilgel auf, Pflaster drauf, und ihr beide seid so gut wie neu.«

»Danke«, murmelte ich.

Miss Harris holte Colton und mir jeweils ein Kühlpack und bat uns, für die nächsten Minuten auf der gepolsterten Liege Platz zu nehmen. Bei mir hatte es zwei Finger erwischt, und Colton hatte sich die Handkante verbrannt. Wie bestellt und nicht abgeholt saßen wir nebeneinander, während die Stille sich immer weiter ausdehnte. Miss Harris verließ irgendwann den Raum, um sich neue Blätter für die Unfallprotokolle aus dem Sekretariat zu holen.

»Du hättest dich nicht einmischen sollen!«

Coltons Stimme war vorwurfsvoll.

»Willst du jetzt echt darüber streiten, wer etwas falsch gemacht hat? Das haben wir nämlich beide«, erwiderte ich. »Ich hätte wirklich nicht dazwischengreifen sollen, und dir stand dein dummer Stolz im Weg. Wieso wolltest du überhaupt mehr Pulver in die Flamme kippen, als es die Anweisung war, Colton?«

»Was war schon dabei?«, sagte er knapp.

»Dadurch ist der Unfall doch erst passiert.«

»Ich dachte, du willst nicht streiten?«, fragte er zynisch.

»Mir dir kann man sich einfach nicht normal unterhalten«, beschwerte ich mich. »Du bist immer gleich so jähzornig.«

»Besser jähzornig und stolz als Miss Perfect.«

»Ich habe nie gesagt, dass ich perfekt bin!«, sagte ich.

»Das musst du auch gar nicht.«

»Himmel, deine kryptischen Ansagen kannst du dir echt sonst wohin stecken!«, schimpfte ich. »Wieso sagst du mir nicht endlich mal, was du schon die ganze Zeit mit dir herumschleppst?«

»Du willst die Wahrheit?«, fragte er beißend.

»Das wäre ein Anfang«, murmelte ich.

»Ich hasse dich nicht«, sagte er ruhig. »Ich hasse, wofür du stehst und dass du schuld an dem Ende meiner Beziehung zu Kim bist. Ja, ich weiß, du willst jetzt sofort protestieren, aber du willst die Wahrheit? Dann halt den Rand und hör mir zu.«

Ich drückte das Kühlpack fester auf meine Finger und presste die Lippen zusammen. Es fiel mir wirklich schwer, nichts zu sagen.

»Theo hat dir von meinen Eltern erzählt. Sie sind tot. Gestorben, als ich noch sehr jung war. Was er dir nicht erzählt hat, weil er das nie jemandem erzählt, ist, dass ich an dem Tag ihres Todes bei ihnen hätte sein sollen«, erzählte Colton mit starrer Miene. »Ich bin kurz vor unserer Abreise krank geworden und lag mit hohem Fieber im Bett. Das hat mir das Leben gerettet und mir dafür etwas anderes genommen. Lange Zeit war ich deshalb wahnsinnig wütend. Vor allem auf mich selbst. Jemanden zu verlieren ist ein Gefühl, das der eigene Verstand nicht greifen kann. Es vergeht keine Sekunde, in der ich nicht an sie denke.«

Colton machte eine Pause und atmete niedergeschlagen aus.

»Kim war der erste Mensch, dem ich nach einer langen Zeit vertrauen konnte, und ich habe sie wirklich sehr gemocht.

Was mich besonders verletzt hat, ist, dass sie nicht mit mir gesprochen hat. Sie ist schnurstracks zur ach so weisen Cassidy Caster gelaufen, und danach stand für Kim fest, dass sie etwas anderes wollte. Was auch immer du zu ihr gesagt hast, hat sie dazu bewogen, mit mir Schluss zu machen.« Colton sah mich jetzt direkt an. »Du denkst, dass du etwas Gutes tust, den Leuten hilfst, und vielleicht ist das bei einigen sogar wahr. Aber du zerstörst auch Beziehungen. Du erstickst sie, so wie Mrs. Turner das Feuer eben. Von der einen zur anderen Sekunde ist alles aus.«

Ich öffnete den Mund, aber Colton war noch nicht fertig.

»Hast du dich je gefragt, wieso Kerle wie Andrew so wütend auf dich sind? Wieso die Leute schlecht über dich reden? Wieso man dir Schimpfworte an den Spind schreibt? Weil du nicht nur irgendeine Botschaft an die Leute schickst, sondern selber diese Botschaft bist. Wer gibt dir das Recht zu entscheiden, was andere brauchen oder fühlen? Wer gibt dir das Recht, dich zwischen zwei Menschen zu stellen? Die Leute reden nicht miteinander, sondern über dich. Als wäre nur noch wichtig, wie etwas endet und nicht, wie es angefangen hat. Nämlich ganz ohne Cassidy Caster.«

»Colton, ich …«

»Also nein, ich hasse dich nicht«, sprach er unbeirrt weiter. »Ich hasse die Art und Weise, wie du durch die Flure der Schule gehst, als könnte dir niemand etwas anhaben. Ich hasse es, wie du andere ansiehst und über sie urteilst, und ich hasse es, wie du immer wieder denselben Fehler machst und überhaupt nicht realisierst, dass dabei andere verletzt werden. Denn selbst so ein Oberarschloch wie Andrew Carlyle hat Gefühle.« Colton stand auf. »An all diese Dinge denke ich, wenn ich dich sehe.«

Sein Blick war hart und unnachgiebig.

»Ich wünschte, jemand würde dir mal eine Lektion erteilen.«

»Deshalb diese Wette? Weil du mir eine Lektion erteilen willst?«, fragte ich. »Weil du willst, dass du mir beweise, dass ich auch was anderes kann, als andere zu verletzen, ja?«

Mein Puls beschleunigte sich. In meinem Bauch loderte Wut auf. Und das Gefühl, nicht verstanden zu werden, in ein falsches Licht gerückt zu werden durch Coltons sogenannte Wahrheit und die Vorwürfe.

»Ich mache das nicht zum Spaß! Wir stehen bei dieser Sache auf verschiedenen Seiten, das kann ich akzeptieren. Aber ich weiß genauso gut wie du, was Schmerz bedeutet. Was es heißt, verletzt und ausgenutzt zu werden und unglücklich zu sein«, sagte ich energisch. »Es gibt so viele Leute an unserer Schule, die dasselbe empfinden und nicht die Courage haben für sich einzustehen. Was ist mit ihnen? Soll ich ihnen Hilfe verweigern?«

»Du machst das nicht aus der Güte deines Herzens!«, fuhr Colton mich an. »Du ziehst diesen Leuten das Geld aus der Tasche!«

»Ja, weil ich scheißarm bin!«, rief ich. »Weil meine Familie kein Geld hat, okay! Meine Mom ist unzuverlässig und kriegt es gerade mal hin, ihre blöden Blumen zu gießen. Für mich und meinen Bruder hat sie nicht genug Zeit übrig, weil sie all ihre Energie mit ständigen Beziehungsdramen verschwendet! Als wir jünger waren, hat sie uns manchmal tagelang allein gelassen, um irgendeinem Typen nachzujagen! Wir hatten mal einen Monat keinen Strom oder warmes Wasser, weil sie die Rechnungen wie so oft nicht bezahlt hat! Es gab Zeiten, da ...«, ich brachte den nächsten Satz nicht heraus. »... manchmal wünschte ich, die Leute würden mich nicht ansehen und denken, dass alles immer nur leicht für mich ist. Ich wünschte, sie würden mir in die Augen blicken und erkennen, dass ich eben nicht okay bin. Daraus besteht meine Wahrheit, Colton.«

Ich spürte, wie mir Tränen in die Augen stiegen.

»Du willst also, dass ich dir beweise, dass ich anders kann? Gut! Aber, wenn ich diese Wette gewinne, dann wirst du nie wieder ein Wort mit mir reden. Dann verschwindest du aus meinem Leben. Denn weißt du was? Menschen wie du, die denken, sie hätten sämtlichen Schmerz dieser Welt für sich gepachtet, hasse *ich*.«

Colton sah mich lange an. »Ich werde bestimmen, wen du verkuppeln sollst«, sagte er und hielt mir eine Hand hin. »Deal?«

Ohne nachzudenken schlug ich ein. »Deal.«

Er warf sein Kühlpack auf die Liege und stampfte zur Tür. Colton ging nicht gleich, sondern hielt inne, während die Anspannung im Raum die Luft hatte dick werden lassen. Zögerte er? Bereute er vielleicht seine Wortwahl? Kurz regte sich so etwas wie Hoffnung in mir. Doch als er mir erneut das Gesicht zuwandte, war seine Miene wie ein einziges böses Omen. Mich beschlich der leise Verdacht, einen Riesenfehler begangen zu haben. Coltons Lippen formten ein schmales, bitteres Lächeln.

»Ach ja, Cassidy, und was diese Wette betrifft…«, sagte er, die Stimme dunkel wie eine Gewitterfront, die jede Sekunde über mir hereinzubrechen drohte. »Meine Wahl fällt auf Theo und Lorn.«

Mein Herz schien auszusetzen. Wie bitte?

»Viel Erfolg bei deinem Vorhaben.«

Dann war Colton verschwunden.

# KAPITEL 17

**LORN UND ICH** saßen in einem Diner in der Nähe der Highschool und tranken Milkshakes. Ich hatte ihr alles über Coltons und meine Auseinandersetzung erzählt, fühlte mich dadurch aber kein Stück besser. Da half nicht mal einer der besten Milkshakes von ganz Newfort und all der Zucker darin, um meine negativen Gefühle zu vertreiben. So mies hatte ich mich zuletzt an meinem vierzehnten Geburtstag gefühlt, als Mom völlig betrunken zu Hause aufgekreuzt war, weil sie erfolglos in einer Bar auf Flirtkurs gegangen war, statt mit Cameron und mir zu feiern. Am darauffolgenden Morgen hatte sie den totalen Filmriss und kehrte alles unter den Teppich. Das hatte ich bis heute nicht vergessen.

»Der Streit mit Colton klingt … intensiv«, sagte Lorn.

»Er war nicht nur intensiv, sondern …« Mir fehlten die Worte. »Und ich habe auch noch zugestimmt, ehe wir ein paar Regeln festgelegt haben. Wieso müssen es ausgerechnet Theo und du sein?«

Lorn rieb sich nachdenklich das Kinn. »Weil ich deine beste Freundin bin und er Theo irgendwie beeinflussen kann oder so?«

»Ich verstehe das nicht! Im einen Moment ist er ehrlich und redet wie am Fließband und dann … von wegen da ist mehr zwischen uns. Mehr am Arsch. Das ist nur Anziehungskraft, keine Gefühle.«

»Es tut mir echt leid, Cassidy«, sagte Lorn einfühlsam.

»Dir tut es leid? Ich habe dich mit in dieses Schlamassel hineingezogen! Du bist doch kein Versuchskaninchen!«, sagte ich.

»Na ja«, murmelte Lorn. »Ich mag Theo. Das kann Colton ja nicht wissen.«

»Was genau willst du mir damit sagen?«

»Dass du die Sache gewinnen könntest«, sagte Lorn ernst.

»Es ist nicht nur die Wette«, gestand ich. »Die Sachen, die er gesagt hat … sie wirbeln in meinem Kopf herum wie Geister, die mich verfolgen. Ich komme mir vor wie Ebenezer Scrooge!«

»Und woran liegt das?«, fragte Lorn.

»Weil …« Ich schüttelte den Kopf.

»Seine Worte haben an dein schlechtes Gewissen appelliert«, sagte Lorn. »Vielleicht war das ja seine Absicht und diese Wahrheits-Nummer ein abgekartetes Spiel. Und du kannst nicht aufhören, daran zu denken, weil er mit einigen Dingen recht hatte. Natürlich leiden bei einer Trennung immer zwei Menschen auf unterschiedlichen Seiten. Und natürlich nimmst du nur Rücksicht auf die Person, die dich um Hilfe gebeten hat. Du kannst doch nicht jedem beistehen.«

»Vielleicht«, grummelte ich und schob lustlos den Milkshake auf dem Tisch hin und her. Ich hatte kaum etwas getrunken. »Ich sollte nicht so viel auf Coltons Meinung von mir geben. Es gab schon immer Leute, die nicht mit dem Schlussmach-Service einverstanden waren, und es wird in Zukunft wieder welche geben.«

»Gute Einstellung«, sagte Lorn. »Zurück zur Wette?«

»Ist das wirklich okay für dich?«, fragte ich unsicher.

Meine Wut war langsam abgeflaut. Beim Betreten des Diners hatte ich sogar gegen eine Mülltonne getreten, um meinem Ärger Luft zu machen, doch inzwischen haderte ich mehr mit meiner Entscheidung als damit, dass Colton mich ausgetrickst hatte.

»Wäre doch toll, wenn es am Ende funktioniert«, sagte Lorn und schmunzelte. »Theo und ich verstehen uns schon echt gut, aber ich glaube, es fehlt irgendwie ein Stups in die richtige Richtung. Und wenn jemand das schafft, dann du! Davon bin ich überzeugt.«

»Ich habe ihn heute Morgen an deinem Spind gesehen ...«

»Oh«, sagte Lorn und biss sich nervös auf die Lippe. »Er hat gefragt, ob wir gut nach Hause gekommen sind. Ist das nicht süß?«

»Du bist echt verknallt in ihn, was?«

»Manchmal habe ich das Gefühl, je mehr ich versuche, ihn nicht zu mögen, umso mehr mag ich ihn dann. Ergibt das irgendwie Sinn?«

»Vielleicht solltest du es ihm einfach sagen.«

»Das ist plump und unromantisch«, wandte Lorn ein. »Außerdem würde ich lieber wenigstens mit Theo befreundet sein, wenn ich herausfinde, dass er mich nicht auf dieselbe Weise mag, als ihn zu überrumpeln und für immer zu vergraulen. Kannst du das verstehen?«

»Natürlich«, sagte ich sanft.

»Wieso ist es nur so schwer für mich, mit ihm zu sprechen? Ich könnte den ganzen Tag über ihn reden, aber jedes Mal passiert irgendetwas, und ich bin wie versteinert. Wie ich das hasse!«

»Angst vor Enttäuschung? Unsicherheit?«, dachte ich laut nach. »Erinnerst du dich noch an das erste Highschooljahr, als du beim Probetraining der Basketballmannschaft warst? Du wolltest es unbedingt ins Team schaffen, und am Ende lief alles schief. Du hast keinen Korb getroffen, bist gestolpert und hast ständig die Pässe verloren … aber sie haben dich trotzdem genommen. Weil du einen starken Willen hast, und das haben sie damals gesehen.«

»Im Krieg und der Liebe ist alles erlaubt, oder wie?«

»Genau«, sagte ich. »Lass uns einen Plan machen.«

Ein paar Tage später fuhren Lorn und ich nach Schulschluss zur Ranch der Griffins raus. Wir hatten mit Theo die Probestunde fürs Reiten vereinbart, welche gleichzeitig der erste Schritt der Mission *Theo & Lorn* sein würde. Lorn und ich hatten eine Weile darüber gegrübelt, wie wir es am besten anstellen, dass sie und Theo allein sein könnten. Ganz ohne mich traute Lorn sich nicht hin, aber meine Anwesenheit würde nur stören. Die Lösung war einfach: Ich würde behaupten, dass ich bereits reiten konnte. Theo würde Lorn also die Grundschritte erklären, und ich verkrümelte mich unterdessen, um mir die Ranch anzusehen. Lorn und ich waren extra Gesprächsthemen durchgegangen und hatten sogar Dialoge geübt, damit meine beste Freundin sich sicherer fühlte. Lorn hatte das super bescheuert gefunden, aber sie würde mir hinterher noch danken. Es ließ sich immer leichter über etwas reden, wenn man bereits mit dem Thema vertraut war. Wenn sie also zuvor mit mir über etwas gesprochen hatte, würde sie bei Theo weniger Probleme haben, den Faden nicht zu verlieren. Bei einem Referat hatte gutes Training schließlich denselben Effekt. Wenn man im Hirn Informationen speicherte, konnte man auf sie zurückgreifen und lief nicht Gefahr, spontan etwas aus dem Ärmel schütteln zu müssen. Lorn hatte ihre Lieblingsklamotten angezogen, damit sie sich wohlfühlen konnte. Das Outfit bestand aus einer ausgewaschenen Jeans und einem burgunderfarbenen Pullover in dessen Brusthöhe ein kleiner Basketball aufgenäht war – ein Geschenk von Lorns Dad, den Lorn heute als Glücksbringer trug.

Auf dem Weg zur Ranch sangen wir laut die Songs im Radio mit, was jedes Mal für ausgelassene Stimmung sorgte. Es waren nur Kleinigkeiten, über die ich mir im Vorfeld Gedanken gemacht hatte, aber sie zeigten Wirkung. Als wir den Wagen vor dem Haupthaus parkten und ausstiegen, war Lorn entspannt und richtig gut drauf.

Mr. Griffin, der gerade dabei war, ein mitternachtsschwarzes Pferd über den Hof zu führen, winkte uns zu und schickte uns zu den Ställen. Um dorthin zu gelangen, mussten wir einem abgetretenen Pfad folgen, der links vorbei am Haupthaus führte und entlang eines Feldes. Die Stallungen bestanden aus einem langen Gebäude, mit grauem Dach und Unmengen an winzigen Fenstern. Das große Tor war offen, sodass man von Weitem bereits einen Blick ins Innere werfen konnte. Eine Box nach der anderen reihte sich dort aneinander. Zwischen einigen der Gitter steckten Pferde neugierig ihre Köpfe heraus.

Theo bürstete gerade ein goldweißes Pferd, das mitten im Gang stand und locker an einen Pfahl angeleint war. Colton war nur wenige Schritte von ihm entfernt und offenbar dabei, eine der Boxen auszumisten. Er hatte eine Heugabel in den Händen und schaufelte eine Fuhre in eine nahe stehende Schubkarre. Die Ärmel seines Shirts waren hochgekrempelt, und mein Blick blieb für einige Sekunden an seinen Oberarmen hängen, dessen Muskeln sich unter der Anstrengung anspannten. Musste er denn wirklich immer eine gute Figur machen? Hastig sah ich weg, ehe ich noch beim Starren erwischt wurde. Würde Colton nur annähernd so geschickt seinen eigenen Mist wegschaufeln wie den der Pferde, wäre er mir um einiges sympathischer. Die kleinen Brandblasen an meinen Fingern machten es schwer, unsere Auseinandersetzung im Krankenzimmer zu vergessen. Sie heilten zwar sehr gut ab, aber ich spürte sie bei jeder Fingerbewegung und wurde sofort an unseren Streit erinnert. Es wurde definitiv Zeit, dass durch die Wette eine klare Grenze zwischen Colton und mir gezogen wurde, denn mein Sieg bedeutete, dass wir nie wieder ein Wort miteinander wechseln mussten und ich außer Gefahr war, mir ewig den Kopf über sein Verhalten zu zermartern. Was hatte ich mir überhaupt dabei gedacht, seine Worte so nah an mich heranzulassen?

»Ihr seid aber früh dran«, sagte Theo. »Darf ich vorstellen, das ist Elsa, die Stute meiner Mom. Sie ist seit knapp sechs Jahren bei uns und eine echte Lady, sehr wohlerzogen und brav.«

»Elsa?«, fragte ich.

»Ihr goldweißes Fell und der weiße Schweif würden jeder Eiskönigin Konkurrenz machen, findest du nicht?«, antwortete Theo. »Der Name hat einfach gut zu ihr gepasst.«

»Sie ist wunderschön«, sagte Lorn ehrfürchtig.

»Ein *American Quarter Horse*, wie die meisten hier«, sagte Theo. »Das ist die weitverbreitetste Pferdeart in Amerika und von der Größe her perfekt für die Durchschnittsbesucher unserer Ranch.« Er hielt Lorn die Bürste hin. »Willst du für mich weitermachen?«

»Hat sie denn keine Angst vor Fremden?«, fragte Lorn.

Theo strich Elsa sanft über den Rücken. »All unsere Pferde sind den Umgang mit fremden Menschen gewohnt. Wir bieten auf der Ranch jede Menge Ferienangebote an, und sie haben ständig neue Leute um sich herum. Sie ist also ganz zahm. Versprochen.«

Lorn wagte sich vor und ließ sich von Theo die Bürste in die Hand legen. Vorsichtig strich sie Elsa damit durch die Mähne.

»Hallo«, murmelte Lorn, und ihre Augen leuchteten.

»Ich dachte mir, für Anfänger wie euch wäre sie perfekt«, erklärte Theo. »Wenn wir hier fertig sind, können wir rüber in den Auslauf gehen, und ich gehe mit euch die Grundschritte durch. In einer Probereitstunde wird nämlich weniger geritten, als die meisten denken. Reiten zu lernen ist gar nicht so einfach.«

Gar nicht so einfach? Vielleicht sollte ich etwas an unserer Strategie feilen, ehe ich mich mit einer Lüge noch in eine unangenehme Situation brachte. Ich wollte gerade etwas sagen, als Colton die inzwischen volle Schubkarre vor sich herschob und es so aussah, als wolle er mich damit jede Sekunde über den Haufen fahren. Hastig sprang ich zur Seite. Er lachte laut.

»Du kannst mich auch mal!«, rief ich ihm nach, als er um die Ecke bog. Wütend sah ich ihm nach. Theo räusperte sich geräuschvoll. Er und Lorn blickten mich beide etwas ratlos an.

»Er ist heute schlecht drauf«, entschuldigte sich Theo.

»Colton ist immer schlecht drauf«, grummelte ich. Neben meinem Ohr ertönte ein schmatzendes Geräusch, und als ich den Kopf zur Seite wandte, sah ich in die dunklen Augen eines Pferdes … das mich vollsabberte. Es hatte das Maul leicht geöffnet und schien verträumt in die Ferne zu sehen, während mehrere dicke Tropfen Speichel auf mein Haar und meine Schulter fielen. Als ich beiseitetrat, stieß es ein hohes Wiehern aus.

»Asti!«, sagte Theo tadelnd. »So begrüßt man keine Gäste.«

Das Pferd – Asti – bleckte wie bei einer Zirkusnummer die Zähne und schnaufte, sodass sein heißer Atem mein Gesicht streifte.

Sicher machte ich eine Miene, als würde ich gleich in ein Pferde-Mundgeruch-Mief-Koma fallen, denn Lorn begann zu lachen.

»Cassidy, das ist Asti. Sie scheint dich zu mögen.«

»Ich dachte, Pferde fressen keine Menschen«, scherzte ich.

»Asti hat immer Hunger. Du kannst ihr eine Möhre geben. Da hinten in dem Eimer müssten noch welche sein«, sagte Theo.

»Ich bin fertig, was jetzt?«, fragte Lorn.

*Sehr gut! Verwickle ihn in ein Gespräch, Lorn!*

In der Nähe des Tores stand ein Plastikeimer, in dem mehrere Möhren und Äpfel lagen. Ich griff mir eine Möhre und ging zu Asti zurück. Gerade fühlte ich mich richtig todesmutig, als sie mir bei dem Versuch, an die Möhre zu kommen, fast in die Finger biss.

»Du bist wohl nicht besonders umgänglich«, murmelte ich.

»Oh, da kenne ich noch jemanden«, sagte Colton.

Er schob die leere Schubkarre gerade wieder an mir vorbei. Blieb dann jedoch stehen, um mir einen seiner spöttischen Blicke zuzuwerfen. Ob er die in verschiedenen Varianten für verschiedene Anlässe vor dem Spiegel übte? Ich verdrehte die Augen.

»Du und Asti seid also Seelenverwandte?«, fragte ich.

»Sie ist durchgeknallt und demnach eher wie du.«

»Womit verdiene ich denn diese originelle Beleidigung?«

»Geht aufs Haus«, sagte Colton. »Lorn scheint ja mal mehr als drei Worte über die Lippen zu kriegen. Was hast du ihr denn für tolle Tipps gegeben? Wimpernklimpern für Anfängerinnen?«

»Zweifelst du etwa schon an der Wette?«

»Lorn hat bei Theo keine Chance«, sagte er überheblich.

»Da wäre ich mir nicht so sicher«, erwiderte ich.

»Selbst, wenn … Sabotage ist mein zweiter Name.«

»Und ich dachte immer das wäre Rache.«

»Vielleicht ein bisschen von beidem«, sagte er lässig.

»Sabotage und Einmischen ist verboten«, stellte ich entschlossen klar. »Es wird Zeit, dass wir Regeln festlegen.«

»Regeln sind dafür da, um gebrochen zu werden.«

»Himmel, klischeehafter geht es aber nicht«, lachte ich amüsiert und schenkte Colton einen abwertenden Blick. »Folgendes: Du mischst dich nicht in diese Sache ein. Du wirst kein Wort darüber verlieren, und der Wettzeitraum gilt …«

»Halt«, unterbrach Colton mich. »So sehr mir diese rechthaberische Seite an dir auch gefällt, du kannst nicht alles allein entscheiden. Jeder von uns hat einen Joker, mehr nicht.«

Es gab also Seiten an mir, die Colton gefielen? Nicht schwach werden, Cassidy! Bleib standhaft. Ich holte tief Luft.

»Eine festgelegte Regel und einen Joker für besondere Situationen«, verhandelte ich. »Sonst ist es langweilig.«

»Besondere Situationen?« Colton hob eine Augenbraue.

»Für ein Time-out oder Ähnliches«, sagte ich.

»Du willst also, dass ich mich nicht einmische und einfach nur zusehe?«, fragte er. Ich nickte. »Gut, dann will ich, dass du dasselbe tust. Kein aktives Einmischen in Gegenwart von Theo.«

Meine Miene spannte sich an. »Vergiss es.«

»Wie du willst.« Colton ging auf Lorn und Theo zu. »Hey, Leute! Ich würde Lorn supergerne die Ranch zeigen, kann ich sie kurz entführen? Cassidy könnte so lange schon mal die Grundkenntnisse lernen. Oder Theo? Lass sie doch an der Longe eine Runde drehen.«

»Was Colton eigentlich meint ist, dass er *mir* die Ranch zeigen wollte«, sprang ich sofort dazwischen. »Damit wir uns mal so richtig aussprechen können. Außerdem kann ich schon reiten.«

»Kannst du?«, fragte Theo verwundert.

»Ranch zeigen?«, fragte Lorn irritiert.

Ich packte Colton am Arm und zog ihn mit mir. »Ja. Genau.«

»Aber vorher wollte Cassidy mir noch bei meinen Aufgaben helfen«, sagte Colton gespielt unschuldig. Er legte mir einen Arm um die Schulter. »Wie das Heu vom Dachboden holen. Jetzt, wo wir beste Freunde sind, helfen wir uns gegenseitig, wisst ihr.«

Lorn klappte den Mund auf.

Theo runzelte die Stirn. »Seid ihr sicher?«

»Klar. Wir kommen dann zu euch ins Außengehege.«

Colton schob mich vorwärts. Ich warf Lorn einen Blick zu. Sie formte mit den Lippen eine Frage, die ich nicht verstand. Rasch hielt ich einen Daumen hoch. Hoffentlich nutzte sie ihre Chance, ehe Colton ihre Zweisamkeit unterbrechen konnte. Ich sandte ein stilles Gebet zum Himmel. Als wir ein Stückchen von den beiden entfernt am anderen Ende des Stalls waren, schob ich Coltons Arm von meiner Schulter und sah ihn bitterböse an.

»Was sollte das denn?«

»Improvisation«, meinte er.

»Wir waren gerade am Verhandeln!«

»Die Verhandlungen sind beendet. Schlag ein oder lass es.« Er hielt mir eine Hand hin.

»Du bist so ein Kotzbrocken.«

Ich schlug ein. Seine Finger schlossen sich um meine Hand, und er zog mich näher zu sich heran. Das alles geschah so schnell, dass ich kaum Zeit hatte, um Atem zu holen. Colton grinste.

»Also, Cassidy, es wartet eine Menge Arbeit auf uns.«

»Ich habe Höhenangst«, log ich. »Da klettere ich nicht rauf.«

Ein paar Fuß von uns entfernt ragte eine Leiter zum Dachboden hinauf, auf dem sich offenbar jede Menge Heuballen befanden.

»Entweder das Heu oder Ställe ausmisten«, sagte Colton.

»Da ziehe ich Pferdemist deiner Gesellschaft vor.«

Ich schloss trotzdem eine Hand um die erste Leitersprosse, die ich zu greifen bekam. Hier gab es ziemlich viele Boxen, und so cool ich gerade geklungen hatte, ich wollte doch lieber Heuballen vom Dachboden werfen, als eine Mistgabel schwingen. So schnell ich konnte, kletterte ich die Leiter zum Dachboden hoch und wartete dort auf Colton, der mir dicht auf den Fersen war.

»Höhenangst, hm?«, fragte er skeptisch.

»Hoffentlich weiß Lorn meinen Einsatz zu schätzen«, murmelte ich leise zu mir selbst und gab Colton erst gar keine Antwort.

Auf dem Dachboden des Stalls war wirklich überall Heu. Durch die schrägen Balken musste man an einigen Stellen aufpassen, dass man sich nicht den Kopf anstieß. Der Geruch war überwältigend und ließ meine Nase kribbeln. Es gab ein offenes Fenster, durch das man einen wahnsinnig schönen Ausblick hatte. Kurz war ich ganz gefangen von der Sicht, die bis zum Meer reichte. Felsen, Grün, Strand und blaue Wellen. Ich seufzte.

Da bekam ich richtig Fernweh!

»Du bist nicht oft unten am Meer. Ich sehe dich nie am

Strand. Schadet zu viel Sonne deiner mürrischen Art oder so?«

Seine Frage durchbrach die Stille.

»In der Middle School war ich oft dort«, sagte ich. »Zusammen mit Lorn und zwei anderen Freundinnen, aber … nachdem unsere Freundschaft auseinandergegangen ist, hat es sich irgendwie falsch angefühlt, dort abzuhängen. Lorn und ich waren letztens in unserem ehemaligen Lieblingscafé an der Strandmeile. Wer weiß, vielleicht fahren wir wieder öfter hin.«

So viel hatte ich Colton eigentlich nicht verraten wollen, aber hier oben war es so friedlich, dass mir die Worte einfach so über die Lippen gekommen waren. Ich räusperte mich verlegen. Colton schien von meiner plötzlichen Offenheit überrascht.

»Vielleicht bekommt ihr das mit der Freundschaft irgendwann wieder hin«, sagte er. »Das Meer ist der beste Teil an einem Leben in Newfort, und ich finde, jeder hier sollte es hin und wieder besuchen.«

»Das glaube ich dir sofort«, sagte ich und lächelte.

»Sind wir uns gerade mal einig?«, fragte er.

Ich wandte mich vom Fenster zu Colton.

»Was muss ich eigentlich tun, um dich verstehen zu können? Vor ein paar Tagen warst du in der Schule noch unausstehlich, und zwischendurch bist du plötzlich so … normal«, sagte ich vorsichtig.

»Dasselbe könnte ich über dich sagen.«

»Wir sind uns also ähnlich. Und weiter?«

»Nichts weiter«, sagte Colton. »Lass uns wieder runterklettern. Ich wollte nicht wirklich, dass du mir mit dem Heu hilfst. Das war nur so dahergesagt, um dich aus der Reserve zu locken. Ich mache die Arbeit lieber ohne dein Geplapper.«

Colton ging zur Luke.

»Was immer du willst«, sagte ich sarkastisch.

»Die Leiter ist weg.« Er sah mich misstrauisch an. »Die verdammte Leiter ist weg! Wieso ist die Leiter weg, Cassidy?«

Ich hob die Hände. »Unsichtbarkeitszauber, was sonst! Woher soll ich das denn wissen? Ich war die ganze Zeit hier oben.«

Als ich auch zur Luke ging, sah ich, dass Colton recht hatte: Die Leiter war verschwunden.

Gott, da ging es ganz schön tief hinunter!

Ich trat zurück und schluckte schwer.

»Mist! Wir sitzen fest«, brauste Colton auf.

»Lorn und Theo werden es schon merken, wenn wir nicht mehr auftauchen«, sagte ich. »Sich aufzuregen bringt auch nichts.«

Colton rollte genervt mit den Augen.

»Ich habe auch keine Lust, hier oben mit dir festzusitzen«, fügte ich hinzu und verschränkte die Arme vor der Brust. »Aber es gibt weitaus Schlimmeres. Ist sich Ärger einzuhandeln nicht sowieso deine Lieblingssportart, weil du darin so gut bist?«

»Höre ich da etwa Eifersucht aus deiner Stimme?«, fragte Colton amüsiert. »Hast du dir schon mal vorgestellt, wie es wäre, wenn wir beide uns Ärger einhandeln? Wie viel Spaß das machen kann?«

»Geheime Fantasien hebe ich mir für Diego Boneta auf.«

»Keine Ahnung, wer das ist, aber du lügst.«

»Habe ich etwa deinen Stolz verletzt?«

Colton rührte sich nicht, er sah mich einfach nur an.

»Ich habe es schon mal gesagt: Ich will mich nicht mehr mit dir streiten«, sagte ich defensiv. »Und was willst du von mir, Colton? Heiß … kalt … kannst du dich vielleicht mal entscheiden?«

»Manchmal weiß ich selber nicht, was ich von dir will«, sagte er stoisch. Seine haselnussbraunen Augen lagen auf mir. Energisch. Wütend. Sehnsüchtig. Er hatte die Lippen leicht geöffnet, wie ein Zögern. Seine Brust hob und senkte sich schneller, als er scharf den Atem einsog. Mit einem Mal hatte sich eine so enorme Spannung zwischen uns aufgebaut, dass es mir vorkam, als würde ich von jetzt auf gleich ohne Sicherheitsnetz über ein Drahtseil balancieren müssen. Ein falscher Schritt und alles war vorbei. Mein Herz klopfte mir bis zum Hals. Ich wusste, was er als Nächstes sagen würde. Wusste, was er als Nächstes tun würde. Es war, als könnte ich ihm seine Gedanken so deutlich ansehen, wie ich das Knistern in der Luft zwischen uns spürte. »Und manchmal weiß ich es ganz genau.« Die Worte stolperten aus seinem Mund, ohne dass er erneut Atem holte. Eine winzige Sekunde lang stand eine unausgesprochene Frage zwischen uns, dünn wie ein Windhauch und genauso schnell wieder fort. Dann war er bei mir. Eine seiner Hände fand den Weg in mein offenes Haar, die andere drückte sich in meinen Rücken, sorgte dafür, dass sich der Abstand zwischen uns endgültig schloss. Colton presste seine Lippen auf meine, und ein Prickeln breitete sich in meinem ganzen Körper aus. Als ich nicht zurückwich, öffnete er leicht den Mund an meinem und küsste mich richtig. Er schmeckte nach Kaffee, den er wahrscheinlich zuvor getrunken hatte, und als sich sein warmer Atem mit meinem mischte, küsste ich ihn ohne jegliche Zurückhaltung zurück. Im ersten Herzschlag verschwamm alles um mich herum zu einem Wirbel aus Berührungen und Empfindungen. Es war, als habe man mich unter Wasser getaucht. Als sei ich umgeben von einem Film, der sich auf meine Augen und Ohren legte und mich vergessen ließ, was um mich herum geschah. Es gab nur ihn und mich. Colton löste seine Lippen von meinen, nur um mich gleich wieder zu küssen. Wilder, drängender. Ich krallte mich an seinem Shirt fest, und wir stolperten nach hinten, landeten in einem Heuhaufen. Ein brennendes Gefühl in meinem Inneren gewann die Oberhand, schlug Funken und kroch mir bis in die Zehenspitzen. Eine seiner Hände fuhr meine Taille entlang, und ich erschauderte, als seine Finger auf meine Haut trafen, genau an der Stelle, wo mein Top verrutscht war. Schwer atmend lösten wir uns voneinander, aber ich konnte ihn noch immer überall spüren. Sein Gewicht, das mich ins Heu drückte, sein schlagendes Herz unter meiner Hand, seine Wärme und sein Duft nach Salz und Meer. Ganz langsam strich er mir eine einzelne Haarsträhne aus dem Gesicht, während unsere Augen einander festhielten, und ließ seinen Daumen an der Kuhle meines Halses ruhen. Das Gefühl machte mich halb wahnsinnig.

Ich hätte ihn weitergeküsst. Stundenlang. Für immer.

Aber der Ruf von Lorn riss mich aus meiner Trance.

»Cassidy, bist du da oben?«

Colton rollte sich von mir herunter. Ich setzte mich auf, zog mein Top herunter und fuhr mir durch die Haare. Unsere Blicke trafen sich, und keiner wagte es, etwas zu sagen. Und in diesem Moment sah ich, dass Colton dasselbe dachte wie ich. Dass das hier seine Gefühle genauso durcheinandergebracht hatte wie meine. Dass unsere Küsse nicht nur Küsse gewesen waren, sondern mehr.

Und dass diese Erkenntnis schlichtweg beängstigend war.

»Das war ein Fehler«, sagte er.

Fehler. Fehler. Fehler.

Mein Verstand wiederholte das Wort wie ein Echo.

FEHLER.

»Die Leiter ist weg«, hörte ich Theo sagen. »Vielleicht ist sie umgefallen? Oh, tatsächlich – da vorne liegt sie. Komm wir stellen sie gemeinsam wieder auf.«

»Cassidy? Colton?«, rief Lorn unsicher.

Fehler. Ein riesengroßer Fehler.

»Wir sind hier oben«, sagte ich schwach.

Ich ließ mich zurück ins Heu sacken.

»Wir retten euch!«, sagte Theo.

Diese Rettung kam eindeutig zu spät.

# KAPITEL 18

»ICH WEISS GAR NICHT, wie das passieren konnte«, entschuldigte sich Theo zum wiederholten Male. »Wart ihr lange dort oben?«

Lang genug, dachte ich. »Schon okay«, sagte ich matt.

»Wie wäre es, wenn wir zur Widergutmachung einen der Trails entlangreiten?«, schlug er vor. »Auf dem gesamten Gelände rund um die Ranch gibt es verschiedene Abenteuer-Trails durch die Natur. Wir könnten zum Meer runter. Es lohnt sich, versprochen.«

Eigentlich wollte ich mich zusammenrollen und eine Runde in Selbstmitleid baden. Nachdem ich mich selber geohrfeigt hatte, verstand sich. Theo sah mich aus großen, freundlichen Augen an. Ich war doch wegen ihm hier. Ihm und Lorn. Zieh es durch, Cassidy. Später gab es noch genug Beste-Freundinnen-Zeit zum Jammern. Ich schluckte meine Gefühle herunter und atmete langsam durch die Nase aus. Gerade war ich nur noch aufgewühlt und hoffte, dass man mir nichts davon ansah. Mit dem Zeigefinger der linken Hand malte ich kaum merklich Grandma Helens Baum auf meine rechte Handfläche. Gefestigt wie ein Baum, der den Colton-Sturm überstehen würde. Was für ein Irrtum! Dass ich nicht lache! So küsste man niemanden, wenn man es hinterher bereute. Ich bereute, mich überhaupt darauf eingelassen zu haben. In meinem Magen war noch immer dieses Kribbeln von Coltons Küssen, das ich einfach nicht loswurde.

Mein ganzer Körper schwelgte in der Erinnerung, genoss sie regelrecht, während mein Verstand mich anschrie und wollte, dass ich wieder zur Besinnung kam. Ich fühlte mich furchtbar. Wie konnte man in der einen Sekunde lauter Schmetterlinge fühlen und in der nächsten so hart auf dem Boden der Tatsachen ankommen?

Es kostete mich überaus viel Kraft, mein inneres Gleichgewicht wiederzufinden. Lorn zuliebe, komm schon! Cassidy-Zen-Modus!

»Ich dachte, in einer Probestunde reitet man nicht?«

Lorn hatte die Frage gestellt. Besorgt sah sie mich an. Ich zwang mich zu einem Lächeln, aber sie schien zu bemerken, dass etwas nicht stimmte. Gut, dass niemand Gedanken lesen konnte.

Colton stand am Fuß der Leiter, eine Hand noch immer auf einer Sprosse, uns anderen den Rücken zugewandt. Ich wartete nur darauf, dass er sich umdrehte, um in seiner Miene abzulesen, was er dachte. Für ein paar quälende Herzschläge wünschte ich mir, er würde sich mir gegenüber nicht wieder so abweisend verhalten. Dass die Sache auf dem Heuboden etwas zwischen uns geändert hatte. Doch als Colton sich umdrehte und sich unsere Blicke trafen, war er ganz der Alte. Sein kühler Gesichtsausdruck ließ mich frösteln. Hatte ihm der Kuss gar nichts bedeutet? Sein Verhalten verletzte mich, aber das sollte er auf keinen Fall sehen. Mein blöder Stolz hinderte mich daran, ihn hier und jetzt zur Rede zu stellen, also streckte ich den Rücken durch und versuchte, gleichgültig zu wirken. Bis auf Lorn bekam niemand etwas von meinem inneren Kampf mit. Sie sah mich zum wiederholten Male unsicher an, als würde sie meinen Zwiespalt spüren.

»Die Pferde kennen die Trails in- und auswendig«, erklärte

Theo. »Sie wurden darauf trainiert, sie in einem gemütlichen Tempo abzugehen. Die Touristen stehen total drauf. Ihr müsst dafür auch nicht reiten können, sondern nur fest im Sattel sitzen.«

Lorn klinkte sich wieder in die Unterhaltung ein.

»Klingt echt toll«, sagte sie begeistert. »Reiten wir dann auch am Strand entlang? Das würde ich wahnsinnig gerne machen!«

»Ich bin für alles zu haben«, stimmte ich zu.

Ich wollte Lorn auf keinen Fall den Tag verderben.

Colton schnaufte, als wolle er sagen: Das weiß ich.

Gegen meinen Willen versetzte mir diese winzige Geste erneut einen Stich mitten ins Herz. Es war also passiert: Genau wie Mom war ich einem Typen verfallen, der mich nur hatte rumkriegen wollen, um sich selber etwas zu beweisen. Trotz allem, was ich gelernt hatte, war ich darauf reingefallen. Ich kam mir so dumm vor! Dumm und naiv. Ein Kloß bildete sich in meiner Kehle.

»Colton, bist du dabei?«, wollte Theo wissen.

Gegen meine Erwartung, dass Colton sofort ablehnen würde, sagte er: »Aber sicher. Ich könnte mir nichts Schöneres vorstellen.«

Ich war die Einzige, der die Ironie in seiner Stimme auffiel. Und sofort wurde ich wütend. Hatte er mich nicht genug verletzt? Musste er mir jetzt auch noch vor Augen führen, wie wenig ihm dieser Moment zwischen uns bedeutete? So ein Arsch!

Theo klatschte in die Hände. »Super. Dann mal los!«

Super … das war alles andere als super, aber den Gedanken sprach ich nicht aus. Ich war selber schuld, und jetzt musste ich die Suppe auch wieder auslöffeln. Colton wollte ein Spielchen spielen? Na gut. Ich würde ihn nicht gewinnen lassen.

Nachdem die Pferde gesattelt und gezäumt waren, waren wir zum Aufbruch bereit. Lorn durfte auf Elsa reiten, Theo nahm einen grauen Schimmel namens Filo, Colton schwang sich auf sein eigenes Pferd, einen schwarzen Rappen, dessen Name Bronn war, und ich bekam Asti. Theo wollte erst Einwände gegen den Vorschlag erheben, der von Colton kam, aber dann erinnerte Colton seinen Cousin freundlicherweise daran, dass ich ja angeblich reiten konnte. Ich brachte es nicht über mich, Colton ins Gesicht zu blicken und zuzugeben, dass ich gelogen hatte. Nicht nach unserem Intermezzo. Das Wort fand ich ziemlich treffend. Das Zwischenspiel meines Lebens, das ich aus meinem Gedächtnis streichen würde. Wie ein schlechtes Lied im Radio, das man sich anhörte, weil es sowieso nach wenigen Minuten vorbei war. Heuhaufen-Rumgemache aktivierte offenbar meine Vorliebe für Metaphern. Immerhin waren Metaphern besser als Melodramatik.

Aber, wo wir schon dabei waren …

Auf Astis Rücken zu steigen war schwerer als gedacht. Irgendwie schaffte ich es trotzdem, ohne dass ich dabei eine allzu dumme Figur machte. Colton und ich ritten an der Spitze, Lorn und Theo waren hinter uns. Immerhin hatte Theo nicht geflunkert, als er sagte, die Tiere würden die Trails wie im Schlaf ablaufen. Als ich erst mal im Sattel saß, musste ich zum Glück nicht mehr viel machen. Asti trabte in einem gemächlichen Gang zielstrebig auf einen Pfad zu, der von der Ranch führte. Vorbei an einer üppigen Blumenwiese, entlang eines verwitterten alten Zauns, der als Sicherheit den unebenen Weg von einem leichten Gefälle mit Felsen trennte.

Innerhalb von Minuten gewöhnte ich mich an den ungleichen Rhythmus des Pferdes und begann, mich zu entspannen. Die frische Luft tat gut und half dabei, ein wenig von den negativen Gefühlen abzubauen. Weil Colton kein Wort sagte, konnte ich seine Präsenz fast ignorieren. Schon bald kam das Meer in Sicht, und das Rauschen der Wellen wurde so laut, dass es meine Ohren betäubte.

Es war so leicht, die Augen zu schließen und sich für einen Augenblick von der friedlichen Stimmung einlullen zu lassen. Aber wie immer war der Moment nicht von Dauer. Coltons Gegenwart machte mir mehr zu schaffen, als ich mir eingestehen wollte. Immer wieder warf ich verstohlene Blicke zu ihm und merkte, wie ich deutlich gereizter wurde. Automatisch spannten sich meine Finger am Zügel an, und ich verkrampfte mich im Sattel. Ein Ruck ging durch Asti. Vielleicht spürte das Tier, dass etwas mit mir nicht stimmte? Mit einem Mal war die Stute extrem unruhig und stellte die Ohren auf. Hastig suchte ich den Weg vor uns ab, um herauszufinden, ob dort etwas ihren abrupten Gemütswechsel verursacht hatte, aber es war nichts zu sehen. Mit einem Mal bockte Asti erst leicht auf, schnaufte und – zack! – ging sie samt mir auf dem Rücken einfach durch. Erschrocken klammerte ich mich an den Zügeln fest und presste die Beine gegen ihre Flanken, als könne ich sie damit bremsen. Mein Herz hämmerte so fest gegen meine Rippen, dass ich befürchtete, es würde gleich herausspringen. In einem Affentempo bretterte Asti den Trail entlang, und ich verlor kurz die Orientierung, weil die Umgebung wie ein Farbenstrudel an mir vorbeiraste. Irgendwo rief jemand etwas. Panik ließ mich aufkeuchen. Im einer Sekunde donnerten Astis Hufe noch über festen Grund, dann waren wir am Sand des Strandes angelangt.

Das Pferd kam abrupt zum Stillstand, als habe es sämtliche Fluchtinstinkte mit einem Mal wieder vergessen. Die Vollbremsung überrumpelte mich. Ich flog aus dem Sattel, und mein Körper kollidierte unsanft mit dem Boden. Obwohl der Untergrund zum Großteil aus Sand bestand, kam ich in einem so unglücklichen Winkel mit Ellbogen und Rücken auf, dass ich stöhnend liegen blieb. Mir brummte der Schädel. Es fühlte sich an, als habe mich jemand bei einem Wrestling-Zweikampf voller Karacho niedergestreckt. Kurz tanzten Sterne durch mein Blickfeld. Ich versuchte erst gar nicht, wieder hochzukommen.

»CASSIDY!«

Hände legten sich an meine Wangen. Die kalte Berührung brachte mich zum Blinzeln. Ich hätte ja gerne behauptet, dass Colton wie ein edler Prinz sofort an meiner Seite war, aber es war Theo, der jetzt neben mir im Sand hockte und seiner Miene nach zu urteilen den Schock seines Lebens erlitten hatte. Erneut tätschelte er meine Wangen.

»Kannst du mich hören? Hey, Cassidy! Sieh mich an.«

Ich kniff die Augen zusammen. »Ich lebe noch. Alles gut.«

Aus irgendeinem Grund ließ Theo mein Gesicht nicht los. Vorsichtig strich er mir das Haar zurück und tastete meinen Kopf ab. Dann hielt er inne und beugte sich zu mir hinunter. Er sah mich direkt an. Gott, hatte der Junge dichte Wimpern. Nachdem er sich offenbar vergewissert hatte, dass es mir gut ging, half er mir, mich aufzusetzen. Beruhigend strich er mir mit der Hand über den Arm.

»Der Sturz sah übel aus«, flüsterte er mit erstickter Stimme. »Wäre dir was passiert, hätte ich mir das niemals verziehen.«

»Mich hat ja kein Laster überfahren, ich bin nur vom Pferd gefallen«, murmelte ich. Wieso war er so übertrieben besorgt?

»Was macht ihr da im Sand?«

Colton war gerade gemeinsam mit Lorn angekommen. Die beiden stiegen ab. Während Colton rasch auf uns zukam, blieb Lorn zögernd stehen und betrachtete die merkwürdige Szene. Ich im Sand, Theo noch immer über mich gebeugt, während er mich ansah.

»Gestrandete Meerjungfrau spielen, was sonst«, zischte ich und verzog gleich darauf das Gesicht. Gut zu wissen, dass meine Colton-Abwehr-Reflexe trotz der sich anbahnenden Kopfschmerzen, die mich aufstöhnen ließen, hervorragend funktionierten.

»Wie ist das passiert?«, fuhr Theo Colton an.

Lorn stand mit undeutbarer Miene einfach nur da.

»Asti ist durchgegangen, hast du doch gesehen«, sagte Colton.

»Das ist vorher noch nie passiert«, erwiderte Theo. »Du bist neben ihr geritten. Du warst für Cassidy verantwortlich.«

»Behauptest du gerade, das wäre meine Schuld?«

»Ganz genau!«, fuhr Theo seinen Cousin an.

Okay, was war denn jetzt verkehrt? Ein wütender Theo?

»Mir geht es gut«, sagte ich nachdrücklich.

»Vielleicht ist Cassidy doch keine so gute Reiterin, wie sie denkt«, sagte Colton und warf mir einen vielsagenden Blick zu.

Ich ließ mich von Theo wieder auf die Beine ziehen. Asti stand ein Stück weiter am Rand des Wassers und sah mich unschuldig an.

»Können wir einfach zurückreiten?«, bat ich.

241

»Bist du sicher, dass du wieder aufs Pferd willst?«, fragte Colton. »Wir wollen doch nicht, dass du noch mal stürzt.«

»Keine Sorge«, sagte ich schnippisch. »Mich wirft so schnell nichts aus der Bahn.« Schon gar nicht ein blöder Kerl wie du!

Ich klopfte mir den Sand von den Klamotten und würdigte Colton keines Blickes mehr. Mit wackligen Knien ging ich zu Lorn. Sie schwieg noch immer und hatte einen merkwürdigen Ausdruck im Gesicht, den ich bei ihr gar nicht kannte.

»Hey …«, setzte ich an, aber Lorn schüttelte den Kopf.

»Lass uns später reden«, unterbrach sie mich.

Ich musste mir den Kopf fester als gedacht gestoßen haben. Wie sonst sollte ich mir erklären, dass sich auf einmal alle um mich herum äußerst suspekt benahmen? Schweigen breitete sich aus.

»Vielleicht reitest du mit Lorn gemeinsam auf Elsa?«, dachte Theo laut nach. »Sie kann euch beide tragen. Dann nehme ich Asti an die Leine. Irgendetwas muss sie erschreckt haben, und da wir nicht wissen, was eben genau passiert ist … Colton hat nicht ganz unrecht. Wir sollten einen zweiten Unfall vermeiden.«

»Okay«, murmelte ich.

Theo gab mir Hilfestellung, damit ich mich hinter Lorn aufs Pferd setzen konnte, und ich schlang meine Arme um Lorns Taille. Theo ritt voraus, Asti am Zügel, Colton hinter uns, und unser Duo bildete die Mitte. Wind pfiff durch die umliegenden Gräser, und mit einem Mal fröstelte es mich. Ich hatte das Gefühl, Coltons Blick im Nacken zu spüren, wollte mich aber nicht umdrehen. Also klammerte ich mich Halt suchend enger an Lorn.

»Ist alles okay?«, wisperte ich an ihrem Ohr.

»Ich glaube, Theo steht auf dich.«

Lorn war schon immer sehr direkt gewesen, aber bei dieser Aussage wäre ich fast wirklich ein zweites Mal vom Pferd gefallen. Ich musste mich verhört haben! Sie seufzte leise.

»Theo steht auf dich«, wiederholte sie kaum hörbar.

Ihre Worte verloren sich ein wenig im Wind.

»Wie kommst du denn darauf?«, fragte ich.

»Als wir eben allein waren, hat er ständig nach dir gefragt«, sagte sie und senkte die Stimme. »Es war, als habe er sich Sorgen gemacht, weil du und Colton … und dann gerade eben am Strand … er hat dich angesehen, als würde er … schwer zu erklären.«

»Und deshalb bist du der Meinung, er würde auf mich stehen?«, fragte ich ungläubig. »Lorn – er hat sich nur Sorgen gemacht.«

Lorn seufzte ein zweites Mal. »Das macht alles Sinn«, murmelte sie. »Deshalb ist Colton sich so sicher, dass er diese blöde Wette gewinnt. Weil er das von Anfang an wusste, verstehst du?«

»Du bist paranoid«, flüsterte ich.

Dennoch nistete sich ein leiser Zweifel in meinen Hinterkopf ein. Hatte Lorn etwas beobachtet, das der Wahrheit entsprach?

»Was flüstert ihr denn da?«, fragte Colton. Er ließ Bronn neben Elsa herlaufen und sah uns beide misstrauisch an.

»Wir reden über belanglose Mädchensachen, was sonst?«, erwiderte ich. »Du bist unsere Aufmerksamkeit nämlich nicht wert. Warum reitest du nicht einfach weiter und lässt uns in Ruhe?«

»Ich warne dich, Cassidy«, sagte er energisch, als würde er genau wissen, dass wir kurz zuvor über etwas gesprochen hatten, was die Wette beeinflusst hatte. Natürlich wusste Colton nicht, dass ich Lorn alles haarklein erzählt hatte, und so sollte es bleiben.

Lorn mischte sich erst gar nicht ein – und darüber war ich froh.

Colton ignorierend richtete ich den Blick nach vorne.

Wir näherten uns der Ranch. Kaum waren wir auf dem Hof vor den Stallungen zurück, rutschte ich von Elsas Rücken und war froh, erst mal wieder festen Boden unter den Füßen zu haben. Colton war ebenfalls abgestiegen und tätschelte seinem Rappen den Hals. Rasch führte er Bronn in seine Box, als habe Colton es besonders eilig, vom Hof zu kommen. Um die Gelegenheit beim Schopf zu packen und für einen Moment mit ihm außerhalb der Hörweite von Lorn und Theo sprechen zu können, stapfte ich ihm kurz entschlossen hinterher. Ich warf einen Blick über meine Schulter, um mich zu vergewissern, dass Lorn und Theo uns nicht sofort nachkamen.

»Hey, Colton!«

»Schrei nicht so laut, das arme Tier.«

Er trat aus Bronns Box. Erst als er sie geschlossen hatte, wandte er sich mir mit feixendem Gesichtsausdruck zu. »Du hältst es ja nicht sonderlich lange ohne mich aus, stimmt's? Was ist an ›es war ein Fehler‹ so schwer zu verstehen?«, fragte er abweisend.

»Der einzige Fehler ist, dass ich dir wegen der Wette so leicht Glauben geschenkt habe, ohne einige Dinge zu hinterfragen!«

Eisern richtete ich den Blick auf ihn.

»Du hast damals gesagt, Lorn hätte keine Chance bei Theo.«

»Und?«

»Wieso warst du dir da so sicher?«

»Das verrate ich dir nicht.«

Ich funkelte ihn böse an. »Mag er jemand anderen?«

»Warum sollte ich dir das erzählen?«

»Wenn es so ist, dann ist die Wette ungültig!«

»Dabei läuft sie doch längst«, sagte er anmaßend.

»Du machst mich irre!«, rief ich wütend. »Ist dir Ehre echt so ein Fremdwort? Kannst du mir nicht mal ehrlich antworten!«

»Das habe ich heute getan«, sagte er.

Ich war mir sicher, dass er damit nicht die Wette meinte.

Aber es war ein Fehler, seine Worte zumindest waren es. Ich schluckte schwer.

»Du tust mir leid«, sagte ich mit zittriger Stimme. »Sobald irgendwas Gutes passiert, verfällst du in deine alten Muster!«

»Meinst du mit ›etwas Gutes‹ etwa dich?«

Ich biss mir auf die Unterlippe.

»Ich nehme an, ihr bleibt nicht zum Essen?«, feixte er.

»Steck dir dein Essen sonst wohin, Colton!«, fauchte ich. »Und noch was: Du bist ein furchtbar schlechter Küsser!«

Colton schenkte mir ein spöttisches Lächeln. »Sicher.«

Mit hitzigem Kopf verließ ich den Stall. Ich hatte gar nicht gemerkt, wie ich die Hände zu Fäusten geballt hatte. Gott, was war nur an dem Kerl, das meine Nervenenden dermaßen reizte?

Theo und Lorn standen noch immer draußen, nahe dem Gatter einer Koppel, auf die sie offenbar die anderen Pferde geführt hatten. Die Sattel und das Zaumzeug hingen über dem Holzgatter. Elsa graste in der Nähe des Zauns, während Asti und Filo ein Stück entfernt nebeneinander standen, als müssten sie erst einmal die Köpfe zusammenstecken und sich ordentlich über uns Menschen auslassen. Ich half Lorn und Theo, die Sattel und Zaumzeuge in die geräumige Kammer des Stalls zu tragen, in der sie aufbewahrt wurden. Colton war verschwunden, worüber ich heilfroh war. Die Stimmung war ohne ihn schon merkwürdig genug. Lorn sah immer wieder verhalten zu Theo, und Theo warf mir lauter fragende Blicke zu. Es war kaum auszuhalten!

»Okay, was geht hier vor sich?«, fragte er schließlich.

»Ich weiß nicht, was du meinst«, log ich.

»Lorn und du seht aus, als würde gleich die Welt untergehen.«

»Mädchenprobleme«, sagte ich spontan.

Theo verzog das Gesicht. »Ihr beide?«

»Das war ein Scherz. Colton hat uns die Laune versaut.«

Schuld auf andere zu schieben war immer eine Option, richtig?

»Ich weiß ja, dass Colton und du euch nicht so gut versteht, Cassidy, aber … kann mich mal jemand aufklären?«, fragte Theo. Seine Miene war argwöhnisch. »Ist auf dem Heuboden was passiert?«

Lorn warf mir einen Blick zu, der etwa sagte: Siehst du!

»Wir haben uns geküsst«, sagte ich geradeheraus.

»Was?«, fragte Theo entgeistert.

Na ja, dieselbe Reaktion zeigte auch Lorn, die davon auch noch nichts wusste. Ein Indiz war sein Gesichtsausdruck also nicht.

»Das ist einfach so passiert.«

Theo bekam den Mund gar nicht mehr zu. »Einfach passiert?«

»Es war nichts.« Ich schluckte. »Ein Fehler.« Nach einem tiefen Atemzug fuhr ich fort. »Hin und wieder küsst man eben Leute.«

»Aber ausgerechnet Colton?«, fragte Theo ungläubig.

»Sag mal Theo, kann es sein, dass ...« Ehe ich die Frage stellen konnte, rannte Lorn wie vom Blitz getroffen los. Schwups – war sie weg. Mist! »Danke, für den Ausflug und alles. Wir sehen uns.«

»Was zur Hölle?«, stieß Theo aus, als ich Lorn, ohne groß rumzufackeln, nachlief. »Lorn! Cassidy! Hey! Kommt zurück!«

Nachdem ich den ganzen Weg vom Stall bis zum Auto im Eiltempo zurückgelegt hatte, bekam ich Seitenstiche. Lorn war nicht hier. Wo war sie denn hin? Sie würde doch nicht zu Fuß ...? Stur genug war sie allemal. Ich blickte mich um. Ans Meer vielleicht? Mit diesem Ziel vor Augen ging ich weiter, bis meine Beine mich dem Sandstrand immer näher brachten. Hier gab es unzählige Richtungen, die man anpeilen konnte und noch mehr Möglichkeiten runter ans Wasser zu gelangen. Ich schlug einen kleinen Trampelpfad ein, der mich vorbei an kantigen, moosbewachsenen Felsen zu einer Treppe brachte, deren Stufen steil hinabgingen. Der erdige Boden unter mir wich Holzplanken, die durch Dünen voller Sand und Gräser führten – und dann lag das Meer direkt vor mir. Schäumende Wellen, blauer Himmel und rauschende Windböen. Dieses Mal schien es nicht so friedlich wie eben, vielmehr aufgebracht wie ein Spiegel der negativen Gefühle, die ich eben hier zurückgelassen hatte.

Ein paar Minuten später fand ich Lorn. Sie saß im Sand und blickte aufs Wasser hinaus. Ihr Haar hing ihr wie ein Schleier vor dem Gesicht. Ich hätte schwören können, dass ich Lorn leise hatte schniefen hören, als ich bei ihr war, aber als sie mich anblickte, glitzerte keine Tränenspur auf ihren Wangen.

»Tut mir leid, dass ich einfach weg bin«, sagte sie. »Mir ist irgendwie eine Sicherung durchgebrannt. Ich wollte nicht mitansehen, wie Theo dir jeden Moment seine Liebe gesteht oder so.«

»Lorn, ich wollte ihn nur danach fragen, ob er …«

»In dich verknallt ist?«, unterbrach sie mich grob.

»Ja«, gab ich zu. »Um dieses Missverständnis aufzuklären.«

»Hast du mal daran gedacht, wie ich mich fühle?«, fragte Lorn zornig. »Ich war mit deinem Plan einverstanden, aber deshalb kannst du doch nicht alle Entscheidungen für mich treffen! Vielleicht will ich es gar nicht wissen, vielleicht will ich…«

»Natürlich willst du es wissen!«

»Da, du tust es schon wieder! Immer musst du die Kontrolle über alles haben«, sagte Lorn mitgenommen. »Das ist unfair!«

»Unfair? Ich wollte dir nur helfen.«

»Das weiß ich doch«, murmelte sie. »Aber … für mich ist das alles Neuland. Jemanden zu mögen, meine Gefühle zu zeigen, und da möchte ich nicht … ich will selbst entscheiden. Sogar die kleinen Dinge. Entscheide so was nicht über meinen Kopf hinweg.«

Ich setzte mich neben Lorn in den Sand. »Okay.«

Lorn schnitt eine Grimasse. »Du hast echt Colton geküsst?«

»O Gott«, stöhnte ich und vergrub das Gesicht in den Händen. »Ja! Und nicht nur einmal. Küsse, Mehrzahl! Viele Küsse!«

»Gut, dass ich die Leiter umgeworfen habe.«

»Du warst das?« Ich starrte Lorn an.

»Ja, ich dachte mir, dann könnt ihr euch da oben ein bisschen besser kennenlernen, ohne dass euch jemand stört«, antwortete sie und wirkte dabei ein wenig geknickt.

»Du bist echt unverbesserlich, Lorn«, murmelte ich. »Wir sind doch in ganz anderer Mission hier unterwegs …«

Lorn seufzte. »Ich würde ja sagen: Gern geschehen, weil ihr euch so nähergekommen seid, aber die Sache ist nicht besonders gut ausgegangen, oder? Du hast eben ziemlich verletzt ausgesehen und danach einfach nur noch wütend.«

»Du kennst mich viel zu gut«, murmelte ich benommen.

»Küsst Colton Bad Boy Daniels etwa so schlecht, dass keine Hoffnung mehr besteht?«, fragte Lorn in dem Versuch, dem Thema eine humorvolle Note zu geben. Leider klappte das nur wenig.

»Es war ein Fehler. Das hat er danach gesagt.«

»Autsch! Das muss echt wehgetan haben ...«

»Allein die Tatsache, dass es mich verletzt, bereitet mir Kopfschmerzen«, sagte ich. »Ich habe völlig verdrängt, wie beschissen es sich anfühlt, wenn andere auf deinem Herzen herumtrampeln. Und am schlimmsten ist, dass ich es zugelassen habe.«

»Feel your feelings fool«, zitierte Lorn den Albumtitel von *The Regrettes*, einer Band, die wir erst vor Kurzem entdeckt hatten und deren Musik wohl jedem irgendwie aus der Seele sprach.

»Für heute habe ich genug gefühlt«, nuschelte ich.

»Ich auch«, sagte Lorn.

Für eine Weile sahen wir einfach nur aufs Meer, beobachteten, wie die Wellen immer wieder zum verlassenen Strand flossen, nur um sich wieder zurückzuziehen. Mit Menschen war es genauso. Man machte viele Schritte nach vorne und genauso viele wieder zurück.

»Was machen wir jetzt?«, fragte Lorn irgendwann.

»Zum Auto schleichen, hoffen, dass uns niemand sieht, dann nach Hause fahren und mindestens zehn Pfund Schokolade essen.«

Lorn lehnte ihren Kopf an meine Schulter. »Abgemacht.«

Eine Weile blieben wir trotzdem noch sitzen und genossen einfach nur die Einsamkeit. Außer uns war niemand mehr an diesem Teil des Strands unterwegs, und ich war froh darüber, diesen Moment mit Lorn allein teilen zu können. Was würde ich nur ohne meine beste Freundin tun?

# KAPITEL 19

BEIM ABENDESSEN quetschte Mom mich über meinen Tag aus. Sie hatte nach der Arbeit etwas zu essen mitgebracht, und mein Bruder und ich stürzten uns hungrig darauf. Moms Job als Zimmermädchen in einem großen Hotel hatte den großen Vorteil, dass sie als Mitarbeiterin manchmal wahre Köstlichkeiten mitgehen lassen konnte. Sie war gut mit der Köchin des Hotels befreundet, und nach Feierabend hob diese manchmal etwas für uns auf, wenn sich die Gelegenheit bot. Das war zwar eigentlich gegen die Regeln des Hotels, aber es wäre absolute Verschwendung gewesen, das Essen wegzuschmeißen – da waren wir uns alle einig. Heute waren von einer Hochzeit jede Menge chinesische Gerichte übriggeblieben. Garnelen, gefüllte Klößchen, Bratnudeln mit Erdnüssen und Mangopudding. Es gab eben Leute, die feierten ihren besonderen Tag mit einem Fünf-Gänge-Menü und andere, die ganz simple Wünsche hatten – zu unserem Glück.

»Reiten war eine größere Herausforderung als gedacht«, murmelte ich zwischen zwei Bissen Nudeln. »Ich glaube, Camerons Tag war viel spannender als meiner, oder, Bruderherz?«

Cameron warf mir einen giftigen Blick zu. Als ich eben zu ihm ins Zimmer gehen wollte, um erneut das Gespräch mit ihm zu suchen, war seine Tür verschlossen gewesen. Er hatte sie schließlich einen Spaltbreit geöffnet, um mir zu sagen, dass er beschäftigt sei und ich ihn in Ruhe lassen sollte. Bevor er die Tür zugeknallt hatte, konnte ich einen Blick auf irgendetwas Großes erhaschen, das mit einem weißen Tuch verhangen war. Mysteriös! Bisher hatte ich nichts aus ihm herausbekommen. Als er eben ins Bad wollte, hatte ich ihn abgefangen und gefragt, was er in letzter Zeit so trieb, aber er hatte mich ignoriert.

»Was hast du denn gemacht?«, fragte Mom interessiert.

»Wir wissen von dem Anruf des Anwalts«, sagte Cameron.

Gute Ablenkungstaktik, das musste man ihm lassen. Ich selber hatte bei all dem Trubel wegen Colton den Anruf ganz vergessen.

»Wovon sprichst du, Schatz?« Mom tat ganz überrascht.

»Wieso ruft ein Anwalt hier an?«, half ich Cameron aus. »Rausreden bringt übrigens nichts. Wir wissen, dass etwas im Busch ist. Du bist trotz deiner Trennung total fröhlich und …«, ich zögerte. Ich konnte Mom ja kaum ihr übliches Benehmen um die Ohren knallen. »… und wirkst so gefasst und ausgeglichen.«

»Das war nur ein alter Bekannter«, wehrte Mom knapp ab.

Argwöhnisch hob ich eine Augenbraue. Normalerweise konnte sie es kaum abwarten, uns von ihren neuen Typen zu erzählen. Dann griff ich eben zu einem Trick, der bei Mom immer funktionierte: Gleichgültigkeit. Sie konnte Geheimnisse nie lange für sich behalten, wenn sie bei dem ach so sagenhaften Mysterium nicht die Oberhand behielt und alle ein wenig mit Überlegenheit quälen konnte. Ich setzte eine gelangweilte Miene auf und nickte.

»Na gut. Hast wohl recht, es gibt Aufregenderes.«

Und dann schwieg ich und schob mir eine Garnele in den Mund.

Cameron sah misstrauisch zwischen Mom und mir hin und her.

Drei. Zwei. Eins. Uuuuuuund – Action!

»Sein Name ist Arnold!«, platzte es aus Mom heraus.

Arnold der Anwalt. Klang schon mal netter als Dick.

»Wann werdet ihr heiraten?«, fragte ich resigniert.

»So ist das gar nicht!«, protestierte Mom.

»Euch zum Schäferstündchen treffen?«

»Cass! Was ist das überhaupt für ein Wort!«

»Wäre dir Stelldichein lieber? Oder Liaison?«

»Jetzt reicht es aber!« Mom schlug mit der Hand auf den Tisch, sodass die Wassergläser vibrierten. »Er ist Anwalt und hat mich wegen Grandma Helen kontaktiert. Und nebenbei bemerkt ist er schon weit über fünfzig und überhaupt nicht mein Typ!«

Ach, und wie konnte sie das wissen? Hatte sie ihn schon mal getroffen oder einfach im Internet gestalkt oder was? Dann sickerten ihre Worte erst so richtig in mein Hirn. Ich verschluckte mich beim Kauen und hustete so heftig, dass Cameron aufstand, um mir auf den Rücken zu klopfen. Hastig trank ich ein paar Schluck Wasser und rang keuchend nach Atem.

»Grandma Helen ist seit Jahren tot. Was … wieso …?«

»Es geht natürlich um ihr Erbe!«, sagte Mom.

»Ihr … Erbe …?«, presste ich hervor.

Ich war mehr als nur verwirrt. Was für ein Erbe sollte das sein? Nach ihrem Tod erfuhren wir damals, dass auf ihrem Haus jede Menge Schulden waren, und das meiste von ihrem Besitz sowie Haus und Grundstück wurden von der Bank zwangsversteigert. Ein Testament hatte es auch nicht gegeben, da Grandma Helen nicht wirklich etwas besaß, das hätte vererbt werden können. Mom wusste das. Welcher Illusion gab sie sich da bitte hin?

253

Ich brachte kein Wort mehr über die Lippen.

»Was für ein Erbe?«, fragte jetzt auch Cameron irritiert. Genau wie ich wusste er über die damaligen Umstände Bescheid.

»Es muss irgendwas von ihr gefunden worden sein!«, sagte Mom sichtlich genervt. »Der Anwalt hat mir am Telefon erzählt, dass ihr altes Haus von den derzeitigen Besitzern renoviert worden ist und man dabei unter einer alten Diele einen versiegelten Brief gefunden hat. Da ich Helens einzige Tochter bin, wurde ich kontaktiert. Dieser Brief gehört rechtmäßig mir, also …«

»Deshalb bist du so gut drauf?«, fragte ich.

»Stellt euch vor, was wäre, wenn es Wertpapiere sind! Das würde so vieles für uns ändern«, sagte Mom euphorisch.

»Grandma Helen und du habt vor ihrem Tod kaum ein Wort gewechselt«, sagte ich kühl. »Wie kannst du dich da so freuen?«

»So war ihr Tod zumindest noch für etwas gut, Cassidy.«

Ich schoss von meinem Stuhl auf und warf meine Gabel hin. »Ich kann nicht fassen, dass du das gerade laut gesagt hast!«, entfuhr es mir geschockt. »Ich habe dich ewig angebettelt, sie besuchen zu dürfen, und du hast es mir verboten, weil du zu stolz warst, euren Streit beizulegen. Wenn sie sich nicht durchgesetzt hätte, hätten Cameron und ich sie nie wiedergesehen. Du bist echt unglaublich! Was auch immer in diesem Brief steht, ich hoffe, du wirst darin mit keinem Sterbenswörtchen erwähnt, Mom!«

»Ich bin unglaublich?«, fragte Mom entgeistert. »Dein Benehmen mir gegenüber ist unglaublich respektlos. Ich bin deine Mutter, Cassidy! Ich habe mein Leben lang für dich und Cameron gesorgt, denkst du nicht, da verdiene ich endlich mal etwas Glück?«

»Dein Leben lang?«, schrie ich sie an. »Da haben wir aber völlig unterschiedliche Vorstellungen, was es bedeutet, für jemanden da zu sein! Du lässt uns ständig im Stich, Mom! Merkst du überhaupt, was hier vor sich geht? All die unbezahlten Rechnungen? Der leere Kühlschrank? Neue Kerle, die du am Fließband anschleppst? Du hast gar nichts im Griff!«

»Ich gebe zu, wir hatten es nicht immer leicht«, sagte sie ausweichend. »Aber, wir sind doch eine Familie und ...«

»Nichts und!«, unterbrach ich sie. »Ständig versuchst du, die große Liebe zu finden, suchst irgendwo nach Anerkennung und Wertschätzung, dabei hast du zwei Kinder, denen du etwas bedeutest, aber das ist dir egal. Wenn hier jemand etwas Glück verdient hat, dann sind das Cameron und ich. Und das hat nichts mit Geld zu tun!«

»Cassidy«, sagte Mom schwach.

»Sie hat recht.« Wir drehten die Köpfe zu Cameron. »Was sie sagt stimmt, Mom. Das geht schon ewig so. Aber, wisst ihr was? Euer blödes Gestreite bringt auch nichts! Ständig schreit ihr euch an, aber es ändert sich nie was. Ich gehe ins Bett.«

Ich sah meinem Bruder mit offenem Mund nach, als er die Küche verließ. Er hatte sich noch nie zuvor in eine Auseinandersetzung zwischen Mom und mir eingemischt. Bisher hatte ich noch nicht einmal geahnt, dass Cameron überhaupt mitbekam, wie oft Mom und ich aneinandergerieten.

»Gute Nacht«, sagte ich energisch und folgte ihm.

Mom blieb sitzen und ließ uns beide einfach gehen.

Als ich in mein Zimmer wollte, hörte ich ein leises Zischen und drehte mich um. Camerons Tür war offen. Er stand im Türrahmen und winkte mich heran. Der Raum, den er sein Eigen nannte, war nicht viel größer als meiner. Die Tapete war in einem neutralen Grau gehalten, worum ich ihn beneidete, und er hatte zwei Fenster statt nur einem. Es war schon einige Zeit her, dass ich zuletzt sein Zimmer betreten hatte. Cameron und ich waren schon lange nicht mehr die Art von Geschwistern, die gemeinsam Filmeabende veranstalteten oder regelmäßig Neuigkeiten austauschten. In unserer kleinen Wohnung waren wir beide froh, einen eigenen Rückzugsort zu haben, was wohl erklärte, wieso wir uns immer nur in der Küche oder dem Wohnzimmer begegneten. Neugierig sah ich mich um. Cameron war ordentlicher, als ich es jemals sein würde. Sein Schreibtisch war bis auf eine Leselampe und einen alten Laptop leer, das Bett akribisch gemacht und sämtliche seiner Habe im Einbauschrank neben der Tür verstaut. Mein Blick fiel sofort auf die Kiste, die in der Mitte des Zimmers auf einem Stuhl stand und deren Inhalt mit dem weißen Tuch abgedeckt war, das mir bereits aufgefallen war. Camerons und meine Blicke trafen aufeinander.

»Es tut mir leid wegen neulich«, sagte er und sah mich traurig an. »Ich war an diesem Tag schlecht gelaunt und hätte dich nicht so angehen sollen. Ich will nicht, dass wir uns auch noch streiten. Du hast eben genauso dein Leben und deine Geheimnisse.«

»Cameron, ich …« Etwas sprachlos sah ich ihn an.

»Ich will dir was zeigen. Also …«, er zog das weiße Tuch herunter, das etwas verdeckt hatte. »… das ist *mein* Geheimnis.«

Zum Vorschein kam eine detaillierte Gerätschaft, die aus Drähten und Metallplatten bestand. Das Teil sah aus wie ein Haufen Weltraumschrott, eine Ansammlung von technischen Teilen, Schläuchen, Kabeln und einem Haufen anderem Kram.

»Was ist das?«, fragte ich erstaunt.

»Eine Art Roboter«, antwortete Cameron. »Ich weiß, du

denkst, ich hocke den ganzen Tag nur in meinem Zimmer und zocke irgendwelche Games im Netz, aber … daran habe ich eine Weile gearbeitet, und er ist noch nicht ganz fertig. Ich habe mir Tipps von ein paar Leuten online geholt, und da gibt es einen Professor am College, der kostenlose Nachhilfe in Naturwissenschaften anbietet. Also bin ich hin und habe ihn gefragt, ob er mir bei einigen Sachen hilft. Es wird noch etwas dauern, bis mein Roboter funktioniert.«

Cameron strahlte regelrecht, als er erzählte.

»Es gibt so ein Sommercamp für Robotics in Atlanta. Sie veranstalten jedes Jahr einen Wettbewerb, und die Leute, die es unter die ersten zehn Gewinner schaffen, dürfen umsonst hin.«

»Das klingt wirklich toll«, sagte ich. »Diesen Sommer?«

Er nickte. »Es geht über die kompletten Sommerferien.«

»Ich wusste nicht mal, dass du dich für so was interessierst.«

»Ich bin schon seit mehreren Wochen mit dem Bau des Roboters beschäftigt«, murmelte Cameron. »In der Schule hing ein Flyer für das Robotics Sommercamp. Ich will es unbedingt versuchen!«

»Wo hast du denn all das Zeug her?«

»Das meiste ist vom Schrottplatz. Du kannst dir nicht vorstellen, was die Leute alles Brauchbares entsorgen. Ein paar Sachen habe ich vom Technik-Club der Schule«, sagte mein Bruder.

»Technik-Club? Es ist echt lange her, dass wir geredet haben.«

»Ich bin dort gleich an meinem ersten Schultag beigetreten.«

»Ein Sommer in Atlanta klingt so toll!«, sagte ich.

Bei dem Stadtnamen klingelte irgendetwas in meinem Hinterkopf.

Atlanta, Atlanta … mhh … mir wollte partout nicht einfallen, was ich damit verband. Nachdenklich verzog ich das Gesicht.

»Atlanta ist schön weit weg von Mom«, murmelte Cameron. Er betrachtete seinen Roboter und strich nachdenklich mit einer Hand darüber. »Wir sind alle total verkorkst, oder?«

»Ein bisschen«, murmelte ich.

»Glaubst du, Grandma Helen hat uns echt was hinterlassen?«

»Solange sie nicht ein Geheimversteck voller Goldbarren hatte, bezweifle ich das«, antwortete ich. »Grandma hat sich damals manchmal kaum selber über Wasser halten können. Sie hatte ein großes Herz und hätte uns davon erzählt, das weiß ich.«

»Manchmal macht es mich traurig, dass ich sie nicht besser kannte«, sagte Cameron. »Ich bin übrigens echt stolz auf dich, dass du Mom die Meinung sagst. Ich könnte das niemals tun.«

»Das hast du doch eben«, sagte ich sanft. »Außerdem muss eine ältere Schwester schließlich zu etwas gut sein, oder?«

»Ich wünsche mir manchmal, dass Dad noch hier wäre …«

»Du vermisst ihn ganz schön, was?«, fragte ich leise.

Ich wusste, dass Brian hin und wieder Kontakt zu Cameron aufnahm, und jedes Jahr schickte er meinem Bruder zum Geburtstag eine Postkarte. Brian hatte Cameron nie komplett aufgegeben, aber er bemühte sich auch nicht gerade um seinen Sohn. Seit der Trennung von Mom lebte Brian Tausende Meilen entfernt in … Moment! Jetzt fiel der Groschen! Brian lebte in Atlanta!

Ich betrachtete Cameron nachdenklich. Ein Zufall?

»Sehr«, flüsterte Cameron. »Er schickt mir manchmal Mails mit Fotos. Auf denen sieht er so … glücklich aus. Ganz ohne mich. Das macht mich traurig, und trotzdem stelle ich mir vor, wie er zurückkommt und mich einfach mitnimmt. Weit weg von hier. Ich weiß, das ist unrealistisch. Er hat ja ein neues Leben.«

Cameron setzte sich auf sein Bett und ließ den Kopf hängen. Als ich neben ihm Platz nahm, knarrte die Matratze unter unserem Gewicht. Behutsam legte ich ihm eine Hand auf den Arm.

»Möchtest du wegen Brian nach Atlanta?«, fragte ich sanft.

Cameron wirkte kurz überrascht, dass ich den Ort offenbar so schnell mit seinem Dad in Verbindung gebracht hatte. »Nein ... das Robotics Camp ist wirklich ein Traum für mich!«, sagte er prompt. Dann etwas zögerlicher. »Fändest du es schlimm, wenn ich ... also ein wenig darüber nachgedacht habe ich schon. Aber er hat mich im Stich gelassen, und ich weiß auch nicht ... ich habe Angst.«

»Du musst die Entscheidung nicht sofort treffen«, sagte ich einfühlsam. »Und ich finde den Gedanken gar nicht schlimm. Wenn ich wüsste, wo mein Dad wäre, würde ich ihn auch besuchen.«

»Danke, Cassidy«, murmelte mein Bruder leise.

»Ich würde dich niemals im Stich lassen«, versicherte ich ihm. »Vielleicht bin ich wirklich egoistisch und impulsiv, aber du bist mein Bruder, und daran wird sich niemals etwas ändern. Wenn du mich brauchst, egal wann, dann bin ich für dich da.«

Cameron legte seine Hand auf meine und drückte sie.

»Ich finde es mutig, was du tust«, sagte er. »Geld verdienen, für dich einstehen. Ich weiß, dass du heimlich unsere Haushaltskasse aufstockst, einkaufen gehst und andere Dinge machst. Und ich weiß, dass du das nicht nur für dich machst.«

Ich lächelte matt. »Gott, wie sentimental wir sind.«

»Können wir uns versprechen, dass wir niemals so wie Mom werden und uns gegenseitig im Stich lassen?«, fragte Cameron. »Und dass wir niemals Geheimnisse voreinander haben werden, okay?«

Cameron hielt mir den kleinen Finger für einen Schwur hin.

»Einverstanden«, stimmte ich zu und hakte meinen Finger ein. Wir schüttelten Hände und lösten den Schwur wieder auf.

»Gut, jetzt wo das aus dem Weg ist und wir ehrlich sind: Cassidy, du muffelst ziemlich nach Pferden und Heu und Mist.«

»Was?«, stieß ich empört aus.

Cameron zuckte mit den Schultern. »Geh duschen.«

»Dafür könntest du mal einen vernünftigen Haarschnitt vertragen«, sagte ich und streckte ihm die Zunge heraus.

»Und du könntest deine Kriegsbemalung weglassen.«

»Du meinst den Kajal?«

»Das ganze Schwarz. Black Widow ist nichts gegen dich.«

»Vielleicht kommt mein Dad ja aus Transsilvanien, und ich stamme von einer Linie düsterer Vampirfürsten ab«, scherzte ich.

»Ist es schwer, nicht zu wissen, wer er ist?«

»Das ist anders als bei dir«, sagte ich ehrlich. »Wie kann man jemanden vermissen, den man nie kennengelernt hat? Was mich traurig macht, ist die Tatsache, dass wir beide nie die Chance hatten, einander einen Platz in unseren Leben einzuräumen. Ich stelle mir öfter vor, dass das Leben wie ein großer Kinosaal ist. Leute kommen und gehen. Sie genießen die Vorstellung, sie nehmen daran teil, und manche verlassen nach wenigen Minuten den Raum. Und in jedem Kinosaal gibt es eine Reihe Plätze, die reserviert sind. Für die Familie, für

Freunde … und manche dieser besonderen Plätze bleiben leer oder hinterlassen eine große Leere, wenn diese Menschen aufstehen und gehen. Dann macht der Film nur noch halb so viel Spaß. Aber er läuft einfach weiter.«

»Solange es Popcorn gibt, lässt sich das aushalten.«

»Unsere Liebe zu Popcorn, der ultimative Beweis, dass wir verwandt sind«, sagte ich amüsiert. »Sollen wir welches machen?«

»Am besten einen ganzen Eimer voll«, sagte Cameron.

Ein Gefühl von Zufriedenheit legte sich über mich. Der Moment war ein wenig wie eine Zeile aus einem meiner Lieblingssongs von Pink Floyd: Ashes and diamonds, foe and friend, we are all equal in the end. Wenn man sich die Zeit für andere nahm, merkte man, dass sie sich gar nicht so sehr von einem selbst unterschieden.

Erstaunlicherweise galt das auch für Geschwister.

# KAPITEL 20

»DU SIEHST ZIEMLICH müde aus«, bemerkte Lorn.

»Ich war die halbe Nacht wach und habe mit Cameron gequatscht«, sagte ich und erzählte ihr daraufhin von der filmreifen Reunion der Caster Geschwister. Lorn fiel aus allen Wolken.

»Dann ist dein Bruder also doch kein Freak!«

»Vielleicht solltest du das auch mal bei deinen Geschwistern versuchen«, schlug ich vor. »Gefühle, reden, die ganze Palette.«

»Kommunikation, urks«, sagte Lorn gespielt angewidert.

»Okay, da vorne ist Theo«, sagte ich.

Wir blieben im Schulflur stehen. Die große Lunchpause war gerade vorbei, und wir wollten Theo an seinem Spind abpassen. Ein kleiner Flirt mit dem Typen, der im Sekretariat aushalf, und schon hatte ich die Info, wo Theos Spind lag, organisiert. Lorn und ich hatten die letzten zwanzig Minuten in unmittelbarer Nähe gewartet und statt etwas Vernünftigem Unmengen an Schokoriegeln gefuttert. Der Zucker half immerhin gegen Lorns Nervosität.

»Bereit?«, fragte ich.

Sie nickte.

Gemeinsam gingen wir zu Theo hinüber. Er gab gerade seinen Zahlencode in das Schloss des Spinds ein. Der Flur füllte sich inzwischen mit Leuten, und Lorn musste ihre Worte ein zweites Mal wiederholen und die Stimme heben, damit Theo auf uns aufmerksam wurde.

»Hi, Theo!«, sagte Lorn laut. »Wir wollten uns bei dir wegen unseres Abgangs gestern Nachmittag entschuldigen. Es tut mir sehr leid, dass ich einfach gegangen bin. Mir war plötzlich furchtbar schlecht, und ich wollte nur noch nach Hause. Ich hätte dir texten können, aber ... entschuldige. Es ist wirklich nicht meine Art, einfach zu gehen. Der Tag gestern war echt schön, und ich hoffe, wir können es wiedergutmachen. Hier, bitte.«

Lorn holte eine Tüte Kekse aus ihrem Rucksack. Sie waren rund, mit Schokoladenüberzug, und wir hatten heute Morgen vor der Schule mit Lebensmittelfarbe verschiedene Sachen darauf geschrieben.

Theo sagte erst mal nichts, nahm aber die Kekse.

»Sorry für die *Quicksilver* Nummer«, las er vor. Theo drehte die Tüte und schmunzelte. »Obwohl ich schnell laufe, würde ich dich nie bei einer Zombie-Apokalypse zurücklassen. Hast du die selbst gemacht?«

»Wenn du damit meinst, dass ich mir die schlechten Sprüche aus meinem schlechten Gewissen gesogen habe, dann ja«, sagte Lorn.

»Mir tut es auch leid. Komische Abgänge sind eine schlechte Angewohnheit von mir«, meinte ich. »Aber du weißt ja, wie das mit schlechten Angewohnheiten ist: Man wird sie schlecht los.«

»Was macht ihr, wenn ich sauer auf euch bin?«, fragte er.

»Dir einen neuen Hut aus Stroh basteln?«, schlug ich vor.

»Das nächste Mal Kekse in der Form von Pferden mitbringen? Wo du Pferde doch so magst«, grübelte Lorn.

»Dich an ein Heizungsrohr binden, bis du uns verzeihst?«

»Oder eine Freunde-Therapie bei Miss Putin machen?«

»Bloß nicht!«, rief Theo erheitert. »Euch sei verziehen.«

Lorn atmete erleichtert durch. »Danke, Theo.«

»Es kommt ja nicht alle Tage vor, dass mir gleich zwei Mädels auf die Pelle rücken und um meine Vergebung betteln«, sagte er und machte eine ernste Miene, die er aber nicht lange beibehalten konnte. »Okay, wer findet solche Sprüche schon sexy?«

»Du könntest auch deine Einkaufsliste vorlesen, und es würde sexy klingen«, sagte Lorn, schnitt aber gleich darauf eine Grimasse. »Bei dir stehen die Mädchen doch sowieso Schlange.«

»Verwechselst du mich gerade mit Colton?«, fragte er.

»Colton würde niemals Kekse von mir bekommen.«

O Gott! Lorn flirtete mit Theo! Vor meinen Augen!

Ich hätte die Szene am liebsten auf Band aufgenommen. Und dann kam die olle Kim und musste alles versauen. Plötzlich war sie da und hängte sich wie ein Äffchen an Lorns Schulter.

»Darf ich Lorn mal eben entführen? Basketball-Zeug.«

Ich hätte Kim am liebsten an den Haaren davongeschleift.

»Klar«, sagte Lorn und schenkte Theo ein Lächeln. Dann wandte sie sich ab und ließ zu, dass Kim sich bei ihr einhakte und zu den anderen Mädels aus dem Team führte, die ein paar Schritte entfernt schon warteten.

Es war ein Wunder, dass ich nicht auf die Knie fiel und ein höchst dramatisches und lang gezogenes *Neiiiin!* von mir gab. Wie konnte Lorn nur mit Kim gehen, wo sie und Theo gerade ein süßes Gespräch am Laufen hatten? Gott, Lorn! Also wirklich!

»Lorn kann richtig witzig sein«, bemerkte Theo.

Er sah ihr nach! Verdammt auch! Dahin war Lorns Chance …

»Lorn ist superwitzig«, sagte ich. »Sie braucht nur meistens ein Weilchen, um mit Leuten warm zu werden. Es sieht vielleicht nicht danach aus, aber manchmal ist sie echt zurückhaltend.«

»Ich mag sie.«

Mein Kopf schnellte zu Theo. »Was? Wirklich?«

»Natürlich. Wir sind schließlich Freunde.«

Okay, jetzt wollte ich mich erst recht auf den Boden schmeißen und noch viel dramatischer und lang gezogener *Neiiiin!* rufen.

»Du wolltest mich doch gestern etwas fragen«, sagte er. »Als wir beide im Stall waren, weißt du noch? Was genau denn?«

»Ach, nicht so wichtig«, sagte ich leichthin.

»Es schien dir aber wichtig zu sein.«

Musste er jetzt darauf herumreiten? Ich hatte Lorn versprochen, nichts mehr über ihren Kopf hinweg zu entscheiden. Andererseits … schlechte Angewohnheiten waren wirklich schwer zu ignorieren.

»Ich wollte wissen, ob es jemanden gibt, den du magst?«

»Du meinst … so richtig mögen?«, fragte er überrascht.

»Genau. Mädchen. Junge. Was weiß ich.«

Theo starrte mich eine Weile an und bekam rote Wangen. Ihm schien das Thema äußerst unangenehm zu sein, weil sein Kopf immer mehr die Farbe einer Tomate annahm und er kein Wort über die Lippen brachte. Vorsichtig berührte ich seinen Arm und schenkte ihm ein Lächeln.

»Du musst darauf nicht antworten«, sagte ich freundlich.

»Schon gut«, sagte er, und ich hörte das Zögern in seiner Stimme. »Es ist nur … wieso willst du das so genau wissen?«

»Wie Lorn bereits gesagt hat, bist du ziemlich beliebt bei

den Mädchen, und da habe ich mich das einfach gefragt. Aus Neugier.«

»Aus Neugier?« Theo runzelte die Stirn.

»Okay, vielleicht kenne ich ja jemanden, der dich mag«, wagte ich mich vor. »Ich frage das natürlich nicht für mich. Du könntest es als Recherche ansehen oder so etwas.«

Theo verkniff sich ein Lächeln. »Recherche? Aha. Für deinen Schlussmach-Service?«, fragte er belustigt. »Als ich das letzte Mal nachgesehen habe, hatte ich keine geheime Freundin.«

Gut. Das beantwortete die Frage schon. Es gab niemanden.

»Ich schaue mal, wo Lorn hin ist«, murmelte ich.

»Hey, Cassidy. Kann ich dich auch etwas fragen?«

Ich hielt inne. »Was denn?«

»Wie ist das bei dir? Magst du … Colton?«

Theos Miene war in diesem Moment nicht zu deuten. Sollte er mich jetzt für seinen Cousin ausspionieren oder was? Himmel auch!

»Ich würde ihn nicht mal mögen, wenn man mich auf Gleise bindet und jeden Moment ein Zug kommt und ich nur befreit werden könnte, wenn ich diesen Satz in den Mund nehme«, ratterte ich herunter.

»Wow. Das war eindeutig. Aber … du hast ihn geküsst.«

Ich räusperte mich. »Genau. Wie soll man sonst herausfinden, ob man jemanden mag? Und jetzt weiß ich, dass es nicht so ist.«

Mann, war ich froh, nicht Pinocchio zu sein!

»Meinst du wirklich, das funktioniert?«

»Brauchst du etwa Liebestipps von der Schlussmacherin?«

Theo blickte auf den Beutel mit den Keksen. »Vielleicht.«

»Verlieben macht nur Spaß, wenn es die richtige Person ist«, sagte ich. »Und glaub mir, es ist nie die richtige Person.«

»Hoffnungslose Romantikern, was?«

»Realistin«, verbesserte ich ihn. »Aber … das Herz hört nicht auf Gedanken, die logisch sind, sondern auf alle anderen.«

»Das heißt, man sollte die Hoffnung nicht aufgeben?«

»Das hast du jetzt gesagt«, meinte ich.

Theo öffnete nun seine Spindtür, holte das Biobuch heraus und schloss sie wieder. Die Kekstüte in der Hand machte er sich auf den Weg zu Biologie, einen nachdenklichen Ausdruck im Gesicht. Mit der Ausrede, dass ich noch aufs Klo musste, trennten wir uns. Dafür, dass ich einen Schlussmach-Service betrieb, sprach ich in letzter Zeit echt oft übers Verliebtsein und Gefühle und viel zu wenig übers Schlussmachen. Und ich fühlte mich nicht mal schlecht deswegen. Es ging echt bergab mit mir. Zu allem Überfluss traf ich vor der Toilette auch noch mit Summer zusammen. Obwohl sie mich an dem einen Abend wegen ihrer allergischen Reaktion versetzt hatte, war sie stinkwütend auf mich, da ich ihre Einladung, am Wochenende zu ihr zu kommen, gar nicht mehr wahrgenommen hatte. Zu meiner Verteidigung: Ich hatte dem Vorschlag ja noch nicht mal zugestimmt. Da ich aber nicht wollte, dass sie ihren reichen Freundinnen erzählte, ich sei unzuverlässig – denn das war schlecht fürs Geschäft, und wie ich gerade festgestellt hatte, sollte ich das mal wieder ins Rollen bringen –, hörte ich mir an, was sie wollte.

»Du kannst es wiedergutmachen«, sagte Summer.

»Sehr gnädig von dir«, sagte ich ironisch.

Summer grinste. »Ach, komm schon, Cassidy. Sei nicht so. Ein paar Leute treffen sich heute Nachmittag am Strand, um ein bisschen zu feiern, und wir Mädchen sind in der Unterzahl. Wenn du kommst und ein paar Freundinnen mitbringst, tust du mir einen Riesengefallen. Ihr müsst auch nicht lange bleiben. Klingt das fair?«

»Eine Party unter der Woche, skandalös«, sagte ich.

»Ich lade auch gerne Theo ein. Mit dem hast du doch eben geredet«, sagte Summer und lächelte. »Ich weiß, dass Lorn ihn mag. Da ist eine Party am Strand doch ideal, findest du nicht?«

»Ach, und woher weißt du das?«

»Von Kim. Die ist ein echtes Liebes-Orakel.«

»Bekomme ich demnächst Konkurrenz von ihr?«

»Keine Sorge. Sie erzählt es nicht weiter«, sagte Summer mit sanfter Stimme. »Wir Mädchen müssen doch zusammenhalten, oder?«

»Okay, du hast mich weichgeklopft. Wir kommen.«

Warum auch nicht? Lorn und ich waren ewig nicht mehr auf einer Party gewesen, und ich könnte dort vielleicht Colton vergessen.

Summer strahlte mich euphorisch an. »Super!«

Auf dem Weg zu unseren Kursen stieß ich wieder auf Lorn. Im Eilschritt hasteten wir durch den Gang, damit wir nicht zu spät kamen. Im Vorbeigehen fiel mir ein Flyer ins Auge, der am Schwarzen Brett klebte – ich konnte es gar nicht glauben, was für ein tolles Angebot dort hing! Ich hielt kurz an, zog das Handy aus meiner Tasche und schoss ein Foto, dann lief ich weiter.

»Was wollte Kim denn?«, fragte ich.

»Sie weiß, dass ich Theo mag!«, sagte Lorn verärgert.

»Oh«, entfuhr es mir. »Will sie auch im Gegenzug für ihr Stillschweigen, dass wir zu dieser Party am Strand kommen? Summer hat mich vor dem Klo damit überfallen.«

»Summer weiß auch davon? Dieses Mädchen, dem du mal geholfen hast? Himmel! Bald weiß es die ganze Schule! Und was heißt hier Party?« Lorn schnaufte. »Das ist Speed-Dating!«

Abrupt blieb ich stehen. »Habe ich mich gerade verhört?«

»Die Cheerleader veranstalten Speed-Dating am Strand, um Geld für neue Uniformen zu sammeln. Kim ist total gut mit Summer befreundet und hat mich deshalb regelrecht erpresst. Sie meinte, ich *muss* kommen«, erklärte Lorn missmutig.

»Wieso verkaufen sie keine Kekse oder so?«

»Nur Pfadfinder verkaufen Kekse.«

»Wer geht denn freiwillig zum Speed-Dating?«

»Wir offenbar«, sagte Lorn.

Vor Fassungslosigkeit bekam ich den Mund nicht mehr zu.

»Verdammte Scheiße.«

»Du sagst es.«

# KAPITEL 21

LORN UND ICH quartierten uns nach der Schule zuerst in unserem alten Lieblingscafé am Strand ein und überlegten eine Weile hin und her, ob es ratsam war, sich bei diesem Speed-Dating blicken zu lassen. Irgendwann ließ sich die Entscheidung nicht weiter hinauszögern, und wir beschlossen, tatsächlich vorbeizuschauen. Bei der kleinen Erpressungsnummer von Kim blieb uns so gesehen auch nicht wirklich eine Wahl. Der Pier, an dem die ›Party‹ stattfinden sollte, lag inmitten der Touristen-Meile. Hier befanden sich Unmengen an kleinen Feriencottages und Restaurants entlang des Sandstrands, und es wimmelte nur so von Menschen, die ständig nach dem Weg fragten oder einen mit unterirdisch schlechten Sprüchen blöd anbaggerten. Durch den schnellen Zugang zum Meer und den vielen Möglichkeiten, richtig gut essen zu gehen, erfreute sich dieser Ort außerdem großer Beliebtheit bei Surfern, die mit ihren Stunts weitere Zuschauer anzogen.

»Gott, ihr seid wie Tag und Nacht«, sagte Summer.

Sie saß auf einem Strandstuhl hinter einem Klapptisch, neben den man ein Holzschild mit der Aufschrift *Date-Swap – Tausch dich glücklich!* in den Sand gesteckt hatte. Der Spruch war nicht gerade ansprechend, wie ich fand. Summer schlürfte seelenruhig irgendein buntes Getränk durch den Strohhalm ihres Plastikbechers.

»Erst zwingst du uns herzukommen, und dann beschwerst

du dich noch über unsere Outfit-Wahl?«, begrüßte ich sie genervt.

Summer verzog den Mund. »Mensch, Cassidy, hab dich nicht so!«, schmollte sie. »Das war ein Kompliment. Lorn sieht aus wie Taylor Swift zu deren Country-Zeiten und du wie ein sexy Gothic Girl.«

Lorn und ich tauschten einen Blick. Ganz unrecht hatte Summer nicht. Lorn trug Jeans-Shorts und ein viel zu großes Ringelshirt mit braunen Boots. Ich hatte ausgefranste schwarze Shorts an, dazu ein graues Ripped-Top, mit Bustier-Top darunter, und meine schwarze Stoffjacke, die voller Buttons und Patches war, kombiniert mit meinen Lieblingsstiefeln. Wir waren zumindest in Summers Augen wohl nicht gerade die Fashion-Experten. Mit ihren kastanienbraunen Haaren, die sie heute zur Abwechslung mal offen trug, sah Lorn ziemlich brav und anständig aus, während meine blonden Haare mal wieder einen auf vom Blitz getroffen machten und dadurch so rebellisch aussahen, wie ich mich fühlte.

»Klärst du uns zumindest mal auf?«, fragte ich mürrisch.

»Genau! Was ist ein Date-Swap? Und wie genau wollt ihr dadurch überhaupt Geld sammeln?«, fragte Lorn misstrauisch.

»Nun mal langsam, eins nach dem anderen«, sagte Summer beschwichtigend. »Wir wollten etwas anderes als das übliche Speed-Dating machen. Date-Swap bedeutet quasi ›Tausch dein Date, wenn es dir nicht passt‹.«

Skeptisch zog ich eine Augenbraue hoch. »Okay?«

Sie lächelte uns an. »Ich erkläre es euch. Wir haben am Strand Fähnchen, die von eins bis zwölf durchnummeriert sind. Um eine Startaufstellung zu bekommen, müssen die ersten zwölf Teilnehmer eine Nummer ziehen. Die Mädchen bekommen die geraden Zahlen und die Jungs die ungeraden.

Da die Fähnchen einander nicht gegenüberstehen, sondern über den Strand verteilt sind, wird zu Beginn jeder Starterrunde diese Regel einmal umgedreht. So steht dann an jedem Fähnchen ein Starter-Pärchen.«

»Und weiter?«, fragte Lorn.

»Alle fünf Minuten ertönt ein Signal, und ihr dürft weiterziehen. Es ist dabei völlig egal, welches Fähnchen ihr euch aussucht. Gefällt euch euer Date? Bleibt stehen. Passt es euch nicht? Tauscht es! Das ist die Date-Swap-Idee. Ihr müsst nur darauf achten, einen neuen Jungen als Date anzupeilen. Ist etwas chaotisch, aber besser ließ es sich an so einer Location nicht organisieren«, meinte Summer. »Teilnahme kostet zehn Dollar.«

»Nummer ziehen, zur Fahne gehen, auf Jungen warten und nach fünf Minuten weiterziehen. Kapiert«, murmelte Lorn.

»Genau!«, sagte Summer. »Beim Speed-Dating geht es darum, in kurzer Zeit möglichst viele Leute abzuklappern, und beim Date-Swap darum, einfach eine gute Zeit und viel Spaß zu haben.«

»Und dabei seine wahre Liebe zu finden, was?«, murmelte ich.

Summer grinste mich frech an. »Wer weiß? Fünf Minuten können viel verändern«, meinte sie und klang davon völlig überzeugt.

»Zehn Dollar pro Teilnehmer?«, sagte Lorn und hob eine Augenbraue. »Denkst du echt, da macht jemand mit? Und wie lange müssen wir bleiben, damit Kim und du eure Klappen haltet?«

»Über dein kleines Theo-Geheimnis?«, wisperte Summer. Sie machte eine gespielt nachdenkliche Miene. »So lange wie nötig eben.«

»So läuft das nicht«, mischte ich mich ein. »Wir haben echt Besseres zu tun, als bei diesem Date-Swap mitzumachen, damit ihr euch eine goldene Nase verdient. Eine Runde, mehr nicht!«

»Eine Runde geht etwa eine Stunde«, sagte Summer. »Wir haben zwölf Fähnchen, also wird zwölfmal à fünf Minuten gewechselt.«

»Wer hat sich den Schwachsinn überhaupt ausgedacht?«, fragte ich skeptisch. »Das klingt alles irgendwie total schwammig ...«

»Das nennt man Kreativität!«, sagte Summer empört.

»Eine Runde«, sagte ich energisch. »Und du sorgst dafür, dass Kim ihre Klappe hält, und deine Lippen sind ebenfalls versiegelt!«

Summer nickte.

»Gib uns dein Ehrenwort«, forderte ich.

»Ich verspreche es«, schwor Summer.

»Will ich auch hoffen«, knurrte Lorn, und ihr Ton ließ keine Widerworte zu. Summer zuckte überrascht zusammen. »Cassidy und ich drehen eine Runde, dann sind wir weg. Sonst ... Killer-Modus.«

»Killer-Modus?«

»So nennt Lorn es, wenn sie beim Basketball alle Gegner plattmacht – und glaub mir, du willst dann nicht auf der falschen Seite sein«, erklärte ich Summer, die mich völlig verdattert anglotzte. »Du hast sie bestimmt schon mal spielen gesehen.«

»Und ich dachte immer, du wärst die Verrückte von euch beiden«, murmelte Summer. Sie fischte eine Schale unter dem Tisch hervor. »Zieht jetzt eine Startnummer, aber bitte einen der roten Zettel. Das sind die geraden Zahlen für die Mädchen!«

»Was wäre denn, wenn ich gar kein Jungs-Date will?«, fragte ich provozierend. »Sondern viel lieber nette Mädchen treffen möchte?«

Summer verdrehte die Augen. »Zufällig weiß ich, dass du auf Jungs stehst, Cassidy«, sagte sie belustigt. »Dafür bist du außerdem viel zu spät dran. Alle anderen Date-Runden sind längst vorbei, und jetzt kommen die Mädchen-Jungs-Dates.«

»Okay, dann ziehen wir eben eine Nummer«, murmelte ich.

Lorn griff in die Schale hinein. »Vier.«

Ich tat es ihr nach. »Zehn.«

»Viel Spaß, ihr Süßen!«, wünschte uns Summer mit einer Begeisterung, die ihr sicher in den Cheerleader-Genen lag.

Lorn und ich trotteten durch den Sand. Wir hätten beide anderes Schuhwerk wählen sollen, aber wer konnte schon ahnen, dass dieses ominöse Speed-Dating nicht an der Strandpromenade stattfand, sondern direkt am Sandstrand?

»Wir müssen getrennte Wege gehen«, sagte ich dramatisch.

»Hoffentlich überleben wir das«, seufzte Lorn.

Die Fähnchen waren überall in recht großen Abständen am Strand verteilt. War das ein Dating oder ein Marathon für Anfänger?

»Siehst du deine Nummer?«, fragte sie mich.

»Nein. Aber deine, da vorne! Daneben steht schon jemand, und der sieht ziemlich süß aus«, bemerkte ich und wies nach rechts.

»Ich bin nicht hier, um … ist das Theo?« Lorns Stimme wurde am Ende des Satzes richtig schrill. »Bei Fähnchen Nummer fünf? Dann stehen wir ja beim Start nebeneinander, und ich könnte ihn mir als nächstes Date beim Wechsel aussuchen! O Gott, mein Herz …«

»Nennen wir es Schicksal!«, flötete ich.

274

Lorn hörte mich nicht mehr, sie war schon weg.

Um die Nummer zehn zu erreichen, musste ich gefühlt ewig den Strand herunterspazieren. Als ich die Nummer neun passierte, fiel mir auf, dass das Fähnchen mit der Zehn umgefallen und vom Wind in die anliegenden Dünen geweht worden war. Ich verdrehte die Augen und machte mich daran, das Ding zwischen den Halmen herauszuziehen und wieder in den Sand zu stecken. Und während dieser wenigen Sekunden, die ich abgelenkt war, erschien Colton auf magische Weise bei Fähnchen Nummer elf und nahm dort offenbar seinen ausgelosten Platz ein. Er starrte mich an.

»Du? Hier?«, fragte ich ungläubig.

»Summer hat die halbe Schule belästigt und eingeladen, und als ich gehört habe, dass du hier sein wirst, dachte ich mir, ich komme vorbei und schaue mir die Katastrophe live an«, sagte Colton und lächelte erheitert. »Außerdem hat sie Theo überredet mitzumachen. Und wo du bist, ist auch Lorn, und ich kann die beiden schließlich nicht allein lassen, nicht wahr?«

»Deine Anwesenheit wird einer geplanten Sabotage-Aktion aber reichlich wenig nützen, wenn du selber Dates hast«, sagte ich selbstgefällig.

»Wer weiß?«, sagte Colton vage. »Vielleicht habe ich ja noch einen anderen Grund, hier zu sein und mitzumachen, Caster.«

»Oh«, machte ich und tat überrascht. »Was könnte das nur sein? Lass mich raten: Du willst noch jemandem das Herz herausreißen.«

Coltons Miene wurde für einen Augenblick weicher. »Ich ...«

»Wage es bloß nicht, zu Lorn zu gehen!«, zischte ich.

Colton lächelte herausfordernd. »Abwarten.«

»Wundervoll!« Ich rollte mit den Augen. »Wenn du mitmachst, muss ich dem Flirt-Profi hautnah beim Bezirzen seines neuesten Opfers zusehen«, sagte ich und verzog frustriert das Gesicht.

»Vielleicht lernst du ja was dabei«, erwiderte er.

»Was könnte ich schon von dir lernen?«, fragte ich schnippisch. »Wenn doch alles, was du zu tun scheinst, riesengroße Fehler sind?«

»Bist du immer noch sauer wegen der Sache auf dem Heuboden?«, fragte er. Seine Miene war undeutbar. »Das war schließlich …«

Ich ließ ihn gar nicht erst zu Wort kommen. »Immerhin kratzen Fehler nicht an deinem Ego, was?«, unterbrach ich ihn. »Seltsam, denn für einen *Fehler* konntest du mich ja gar nicht oft genug küssen«, erwiderte ich. »Das war mehr als nur ein Fehler.«

Meine Worte klangen doppeldeutig, dabei war das gar nicht beabsichtigt gewesen. Ich verstand mich ja nicht einmal mehr selbst. Mehr als nur ein Fehler – war das im Sinne von ›eine Lawine an Katastrophen‹ oder ›diese Küsse waren an Gefühle gekoppelt‹ zu verstehen? Mein dummes Herz wusste nicht recht, was es wollte und welches der zwei Dinge nun wahr war.

»Wenn du das sagst«, meinte er tonlos. In seiner Stimme schwang eine Herausforderung mit. Wieso klang so vieles, was er sagte, wie eine verdammte Herausforderung? Ich hielt den Atem an und zählte von drei rückwärts, um keine weitere Diskussion loszutreten. Dann wandte ich mich ab und fixierte mit den Augen das Fähnchen mit der Nummer zehn. *Ignoriere Colton!*

Es dauerte nicht lange, da waren genug Leute beisammen,

um die erste Runde Speed-Dating zu starten. Von meinem Standpunkt aus sah ich, wie sich immer mehr Menschen um Summers Stand drängten. Anscheinend gab es einige, die ganz heiß auf Fünf-Minuten-Dates waren. Das Strand-Event wurde von Summer schließlich mit einer kleinen Ansprache durch ein Megafon eröffnet. Sie fasste für alle Neuankömmlinge noch einmal die überschaubaren Regeln zusammen – ich fand ihr System noch immer nicht sonderlich ausgeklügelt. Durch die abgewandelten Regeln würde man nicht alle Teilnehmer kennenlernen, falls einige an ihren Plätzen blieben, und so mussten andere sich dann mit weniger netten Dates abgeben.

In Runde eins traf ich auf einen Kerl, der weitaus älter als ich war, vielleicht ein College-Student – und zugegeben, er sah gar nicht mal so übel aus. Ein wenig erinnerte er mich an den Schauspieler aus der Netflix-Serie *Daredevil*, mit seinen braunen wirren Haaren, den buschigen Brauen und der kräftigen Nase. Leider war der Typ nur halb so heldenhaft und charmant. Er ließ mich kein einziges Mal zu Wort kommen, während unsere fünf Minuten liefen. Wenn das in jeder Runde so ging, würde ich mich gleich im Sand verbuddeln gehen. Ein Blick zu Colton verriet mir, dass er auch kein Glück hatte. Sein Gegenüber, ein rothaariges Mädchen mit Nerdbrille, gaffte ihn ehrfürchtig und stumm an, als wäre er irgendein Hollywood-Star. Nach ein paar Minuten bekam sie heftigen Schluckauf. Die Arme!

Die nächsten zwei Fähnchen-Wechsel liefen nicht besser.

Einer der Jungs war viel zu jung für mich und fragte mich irgendwelche Sachen zu Videospielen, und der andere hatte zwar das richtige Alter, war aber ziemlich wertend, was mein Aussehen betraf. Als er mich sah, rümpfte er die Nase und schüttelte ablehnend den Kopf. Dann fragte er mich, ob ich überhaupt mal das Haus verließ, weil ich so blass war, und bestand darauf, mir seine Sonnencreme aufzuzwingen. Gerade als er beschloss, er könnte mir jetzt gleich das Gesicht damit einreiben, um so mein Leben zu retten, ertönte das Signal für den nächsten Wechsel. Mit einem deprimierten Seufzer machte ich mich auf zu einem neuen Fähnchen-Platz.

»Und wie läuft es, Porzellan-Püppchen?«, zog Colton mich auf. Er wusste genau, wie es bei mir lief, da er immer darauf achtete, in meiner Nähe zu bleiben und direkt in Hörweite war. Zuerst war mir das gar nicht aufgefallen, aber seit den letzten zwei Runden war das mehr als nur offensichtlich. Was genau er damit bezweckte, lag auf der Hand: mich zur Weißglut zu treiben. Allerdings bekam ich deshalb auch mit, wie seine Dates so liefen: kein Stück besser.

»Pass auf, sonst werfe ich einen Pokeball nach dir!«

Das letzte Mädchen, mit dem Colton gesprochen hatte, war ganz versessen von der Idee, dass es eine App in der Form von Pokémon Go geben sollte, mit der man heiße Typen jagen konnte.

In der nächsten halben Stunde gab ich mir richtig Mühe, die Jungs, mit denen ich sprach, aufs Beste zu unterhalten, um so zu tun, als hätte ich unglaublich viel Spaß. Einmal traf ich auf jemanden, mit dem die fünf Minuten wirklich ganz erträglich waren. Sein Name war Tyler, und er erzählte mir ein paar Sachen übers Surfen. Nach und nach entwickelte sich dieses Date-Swap-Desaster zu einem Wettkampf zwischen Colton und mir. Ständig warfen wir uns Blicke zu, wenn der andere dachte, wir würden gerade nicht hinsehen, und wenn es für den jeweils anderen gut lief, spornte uns das nur noch mehr an zu flirten, was das Zeug hielt.

Dann kam ein Moment, den ich hätte kommen sehen müssen. Die anderen Teilnehmer waren mit so viel Elan dabei, dass sie beim Ertönen des Signals sofort losliefen und sich einen neuen Platz suchten. Da wir alle nicht reihum von Fähnchen zu Fähnchen gingen, sondern kreuz und quer, musste man schnell sein, wenn man ein bestimmtes Ziel – oder eine Person im Auge hatte. Dieses Mal geschah alles so rasch, dass nur noch Colton und ich allein waren. Uns blieb nichts anderes übrig, als zu der letzten verbleibenden Fahne zu gehen. Da ich ihn nicht direkt ansehen wollte, ließ ich den Blick umherschweifen. Mir fiel auf, dass von Lorn und Theo jede Spur fehlte. Was bedeutete das denn?

»Wo sind Lorn und Theo?«, fragte Colton im gleichen Moment.

»Vielleicht haben sie sich in die Wellen gestürzt, um diesem Wahnsinn zu entkommen«, sagte ich trocken. Ich hatte keine Kraft mehr, um weitere fünf Minuten doof in der Gegend rumzustehen, also ließ ich mich in den Sand plumpsen, der von der Sonne aufgeheizt worden war, und zog anschließend meine Jacke aus. Allmählich wurde mir echt warm. Lustlos begann ich eine kleine Sandburg zu bauen. Mir war alles recht, um Colton zu ignorieren.

»Ich kann deinen BH sehen«, sagte er plötzlich.

Er hatte sich mir gegenüber in den Sand gesetzt. Genervt hob ich den Kopf und blickte ihn an. Mit den blauen Shorts, den Sandalen und seinem ausgeblichenen grünen Shirt sah er heute wie ein typischer kalifornischer Tourist aus. In seinen Haaren steckte eine dunkle Sonnenbrille, die das Outfit abrundete.

»Das ist Absicht«, antwortete ich.

»Warum gehst du nicht gleich nackt zum Strand?«

»Das nennt man ein Bustier-Top, und das trägt man so.«

»Man trägt ein Top, das aussieht, als habe einen Freddy Krüger persönlich aufgeschlitzt, damit man ein anderes Top darunter sieht?«, fragte Colton und sah mich dabei total dümmlich an.

»Und ich dachte immer, du wärst Tom Ford in Person.«

»Natürlich habe ich guten Geschmack«, meinte er und reckte das Kinn empor. »Was man von dir allerdings nicht behaupten kann.«

»Offensichtlich. Sonst hätte ich dich nicht geküsst.«

»Jetzt blutet mir aber das Herz«, sagte er höhnisch.

»Hör auf, meine Klamotten so anzustarren«, erwiderte ich.

»Ich dachte, genau deshalb hast du sie angezogen.«

»Genau, weil alle Mädchen Shorts und Tops anziehen, damit sie Machos anziehen wie Magneten«, sagte ich und rollte die Augen.

Coltons Augen wanderten jetzt über meine Beine, als habe er soeben erst festgestellt, dass ich wie jeder Mensch welche besaß.

Ich nahm eine Handvoll Sand und warf sie ihm gegen die Brust.

»Wir sind hier doch nicht im Sandkasten«, sagte er.

»Aber auch nicht beim Bachelor. Hör auf zu glotzen.«

»Macht dich das etwa nervös?«, fragte er frech.

»Nicht jedes Mädchen starrt dich wie die Rothaarige eben voller Inbrunst an und will in deinen Armen liegen, Colton«, sagte ich. »Aber ich lese dir gerne aus deiner Hand und sage dir voraus, was das Schicksal als Nächstes für dich bereithält.«

»Deine Talente sind anscheinend endlos.«

»Wie gut du mich doch kennst«, schnaufte ich.

»Na gut«, sagte er und hielt mir die Hand hin.

Ich hatte nur einen Witz gemacht und keine Ahnung Handlesen, ich war doch keine Wahrsagerin! Wieso lie⌐ ⌐ı sich darauf ein? War das ein weiterer Weg, um mich aus der Reserve zu locken? Mein Blick glitt von seiner Hand zu seinem Gesicht.

»Dann mache ich dich also wirklich nervös.«

Colton schien meine Reaktion ganz genau zu beobachten.

»Nicht nervös«, sagte ich. »Du hast …«

*Mich verletzt*, wollte ich sagen, aber mein Stolz hielt mich zurück. Mein Stolz hätte mich mal lieber dazu bringen sollen, aufzustehen und Colton die kalte Schulter zu zeigen. Ich war doch sonst nicht auf den Mund gefallen. Was war nur los mit mir? Entschlossen klopfte ich mir den Sand von den Händen und sah Colton nun mit energischer Miene an. »Na gut. Vielleicht gibt das Schicksal dir in Zukunft ja eine zweite Chance«, sagte ich bedacht, packte dann seine Hand und zog sie näher zu mir heran.

Colton schluckte schwer. »Cassidy …«, setzte er an, verstummte aber sofort, als ich langsam mit dem Finger über die Innenfläche seiner Hand fuhr und so tat, als würde ich eine Linie nachziehen. »Das hier ist die sehr seltene Idioten-Linie: Je länger sie ist, ein desto größerer Idiot bist du. Sie verläuft direkt in deine Lebenslinie, was bedeutet, dieser Idiotismus ist nicht heilbar, und du bist dazu verdammt, für immer ein Idiot zu bleiben.«

Ich zog die unsichtbare Linie weiter und ließ meine Finger auf Coltons Handgelenk ruhen. Die feinen Härchen auf seinem Arm hatten sich aufgestellt. Zögernd blickte ich wieder in sein Gesicht. Er sah mich mit unruhigen Augen und leicht geöffneten Lippen an. Mit einem Mal schien es, als wäre es um uns furchtbar still geworden. Ich blinzelte und sah rasch weg. Ehe ich meine Hand zurückziehen konnte, schlangen sich seine Finger um meine, und er hielt mich fest. Meine Augen fanden zurück zu seinen. Ohne etwas zu sagen, fuhren seine Finger langsam, wie in Zeitlupe, meinen Arm hinauf, und mein Herz schlug schneller.

Jetzt berührten seine Finger meine Haare und streiften kaum merklich mein Schlüsselbein. Meine Haut begann zu prickeln.

»Es tut mir leid«, sagte er. Die Worte waren leise, so leise wie ein flüchtiges Wispern. Fast glaubte ich, sie mir eingebildet zu haben, bis er sie wiederholte. »Es tut mir leid, Cassidy.«

Dann ertönte das Signal zum Platzwechsel, Colton zog sich zurück, sprang auf und ließ mich einfach sitzen – im wahrsten Sinne des Wortes. Unsicher sah ich ihm nach. Was hatte er mit der Entschuldigung gemeint? Was genau tat ihm denn leid?

# KAPITEL 22

WIE SICH HERAUSSTELLTE, hatte Lorn sich an einer zerbro-
chenen Muschel, die im Sand gelegen hatte, in die Hand geschnitten. Theo hatte ihr angeboten, ihr ein Pflaster aus dem
Erste-Hilfe-Kasten seines Trucks zu besorgen. Weil niemand
ihr Verschwinden bemerkt hatte, waren sie anschließend einfach fortgeblieben und Eis essen gegangen. Das alles durfte
ich in einer Textnachricht nachlesen, die Lorn mir gesimst
hatte. Als Entschädigung hatte sie versprochen, mir ein Eis
mitzubringen, wenn die beiden wiederkamen. Ich war trotzdem ein klitzekleines bisschen sauer. Immerhin stand ich vor
Lorns verschlossenem Wagen und wusste nicht, wie lange ich
hier warten sollte. Ich nahm es ihr schon ein wenig übel, dass
sie sich vor dem Dating-Spiel gedrückt hatte. Schließlich war
ich nur deshalb mitgekommen, um ihr Geheimnis zu bewahren! Mir hatte das Ganze auch keinen Spaß gemacht, und
trotzdem hatte ich bis zum Ende durchgehalten. Die Lust auf
Verabredungen war mir erst mal gründlich vergangen. Nach
dem Ende des Date-Swap hatte ich außerdem noch Summer
Rede und Antwort stehen müssen, weil Colton und die anderen abgehauen waren. Summer hatte aufgrund der vielen Ein-
nahmen so gute Laune gehabt, dass sie vor lauter Freude
nichts weiter dazu gesagt hatte. Ein Glück!

Hoffentlich hatte Lorn ihren Flirt-Vibe von heute Morgen
wiedergefunden und katapultierte sich nicht gerade endgültig
in die Friendzone. Wenn ich hier schon dumm in der Gegend

herumstand, sollte es sich wenigstens für sie lohnen. Ich blies mir eine Haarsträhne aus der Stirn und ließ den Blick über die kleine Strandmeile schweifen. Dabei fiel mir Theos Pick-up-Truck ins Auge, der ebenfalls auf dem Parkplatz stand. Anscheinend waren Lorn und Theo zu Fuß losgegangen. Neugierig schlenderte ich zum Truck und warf einen Blick durch die Beifahrerscheibe. Im Innenraum war es aufgeräumt, allerdings klemmte am Armaturenbrett ein Foto, auf dem zwei Familien zu sehen waren. Theo und seine Eltern waren nicht schwer auszumachen, obwohl das Bild sehr alt sein musste, denn Theo war auf dem Schnappschuss vielleicht zehn. Neben ihm hockte ein Junge mit schwarzem Wuschelkopf und braunen Augen – sicher Colton. Ich hatte ihn noch nie so lächeln sehen. Voller Wärme und Glückseligkeit. Theo und er strahlten in die Kamera, während die Elternpaare im Hintergrund wilde Verrenkungen anstellten und Grimassen schnitten. Colton hatte die dunklen Augen auf jeden Fall von seinem Dad, die Haare von seiner Mom. Mr. und Mrs. Daniels hatten die Arme umeinandergeschlungen und wirkten fröhlich.

Ob es bei uns zu Hause auch Fotos gab, auf denen Mom, Cameron und ich gemeinsam so zufrieden aussahen? Spontan konnte ich mich an keinen Moment erinnern, in dem wir alle so albern und ausgelassen gewesen waren. Es hatte einige Bilder gegeben, in denen Brian gemeinsam mit uns posierte, aber die hatte Mom bei einem Wutanfall alle zerrissen und entsorgt. Schon traurig, dass es kein wirkliches Familienfoto der Casters gab. Auch von Grandma Helen hatte ich kein Andenken. Wenn ich damals begriffen hätte, dass man ihren Haushalt auflösen würde, um ihren Besitz zu versteigern, hätte ich versucht, wenigstens ein paar Sachen zu retten. Mom hatte das alles zu der Zeit reichlich wenig interessiert.

Ich fand die Vorstellung bedrückend, dass von manchen Menschen am Ende ihres Lebens nichts mehr übrig blieb. Bei dem Gedanken an Grandma wischte ich mir eine Träne aus dem Augenwinkel.

»Versuchst du gerade, in meinen Truck einzubrechen?«

Ich wirbelte herum und stand plötzlich Colton gegenüber.

»Ach, du bist das«, sagte er. »Was machst du da?«

»Nichts«, sagte ich hastig.

Colton kniff die Augen zusammen. »Nichts?«

»Sicher nicht einbrechen. Außerdem ist das Theos Truck.«

»Ich habe zwar ein eigenes Auto, aber zufälligerweise teilen wir uns den Truck öfter, um Benzin zu sparen«, sagte Colton.

Ich hätte ja supergerne mit ihm rumdiskutiert, aber ich war etwas zu abgelenkt von seinem nackten Oberkörper. Sein Shirt von eben war verschwunden, und er trug nur noch eine schwarze Badehose, die ihm klitschnass an den Oberschenkeln klebte. Seine Haare waren nach hinten gestrichen. Wasser perlte von seiner Brust und lief in kleinen Tropfen seinen Bauch hinunter. Unter dem rechten Arm hatte er sich ein Surfbrett geklemmt, das er jetzt auf den Boden abstellte und mit einer Hand festhielt. Mein Blick glitt erneut über seine wohl definierten Schultern und Oberarme bis zu seinen Hüften. Seine Haut war leicht gebräunt, und er hatte Muskeln an genau den richtigen Stellen. Mein Mund wurde trocken.

»Ich schätze mal, wir sind quitt, nachdem du mich gerade so abgecheckt hast«, meinte er, und ein erheitertes Lächeln umspielte seine Mundwinkel. »Ich muss da mal dran.«

Er deutete auf die Ladefläche des Trucks. Etwas verlegen, weil ich ihn so lange angeschaut hatte, trat ich zur Seite, um ihm Platz zu machen. Colton schüttelte den Kopf, und ein paar Wassertropfen spritzten von seinem nassen Wuschelkopf auf meine nackten Arme. Meine Jacke hatte ich mir um die Hüfte gebunden, weil es noch immer zu warm war, um sie wieder anzuziehen.

»Was bist du? Ein Hund?«, beschwerte ich mich.

Colton zuckte wortlos mit den Schultern. Er griff sich ein Handtuch von der Ladefläche des Trucks und begann, sich abzutrocknen. Mein Herz schlug mir bis zum Hals, weil der Geruch nach Salzwasser und Sommerluft plötzlich überall war und mich an unsere Küsse auf dem Heuboden denken ließ. Ich schüttelte mich und richtete meinen Fokus auf einen Sticker an der Fahrertür des Jeeps, der wenige Meter von mir entfernt auf dem Parkplatz stand. Meine Augen glitten trotzdem wieder zurück zu Colton. Er legte gerade das Surfbrett auf die Ladefläche des Trucks, griff sich ein Shirt, das wohl genau wie das Handtuch dort gelegen hatte, und zog es sich über den Kopf. Und ich? Tja, ich starrte ihn wieder an und konnte den Impuls nicht unterdrücken, mir dabei verstohlen auf die Lippe zu beißen. Wieso musste mein blödes Hirn ihn denn auch so attraktiv finden? Meine Schwäche für Colton sollte mich nicht vergessen lassen, dass er mich auf der Ranch mit seinem Verhalten sehr verletzt hatte. Diese Tatsache stand noch immer zwischen uns und war wie ein kleiner Weckruf für mich.

»Frag schon«, sagte er plötzlich. »Ich sehe dir an, dass du mich unbedingt etwas fragen willst. Also: Frag mich einfach.«

Ich zögerte. »Gibst du mir dann eine ehrliche Antwort?«

»Lass es darauf ankommen«, sagte er leise.

»Warum … hast du dich eben bei mir entschuldigt?«

Meine Stimme klang aufgrund meiner trockenen Kehle kratzig.

»Weil …« Colton sah mich für ein paar Sekunden einfach

nur an. »Die ehrliche Antwort?« Er hielt inne. Es schien ihn einige Überwindung zu kosten, die folgenden Worte auszusprechen. »... dich zu küssen kein Fehler war. Ich hätte das nicht sagen sollen. Wahrscheinlich habe ich dich damit verletzt, und ... du hattest recht. Immer, wenn mir gute Dinge widerfahren, stoße ich die Menschen von mir weg. Vielleicht, weil ein Teil von mir denkt, er hätte dieses Glück nicht verdient. So bin ich. Ich kann es nicht ändern. Der einzige Fehler in dieser Situation war es, mich dir gegenüber so abweisend und mies zu verhalten.«

Ich starrte Colton verblüfft an.

»Deshalb ... es tut mir leid.«

»Okay«, sagte ich völlig überrumpelt.

»Die Leute entschuldigen sich wohl nicht besonders oft bei dir, was?«, fragte Colton. Seine Mundwinkel zuckten leicht, als müsse er ein Lächeln unterdrücken. »Hey, Cassidy, alles okay?«

»Ich ... ich hätte nur niemals gedacht, dass du ...«

»Dass ein Idiot wie ich so etwas sagt?«, half er mir aus.

»Das trifft es ziemlich genau«, sagte ich. Und es war nicht nur das. Coltons Worte lösten ein warmes Gefühl in meiner Brust aus. Das zwischen uns ... er bereute es nicht, mich geküsst zu haben. Ich hatte gar nicht bemerkt, wie sehr mich die Situation belastet hatte, bis mir in diesem Moment ein Stein vom Herzen fiel. Es war, als könnte ich endlich wieder tief durchatmen.

Ich öffnete den Mund, aber Colton sprach bereits weiter.

»Ich wollte dich schon seit dem Moment in der Toilette damals küssen. Und ich weiß, dass du mich auch küssen wolltest. Aber, das ist egal, oder? Wir sind beide völlig verschieden«, sagte er ernst. »Dieses Spiel zwischen uns ist für eine Weile ganz amüsant gewesen, führt aber zu nichts.«

»Willst du denn, dass diese Sache zwischen uns zu etwas führt?«, fragte ich und fühlte mich dabei ziemlich mutig.

»Die Antwort darauf ist ... kompliziert. Und ... du?«

Überrascht starrte ich ihn an. Mein Puls beschleunigte sich. Es war, als würde jeder Herzschlag mehr und mehr dazu führen, dass ich den Halt verlor. Meine Knie wurden vor Aufregung ganz weich. Was genau deutete Colton da gerade an? Dass er Gefühle für mich hatte? Und viel wichtiger: Hatte ich welche für ihn?

Ich atmete langsam durch und blickte ihm ins Gesicht.

»Colton«, sagte ich bedacht. »Ich nehme deine Entschuldigung an. Und außerdem ... also ich ...« Er runzelte verwundert die Stirn, als ich kaum ein Wort über die Lippen bekam. Worte, Cassidy! Versuch, die richtigen Worte zu finden! Ich räusperte mich. »Vielleicht könnten wir noch mal von vorne anfangen?«

Hoffnung regte sich in meinem Inneren. Ich hatte es gewagt. Wenn Colton und ich neu starten könnten, würden wir die Probleme zwischen uns vergessen und vielleicht ... vielleicht wäre es dann nicht mehr so kompliziert zwischen uns. Ich wünschte, Lorn wäre hier gewesen, um zu sehen, dass ich etwas gewagt hatte. Dass ich in dieser Sekunde weiter mutig war.

Dann lächelte Colton – und es war ein zynisches Lächeln.

»Natürlich. Wenn die Wette vorbei ist, fangen wir beide neu an«, sagte er. Seine Stimme war dabei nicht besonders freundlich. »Denn dann bist du mich ja auch für immer los.«

Mir klappte der Mund auf. Was? Nein! Das meinte ich doch gar nicht! Bevor ich auf das Missverständnis reagieren konnte, ging Colton um den Truck herum und ließ die Klappe herunter, damit er sich auf die Ladefläche setzen konnte. Weil der Truck mit der Rückseite Richtung Meer stand, konnte Colton auf die Wellen hinausblicken. Schweigend betrachtete ich sein Seitenprofil.

Wieso musste alles immer so kompliziert sein?

Schließlich fasste ich mir ein Herz.

»Colton, du hast mich falsch verstanden«, sagte ich. Plötzlich steckte in meiner Kehle ein dicker Kloß. Wie konnte man nur so viele Dinge gleichzeitig fühlen? Sehnsucht und Angst und Herzschmerz und Zweifel und so, so vieles mehr? Mein Körper schien unter dem Gewicht dieser Emotionen zusammenzubrechen.

In mir tobte ein Kampf. Wieso brachte ich die Sätze nicht über die Lippen? Wieso konnte ich ihm nicht sagen, dass ich einen Neuanfang für uns wollte, eine zweite Chance? Was verflucht noch mal war bei mir kaputt, dass es mir so schwerfiel, diesen Moment zu nutzen und ehrlich zu Colton zu sein? Er war es doch auch gewesen. Ich spürte, wie mir langsam die Tränen kamen.

»Okay«, sagte er, nachdem ich nicht mehr weitersprach. »Wie wäre es dann vorerst mit einem Waffenstillstand? Wir hören auf, uns zu bekriegen und sabotieren uns nicht gegenseitig – weder bei der Wette noch bei anderen Dingen in der Schule.«

»Klingt wie Freundschaft auf Probe«, sagte ich.

Colton antwortete nicht gleich. »Besser als eine Feindschaft, findest du nicht?« Er klopfte neben sich auf die Ladefläche des Trucks. »Willst du dich auch setzen, während wir warten?«

Lorns und Theos Abwesenheit war gerade das letzte meiner Probleme. Ich gab mir einen Ruck und nahm Coltons Einladung an. Für die nächsten Minuten sagte keiner von uns ein Wort. Das Rauschen des Meeres hatte wie immer eine beruhigende Wirkung auf meine aufgewühlten Gedanken. Ich ließ die Beine baumeln und entspannte mich nach einigen Augenblicken endlich.

»Waffenstillstand also«, sagte ich nachdenklich.

Wie bei einer feierlichen Abmachung hielt er mir die Hand hin. Ich schüttelte sie, und der vorläufige Frieden war besiegelt.

»Du kannst meine Hand wieder loslassen«, sagte Colton.

»Richtig.« Mist! Ich hatte sie zu lange festgehalten! Hastig zog ich die Finger zurück und wandte den Blick von ihm ab.

Wann hatte mich das letzte Mal jemand so durcheinandergebracht?

Ich verstrickte mich wirklich immer mehr in diesem Netz aus Gefühlen und Gedanken, die ich nicht mehr unterdrücken konnte.

Gott, war das alles aufwühlend und anstrengend!

»Jetzt, wo wir nicht mehr streiten, können wir ja anfangen, uns gegenseitig unsere dunkelsten und innigsten Geheimnisse zu verraten«, scherzte ich, weil ich die Stille nicht mehr aushielt.

»Dann fang mal an«, erwiderte Colton belustigt. »Du malst ständig mit den Fingern irgendwelche unsichtbaren Muster auf deine Haut. Was genau hat das zu bedeuten? Ist das eine Art Tick von dir?«

Ich öffnete überrascht den Mund.

»Ja, ist mir aufgefallen. Nun?«

»Das ist persönlich«, blockte ich ab.

»Persönlicher als die Geschichte über meine Eltern? Komm schon, du bist mir was schuldig, Caster«, sagte Colton neckisch.

Da hatte er nicht ganz unrecht. Geheimnis gegen Geheimnis.

»Der Baum des Lebens«, sagte ich leise. Und mit einem Mal war es einfach, viel zu einfach, ihm von Grandma Helen zu erzählen. »Meine Grandma hatte Dutzende kleine Rituale, um durch den Tag zu kommen, egal wie mies er auch war. Sie hat immer gesagt, das Leben wäre wie ein Labyrinth, und man müsse seine Spuren hinterlassen, damit man am Ende aus seinem eigenen Chaos herausfindet. Ihr waren einige Abläufe heilig. Wie ihren Tee jeden Mittag um dieselbe Zeit zu trinken oder ein Schaumbad jeden Freitagabend. Sie mochte Regeln und Gesetze und Ordnung. Meine Mom ist da das genaue Gegenteil. Ich bin irgendwas dazwischen.«

»Deine Grandma hat nur einmal in der Woche gebadet?«

Ich lachte. »Du bist unmöglich!«

»Was genau ist der Baum des Lebens?«

»Er steht für Stärke und Kraft«, erklärte ich. »Er ist wie ein unsichtbarer Schutzschild gegen alles Mögliche in meinem Leben.«

»So etwas könnte ich auch gut gebrauchen.«

»Dabei wirkst du oft so gleichgültig«, sagte ich.

Colton lehnte sich ein Stück zurück und sah zum Himmel.

»Mein Dad war immer ganz wunderbar darin, die Dinge, die schlecht für ihn waren, zu ignorieren. Er hat sie nie an sich herangelassen. Mir fällt es dagegen schwer, Dinge auf Abstand zu halten«, sagte er. »Es ist ein wenig verhext. Die negativen Sachen ziehe ich wie ein Magnet an, und bei den guten bin ich sehr ignorant.«

»Das ist ein ziemlich reflektierter Gedanke«, sagte ich.

»Denkst du nicht auch manchmal über Gott und die Welt nach?«

»Tun wir das nicht alle von Zeit zu Zeit?«

»Das schwere Los der Menschen«, sagte er.

Ich musste wieder lachen. »Wir klingen wie uralte Poeten und nicht wie zwei Siebzehnjährige«, sagte ich amüsiert. Ich strich mir das Haar hinters Ohr, als eine leichte Brise vom Meer zu uns herüberwehte. Eben war es mir noch so schwergefallen, mit Colton zu sprechen, und nun schien es mir das Einfachste überhaupt zu sein. Ich gab es ungern zu, aber in seiner Gegenwart fühlte ich mich wohl. Colton hatte so viele verschiedene Seiten, dass ich sie Stück für Stück alle kennenlernen wollte. Und vielleicht brauchte ich das auch. Mehr Vertrauen in ihn, zu ihm, um mir klarer über das zu werden, was mein Herz und Verstand jeweils wollten.

»Was machst du zum Abschalten, wenn dir alles zu viel wird?«, fragte ich. »Reiten oder surfen?« Ich warf ihm einen wissenden Blick zu. »Oder lieber auf Abertausende Dates gehen?«

Colton wandte mir den Kopf zu. »Abertausende Dates?«

Ich zuckte unschuldig mit den Schultern. »Gerüchte.«

»Mal sehen«, begann er. »Ich surfe nur gelegentlich, wenn es gute Wellen gibt. Als Kind bin ich viel zu oft vom Bord gefallen, und bis heute habe ich wenig Lust, mit den ganzen anderen Surfern mithalten zu müssen. Die wenigsten surfen zum Spaß.« Colton streckte sich und ließ den Blick aufs Meer gleiten. »Früher bin ich selten geritten. Auf einer Ranch aufzuwachsen bringt das aber irgendwie mit sich. Theo ist ein Ass im Reiten und mit Tieren. Mir jedoch bedeutet Malen mehr als alles andere.«

»Ist das etwas, was du später mal machen möchtest?«

»Vielleicht«, antwortete er. »Ich bin sicher nicht schlecht, aber ob es für eine Kunsthochschule ausreicht? Theo weiß genau, dass er später auf der Ranch arbeiten und das Familiengeschäft übernehmen möchte. Er hat einen Plan. Darum beneide ich ihn.«

»Bei Lorn ist das genauso«, sagte ich. »Sie weiß seit sie klein ist, dass sie professionell Basketball spielen möchte. Manchmal komme ich mir verloren vor, umgeben von Menschen mit lauter Zielen und Träumen, und ich weiß nicht recht, wohin ich gehöre oder welchen Weg ich gehen soll. Das ist … frustrierend.«

»Würdest du mir glauben, wenn ich dir sage, dass ich dich verstehe?«, fragte Colton mit einem sanften Unterton. »Ich glaube, von Zeit zu Zeit fühlen wir uns alle etwas verloren.«

Irgendetwas veränderte sich in seinen Augen. Die übliche Abneigung und das Misstrauen darin waren verschwunden. Wenn ich es mir recht überlegte, hatte Colton mich schon lange nicht mehr so abschätzend wie früher angesehen. Mit der Erkenntnis im Hinterkopf fühlte ich mich plötzlich seinem Blick schutzlos ausgeliefert, als wäre ich nackt. Da waren sie erneut, diese widersprüchlichen Empfindungen. Zugehörigkeit, die seine Worte in mir auslösten und in mir die Hoffnung weckten, dass wir beide etwas teilten. Zweifel, ob diese Seite an Colton ein echter Teil von ihm war oder nur eine seiner vielen Masken.

»Eine tröstliche Vorstellung, dass wir manchmal alle gleich fühlen«, sagte ich und schloss für einen Moment die Augen, um das Rauschen der Wellen für eine stille Sekunde zu genießen.

»Nicht alle Gefühle«, hörte ich ihn wispern.

Ich schlug die Augen auf und sah ihn an. »Was?«

»Es ist befreiend, solche Sachen mal laut zu sagen«, sagte er hastig und rieb sich den Hinterkopf, als wäre er ein wenig verlegen. »Das Meer ist ein verdammt guter Zuhörer.«

Nicht nur das Meer, dachte ich und schmunzelte.

»Mir kommt es so unendlich vor«, sagte ich. »Ich könnte

Stunden auf das Wasser blicken und mir vorstellen, was am anderen Ende alles für Abenteuer auf einen warten. Abseits von Newfort.«

»Ich war mit meinen Eltern viel auf Reisen, als ich jünger war, deshalb bin ich froh, nun einen Ort zu haben, den ich mein Zuhause nennen kann«, sagte Colton. »Einen Ort, von dem ich weiß, dass dort Menschen auf mich warten, die mir etwas bedeuten. Ich habe gelernt, dass das nicht selbstverständlich ist.«

Eine Gänsehaut überkam mich. Colton hatte denselben Wunsch wie ich? Es überraschte mich, dass wir diese Gemeinsamkeit hatten.

»Es muss unglaublich schwer gewesen sein, ohne deine Eltern ein neues Leben in Newfort anzufangen«, sagte ich einfühlsam.

Colton sagte einen Moment nichts. Er schien mit seinen Gefühlen zu ringen, denn seine Miene wurde immer wehmütiger und trauriger.

»Schwer ist gar kein Ausdruck«, sagte er mit brüchiger Stimme. »Manchmal komme ich mir wie ein Heuchler vor, wie jemand, der das falsche Leben lebt, weil er ohne sie … weitermacht.«

Mit den Fingerspitzen berührte ich kaum merklich seinen Arm.

»Du wirst sie niemals vergessen«, sagte ich leise. »Das kannst du gar nicht. Sie sind deine Eltern. Und egal, wie sehr du manchmal an dir zweifelst, du weißt, woher du kommst und wer du bist. Ich kann mir deinen Verlust nicht mal annähernd vorstellen, aber ich kenne das Gefühl, verlassen zu werden, sehr gut.«

Colton betrachtete mich eingehend. »Das, was du damals

im Krankenzimmer gesagt hast …«, er zögerte, ehe er weiter-sprach. »… über deine Mom, das ist nur ein Teil deiner Ge-schichte, oder?«

Ich nickte beklommen. »Meine Mom ist kein schlechter Mensch, aber sie hat eine Menge schlechter Entscheidungen getroffen. Ständig läuft sie vor ihren Problemen und ihrer Ver-antwortung davon. Sie macht es meinem Bruder und mir alles andere als leicht. Weglaufen ist ihre Antwort auf sämtliche Fragen.«

»Hast du Angst, so zu werden wie sie?«

Meine Finger gruben sich fester in seinen Arm.

»Mehr als alles andere«, flüsterte ich.

»Weglaufen ist keine Lösung«, sagte Colton ruhig. »Es ist nur der einfachere Weg. Und manchmal möchte man eben einfach alles vergessen und laufen, so weit laufen wie mög-lich.«

Ich schluckte schwer. »Vielleicht.«

Behutsam schoben sich seine Finger in meine. Plötzlich hatte ich Angst. Angst, dass er mich gleich wieder küssen würde und wir dieses Mal nicht aufhören konnten oder doch wieder unterbrochen wurden. Ich war aufgewühlt, und mein Herz hämmerte wie verrückt in meiner Brust. Langsam zog ich meine Hand zurück, rückte von ihm ab und rutschte von der Ladefläche des Trucks herunter. Colton wirkte vor den Kopf gestoßen, weil ich den schönen Moment zwischen uns been-det hatte. In seinen Augen lag die Frage nach dem Warum. Wir waren uns so ähnlich. Wenn er die guten Dinge in seinem Le-ben von sich stieß, dann war ich gekonnt darin, diese Dinge zu zerstören, ehe ich die Kontrolle über sie verlor. Winzige Augenblicke wie diesen. Meine eigenen Gefühle. Ich selbst war kaputt. Mein Herz ein irreparabler Totalschaden. Wenn ich versuchte, die Teile zusammenzusetzen, fand ich keinen Anfang und kein Ende. Ich folgte dem immer gleichen Muster, als wäre ich in einem Labyrinth gefangen. Leider war Grandma nicht hier, um mir herauszuhelfen. Ob ich stark genug war, um mich zu ändern?

»Hey, Leute!«, riefen Theo und Lorn, die unerwartet über den Parkplatz kamen und beide ziemlich gut gelaunt waren. Sie gingen nebeneinander her und winkten und lächelten uns beiden zu.

»Das war's dann wohl«, sagte ich. »Bis dann, Colton.«

»Ja. Bis dann, Cassidy«, erwiderte er.

Ich warf ihm noch einen letzten Blick über die Schulter zu, ehe ich mich Lorn zuwandte, damit wir fahren konnten. Colton hatte nicht aufgehört, mich anzusehen. Ein feines Lächeln umspielte seine Mundwinkel. Eines, das ich kaum merklich erwiderte, als hätten wir beide nun unser eignes, gemeinsames Geheimnis.

# KAPITEL 23

»*ICH FÜHLE MICH FURCHTBAR*«, jammerte Lorn.

Sie hatte sich über Nacht den Magen verstimmt und daher den heutigen Schultag ausgesetzt. Ich war nach dem Unterricht zu ihr gefahren, um nach ihr zu sehen und ihr die Hausarbeiten zu bringen. Lorn lag im Bett. Sie hörte gar nicht auf zu meckern.

»Alle fünf Minuten kommt Mom und fragt, ob ich was brauche. Ich bin doch kein Kleinkind mehr. Das kommt bestimmt von dem Eis gestern…«

»Du meinst, das Eis, das du mit Theo gegessen hast? Für das du deine beste Freundin am Strand zurückgelassen hast und der du nicht mal eins mitgebracht hast, wie versprochen?«, sagte ich und schnitt eine alberne Grimasse. »Das nennt man wohl Karma.«

»Ich habe mich doch schon entschuldigt«, murmelte Lorn.

»Ich wollte dich nur etwas ärgern«, sagte ich gutmütig. »Es ist viel zu lange her, dass du das Eis gegessen hast, um davon krank zu werden. Du wirst also nicht vom Kosmos bestraft.«

»Was hast du überhaupt die ganze Zeit gemacht?«

»Ich … war am Strand spazieren. Mehr nicht.«

»Du weißt, ich sehe es dir an, wenn du lügst.«

»Das ist aber nicht gelogen«, sagte ich. »Ich war am Strand spazieren. Von Fähnchen zu Fähnchen. Außerdem hast du mir auf dem Rückweg gestern auch nicht besonders viel erzählt, Lorn.«

»Info gegen Info?«, schlug Lorn vor.

Ich warf einen Blick auf den Wecker auf Lorns Nachttisch.

»Ich habe jemandem versprochen, einen Hausbesuch zu machen«, sagte ich entschuldigend. »Deshalb muss ich gleich wieder los.«

»Hausbesuch? Bist du jetzt Ärztin oder was?«

»Schlussmach-Service auf Rädern wohl eher«, sagte ich.

»Du hast nicht mal Räder«, sagte Lorn amüsiert. »Kannst du nicht noch etwas bleiben?«, bettelte sie. »Wie wäre Folgendes: Du bleibst noch zehn Minuten und leihst dir dafür mein Rad aus?«

»Okay«, stimmte ich zu. »Bitte: Zeit für deinen Monolog.«

»Es ereignete sich an einem sonnigen Nachmittag«, begann Lorn wie bei der dramatischen Wiedergabe eines Theaterstücks. »Ach, ich kann das nicht, also kurz und schmerzlos: Theo und ich hatten einen Moment. So einen richtig schönen Moment! Wir haben einfach nur dagesessen, uns unterhalten, und ich habe eine Art von Verbundenheit zu ihm gespürt, die wirklich wunderschön war.«

Das kam mir unheimlich bekannt vor. Ich schluckte schwer.

Lorn sah mich mit verträumtem Blick an und lächelte. »Es war magisch! Jetzt, wo wir Freunde sind, fühle ich mich viel wohler in seiner Nähe, und ich denke, ich bin bereit für den nächsten Schritt. Ich will die Sache richtig angehen, verstehst du?«

»Besser als du denkst«, sagte ich ruhig.

»Und bei dir? Ist was Spannendes passiert?«

Die Tür zu Lorns Zimmer ging auf, und ihre kleinen Schwestern kamen herein. April und Jane waren bereits in ihre Schlafanzüge geschlüpft, nachdem sie sich bei einer Schaumbad-Schlacht bekriegt hatten. Man hatte sie dabei durchs ganze Haus gehört.

»Cassidy!«, riefen beide und warfen mich fast um, als sie mich umarmten. Ich drückte sie an mich. Die Zwillinge klammerten sich an meinen beiden Armen fest und ließen nicht mehr los.

»Spielst du was mit uns?«, fragte April.

»Wir bauen eine Rennstrecke aus Lego«, sagte Jane.

»Klingt toll, aber ich muss jetzt gehen«, antwortete ich.

»Kommst du denn zu unserem Geburtstag?«, fragte April.

»Der ist erst im November«, sagte Lorn genervt. »Raus aus meinem Zimmer, Zwerge. Fragt Bryce, ob er mit euch spielt.«

»Bryce muss aber lernen«, sagte Jane beleidigt.

»Bryce tut nur so, als ob er lernt«, murmelte Lorn.

»Mit dir wollen wir sowieso nicht spielen. Du bist ein Virus.«

Lorn warf Jane einen belustigten Blick zu.

»Ich habe einen Virus«, verbesserte sie ihre Schwester. »Wenn es mir wieder besser geht, fahre ich ein Rennen mit euch. Aber dafür müsst ihr heute eine Runde alleine spielen, okay?«

»Wir können Sir Ham Ham in ein Auto setzen«, schlug April vor.

»Wagt es ja nicht!«, sagte Lorn. »Der arme Hamster.«

»Das war ein Witz. Ich bin doch nicht blöd«, meinte April.

»Raus aus meinem Zimmer!«, wiederholte Lorn energisch.

Kichernd verschwanden die Mädchen wieder.

»Scheint dir ja schon besser zu gehen, wenn du deine Schwestern so anpampen kannst«, scherzte ich. »Telefonieren wir später?«

Lorn nickte. »Viel Erfolg bei … was genau eigentlich?«

»Dem Schlussmach-Service auf Rädern«, erinnerte ich sie. Ich erhob mich von der Bettkante und steuerte die Tür an, welche die Zwillinge offen gelassen hatte. »Gute Besserung, Lorn!«

Es war eine absolute Seltenheit, dass ich zu jemandem nach Hause fuhr, der meine Schlussmach-Dienste brauchte. Zwischen der vierten und fünften Stunde hatte mich ein Mädchen namens Ayla angesprochen und mich ohne Punkt und Komma zugetextet. Sie hatte förmlich darauf bestanden, dass ich zu ihr nach Hause fuhr, weil sich ihr Schlussmach-Problem nur dort lösen ließ, wie sie meinte. Zugegeben, diese Andeutung hatte meine Neugier geweckt. Leider wusste ich nicht, was genau sie damit meinte. Stattdessen wusste ich nur, dass Ayla afrikanische und französische Wurzeln hatte, zusammen mit ihren zwölf Goldfischen bei ihrem Grandpa lebte und dieser Kakteen züchtete. Sie hatte mich über den Rand ihrer übergroßen Nerdbrille angestarrt und sich ihre üppigen schwarzen Locken im Sekundentakt aus dem Gesicht gestrichen und diese eher unwichtigen Infos so schnell heruntergerattert, als hinge ihr Leben davon ab. Hoffentlich war der Auftrag kein Reinfall.

Mit dem Rad fuhr ich zur Adresse, die Ayla mir gegeben hatte. Sie lebte gar nicht weit von Lorn entfernt, auf der anderen Seite des Parks am Waldrand, weshalb ich gut hinfand. Das Haus war klein und umringt von mehreren Bäumen. Über einen Weg aus Steinplatten kam man von der Straße zur Vorderseite, wo einen eine knallrote Haustür empfing. Ich klingelte.

»Cassidy! Komm rein«, begrüßte mich Ayla.

Schon beim Eintreten sah ich sie: Kakteen in sämtlichen Größen, Formen und grünen Farbvariationen. Sie waren überall. Auf kleinen Beistelltischen, in Töpfen von der Decke hängend und in Kübeln auf dem Boden stehend. Ayla winkte mich durch den Flur.

»Wie kann ich dir denn helfen?«, murmelte ich.

Wenn einem Kakteen-Freak überhaupt noch zu helfen war. Ich meine, ich liebte zum Beispiel Popcorn, wollte deshalb aber noch lange nicht darin baden. Während ich Ayla folgte, wurde ich mehrmals gepiekt. Es war fast so, als streckten die Kakteen ihre Finger – ehm, Nadeln – nach mir aus. Friedhof der Kuscheltiere war gestern.

»Ich stell dir erst mal alle vor.«

Mit *alle* meinte sie ihre zwölf Goldfische, die sie nach französischen Delikatessen benannt hatte. Ob so ein Fisch eine Existenzkrise bekam, weil er nach Schneckensuppe benannt war?

»Nun zur Schlussmach-Hilfe. Mein Grandpa braucht dich.«

»Häh?« Jetzt verstand ich nur noch Bahnhof.

»Unsere Nachbarin will an seinen Kaktus.«

Fast hätte ich losgeprustet. Das klang vielleicht doppeldeutig! Ich räusperte mich und versuchte, ernst zu bleiben.

Ayla legte angestrengt die Stirn in Falten. »Mrs. Moreno versucht schon seit ein paar Wochen, Grandpas Kaktus zu stehlen. Es handelt sich dabei um eine seltene Art, die man über Jahre züchten muss und mit der Grandpa beim Kakteen-Wettbewerb nächsten Monat antreten will. Den hat er schon zehnmal in Folge gewonnen. Unsere Nachbarin Mrs. Moreno ist seine größte Konkurrentin und ständig versucht sie, Grandpa aus dem Rennen zu werfen«, erzählte sie. »Weil Grandpa ein gutes Herz hat, hat er Mrs. Moreno angeboten ihr ein paar Tipps zu geben. Die alte Schreckschraube denkt jetzt allerdings, die beiden wären ein Team, und beharrt darauf, dass sie gemeinsam beim Wettbewerb antreten. Da kommst du ins Spiel.«

»Aha«, machte ich und dachte: Was zur Kakteen-Freak-show?!

»Du bist ja Schlussmach-Expertin, also musst du Mrs. Moreno für Grandpa loswerden. Einen Schlussstrich ziehen, damit sie ihn endlich in Ruhe lässt und einsieht, dass die Arbeit meines Grandpas sein eigener Verdienst ist – nicht der von Teamwork.«

Ich legte den Kopf schräg. »Das läuft beim Schlussmach-Service allerdings etwas anders«, murmelte ich irritiert.

»Wieso? Du verscheuchst doch Leute!«

Ayla packte mich an der Hand und zog mich in ein winziges Wohnzimmer. Auf dem Sofa saß ein alter Herr mit schokoladenfarbener Haut und angegrautem Bart und ebensolchen Haaren in einem Meer aus Kakteen. Er trug ein Shirt, auf dem – Überraschung! – ein Kaktus abgebildet war und auf dem stand: *Free hugs! I'm a cactivist!* Ich traute meinen Augen kaum. Holy cactus!

»Sieh ihn dir an! Er ist so ein netter Mensch und wollte Mrs. Moreno nur helfen. Sie ist größenwahnsinnig und will seine harte Arbeit als ihren Erfolg verbuchen! Bitte, Cassidy!«

»Na ja, ich dachte nur … du bräuchtest Hilfe.«

Ayla sah mich ratlos an. »Ich? Ich bin ein Dating-Gangster. Ich bekomme mehr Action als die Kakteen in einem Monat. Nicht dass man sie oft gießen oder sich sonst irgendwie um sie kümmern müsste. Okay, der Vergleich hinkt etwas.«

Wo war ich hier nur hineingeraten?


Eine Stunde später verließ ich das Haus von Ayla und ihrem Grandpa wieder. Die olle Nachbarin waren sie los – und ich hatte sämtliche meiner Nerven für diesen Tag aufgebraucht. Ich war ja einiges gewohnt, aber so ein uneinsichtiger Mensch

wie Mrs. Moreno war mir selten untergekommen. Sie hatte
während des Gesprächs mit mir sogar angefangen zu weinen
und sich in eine Opferrolle zurückgezogen. Wenn man sonst
keine Probleme hatte … Als Bezahlung hatten Ayla und ihr
Grandpa mir dann einen unförmigen Kaktus in die Hand gedrückt, der aussah, als würde er wie Baby Groot die Hüften
schwingen. Mit dem Ding in der Hand schob ich Lorns Fahrrad neben mir her und seufzte am Fließband. Seufz! Seufz!
Seufz! Ich war selber schuld. Erst hatte ich mich breitschlagen
lassen herzukommen und mich dann nicht mal dagegen ge-
wehrt, dass man mich mit einem Kaktus entlohnte. Jetzt war
ich fix und fertig und hatte nur noch weggewollt. So musste
man sich fühlen, wenn man versuchte die Route 66 zu Fuß zu
gehen: Man ging und ging, und irgendwann war man am Ende
seiner Kräfte und trotzdem nicht am Ziel. Mein Magen hing
mir in den Kniekehlen. Ich verhungerte regelrecht.

»Soll ich dich ein Stück mitnehmen?«

Erschrocken drehte ich den Kopf nach hinten. Ein Pick-up-
Truck fuhr in Schrittgeschwindigkeit am Straßenrand entlang.
Ich hatte nicht mal gemerkt, dass sich ein Fahrzeug genähert
hatte. Als ich überrascht stehen blieb, hielt der Truck ebenfalls an. Das Beifahrerfenster war heruntergekurbelt. Ich erwartete Theo am Steuer, denn den Truck würde ich bei jeder
Gelegenheit wiedererkennen, aber es war Colton, der sich
über den Sitz lehnte. Seine Augen wanderten zu dem Kaktus
in meiner Hand.

»Hallo«, sagte er.

»Hallo«, erwiderte ich.

Kurz war es ganz still.

»Ist das ein Kaktus?«

»Ja«, sagte ich gedehnt.

Wieder Stille. Sie kroch mir den Nacken hoch und ließ mich frösteln. Mein Leben verwandelte sich allmählich in einen dieser Filme, wo die Protagonisten immer wieder vom Zufall zusammengebracht wurden. Newfort war keine Großstadt, aber es kam mir vor, als hätte ich Colton erst vor einem Herzschlag lange in seine dunkelbraunen Augen geblickt und mich mit ihm unterhalten. Das Gespräch am Strand hatte etwas verändert. Waren wir jetzt so etwas wie Freunde? Oder doch etwas ganz anderes?

»Hast du einen Platten?«

Noch während er die Frage stellte, stieg er aus und kam um den Truck herum auf mich zu. Kurz überlegte ich, auf Abstand zu gehen und ihm zu signalisieren, dass ich nicht bereit war, ihn erneut an mich heranzulassen, aber als er mir gegenüberstand, ließ sein Anblick mein Herz wie eine Sambatrommel klopfen. Hart und schnell. Meine Erinnerungen hatten so viele Momentaufnahmen von Colton festgehalten, ein bestimmtes Bild hier, ein vorgefertigtes Image da, und plötzlich schien es, als würden all diese Bild-Echos zusammenkommen wie bei einem Daumenkino. Einzelne Sequenzen ratterten vor meinem inneren Auge vorbei. Seine Gegenwart war wie ein Sprung ins Ungewisse. Ich wusste nicht, was zwischen uns passieren würde. Das war aufregend und einschüchternd zugleich. Ein Teil von mir freute sich, ihn zu sehen, ein anderer fühlte sich plötzlich unter Druck gesetzt zu entscheiden, wie es mit uns weitergehen würde. Hier. Sofort. Auf dieser Straße. Das war Blödsinn, aber der irrationale Gedanken ließ mich nicht los.

»Kein platter Reifen«, sagte ich nach einer ewig langen Pause. »Es war nur schwer, mit dem Kaktus in der Hand zu radeln.«

Der Korb an Lorns Fahrrad war nämlich kaputt.

»Willst du mitfahren?«, wiederholte er seine Frage.

»Wohin?«, fragte ich.

Colton sah genauso unsicher aus, wie ich mich fühlte.

»Wohin du willst.«

»Musst du nicht ... hast du nichts Besseres zu tun?«

»Ich komme gerade von einem Freund«, sagte Colton.

Als würde das erklären, wieso er angehalten hatte und mir eine Mitfahrgelegenheit anbot. Es schienen einige unausgesprochene Dinge zwischen uns in der Luft zu hängen. Wie tanzende Worte in einem Lyric-Video, die ansagten, welche Zeilen als Nächstes kamen, man aber nur verstand, wenn man sich Zeit nahm, genau hinzusehen.

Meine Entscheidung wurde mir abgenommen, als ein Regentropfen auf meiner Stirn landete, und es wenige Sekunden später anfing zu schütten. In Newfort war so ein Wetterumschwung eher selten, aber wenn er passierte, dann ziemlich heftig. Colton reagierte zuerst. Er schnappte sich das Fahrrad und hievte es schnell auf die Ladefläche des Trucks. Dann bedeutete er mir einzusteigen, und mit einem Mal saßen wir beide im Inneren des Wagens.

»Ich habe ja verrückte Geschichten über Leute und ihre Haustiere gelesen, aber noch nie von einem Mädchen gehört, das einen Kaktus ausführt. Habt ihr Sightseeing gemacht?«, fragte Colton frech. Dieser komische Bann zwischen uns zerriss augenblicklich. Gott sei Dank! Mit Sarkasmus konnte ich viel besser umgehen als mit merkwürdiger Anspannung und Unsicherheit.

»Hinter diesem Kaktus steckt eine viel bessere Story.«

»Ist das etwa ein magischer Kaktus?«, fragte er.

»Schön wär's«, sagte ich.

Der Regen trommelte heftig aufs Dach des Trucks, und über die Frontscheibe lief ein kleiner Wasserfall. Colton schaltete die Scheibenwischer ein und sah mich mit hochgezogenen Brauen an.

»Ich warte auf die Geschichte.«

»Ich bin zu hungrig, um sie zu erzählen.«

Wie zum Beweis grummelte es mehrmals in meinem Magen.

»Okay, erst essen, dann die Geschichte«, sagte er.

Einfach so. Und ich widersprach ihm nicht.

Colton löste die Handbremse, legte einen Gang ein und fuhr los. Hätte mir irgendjemand gesagt, dass ich mal mit Colton Daniels in einem Diner sitzen, Burger essen und mich normal und zivilisiert mit ihm unterhalten würde, hätte ich diese Person für verrückt erklärt. Aber hier saß ich. Mit ihm. In einem Diner nahe der Highschool. Als ich ihm die Sache mit Ayla und ihrem Grandpa erzählt hatte, hörte er nicht mehr auf zu lachen. Es war ein schönes Lachen. Unbeschwert. Echt. Fast so losgelöst wie auf dem Foto im Truck. Auf der Fahrt hierher hatte ich mehrmals einen Blick darauf geworfen und mich immer wieder gefragt, ob Colton nach dem Tod seiner Eltern überhaupt noch in der Lage war, so glücklich auszusehen. Dass ich der Auslöser für sein heiteres Lachen war, kam mir unwirklich vor, fast wie ein Traum. Colton und ich waren wirklich nicht mehr die Gleichen wie zuvor. Und mir gefiel es wesentlich besser als das ewige Gestreite. Langsam begann ich zu schmunzeln und stellte mir die Frage, ob wir in Zukunft öfter solche Momente teilen konnten. Das wäre schön.

Ich aß ein paar Pommes von meinem Teller und sah aus dem Fenster. Es regnete immer noch, und die Wassertropfen malten unförmige Muster auf das Glas. Mein Gesicht spiegelte sich in der Scheibe, und irgendwann fiel mir auf, dass Colton mich betrachtete. Als ich ihn dabei ertappte, blickte er nicht weg.

»Worüber denkst du nach?«, fragte er leise.

Ich wandte ihm das Gesicht zu. »Über … das hier. Ist schon ein bisschen seltsam, oder? Wir beide zusammen. Wie gute Freunde.«

Oder … *mehr*, flüsterte eine Stimme in meinem Kopf.

»Hast du etwa Angst, dass uns jemand sieht und ich deinem Ruf schade?«, fragte er unverhohlen. »Oder du meinem?«

»Keiner von uns hat einen besonders guten Ruf«, antwortete ich. »Da gibt es nichts zu ruinieren. Und mich interessiert reichlich wenig, was andere Leute über mich denken. Dich etwa?«

Colton schien kurz darüber nachzudenken. »Nein. Aber … du hast recht. Es ist wirklich seltsam. Trotzdem sitzen wir noch hier.«

»Weil das Essen einfach lecker ist«, sagte ich.

»Ist das der einzige Grund?«, fragte er.

»Fällt dir noch ein anderer ein?«

Colton machte mit der Zunge ein Tsk-Geräusch. »Cassidy.«

»Colton«, erwiderte ich. »Wenn du reden willst, rede.«

»Eigentlich ist es ganz schön, auch mal zu schweigen. Nicht ständig auf irgendwelche banalen Fragen antworten zu müssen«, sagte er nachdenklich. »Manchmal bin ich das total leid.«

»Wirst du oft nach deinen Eltern gefragt?«

Colton hielt meinen Blick fest. »Oft werde ich gefragt, wie es mir geht, dabei wollen die Leute die Wahrheit gar nicht hören. Sie erwarten, dass ich ihnen mitteile, dass alles in bester

Ordnung ist. Als gäbe es eine Art Verfallsdatum für einen Verlust, einen Zeitpunkt, an dem man darüber hinweg sein muss.« Er seufzte. »Alle erwarten, dass ich nach vorne blicke. Meine Zukunft plane. Jeden einzelnen Tag, an dem ich aufstehe, zur Schule gehe, gute Noten schreibe oder mich mit Freunden treffe. Das kostet an einigen dieser Tage enorm viel Kraft. Überhaupt … was ist das für ein bescheuertes Wort? Verlust? Ich habe meine Eltern doch nicht wie einen Schlüsselbund verloren. Ich kann sie nicht einfach wiederfinden. Sie sind tot. Sie bleiben tot. Daran kann niemand etwas ändern.«

»Dafür, dass du weniger reden wolltest, war das ganz schön viel«, zog ich ihn mit sanfter Stimme auf. »Wie waren deine Eltern so?«

»Meine Mom war das Chaos in Person. Unser Apartment war damals nie besonders ordentlich, ständig sind wir über etwas gestolpert. Überall standen Gemälde, und in vielen Räumen befanden sich Farbkleckse an den Wänden. Mom konnte so ziemlich immer malen. Sie war der Meinung, dass ein Zuhause die Persönlichkeiten seiner Bewohner widerspiegeln sollte«, erzählte Colton. Seine Augen leuchteten regelrecht bei der Erinnerung an seine Mom. »Mein Dad hat manchmal geschimpft, wenn er mal wieder über herumliegende Pinsel oder Farbtuben stolperte, aber er konnte Mom nie lange böse sein. Ich glaube, was er besonders an ihr mochte, war, dass alles mit ihr ein Abenteuer war. Jeder Tag, und jede Stunde, weil Mom verrückten Ideen nachjagte und sich nie von etwas abbringen ließ. Mit ihr wurde es niemals langweilig. Mein Dad mochte die Herausforderung. Da bin ich wie er.«

»Ist es eine Herausforderung, mit mir über sie zu sprechen?«

»Nein. Es ist eine, mit dir zusammen zu sein.«

Mein Puls geriet ins Stolpern. »Wie meinst du das?«

Colton schloss für einen Moment die Augen. Ich hörte, wie er langsam ausatme. »Seitdem ich dich kenne, bringst du immer wieder meine schlechte Seite in mir zum Vorschein – und ich auch in dir, da mache ich mir nichts vor. Seien wir mal ehrlich. Aber ...«

»Aber ...?«, fragte ich aufgewühlt.

»Sag du es mir, Cassidy.« Colton sah mich mit einem unnachgiebigen Blick an, auf den ich nicht vorbereitet war. Seine Augen waren wie eine der Herausforderungen, von denen er zuvor gesprochen hatte. Als könnte ich meine eigenen Wünsche in ihnen ablesen, als würden sie mich in dieser Sekunde an den Rand der Welt tragen und ich müsste nur noch einen Schritt nach vorne wagen, um endgültig den Boden unter den Füßen zu verlieren.

»Aber ...«, setzte ich atemlos an.

»Möchtet ihr noch etwas bestellen?« Eine Kellnerin war an unseren Tisch getreten. Sie lächelte uns beide freundlich an.

»Wir möchten nichts mehr. Oder?«

Colton sah mich fragend an.

Ich schüttelte den Kopf. »Vielleicht könnten wir aber schon mal zahlen?« Mir schlug das Herz bis zum Hals, und falls ich in den nächsten Sekunden das Bedürfnis verspüren sollte, alles stehen und liegen zu lassen, war immerhin die Rechnung beglichen. Ich spürte deutlich, wie sich der vertraute Impuls in mir breitmachte, ohne Colton von hier zu verschwinden, ehe unser Gespräch noch ernster wurde. Gleichzeitig war da das Bedürfnis, mich ihm gegenüber ein Stück zu öffnen. Wenn ich die Wahl hatte zwischen einer angemessenen Reaktion und Verdrängung entschied sich mein Hirn stets für die zweite Variante. Die einfache Variante.

Die Kellnerin rechnete ab, und ich bezahlte Coltons Bestellung, ohne ihn zu fragen, mit. Normalerweise bezahlte ich für niemanden etwas extra, um Geld zu sparen, aber ich hatte das Gefühl, ihm zumindest das schuldig zu sein. Danach war die Stimmung endgültig hinüber. Nachdem die Kellnerin unser Gespräch unterbrochen und ich Colton mit dem Bezahlen signalisiert hatte, dass ich das Thema nicht weiterverfolgen wollte, vergingen einige seltsame Minuten, in denen wir beide einander nicht mal in die Augen sehen konnten. Schließlich entschieden wir zu gehen. Wir verließen das Diner, und ich spürte Coltons Präsenz dicht hinter mir, dabei berührte er mich nicht einmal. Ich fühlte mich immer angespannter und grübelte darüber nach, ob ich mich entschuldigen sollte. Sorry, dass ich bei der kleinsten Regung romantischer Gefühle immer gleich eine Mauer hochfahre. Sorry, dass meine schlechten Erfahrungen wie ein Käfig waren, aus dem ich nicht herauszukommen schien. Sorry. Sorry. Sorry!

Der Himmel weinte immer noch. Vor dem Truck, den wir auf dem Parkplatz abgestellt hatten, der direkt an das Diner grenzte, blieb ich stehen. »Ich … du musst mich nicht weiter mitnehmen.«

»Sei nicht albern«, sagte er bloß. »Und danke für das Essen.«

Colton ging an mir vorbei und streifte dabei meinen Arm.

Regen durchnässte meine Haare und Kleidung. Schlagartig war mir eiskalt, aber die Kälte half mir dabei, klarer zu denken. Ich wollte nicht zurück in den Truck. Allein mit Colton sein. In meiner Kehle schien ein dicker Kloß zu stecken, das Bündel Worte, das ich nicht über die Lippen gebracht hatte. Ich Feigling.

»Cassidy, du holst dir den Tod«, sagte Colton besorgt.

»Steig ein, ich fahre dich jetzt nach Hause, egal, was du sagst.«

Die Fahrt war die schlimmste meines Lebens. Sie war merkwürdig und angespannt, und ich wagte es kaum zu atmen. Wir machten einen Zwischenstopp bei den Rivers, damit ich Lorns Fahrrad wieder in den Schuppen stellen konnte, der immer offen war. Der Halt dauerte nur wenige Augenblicke, dann fuhr Colton weiter. Stoisch starrte er auf die Straße und schien dabei kaum zu blinzeln. Ich sah ihn mehrmals von der Seite an, blickte aber immer rasch wieder weg.

»Adresse?«, fragte er irgendwann. Ich nannte sie ihm.

Der Truck kam vor meinem Apartmenthaus zum Stillstand.

In meinem Kopf gab es diese furchtbare Blockade, die verhinderte, dass ich etwas sagte. Einfach aussteigen konnte ich aber auch nicht. Ich wandte mich Colton zu und musterte ihn.

»Aber …«, flüsterte ich.

»Schon gut, du musst es nicht sagen.«

»Vielleicht muss ich das. Es tut mir leid, okay?«

»Was genau denn?«, fragte er ruppig. »Dass ich recht habe?«

»Ja, hast du«, sagte ich energisch. »Zufrieden?«

Er blickte mir ins Gesicht. »Noch lange nicht.« Seine Miene war hart, seine Atmung beschleunigte sich vor angestautem Frust.

»Das hier funktioniert einfach nicht«, sagte ich. »Wir.«

Colton drehte sich abrupt in seinem Sitz herum, beugte sich vor und streckte den Arm aus. Überrascht hielt ich inne, aber er hatte die Finger nur nach dem Türgriff ausgestreckt. Ich schluckte schwer. Da war sie wieder, seine unerträgliche Nähe. Weil der Anblick seines Gesichts, das direkt vor mir schwebte, tausend Dinge mit mir anstellte. Ich wollte ihn von mir stoßen. Wollte ihn anschreien. Wollte ihm meine Gefühle mitteilen. Meine Finger in seinem Haar vergraben. Ihn zu mir ziehen. Ihn küssen.

Ich war nicht mehr die Cassidy, die ich glaubte zu sein. Wie ein Phantom meiner selbst, das sich nicht mehr daran erinnerte, was es bedeutete, einen Herzschlag zu haben. Ich hatte mich so lange Zeit einsam und taub gefühlt, dass es schien, als wäre mein Körper den Emotionen nicht gewachsen, die Colton in mir weckte.

»Aber …«, setzte ich ein weiteres Mal an. »Vielleicht bringen wir in uns jeweils unsere schlechte Seite zum Vorschein, und diese schlechte Seite in mir will nicht daran glauben, dass da etwas zwischen uns ist. Und sie ist außerdem so daran gewöhnt, enttäuscht zu werden und aufzugeben, dass der gute Teil in mir nicht genug Kraft findet, um den Gedanken an die Oberfläche zu drücken, dass es trotz allem funktionieren kann. Was auch immer das zwischen uns ist.«

»Das ist alles, was ich hören wollte«, raunte er.

Er lehnte sich zu mir, bis seine Stirn meine berührte.

»Du kannst mich nicht mal ausstehen«, wisperte ich.

»Ja, das habe ich gesagt«, antwortete er.

»Trotzdem willst du mich küssen.«

»Ja, das will ich.«

»Wieso?«

»Weil dich zu küssen, im Gegensatz zu allen anderen Dingen, die zwischen uns stehen, einfach ist«, flüsterte Colton.

Ich legte meine Hände an seine Wangen und presste meine Lippen auf seine. Er hatte recht. Ihn zu küssen war leicht. Zwischen all den Konflikten mit meiner Familie, dem Schlussmach-Service und der Wette war diese Sache leicht wie eine Feder. Vielleicht wollte mein Verstand ihn deshalb so sehr. Zuflucht in seinen Berührungen finden. Weil Sicherheit ein warmes Gefühl war. Keine Lösung, sei sie auch noch so clever, die nur annähernd an solch einen Moment heranreichte. An einen Kuss von Colton Daniels.

# KAPITEL 24

SCHON ALS ICH DIE HAUSTÜR öffnete, drang einer von Moms typischen Schlussmach-Elvis-Songs an meine Ohren. War ich so beschäftigt mit meinem Leben gewesen, dass ich irgendetwas verpasst hatte? So leise ich konnte schlich ich durch den Flur. Cameron kam gerade aus der Küche, und unsere Blicke trafen sich.

»Wegen wem weint sie jetzt schon wieder?«, flüsterte ich.

Cameron zögerte, ehe er antwortete. »Ich glaube wegen dir.«

Meine Miene entgleiste mir. Über die Jahre hatte Mom viele Tränen vergossen, aber kein einziges Mal wegen Cameron oder mir.

»Bist du dir sicher? Hast du mit ihr gesprochen?«

»Sie wollte ihre Ruhe haben«, sagte mein Bruder.

Ich hatte ein ziemliches Déjà-vu, als ich meine Sachen ablegte und anschließend vorsichtig ins Wohnzimmer spähte. Der CD-Player spielte zwar die Musik ab, aber Mom war nirgends zu sehen. Dann warf ich einen Blick zur gegenüberliegenden Tür, hinter der sich ihr Zimmer verbarg. Sie war nur angelehnt. Langsam drückte ich sie ganz auf und trat ein. Mom saß am Rand des Betts auf dem Fußboden, ihre Haare zu einem wirren Knoten hochgesteckt und immer noch in ihrer Zimmermädchen-Uniform, die auf ihrer Arbeit Pflicht war. Vor sich hatte sie den Inhalt eines alten Schuhkartons ausgebreitet. Für einen Augenblick befürchtete ich schon, sie habe mein Geldversteck gefunden, aber es waren Fotos, die Mom betrachtete. Unmengen an Fotos. Der grüne Teppich war kaum noch zu sehen. Sie hielt mehrere in der Hand und schniefte leise.

»Mom? Hey ...«, sagte ich leise.

»Komm, setz dich zu mir«, sagte sie.

Ich sackte neben ihr auf den Boden.

»Hier. Erinnerst du dich an diesen Ausflug?«

Ich nahm das abgegriffene Foto in die Hand. Es zeigte meine Mom, die mit mir vor dem Gehege der Pinguine im Zoo stand. Daran erinnerte ich mich gut. Der Schnappschuss war entstanden, als Grandma bei einem Preisausschreiben der Zeitung Freikarten für den Zoo gewonnen hatte. Das war kurz nach unserem Einzug bei ihr gewesen, als ich sechs Jahre alt war. Cameron war damals von einer Biene ins Knie gestochen wurden, das daraufhin so rot und dick anschwoll, dass er ewig geweint hatte. Der Anblick der Pinguine hatte ihn irgendwie beruhigt. Wir hatten über eine Stunde an dem Gehege gestanden. Grandma mit Cameron im Buggy und ich mit Mom am Geländer. Es war einer der seltenen Tage, an denen wir alle beisammen gewesen waren und an denen wir uns alle vertrugen.

»Das ist lange her«, sagte ich wehmütig.

»Schau mal dieses hier.«

Dann reichte Mom mir ein weiteres Foto, das kurz nach meiner Geburt entstanden sein musste. Mom lag in einem Krankenhausbett, blickte erschöpft aber glücklich in die Kamera und hielt mich im Arm.

»Du warst so ein winziges Baby«, sagte sie. »Die Schwestern hatten Angst, dass du die erste Nacht nicht überstehst, aber ich habe ihnen gesagt: Das ist meine Tochter, und sie ist stark. Wenn sie mal groß wird, ist sie sicher ein fürchterlicher Sturkopf.«

»Wieso schaust du dir die an?«, fragte ich.

»Das mache ich immer nach einem Streit.« Mom berührte sanft meinen Arm. »Die Fotos helfen mir, mich daran zu erinnern, dass es trotz aller Höhen und Tiefen wundervolle Zeiten für uns gab.« Sie wischte sich mit dem Handrücken eine Träne von der Wange. »Alles hat sich verändert. Ich habe mir immer fest vorgenommen, euch eine gute Mutter zu sein. Ist ziemlich schiefgelaufen.«

Unsicher sah ich Mom an. War das irgendeine neue Taktik, um auf Mitleid zu machen? Meine Gefühle zu beeinflussen? Ratlos musterte ich erst ihr Gesicht, dann den Rest der vielen Fotos.

»Wo kommen die alle her?«, fragte ich sprachlos. Ich hob einige hoch und starrte sie an. Manche der Fotos hielten Momente fest, bei denen ich mir sicher war, dass Mom sie in ihrer Liebestrunkenheit glatt vergessen hatte. »Wer hat die gemacht?«

Geburtstage, Schulfeste, Schwimmen am See ... es gab nicht nur ziemlich alte, sondern auch neuere. Eines vom letzten Jahr, das Lorn und mich nebeneinander zeigte. Sie war als beste Spielerin des Teams ausgezeichnet worden und trug eine Medaille, die datiert war. Oder ein anderes, auf dem ich klitschnass in einem Planschbecken im Garten der Rivers stand und eine Grimasse schnitt, weil Lorn mich herausgefordert hatte, diese blöde Ice-Bucket-Challenge zu absolvieren, die zu dem Zeitpunkt schon längst wieder out war. Mom war nicht mal dabei gewesen.

»Lorns Mutter macht von allen Bildern, auf denen du bist, immer einen Abzug für mich«, erklärte Mom. »Ich möchte so viele Andenken wie möglich haben, wenn du auf ein College gehst, das weiter weg ist. Ich weiß, dass du nicht in Newfort bleiben möchtest. Das hat Mrs. Rivers vor einer Weile gesagt.«

»Lorns Mom hat dir das gesagt?«, echote ich taub.

»Mir erzählst du ja nichts von deinen Plänen. Lorn hat ihrer Mom gegenüber mal erwähnt, dass du einige Wunsch-Colleges hast, die außerhalb liegen. Eltern reden untereinander, weißt du«, sagte sie. »Ich kann dir nicht verübeln, dass du raus aus der Stadt möchtest. Nicht mal, dass du mich und deinen Bruder hier zurücklassen willst.«

»Meine College-Pläne haben nichts mit dir zu tun«, sagte ich angespannt. »Es dreht sich nicht alles um dich, weißt du …«

Außerdem klangen ihre Worte extrem nach einem Vorwurf.

»Wieso bist du immer so?«, fragte Mom.

»Ehrlich?«, erwiderte ich.

»Erbarmungslos«, sagte sie niedergeschlagen.

»Die Wahrheit tut eben weh, Mom.«

»Cassidy«, sagte sie mit großem Bedauern. »Wieso hast du immer den Drang, dich zu verteidigen? Ich bin deine Mutter. Du musst nicht ständig gegen mich ankämpfen. Ich will dir nichts Böses.«

Ich legte die Fotos, die ich in der Hand hielt, in den Schuhkarton und fuhr mir angespannt übers Gesicht. »Ich bin nur realistisch«, versuchte ich mich zu erklären. »Wir leben nicht im Feenland, wo jeder sein Happy End bekommt. Menschen wie ich müssen dafür arbeiten und müssen unnachgiebig und oft egoistisch sein.«

»Und was für ein Mensch denkst du, dass du bist?«, fragte Mom ernst. »Du bist siebzehn Jahre alt, hast nicht einmal die

Highschool fertig und benimmst dich, als wäre jeder Tag ein Krieg. Gegen deine Familie, gegen dich selbst. Du nimmst alles zu ernst.«

»Und du nimmst alles zu locker«, sagte ich schroff.

»Ich kenne meine eigenen Fehler sehr gut, danke für die Nachhilfe«, sagte Mom. »Was ist mit dir? Kennst du deine?«

»Was soll das hier werden?«, fragte ich argwöhnisch.

»Ich versuche nur, dich zu verstehen!«, sagte Mom lauter. »Zwischen diesen Fotos und der Gegenwart liegen Welten. Ich will einfach ... ich möchte nicht, dass wir auseinanderbrechen, wie es bei deiner Grandma Helen und mir gewesen ist. Ich will es dieses Mal besser machen. Ist das denn so schwer zu glauben?«

»Ja«, gab ich zu, »ist es.«

»Begleite mich zu dem Termin mit dem Anwalt.«

Ich hob skeptisch beide Augenbrauen. »Wirklich?«

»Wirklich«, bestätigte Mom. »Lass uns gemeinsam herausfinden, was Grandma Helen uns hinterlassen hat, und dann entscheiden wir als Familie, was wir tun. Keine eigennützigen Aktionen mehr.«

Sie hielt mir wie bei einem Deal eine Hand hin, aber ich schlug nicht ein. »Deinen Sturkopf hast du von mir«, seufzte Mom und kam näher. Mit den Fingern streifte sie mir ein paar Haarsträhnen hinters Ohr. »Früher habe ich meine Haare ganz genau wie du getragen. Die Jungs standen auf diesen rebellischen Look. Sie wollten in Scharen mit mir ausgehen, und ich habe immer Nein gesagt.«

Mir entfuhr ein amüsiertes Schnauben.

»Ich war echte Romantikerin und der festen Überzeugung, dass ich den richtigen Jungen erkennen würde, wenn er mich um ein Date bat. Es stellte sich heraus, dass dieser perfekte

Junge nur darin perfekt war, mein Herz zu brechen«, erzählte sie. »Danach dachte ich immer, ich müsse mir mehr Mühe geben, dürfte nicht so wählerisch sein. Inzwischen gebe ich viel zu vielen Menschen eine Chance. Da liegt der Unterschied zwischen uns, nicht wahr?«

»Das du eine Dating-Maschine bist und ich Einzelgängerin?«

Mom schmunzelte. »Du bist keine Einzelgängerin. Einzelgänger lassen niemanden an sich heran, weil sie denken, dass sie allein besser dran sind. Du möchtest nicht allein sein. Du hast einfach nur Angst, dein Vertrauen in die falsche Person zu setzen.«

»Damit liegst du gar nicht mal so daneben«, gab ich zu.

»Wie wäre es, wenn wir uns gegenseitig etwas versprechen?«, schlug Mom vor. Sie griff nach meiner Hand. »Ich werde mich eine Weile nur auf unsere Familie konzentrieren und du eine Weile auf andere Menschen um dich herum. Zum Beispiel auf diesen süßen Jungen mit dem Truck von eben. Ja, das habe ich gesehen, da war ich nämlich gerade den Müll rausbringen. Was sagst du – versprochen?«

Ich zögerte. Ein Deal mit meiner Mom? Für einen Moment ließ ich mir ihre Worte durch den Kopf gehen. Vielleicht würde sie es dieses Mal schaffen können, sich zu ändern? Immerhin hatte sie schon eine Weile nichts mehr getrunken. Abgesehen von dem Glas Wein nach dem Dick-Desaster schien Mom eine ihrer schlechten Gewohnheiten etwas eingedämmt zu haben. Tatsächlich war sie in der letzten Woche so klar und zielstrebig wie nie gewesen.

»Wenn du dann endlich aufhörst, so blödes Zeug zu faseln«, murmelte ich halbherzig. Ich wollte es mir nur ungern eingestehen, aber Mom hatte mit ihren Worten nicht ganz unrecht.

»Oh, dieses Foto!«, stieß Mom entzückt aus. Sie schnappte es vom Boden und hielt es mir vor die Nase. »Da war ich ungefähr neunzehn und bin an Halloween als einer von KISS gegangen. All das schwarze Make-up im Gesicht hat furchtbar gestört. Und siehst du? Meine Haare? Ein Wirrwarr aus Strähnen und Wellen. Wie …«

»Ich sehe nicht aus wie ein Mitglied von KISS«, protestierte ich. »Aber kaum zu glauben! Du – Fan einer legendären Rockband!«

»Deine Mom war früher ganz schön wild angezogen«, sagte sie.

»Ich bin raus«, sagte ich und stand auf.

»Willst du etwa keine Geschichten aus meiner Jugend hören?«

»Mom, du bist erst siebenunddreißig«, sagte ich.

Sie zog eine Schnute. »Siehst du all diese Falten? Alt!«

»Weißt du, was alt ist? Deine blöde Elvis CD.«

»Dann besorg mir eine neue«, sagte sie.

»*Das* kann ich dir versprechen«, murmelte ich.

»Cassidy?«

Ich blieb an der Tür stehen. »Ja?«

»Verdreh dem Jungen ordentlich den Kopf!«

Ich seufzte schwermütig. Wenn sie wüsste, wer hier wem den Kopf verdrehte. Gerade war ich völlig machtlos gegen meine Gefühle. Um das Thema zu wechseln, sagte ich Mom, dass ich eine kleine Überraschung für sie habe und verließ kurz den Raum, um den Kaktus zu holen, den ich vorhin in der Küche abgestellt hatte. »Bitte schön«, sagte ich und überreichte ihn ihr. Sie war völlig aus dem Häuschen und lächelte glücklich.

»Wie schön! Der bekommt einen Ehrenplatz!«, sagte Mom.

»Das ist sogar eine ganz besondere Art, das erkenne ich sofort an ...« Was folgte war ein lehrbuchmäßiger Monolog über Kakteen.

Amüsiert bedachte ich Mom mit einem Lächeln.

Donnerstagnachmittag saß ich auf den Außentribünen der Highschool und wartete darauf, dass Lorn mit dem Basketballtraining fertig wurde. Das Wetter war vor ein paar Stunden umgeschwungen und die Sonne herausgekommen, weshalb ich wunderbar entspannen konnte – würde nicht ausgerechnet Kim neben mir sitzen und mich vollquasseln. Sie war zu spät zum Training gekommen, und der Coach war bei solchen Dingen erbarmungslos und ließ die Spieler nicht mehr mitmachen. Er hatte Kim eben ganz schön zusammengestaucht. Ich hatte nie ein Problem mit ihr gehabt und mochte Kim sogar, da war nur die Sache mit meinem schlechten Gewissen. Meine Gedanken waren in dieser Hinsicht total irrational, aber das hielt sie nicht davon ab, durch meinen Kopf zu wirbeln. Dabei hatte Kim vor einer gefühlten Ewigkeit mit Colton Schluss gemacht und war über ihn hinweg. Hatte ich Angst vor ihrer Reaktion angesichts der Tatsache, dass ich ihr half, Colton in die Wüste zu schicken, und kaum ein Jahr später selber mit ihm rumknutschte? So was von! Dabei war es doch gar nicht so, dass Colton und ich irgendwie zusammen waren, wieso also Gewissensbisse? Sollte ich ihr etwas dazu beichten? Hey, Kim, ich habe übrigens deinen Ex geküsst. Er kann ganz schön gut küssen, findest du nicht? Er ist verdammt sexy!

Mit der linken Hand begann ich, mir Luft zuzufächeln. Mir wurde plötzlich heiß. Ich war seit gestern im Zombie-Schmacht-Modus gefangen: Hirn aus, Gefühle an, und ständig überkamen mich Erinnerungen an Coltons Hände auf meiner Haut, seine Lippen an meinem Mund und tausend andere Kleinigkeiten. Es war zum Verrücktwerden! Colton zu mögen war falsch. Letzten Endes betrog ich mit der Illusion von ihm und mir doch nur mich selbst. Ich wollte keine Beziehung, ich wollte keinen Freund, und ich wollte ihn nicht. Nein, ich hatte andere Zukunftspläne, und die involvierten nun mal nicht Colton Daniels. Aber ein Teil von mir wollte genau das. Alles davon. Küsse, Berührungen – und vor allem Colton.

Ich ließ mein Gesicht in meine Hände sacken und seufzte.

»Was ist denn mit dir los?«, fragte Kim. Sie hatte offenbar bemerkt, dass ich ihrer Story über diesen süßen Typen beim Date-Swap am Strand nicht wirklich zugehört hatte, sondern sich stattdessen in meinem Hirn eine Soap-Opera abspielte.

»Ach, da ist nur dieser Auftrag«, log ich.

»Ein Schlussmach-Auftrag?«, fragte Kim neugierig.

Ich nickte. »Dieses Mädchen steht irgendwie auf den Ex eines Mädchens, das sie kennt, und quält sich deshalb total«, sagte ich. »Ich weiß nicht so genau, was ich davon halten soll.«

»Naja, wenn es ihr Ex ist … wo ist das Problem?«

»Wäre es für dich denn okay, wenn Colton …«

Kim lachte lauthals. »Colton! Der macht doch ständig mit irgendeinem Mädchen rum. Kaum dass ich ihn abgeschossen habe, hing schon die Nächste an seinem Arm«, sagte sie spöttisch. »Wenn ich mir Gedanken über jedes Mädchen machen würde, das er aus Spaß küsst, dann würde ich nie Ruhe finden. Anfangs war das echt schwer, aber inzwischen kann er von mir aus tun und lassen, was er will.«

»Oh«, machte ich leise.

»Wo wir schon von ihm sprechen«, fuhr Kim fort. »Als ich

auf dem Weg hierher war, habe ich mitbekommen, wie er und Theo sich gezofft haben. Hast du die beiden schon mal streiten sehen? Ich nicht. Ich war neugierig und bin stehen geblieben, aber der Direktor hat beide relativ schnell in sein Büro geholt.«

»Also …«

»Unglaublich, ich weiß!«, plapperte Kim weiter, ohne mich zu Wort kommen zu lassen. »Da ging es um irgendeine Meinungsverschiedenheit, wegen – halt dich fest – eines Mädchens! Ist das nicht heißer Gossip? Colton und Theo streiten sich wegen einer Unbekannten! Das ist fast wie bei *Vampire Diaries*. Die Liebe entzweit sogar Brüder! Ich bin so neugierig!«

»Die beiden sind eigentlich Cousins«, sagte ich.

Du guckst zu viele Teenie-Drama-Serien, dachte ich.

»Ist doch egal!«, meinte Kim. »Weißt du was darüber?«

»Ich?«, quickte ich erschrocken.

»Du und Lorn ihr hängt doch so viel mit Theo in letzter Zeit ab, da dachte ich, er würde euch ein paar Sachen erzählen.«

»Nein«, antwortete ich knapp.

»Schade«, sagte Kim bedauernd. »Meinst du, Colton hat mitbekommen, dass Lorn Theo mag, und es ging darum oder so?«

»Wenn du ihm nichts gesteckt hast, weiß er gar nichts.«

»Meine Lippen sind versiegelt geblieben«, sagte Kim stolz.

»Das will ich auch hoffen«, neckte ich sie.

»Aber um wen könnte es denn gegangen sein?«

»Keine Ahnung, aber … wenn wir schon beim Thema Colton sind«, sagte ich langsam. »Da muss ich dir etwas … beichten.«

»Was denn?«, fragte Kim irritiert.

Ich holte tief Atem. »Okay, Kim. Ich sage es jetzt geradeheraus. Colton und ich haben uns in den letzten Wochen mehrmals geküsst, wir sind irgendwie … da ist was zwischen uns. Damit kannst du jetzt anfangen, was du willst.«

»Ihr habt …?« Kim starrte mich perplex an.

»Schuldig«, sagte ich.

»Wie … unerwartet«, meinte sie. Sie runzelte die Stirn. »Bist du jetzt in ihn verliebt? Oder war das eine einmalige Sache?«

»Ich verliebe mich grundsätzlich nicht. Schon gar nicht in Colton«, sagte ich schlicht. »Ich bin die Schlussmacherin, schon vergessen? Ich bringe Leute auseinander und halte nicht viel von Liebe.«

Ich wusste gar nicht recht, wieso ich das sagte. Vielleicht um mir selber zu beweisen, dass die alte Cassidy nicht tot war.

Kim lächelte matt. »Selbst wenn … das wäre okay.«

»Nein«, sagte ich leise. »Wäre es nicht.«

Kim bedachte mich mit einem seltsamen Blick. »So von Mädchen zu Mädchen«, sagte sie vorsichtig. »Gefühle zu verdrängen macht sie in der Regel nur noch stärker und lässt sie nicht verschwinden. Ist wie ein ungeschriebenes Gesetz in der Liebe.«

»Ich habe alles im Griff«, sagte ich.

»Natürlich. Wenn das jemand hat, dann du.«

Mein schlechtes Gewissen verflüchtigte sich langsam. Ich glaubte Kim. Und durch ihre Worte fühlte ich mich ein wenig besser. Doch änderte es wirklich etwas? Wenn sie nichts gegen die Vorstellung von mir und Colton zusammen hätte, gab es immer noch die gleichen Einwände meinerseits? Ich wollte mich nicht verlieben, nicht in Colton …

Ehe sich zu lange Schweigen ausbreiten konnte, griff Kim

den Streit wieder auf. »Wieso nur dieser Streit? Na ja, ich werde schon noch die Details rausbekommen!«, sagte sie selbstsicher.

Ich zuckte nur mit den Schultern und ging nicht näher darauf ein. Es konnte viele Gründe dafür geben, dass Colton und Theo stritten. Spontan kam mir als Auslöser dafür unsere Wette in den Sinn. Doch wieso um alles in der Welt sollte Colton Theo davon erzählen, nachdem wir Waffenstillstand geschlossen hatten? Ich schüttelte das unbehagliche Gefühl ab, das diese Frage in mir auslöste, und dachte stattdessen über Kims Rat nach. Die Perspektive zu wechseln war notwendig, um neue Wege zu erkennen und dann auch zu gehen. Die Frage aller Fragen war nur: Wieso blieb ich nur weiter genau dort stehen, wo ich war?

Als Lorn aus der Umkleide kam, wartete ich schon im Flur auf sie. Anscheinend brodelte es ganz schön in der Gerüchteküche, denn Lorn sprach mich sofort auf den Streit zwischen Colton und Theo an, der offenbar Thema unter den Mädchen gewesen war. Kim war so eine Tratschtante! Direkt nach dem Spiel war sie aufgesprungen und zu den anderen in die Garderobe gelaufen – offenbar in der nicht allzu geheimen Mission, von diesem Streit zu berichten. Musste sie alles gleich rumerzählen?

»Meinst du, die beiden sind noch im Büro?«, fragte Lorn.

»Hast du mal auf die Uhr gesehen, der Unterricht ist lange vorbei«, sagte ich. »Ich frage mich, was sie überhaupt noch in der Schule gemacht haben. Und wieso streitet man auf dem Flur?«

»Theo hatte sicher noch Fußballtraining«, sagte Lorn.

»Und Colton?«

»Der hat bestimmt auf ihn gewartet, so wie du auf mich.«

»Meinst du … sollen wir mal nach ihnen sehen?«, fragte ich.

»Machst du dir etwa Sorgen um Colton?«, feixte Lorn.

»Und du dir etwa keine um Theo?«, gab ich neckend zurück.

»Sollen wir uns aufteilen und in einer Viertelstunde am Parkplatz treffen?«, schlug Lorn vor. »Wenn wir sie nicht finden, müssen wir wohl warten, bis Kim wieder etwas aufschnappt.«

»Du könntest Theo auch einfach texten.«

Lorn zog ihr Handy heraus und tat genau das. »Erledigt.«

Coltons Nummer hatte leider keine von uns beiden.

»Und jetzt?«, dachte Lorn laut nach. »Sie suchen?«

»Okay«, stimmte ich zu. »Bis gleich auf dem Parkplatz.«

Lorn und ich trennten uns. Sie ging Richtung Sporthalle, um zu schauen, ob Theo noch beim Fußball war, falls das Training noch lief, und ich … wusste nicht recht, wo ich überhaupt nachsehen sollte. Wo würde ich in der Schule hingehen, wenn ich eine ruhige Minute wollte? Dorthin, wo ich mich am wohlsten fühlte. Bei Colton wäre das vielleicht der Kunstraum von Mr. Felton. Es war merkwürdig, die leeren Gänge abzugehen. Ich selber war kein Teil irgendeiner AG oder eines Clubs und trieb mich eher selten nach Schulschluss noch in der Newfort High herum. Hin und wieder fürs Nachsitzen und meistens wegen Lorns Basketballtraining. Die Tür zum Kunstraum war offen, aber Colton war nicht da. Ich sah mich um. Viel zu entdecken gab es nicht. Alles war wie immer. Mein Blick fiel auf die Regalfächer. Es gab für jeden Kurs, den Mr. Felton unterrichtete, eines. Darin wurden die unfertigen Arbeiten der Schüler in Mappen aufbewahrt, damit wir sie nicht jedes Mal mit nach Hause schleppen mussten. Meine Mappe. Coltons …

Schließlich siegte meine Neugier. Ich zog Coltons Kunstmappe aus dem Fach heraus. Es dauerte nicht lange, bis ich sie gefunden hatte. Ich löste das Gummiband und öffnete sie. Dort fand ich eine Menge loser Skizzenblätter von Stillleben, die Mr. Felton uns vor einer Weile hatte zeichnen lassen. Ein paar Bilder mit Aquarell und Wasserfarben, die wirklich gut waren. Weitere Skizzen. Etwas wirklich Aktuelles würde ich wohl nicht finden, zumal wir zuletzt auf Leinwände gemalt hatten und die woanders aufbewahrt wurden.

Colton hatte zwar gesagt, er wäre nicht so gut wie seine Eltern, aber selbst ein Kunstlaie wie ich erkannte sein Talent.

Ich klappte die Mappe zu und wollte sie wieder weglegen, als eines der losen Blätter heraussegelte. Als ich mich bückte, um es aufzuheben, erstarrte ich in der Bewegung. Es war eine Kohlezeichnung von einem Mädchen. Man sah sie von der Seite. Sie warf einen Schatten gegen eine Wand, doch ihr Schatten zeigte nicht ihre Silhouette, sondern die eines Baumes. Und darüber stand in ordentlicher Handschrift: *In dir steckt eine ganze Welt, und du willst nicht, dass jemand sie sieht.* Mir stockte der Atem.

Die langen Haare, die dunklen Klamotten, der Baum …

War … ich das? Hatte Colton *mich* gezeichnet?

Ich hatte ihm doch erst vor Kurzem von der Sache mit dem Lebensbaum erzählt. Die Zeichnung musste also neu sein. Wann hatte er sie angefertigt und in seine Mappe gelegt? Und … so sah er mich?

»Was machst du da?«

Ich erschrak fast zu Tode, als der Hausmeister seinen Reinigungswagen in den Raum schob. Er musterte mich skeptisch.

»Ich habe nur etwas aus meiner Mappe geholt«, murmelte

ich. Hastig schob ich die Kohlezeichnung zurück zwischen Coltons andere Blätter und legte sie ins Fach. »Bin schon weg, Sir.«

Mit pochendem Herzen stürmte ich zum Ausgang.

»Hast du Colton gefunden?«, fragte Lorn, als ich am Wagen wieder auf sie traf. Ich schüttelte heftig den Kopf. »Das Fußballtraining war auch längst vorbei, als ich an der Halle ankam. Allerdings hat Theo mir gerade geantwortet und gesagt, er würde noch eine Weile im Frozen Yoghurt Palace sitzen.«

»Du meinst da, wo wir mal gearbeitet haben?«

»Und gefeuert wurden«, sagte Lorn.

»Du wurdest gefeuert, *ich* bin aus Solidarität gegangen«, sagte ich in gespielt dramatischem Ton. »Die schmeißen uns sicher hochkant raus, wenn wir einen Fuß über die Schwelle setzen.«

»Dann maskieren wir uns eben«, sagte Lorn ernst.

»Oder wir schreiben Theo, er soll rauskommen?«

Lorn verzog den Mund. »Oh. Das geht auch.«

»Auf der Fahrt muss ich übrigens einen Monolog über meine inneren Konflikte halten, so als wäre ich eine tragische Romanfigur von Jane Austen«, informierte ich sie.

»Darauf habe ich schon gewartet«, sagte Lorn amüsiert.

Der Frozen Yoghurt Palace befand sich gegenüber der Mall. Der Schuppen machte seinem Namen optisch alle Ehre, denn das Dach war wie der Turm eines Palasts geformt, und die Neonschilder in den Scheiben versprühten 80er-Jahre-Vibe. Der Laden war mit seiner rosa Zuckerwatte-Einrichtung purer Kitsch, aber hier gab es nun einmal den leckersten Frozen Yoghurt weit und breit.

Ich schickte Theo eine Nachricht, als wir zur Einfahrt einbogen. Er brauchte eine Weile, bis er herauskam, was daran lag, dass er Lorn und mir eine Portion Frozen Yoghurt geholt hatte und deshalb ein weiteres Mal hatte anstehen musste.

»Wenn ihr nicht zum Frozen Yoghurt kommt, dann kommt er eben zu euch«, sagte Theo und hielt uns die Becher entgegen.

»Danke!«, sagte Lorn begeistert, nahm ihm einen Becher ab und begann sofort loszulöffeln.

»Danke«, sagte ich und griff nach dem anderen Becher.

Theo setzte sich zu uns, auf den Sockel einer verwitterten Statue, die in einer Reihe aus Sträuchern stand und uns ganz gut abschirmte, falls jemand aus dem Laden durchs Fenster blickte. Wenn hier noch immer derselbe Manager arbeitete, würde der sicher nicht zögern, Lorn und mich sogar vom Parkplatz zu verweisen.

»Ich weiß eure Sorge echt zu schätzen, aber ihr hättet nicht extra herkommen müssen«, sagte Theo. »Was hat Kim erzählt?«

»Woher weißt du, dass sie was erzählt hat?«, fragte ich.

»Ich habe sie im Flur gesehen, ehe der Direktor kam.«

»Nicht viel«, sagte Lorn. »Etwas über einen schlimmen Streit.«

»Dann weiß das also morgen die ganze Schule.« Theo seufzte.

»Du musst nicht darüber reden, wenn du nicht willst«, sagte Lorn einfühlsam. »Wir wollten nur sehen, ob es dir gut geht.«

»Nachdem ich zehn Pfund Frozen Yoghurt gegessen habe? Ja.«

»Ich könnte dich bei einem Wettessen locker schlagen!«

Beim Anblick von Lorn und Theo musste ich schmunzeln.

»Ich brauche einfach etwas Abstand von … Colton«, sagte

Theo bedacht. »Wir geraten in letzter Zeit viel zu oft aneinander.«

Lorn und ich starrten Theo verwundert an.

»Wieso schaut ihr beide so überrascht?«, fragte er.

»Wir dachten, ihr zwei seid ein Herz und eine Seele«, sagte ich. »Eure ›Bromance‹ ist an der Newfort High legendär.«

»Klingt, als würdet ihr Schluss machen«, fügte Lorn hinzu.

»Wir sind … Familie«, sagte Theo leise. »Aber, Familie zu sein bedeutet auch, dass die Menschen, die einem am nächsten stehen, einen mit ihren Taten und Worten am meisten verletzen können. Und wir hatten eine schlimme Meinungsverschiedenheit.« Theo trat mit dem rechten Fuß einen kleinen Kieselstein weg. »Colton kennt mich besser als jeder andere, und ich schätze mal, ich bin aufgrund seines Verhaltens einfach enttäuscht.«

»Bin … ich daran schuld?«, fragte ich zaghaft.

Wenn es im Streit um die Wette ging, dann ja …

Als ich Theo ansehen wollte, wich er meinem Blick aus.

»Ich möchte gerade nicht weiter drüber sprechen, okay?«, murmelte er. »Aber mach dir keinen Kopf. Die Sache hat Colton sich selber zuzuschreiben, er allein ist schuld am Streit.«

»Okay.« Ich nickte bedächtig.

Wenn Theo das Thema für den Moment lieber ruhen lassen wollte, würde ich ihn nicht zwingen, weiter darüber zu sprechen.

»Ich habe eine Idee, wie wir dich etwas ablenken können!«, sagte ich schwungvoll. Ich drückte ihm meinen Becher in die Hand und angelte nach meinem Handy. In einem der Ordner suchte ich nach dem Foto, das ich neulich im Vorbeigehen von einem Flyer am Schwarzen Brett gemacht hatte, und zeigte es Lorn und Theo. »Das hing in der Schule. Für einen

Camping-Werbespot suchen sie ein paar Jugendliche, die außerhalb von Newfort für ein Wochenende Statisten in dem Clip spielen. Man bekommt hundert Dollar pro Nase, plus Verpflegung. Einzige Bedingung: Man muss zwei komplette Tage am Set bleiben. Es gibt keine richtigen Unterkünfte, also müssten wir zelten, aber das klingt doch lustig, oder? Ich meine, Geld verdienen und dabei etwas Neues ausprobieren? Besser geht es doch gar nicht!«

Lorn sah mich belustigt an. »Du und dein Hobby wieder!«

»Hobby?«, fragte Theo.

»Das ist mein Ding«, erklärte ich. »Ich probiere alles einmal aus. Probestunden sind ja meistens umsonst, und ich …«, ich holte tief Luft und nahm mir ein Herz. »… habe nicht sehr viel Geld.«

»Das wusste ich nicht«, sagte Theo überrascht.

»Cassidy ist wie ein Buch mit sieben Siegeln«, meinte Lorn.

Theo lächelte mich an. »Gut, überzeugt! Klingt spannend.«

»Landen wir dann echt im Fernsehen?«, fragte Lorn.

»Die Wahrscheinlichkeit ist eher gering. Vielleicht sieht man mal deinen Rücken oder so. Es geht darum, dass sie genug Leute haben, die im Hintergrund durchs Bild laufen, um die Atmosphäre zu gestalten oder so ähnlich«, sagte ich. »Habe ich auf ihrer Webseite nachgelesen. Die wollen Outdoor-Kleidung promoten.«

»In Newfort?«, fragte Theo erheitert.

Ich zuckte mit den Schultern. »Hier in der Gegend gibt es viele Leute, die klettern oder wandern. Denk mal an all die Touristen, die es zu uns zieht, weil sie was erleben wollen.«

»Okay, dann bin ich dabei«, sagte Lorn. Sie streckte eine Hand aus. »Einer für alle und alle für einen. Ab in die Wildnis!«

Ich legte meine Hand auf Lorns. Theo seine auf meine.

Mein Motiv war nicht ganz uneigennützig. Dieses Wochenende würde der Höhepunkt meiner Verkupplungs-Aktion sein. Kein Colton, der uns bei irgendwas störte. Nur Lorn, Theo und ich.

Diese zwei Tage würden alles verändern.

# KAPITEL 25

LORNS WAGEN war so voll beladen, dass man meinen könnte, wir beide hätten unsere Siebensachen gepackt, um auszuwandern. Ich besaß nicht wirklich etwas Brauchbares an Camping-Ausrüstung außer einem alten Schlafsack, der ziemlich löchrig war, also hatten wir den Dachboden der Rivers auf den Kopf gestellt. Lorn und ich wühlten uns durch viele staubige Kisten und allerhand Zeug, ehe wir ein paar nützliche Sachen fanden. Wir benötigten ein eigenes Zelt, brauchbare Schlafsäcke, Taschenlampen und den üblichen Wildnis-Kram, wenn wir eine Nacht unter freiem Himmel verbringen würden. Ich war dafür gewesen, pragmatisch zu denken: weniger Gepäck, mehr essenzielle Dinge. Lorn hingegen schleppte ständig etwas Neues zum Auto, das sie für überlebenswichtig hielt. Zum Beispiel ihren Lieblingsbasketball oder extra dicke Flauschsocken. Vielleicht lag es daran, dass ich nie viel besessen hatte und ein wenig nach diesem Postkarten-Spruch »sammle Erinnerungen, keine Gegenstände« lebte, aber Lorn hätte vermutlich sogar ihre Matratze in den Kofferraum verfrachtet, wäre noch Platz gewesen. Sie konnte sich von kaum etwas trennen. Freitagabend hatten wir ewig diskutiert, was sie zu Hause lassen sollte, damit wir stattdessen den mobilen Camping-Generator mitnehmen konnten – wir wussten schließlich nicht, ob wir am Drehort des Werbespots Strom hatten. Ich war zwar alles andere als abhängig von meinem Handy, aber hin und wieder sollten wir unseren

Eltern schon ein Lebenszeichen senden können. Unsere Akkus machten sicher nicht ewig mit, und da war ein Ladegerät wichtig.

Auf die Anmeldeliste für die Teilnehmer zu kommen war leichter gewesen als gedacht. Theo hatte nach unserem Entschluss gleich an die Adresse auf der Webseite gemailt und angefragt, ob noch immer Leute gesucht wurden – schwupps, schon waren wir alle dabei. Um im Hintergrund lässig herumzulaufen, brauchte man keine besonderen Kenntnisse. Unsere Erziehungsberechtigten hatten allerdings ihr Einverständnis geben müssen. Meine Mom hatte mir sofort die Erlaubnis gegeben, was mich nicht verwunderte. Seit unserem Gespräch gab sie sich extra Mühe, auf meiner guten Seite zu stehen, was ich zu schätzen wusste. Da war es schon schwieriger geworden, Mr. und Mrs. Rivers zu überzeugen. Sie fanden es nicht so toll, dass Lorn vielleicht im Fernsehen zu sehen war. Lorn hatte sie dann ganz logisch in Grund und Boden argumentiert, denn die Basketballspiele der Highschool wurden ja auch meist von einem lokalen Sender aufgezeichnet, und Lorn flimmerte so gesehen regelmäßig über einen Bildschirm. Theo textete uns Freitagabend die restlichen Infos. Weil wir Samstag früh rausmussten, übernachtete ich bei Lorn, und wir gingen zeitig ins Bett. Geschlafen wurde trotzdem nicht viel. Lorn und ich redeten fast die ganze Nacht über Theo und wie sie sich die Wald-Location zunutze machen konnte. Einen richtigen Plan gab es nicht. Dafür ein paar aufmunternde Worte meinerseits und mehrere Einfälle, um romantische Momente beim Camping-Ausflug zu schaffen. Sternegucken und Lagerfeuer zum Beispiel.

Laut den Daten auf dem PDF, das Theo uns weitergeleitet hatte, kannten wir schon die Eckdaten. Eine Firma namens

*Adventure 16* hatte mehrere Sitze in Kalifornien, zum Beispiel in West L. A. oder San Diego, und wollte in der Nähe der Küste eine ganze Reihe von Spots in Zusammenarbeit mit einer Marketingfirma drehen, um eine neue Kollektion vorzustellen. *Adventure 16* hatte von Outdoor Kleidung bis hin zu Ausrüstungen für mehrere Sportarten wie Wandern oder Klettern so ziemlich alles und bot sogar eine Art Ausleihe verschiedener Utensilien an. Es waren einige professionelle Schauspieler für den Dreh engagiert worden, allerdings keine wirklich bekannten Namen. Die zusätzlichen Statisten, darunter eben Theo, Lorn und ich, sollten sich Samstagmorgen um sieben Uhr auf dem Parkplatz des Newfort National Forrests einfinden, der an die Gebirgskette grenzte, um eingewiesen zu werden. Der Drehort war gar nicht so weit von der Ranch der Griffins entfernt, wenn ich genau darüber nachdachte. Als Location würde man den Teil des Waldes nutzen, der nicht zum Naturschutzpark und den Bergen gehörte, die aufgrund des Steinbruchs sowieso nicht infrage kamen. Als Lorn und ich dort eintrafen, war bereits einiges los. Wir hatten die Möglichkeit, den Wagen auf dem Schotterparkplatz abzustellen, und mussten von dort ein Stück zu Fuß gehen. Für den Dreh war die Richtung ausgeschildert worden, damit man über einen Spaziergänger-Weg zu einer großen Lichtung, die als eine Art Basis fungierte, fand. Dort hatten die Veranstalter Container aufgestellt, darunter eine Kantine, mehrere Toiletten und eine Zentrale, die voller technischer Geräte und Monitore war. Lorn und ich staunten nicht schlecht, als wir von einem der PAs, einem *Commercial Set Assistant* oder auch *Production Assistant* genannt, durch den Wald geführt wurden. Man erklärte uns kurz, wo sich alles Wichtige befand. Der PA, der uns alles zeigte, war ein junger Mann, vielleicht Mitte zwanzig, der schneller redete, als Lorn und ich ihm folgen konnten. Er schien total gestresst zu sein.

»Ihr könnt euch frei bewegen, wenn ihr gerade nicht gebraucht werdet, aber denkt bitte daran: Wenn Teile des Waldes mit roten Linien abgesperrt sind, wird dort vermutlich gerade gefilmt. Lauft nicht dazwischen!«, ratterte er emotionslos und einstudiert die Sätze herunter, die er heute bestimmt noch hundertmal wiederholen würde. »Getränke könnt ihr euch holen, wann immer ihr wollt. Die Verpflegung ist auch umsonst: Frühstück gibt es ab sechs, Mittag ab eins, Abendessen gegen sieben. Schaut regelmäßig auf den Drehplan, damit ihr wisst, wo und wann euer Einsatz ist. *Regelmäßig*, verstanden? Solche Pläne ändern sich manchmal alle paar Stunden. Vergesst eure Gruppennummer nicht. Ihr werdet häufig mit ihr angesprochen, nicht mit euren Namen. Befolgt immer die Anweisungen des Regisseurs. Habt ihr ein Problem, wendet euch an den Head Manager. Das ist der Typ mit der roten Weste, der überall durch die Gegend wuselt. Bei medizinischen Notfällen sucht ihr den Health Container auf. Alles klar soweit?«

Lorn und ich tauschten einen unsicheren Blick.

»Sehr gut!«, laberte der PA einfach weiter. »Eure erste Aufgabe: Schlagt euer Zelt auf. Wo, ist mir egal, Hauptsache ihr bleibt in einem Radius von drei Meilen in Standortnähe. Das hat versicherungstechnische Gründe. Bitte fangt nichts mit den anderen Statisten an – nur so ein Tipp von mir. Das geht meist ins Auge. Kommt um neun zurück zur Basis. Bis dann.«

Wusch – und schon rauschte er davon.

»Das war, als würde Captain Kirk einen Eintrag ins Logbuch der USS Enterprise machen«, murmelte ich. »Ich wusste nicht mal, dass es möglich ist, so schnell zu reden, ohne Luft zu holen.«

Lorn kicherte. »Dann schlagen wir mal unser Zelt auf.«

Praktischerweise stakste gerade Theo zwischen zwei Bäumen auf uns zu. Er hatte uns wohl von Weitem kommen sehen. Theo winkte.

»Ach, schon da?«, begrüßte er uns.

»Haha«, machte Lorn. »Es kann nicht jeder freiwillig um fünf Uhr morgens aus dem Bett rollen und voller Elan gleich loslegen.«

»Was ist das alles für ein Zeug?«, fragte er verwundert.

Lorn war über und über mit ihrem Zeug bepackt. Mich wunderte es, dass sie noch nicht unter der Last zusammengebrochen war.

»Überlebenswichtige Dinge«, sagte Lorn schlicht.

»Das … alles?« Theo hob eine Augenbraue.

»Können wir unser Zelt neben deinem aufschlagen?«, warf ich ein. Oder kann meine beste Freundin gleich bei dir schlafen? Das war sicher sehr kuschelig und auf der Romantik-Skala weit oben.

»Ich weiß nicht, ob …« Theo räusperte sich.

»Ob?«, fragte ich verwirrt. Und als ich in seine schuldige Miene blickte, wusste ich sofort, dass etwas nicht stimmte.

Theo hob abwehrend die Hände. »Bitte seid nicht sauer.«

»Wieso sollten wir sauer sein?«, fragte Lorn ratlos.

»Colton ist hier«, erriet ich missmutig.

»Wo?« Lorn sah sich überrascht nach allen Seiten um.

Ich verschränkte abweisend die Arme vor der Brust.

»Wollten wir nicht alle etwas Ruhe haben?«, fragte ich vorwurfsvoll. »War nicht Sinn und Zweck dieses Wochenendes, dass du etwas Abstand zu ihm gewinnst? Das hast du selbst gesagt!«

Mal ganz zu schweigen davon, dass es meinen Plan durcheinanderbrachte, Lorn und Theo ohne seine Einmischung endlich zu verkuppeln. Das konnte ich jetzt wohl vergessen.

Theo biss sich auf die Unterlippe. »Sorry …«

»Cassidy, durchatmen«, sagte Lorn ruhig. »Dann ist er eben hier. Ist doch gut, wenn Theo und Colton sich wieder vertragen haben. Wahrscheinlich sind wir eh in unterschiedlichen Gruppen.«

»Ja, du hast recht«, sagte ich versöhnlich. »Sorry.«

Mist! Das wäre die Chance gewesen! Jetzt musste ich mich dieses Wochenende mit Colton herumschlagen, und was das bedeutete, war mir klar … diese elendigen Gefühle für ihn würden mich mehr malträtieren als jede Mücke in diesem Wald. Auf keinen Fall wollte ich achtundvierzig Stunden in seiner Nähe sein. Ich hatte ja nicht mal entschieden, ob ich uns überhaupt eine Chance geben würde.

»Puh«, machte Theo und schien erleichtert. »Unser Zelt steht ein paar Fuß in dieser Richtung. Dort gibt es auch einen kleinen Fluss. Bisher haben wir dort unsere Ruhe. Mir nach, Ladys.«

Immerhin war Colton nicht da, als wir ankamen.

»Wie habt ihr euch so schnell wieder vertragen?«, fragte Lorn neugierig. »Habt ihr euch ausgesprochen und den Streit beendet?«

Theo warf merkwürdigerweise mir einen undeutbaren Blick zu, als er auf Lorns Frage antwortete. »Könnte man so sagen.«

Stirnrunzelnd wollte ich nachhaken, was er damit meinte, aber da wechselte er abrupt das Thema und beschloss, uns beim Zeltaufbau zur Hand zu gehen. Wir verstauten danach unser Gepäck im Inneren des Zeltes, und dann war es auch an der Zeit, zurück zur Lichtung zu gehen und einen Blick auf den Drehplan zu werfen. Innerhalb der letzten halben Stunde war Leben in den Wald gekommen. Überall liefen Leute durch die Gegend. Jugendliche Teilnehmer, Mitarbeiter, die Filmausrüstung trugen oder andere Angestellte, die offenbar schwer beschäftigt mit ihren Aufgaben waren.

Lorn, Theo und ich waren alle in einer Gruppe – Colton leider auch. Vielleicht hatten die Gruppen etwas mit der Reihenfolge zu tun, in der man sich für den Werbespot-Dreh angemeldet hatte?

Colton fiel mir sofort ins Auge, als wir die Lichtung kreuzten. Obwohl er mit dem Rücken zu mir stand, erkannte ich ihn gleich.

Seine dunklen Haare, die sich in seinem Nacken leicht lockten, die angespannte Art, wie er die Schultern hielt, und das moosgrüne Shirt, das er damals bei unserer Begegnung in der Mall getragen hatte. Das waren nur einige Details, die mir so vertraut waren.

Theo tippte ihm auf die Schulter, damit er uns bemerkte.

»Hey«, sagte er kurz angebunden.

»Hi«, sagte Lorn etwas steif.

Ich sagte gar nichts.

»Und, was müssen wir jetzt tun?«, fragte Theo.

»Der Typ da vorne wollte es gerade erklären.«

Colton deutete mit dem Zeigefinger auf einen Mann mit roter Weste, der Head Manager, wie uns der PA eben noch erklärt hatte. Wir standen in einem bunten Meer aus Menschen, die alle unterschiedlich alt waren. In meiner Nähe sah ich eine Menge Teenager und jüngere Kids, aber es gab auch reichlich Leute im College-Alter und Erwachsene. Weil der Werbeflyer in unserer Highschool ausgehangen hatte, war ich dem Irrtum erlegen, dass man nur Jugendliche für den Spot gesucht hatte.

Der Head Manager stellte sich als Alvin Waters vor und erklärte uns mit freundlicher, ruhiger Stimme, wie alles ablaufen würde. Er sprach durch ein Mikrofon, damit ihn auch jeder verstehen konnte.

»In den Aufnahmen, die wir für den Commercial drehen, möchten wir verschiedene Momente mit unterschiedlichen Menschen einfangen. Das Konzept besteht darin zu zeigen, wie schön die Natur sein kann, was für ein Abenteuer hinter jeder Ecke lauert – und das *Adventure 16* die richtige Ausstattung für jedes davon hat«, sagte Mr. Waters. »Wenn Sie sich nach allen Seiten umsehen, werden Sie feststellen, dass wir eine gemischte Truppe sind. Mein Team und ich möchten Momente einfangen, die Familien zeigen, Freunde auf einem Trip, Unternehmungen und Spaß hier draußen. Wir sind sehr froh, dass es rund um Newfort einige wunderschöne Ecken gibt. Sie werden sich wundern, hinterher wird es ausschauen, als seien wir einmal um die halbe Welt gereist. Pure Magie!«

Ein paar der Leute lachten amüsiert.

»Insgesamt werden wir zehn unterschiedliche Clips drehen, die später im Fernsehen nur wenige Sekunden andauern, in der Realität aber eine Menge Planung und Arbeit abverlangen. Deshalb möchte ich Sie alle bitten: Ziehen Sie mit uns an einem Strang.«

Mr. Waters machte eine Pause.

»Nun zum Ablauf. Sie wurden Ihrem Alter nach in unterschiedliche Gruppen eingeteilt, und jeder von Ihnen wird in der ein oder anderen Szene mitspielen. Es bleibt uns allerdings vorbehalten, ob das aufgenommene Material letzten Endes auch Verwendung findet. Seien Sie also nicht enttäuscht, falls man ausgerechnet Ihren Part im Schnitt unter den Tisch fallen lässt.«

Der Head Manager lächelte gut gelaunt.

»Jede Gruppe ist dazu verpflichtet, sich zu bestimmten Zeiten an bestimmten Orten einzufinden. Der erste Ort, den Sie immer wieder anlaufen werden, ist das Zelt mit der Maske und dem Fitting. Dort wird man Ihnen einen Look verpassen, der auf den jeweiligen Clip zugeschnitten ist. Im Anschluss werden Sie in Kleingruppen unsere ausgewählten Schauspieler mit einem der Kamerateams begleiten. Weitere Anweisungen erhalten Sie von einem der zuständigen PAs«, sagte Mr. Waters. »Bitte scheuen Sie sich nicht, bei Bedarf Fragen zu stellen. Sie werden meist für mehrere Stunden am Stück eingespannt sein, aber nie den ganzen Tag. Das bedeutet, Sie dürfen Ihre übliche Freizeit nutzen, wie Sie möchten. Wir sind hier in einer tollen Gegend, Ihnen fällt bestimmt etwas ein, das man während des Campens machen kann.«

Danach folgten ein paar Sicherheitsanweisungen, noch einmal die Erklärungen, wo sich was befand, und eine Vorstellung der wichtigsten Mitglieder des Teams der Werbefirma, unter anderem des Regisseurs Dean Lutz, von dem die Ideen für die Clips stammten. Es schien, als wären alle sehr nett und richtig heiß darauf, ihren Job zu machen. Das war eine positive Überraschung.

Nach der kleinen Ansprache von Mr. Waters marschierte meine Gruppe, wie angewiesen, zum Zelt mit der Maske und dem Fitting. Dort wurde es recht hektisch. In Windeseile nahm man unsere Maße und versuchte, uns in Outdoor-Klamotten von *Adventure 16* zu stecken. Während eine stämmige Frau mit Korkenzieherlocken mir die sechste Mütze auf den Kopf setzte, weil sie fand, dass mir bisher keine von den anderen gestanden hatte, fragte ich mich, ob sich all der Aufwand für diese Produktion echt bezahlt machte. Vermutlich. Sonst würde doch keine Firma überhaupt Werbespots drehen, oder? Trotzdem kam mir das alles etwas übertrieben vor. Schließlich beschloss die Dame, dass ich nicht der Typ für Mützen war und man mir stattdessen die Haare flechten sollte. Ich wusste nicht, ob es Lorn genauso ging, da wir alle in durch Vorhänge getrennte Kabinen gedrängt worden waren, damit sich jemand über uns hermachen konnte. Nach fast einer Stunde (es kam mir eher vor wie drei) stampfte ich aus dem Zelt heraus. Ich trug eine schwarze, wasserabweisende Hose mit Dutzenden Taschen und eine rote Regenjacke, die tatsächlich ganz cool aussah. Mit der Frisur, zwei eng an den Kopf nach hinten geflochtenen Zöpfen und dem superdezenten Make-up fühlte ich mich allerdings überhaupt nicht *very sporty* (die Worte der Set-Stylistin, nicht meine). Ich hatte noch nie verstanden, was der Sinn eines Nude-Looks war, wenn man sich schminkte, um ungeschminkt auszusehen. *Du bekommst hundert Dollar für diesen Mist, Cassidy.* Der Gedanke wirkte Wunder.

»Cassidy, bist du das?«, scherzte Lorn, als sie mich sah. »Ich erkenne dich ohne deinen Kajal gar nicht wieder! Du bist …«

»Noch immer atemberaubend schön«, ging Colton dazwischen. »Seid ihr jetzt fertig mit Schnattern? Wir müssen los.«

Unsere Blicke trafen sich. Seine Lippen kräuselten sich zu einem frechen Lächeln, und er zwinkerte mir zu. Mein Herz machte einen Satz. Blödmann! Wenn ich es nicht besser wüsste, würde ich sagen, er hatte seine Anwesenheit hier genau eingeplant … ob er unseren Waffenstillstand vergessen hatte? Rein theoretisch war es gegen die Regeln, uns an diesem Wochenende gegenseitig zu sabotieren. Oder wollte Colton einfach nur Zeit mit mir verbringen? War das möglich … dieser Gedanke jagte mir ein angenehmes Kribbeln über die Haut. Ich hätte gerne eine Minute mit ihm allein gehabt, aber wir mussten jetzt leider los.

»Haha«, erwiderte ich trocken. »Ihr seht mit diesem ganzen Outdoor-Zeugs genauso bescheuert aus wie ich.«

Eigentlich standen die Sachen sowohl Lorn als auch Colton richtig gut. Lorn war schon immer supersportlich gewesen, und die engen schwarzen Leggings mit dem grünen Wollpullover und der dazu passenden Jacke sahen wie Sachen aus, die sie sich auch selber kaufen würde. Ihre Haare hatte man zu Wellen gedreht, was sie viel femininer aussehen ließ. Colton trug eine schwarze Hose und braune Jacke, schwere Stiefel und eine Beanie Mütze (er war ganz offensichtlich ein Mützen-Typ) und Pilotenbrille. Im Gegensatz zu mir hatte man den beiden noch Rucksäcke gegeben.

»Die sind nur ausgestopft«, sagte Lorn, als sie meinen Blick bemerkte. Sie strich sich das Haar aus dem Gesicht. »Gott, dieser Wind nervt so dermaßen. Wieso sind deine Haare geflochten?«

»Wir können gerne tauschen«, murmelte ich.

Colton beobachtete uns belustigt.

»Wo ist eigentlich Theo?«, fragte ich.

»Der darf den Sohn in einer Familie spielen«, klärte Lorn mich auf. »Sie haben jemanden gebraucht, und Colton war noch nicht fertig.«

»Schade«, sagte ich leise.

»Ja, schade«, widerholte Lorn.

Colton rollte nur mit den Augen.

Wir mussten uns beeilen, damit der Rest unserer Gruppe nicht ohne uns losging. Schweigend liefen wir einem der PAs nach, der eine Flagge hochhielt, damit wir ihn nicht aus den

343

Augen verloren. Unsere Gruppe bestand aus circa zehn anderen Jugendlichen, einigen Kamera- und Technikleuten und dem PA. Es war der PA, der Lorn und mich schon bei unserer Ankunft begrüßt hatte. Sein Name war Justus, wie er uns jetzt mitteilte. Während wir wie engagierte kleine Wanderer einem unebenen Pfad folgten, ließ Colton, der bis dahin vor mir gegangen war, sich zurückfallen. Lorn, die das offenbar bemerkt hatte, legte einen Zahn zu. *Super unauffällig, Lorn!*

»Hi«, sagte er.

»Hi.«

»Wieso wolltest du nicht, dass ich mitfahre?«

Colton fackelte echt nicht lange herum.

»Das hat niemand gesagt«, erwiderte ich.

»Du hast mich nicht eingeladen. Hatte das einen Grund?«

»Unsere Teilnahme hier war eine spontane Aktion«, antwortete ich. »Du und Theo hattet euch gestritten, und er wollte Abstand zu dir. Es spricht doch nichts gegen einen Ausflug, oder?«

»Ist das alles?«, fragte Colton skeptisch.

»Okay, erwischt! Ich wollte Lorn und Theo verkuppeln«, gab ich zu. »Diese Chance kann ich mir doch nicht entgehen lassen. Aber ...« Unter Coltons durchdringendem Blick fiel es mir schwer, überhaupt noch etwas zu sagen. »... das hat nichts mit dir zu tun.«

»Da irrst du dich. All das hat etwas mit mir zu tun«, erwiderte Colton ernst. »Die Wette. Lorn. Theo. Wir. Ist es dir noch wichtig zu gewinnen, nach dem, was zwischen uns war, Cassidy?«

»Ehrliche Antwort?«

Colton nickte.

»Nein.«

Mit einem Mal wirkte er erleichtert. »Und … Theo hat dir nicht erzählt, wieso wir uns gestritten haben.« Colton sagte das nicht wie eine Frage. Es klang wie eine Feststellung, was mir irgendwie komisch vorkam. Konnte er nicht diese blöde Sonnenbrille absetzen, damit ich seine Miene besser lesen konnte? Mist. Ich runzelte die Stirn und seufzte. »Das macht es nicht leichter«, murmelte er. Seine Stimme klang dabei angeschlagen.

Ich musterte ihn von der Seite. »Was soll das heißen? Macht es nicht leichter? Woher weißt du, dass er nichts gesagt hat?«

»Sonst würdest du nicht mehr mit mir reden.«

Jetzt war ich vollends verwirrt. »Was?«

»Können wir später … also … bitte …«

Meine Skepsis wuchs von Sekunde zu Sekunde. Colton und unsicher? Das war selten. Er schien richtig mit sich zu ringen.

»Nein«, sagte ich. »Wir können nicht was-auch-immer. Dieses Wochenende ist mein Lorn-und-Theo-Verkupplungs-Geniestreich dran, und davon wirst du mich nicht abhalten. Lorn mag ihn wirklich, weißt du? Das ist kein Spiel für sie. Die beiden haben trotz der blöden Wette eine echte Chance verdient, Colton.«

»Um die beiden geht es nicht«, sagte er tonlos.

»Um wen dann?«, fragte ich etwas freundlicher.

Colton presste die Lippen fest zusammen.

»Hat dich ein Wald-Gnom verhext, und du kannst jetzt nicht mehr sprechen?«, ärgerte ich ihn. »Wo ist denn Mr. Knows-It-All hin?«

Miss Ich-meide-meine-Gefühle und Mr. Knows-It-All – was für ein Traumpaar wir doch waren. Colton schwieg unendlich lange. Mir wurde das Herz ganz schwer, als sich die Stille ausbreitete.

345

»Colton«, sagte ich sanft. »Wenn ich diese Wette gewinne, dann … dann möchte ich nicht, dass du aus meinem Leben verschwindest. Falls es das ist, worüber du dir Sorgen machst … ich war so wütend auf dich und … das möchte ich nicht mehr. O-okay?«

Meine Stimme geriet bei den letzten Worten ins Stocken.

»Alles ist plötzlich so kompliziert«, nuschelte er.

»Wir sind hier doch nicht bei einer Folge von Akte X, kannst du also bitte aufhören, diese kryptischen Aussagen zu machen?«, bat ich.

Colton war so in Gedanken versunken, dass er fast in das Mädchen vor uns gerannt wäre, als die Gruppe plötzlich hielt. Ich packte ihn am Arm und konnte einen Crash gerade noch vermeiden. Was war denn heute los mit ihm? Was hatte ihn so aus der Bahn geworfen?

»Sollen wir irgendwohin und reden?«, flüsterte ich.

Er schüttelte den Kopf. »Schon gut. Später.«

Ich fing an, mir ehrlich Sorgen um Colton zu machen.

»Willkommen an unserem Set!«, rief jemand.

Erst in diesem Augenblick fiel mir auf, dass man die nähere Umgebung irgendwie präpariert hatte. Zu unserer Linken öffnete sich der Wald zum Flussufer hin. Der moosige Boden ging in Kieselsteine über. Dort hatte man mehrere Zelte aufgestellt, die das Logo von *Adventure 16* trugen, samt Campingstühlen. Zwei Kanus lagen herum, es gab einen kleinen Grill und allerhand Utensilien, die verstreut worden waren – eine Kulisse wie bei einem echten Outdoor-Trip.

In den nächsten Stunden gab man uns verschiedene Aufgaben. Zuerst mussten wir als kleine Gruppe immer und immer wieder einen Weg hinauf- und hinunterlaufen, damit es so aussah, als würden wir gerade zu unserem Zielort gehen. Dabei sollten wir lachen und Unterhaltungen vortäuschen, mit dem Finger auf Dinge zeigen und all so einen Kram. Im Fokus stand ein Schauspieler-Pärchen, das voranging und einen auf Turteltauben machte. Dann gab es eine Art Cut zu der Kulisse. Wir alle hatten die Rucksäcke abgelegt, unsere Jacken ausgezogen, und die Kamera fing Aktivitäten wie Fischen, Grillen und Gekuschel am Zelteingang ein. Eben eine lockere Gruppe Freunde, die Spaß hatte. An sich war alles sehr strukturiert und einfach. Doch nach und nach mussten Szenarien oder einzelne Bewegungen immer aufs Neue wiederholt werden, und das kostete Geduld. Lorn und ich sollten so zum Beispiel gemeinsam zum See spazieren und dann überwältigt in die Ferne blicken. Gefühlte tausendmal hintereinander, bis alles im Kasten war. Eine Szene mit Colton hatte ich nicht. Zwischendurch suchte ich ihn mit den Augen, aber er war immer zu beschäftigt, um meine Blicke zu bemerken. Als es zurückging, war das Commercial-Team zufrieden mit den Ergebnissen, die Statisten dafür zusehends genervter. Allmählich hatten wir alle Hunger, denn schon der halbe Tag war beim Filmen wie im Flug vergangen. Kaum hatten wir es zurückgeschafft und uns am Büfett des Mittagessens bedient, sollten wir schon für neue Aufnahmen parat stehen. Zeit, um Colton während des Essens zu sprechen, blieb daher keine. Dafür hieß es: dieselben Outfits, dieselbe Gruppe, und wir verbrachten zumindest den Rest des Tages gemeinsam, wenn unsere Interaktionen auch gleich null waren. Kurz kam mir der Gedanke, dass er mich nach unserem knappen Gespräch von eben vielleicht sogar mied. Es schien irgendetwas zu geben, das ihn beschäftigte und das er mir hatte sagen wollen. Beim nächsten Dreh blieb wenig Raum, um weiter über sein Auftauchen hier zu grübeln. Unsere Gruppe ging zu einer Felswand, in die man Kletterhaken geschlagen hatte. Viel bewegt wurde sich nicht. Einige von uns, darunter das Schauspieler-Pärchen, wurden an der Wand in Pose gebracht. Die übrigen Statisten sollten so tun, als würden sie einander helfen, die Kletterausrüstung anzulegen, und dabei unentwegt munter lächeln.

Später am Abend kam es mir vor, als hätte ich nur blinzeln müssen und der komplette Samstag sei in einem schwarzen Loch verschwunden. Als es dunkel wurde, gab es tatsächlich ein großes Lagerfeuer mit S'Mores – Marshmallows mit Schokolade zwischen zwei Keksen, unbeschreiblich lecker! – für alle.

Das Einzige, was etwas störte, waren all die Menschen hier. Ich wünschte, ich könnte sie wegzaubern, damit Lorn und Theo endlich alleine waren. Colton saß etwas abseits von uns, Theo neben mir und Lorn zu seiner Rechten. War das nicht der Beweis, dass Colton mir aus dem Weg ging? Musste er sich erst Mut zusprechen, was auch immer er loswerden wollte? Ich sah zu Theo. Er unterhielt sich gerade mit Lorn über einen witzigen Zwischenfall am Set, wo er die Rolle eines älteren Sohns gespielt hatte. Anscheinend hatte ein Vogel seinem Set-Dad auf dem Kopf gemacht.

Lorn und Theo lachten sich schlapp. Ich war so auf Colton konzentriert, der ungewöhnlich still war und in dem Meer an Leuten regelrecht unterzugehen schien, dass ich nicht bemerkte, wie Theo sich mir zuwandte. Im gleichen Moment fuhr Colton hoch und verließ das Lagerfeuer. Ich wollte aufstehen und Colton nachgehen, aber Theo hielt mich plötzlich am Arm zurück und schüttelte den Kopf, als wollte er mich für etwas tadeln.

»Lass ihn einfach«, sagte Theo energisch.

»Was ist denn los mit ihm?«, fragte ich.

»Woher soll ich das wissen?«, erwiderte Theo schroff.

»Ich dachte, ihr habt euch wieder vertragen, und deshalb ist er überhaupt mitgekommen«, sagte ich vorsichtig. »Etwa nicht?«

»So ist er eben manchmal. Mies drauf.«

»Und wieso ist er dann hier?«

»Frische Luft schnappen?«, rätselte Theo.

»Ihr lebt auf einer Ranch. Am Meer.«

»Dann eben Waldluft. Was wird das, ein Verhör?«

»Jetzt benimmst du dich auch seltsam«, sagte ich.

Theo sah mich lange an, dann beugte er sich vor und flüsterte so leise, dass nur ich es hören konnte. »Nicht vor Lorn, Cassidy.«

Nicht vor Lorn? Mir wurde schlagartig ganz anders. Hatte Colton Theo etwa doch von der Wette erzählt? Oh nein! Wollte er mir eben genau das beichten? Gott, wie ich Spekulieren hasste!

»Was flüstert ihr da?«, fragte Lorn argwöhnisch.

»Theo hat mir gesagt, dass er den Platz mit mir tauschen will, weil er glaubt, dass du in Wahrheit ein Alien bist, denn kein normales Mädchen kann zehn S'Mores hintereinander essen!«

»Es waren nur sieben«, sagte Lorn erheitert.

»Eigentlich wollte ich Cassidy nur nett mitteilen, dass sie Schokolade am Mund hat, aber gut, dann hören es eben alle!«, sagte Theo theatralisch, und um die Aussage zu untermalen, streckte er die Hand aus, legte sie an mein Gesicht und strich mit dem Daumen über meinen linken Mundwinkel. Etwas Seltsames passierte. Seine Berührung war sanft, fast vorsichtig, aber während seine Finger meine Wange streiften, veränderte sich seine Miene. Von einem lockeren Ausdruck, mit Humor in den Zügen, zu einem, der fast erwartungsvoll, wenn nicht sogar sehnsüchtig wirkte. Da lag ein Leuchten in seinen Augen, das nichts mit dem Schein des Lagerfeuers zu tun hatte. Der Augenblick war flüchtig, innerhalb eines Herzschlags vorbei und doch ... war er geschehen.

Eine furchtbare Vorahnung schlich sich in meinen Kopf.

Ich stand abrupt auf. »Ich bin müde!«

»Okay ... wir sollten vielleicht alle schlafen gehen. Wir müssen morgen wieder früh auf der Matte stehen«, sagte Lorn. Sie hatte wohl nichts von diesem komischen Moment gerade mitbekommen.

»Neun Uhr ist doch nicht früh«, lachte Theo.

»Für ein Wochenende? Oh, doch!«, sagte Lorn. »Das ist mein einziges Wochenende ohne Basketball-Training, und jede zusätzliche Stunde Schlaf ist so was von kostbar.«

»Echt? Und dann bist du hier?«, fragte er.

»Ich würde nirgendwo anders lieber sein«, erwiderte sie.

Die beiden tauschten einen undeutbaren Blick.

Vielleicht hatte ich mir das zwischen Theo und mir gerade wirklich nur eingebildet? Offenbar liefen hier mehrere Sachen nebeneinander, die ich nicht in Verbindung bringen konnte. Tolle Detektiv-Skills, die ich hier vorzuweisen hatte. Nämlich gar keine.

Eine notdürftige Katzenwäsche in dem Container mit den Toiletten später kuschelten Lorn und ich uns in unserem Zelt in die Schlafsäcke. Sich auf so engem Raum umzuziehen war nicht so leicht gewesen, aber wir waren sowieso nur in bequeme Jogginghosen und weite Shirts geschlüpft. Mal im Ernst, niemand wollte beim Camping in seinem Pyjama gesehen werden. Lorn schlief innerhalb weniger Minuten ein. Sie hatte noch nie Probleme damit gehabt, ins Land der Träume zu sacken. Augen zu – schnarch! Bei mir war das anders. Ich lag wach und starrte zur Decke des Zelts. Draußen hörte ich noch leise Musik vom Lagerfeuer bis zu uns dringen, kaum mehr als undeutliches Gemurmel. Hin und wieder huschte ein Schatten an der Zeltwand vorbei, aber ich fürchtete mich nicht. In diesem Teil des Waldes gab es keine wilden Tiere. Sicher liefen irgendwo Leute durchs Dickicht, um zu ihren eigenen Zelten zu kommen. In unserer Nähe hatten sich seit unserer Ankunft heute Morgen nämlich einige Leute breitgemacht.

Ich schloss die Augen, aber an Schlaf war nicht zu denken.

Mein Herz wollte nicht zur Ruhe kommen. Ständig schoss mir Theos Blick durch den Kopf – und das hatte nichts damit zu tun, dass ich wie bei einer schlechten Insta-Love plötzlich Gefühle für ihn entdeckt hatte. Ein Teil von mir hatte Angst. Was wusste er? Was war heute mit Colton los gewesen? Wieso ihr Streit?

Es war echt nicht zum Aushalten.

Ich musste mit Theo reden.

Und zwar genau *jetzt*.

# KAPITEL 26

LORN SCHLIEF SO FEST wie ein Bär im Winterschlaf, und es gab reichlich wenig, was sie aufwecken würde. Ich schälte mich trotzdem bemüht leise aus meinem Schlafsack und versuchte, beim Verlassen des Zeltes möglichst wenig Geräusche zu verursachen. Die Waldluft war kühl, und es war stockduster, eine Kombination, die nicht sonderlich angenehm war. Der Mond schenkte dem Himmel nur wenig Licht, und ich war froh, meine Taschenlampe zur Sicherheit mitgenommen zu haben. Es war kurz vor eins in der Nacht, und falls jemandem der Lichtstrahl auffallen sollte, würde ich einfach behaupten, auf dem Weg zum Klo zu sein. Ein wenig impulsiv kam ich mir schon vor. War es wirklich eine gute Idee, Theo zu wecken, damit ich meine Paranoia beilegen konnte? Ganz schön egoistisch. Vielleicht sollte ich einfach die Strecke vom Zelt zur Lichtung gehen, um mir die Beine zu vertreten, und dann versuchen einzuschlafen? Ich schaltete die Taschenlampe auf der niedrigsten Stufe ein, sodass ihr Lichtkegel gerade so ausreichte. Es war ziemlich neblig – ein blöder Nebeneffekt in den Wäldern Kaliforniens. Wegen der Nähe zum Ozean und der Temperaturen lagerte sich der Nebel oftmals zwischen großen Baumflächen ab. Im Sommer war es besonders schlimm. In der Middle School hatten wir wochenlang über nichts anderes gesprochen. Ich erinnerte mich noch genau daran, wie Lorn ausgetickt war, nachdem wir damals einen Horrorfilm geschaut hatten, für den wir viel zu jung gewesen waren. Einer, in dem der Nebel des Grauens Leute verschluckte. Lorn hatte eines Abends auf dem Nachhauseweg solche Panik geschoben, dass sie sich fast in die Hose gemacht hatte. Seitdem waren Gruselstreifen nicht mehr Lorns Ding.

Es gab Szenarien, da fuhren selbst die Mutigsten aus der Haut. Zum Beispiel bei einem Knacken im Unterholz in einer dunklen Nacht. Ich sog scharf den Atem ein, als ich das Geräusch hörte. Es folgte ein sich öffnender Reißverschluss und Geraschel. Überrascht wandte ich mich unserem Zelt zu. Lorn? Nein. Theo. Er hatte die Vorderseite seines Zelts geöffnet und sah mich verschlafen an. Kurz fuhr er sich übers Gesicht, dann kam er auf die Beine und stand vor mir. Meine Augen huschten zum Inneren seines Zelts. Ein Rucksack, ein Schlafsack und kein Colton.

»Dachte ich mir doch, dass ich was gehört habe«, murmelte Theo. Seine Stimme klang heiser, vielleicht vom Schlaf, den er anscheinend so abrupt abgeschüttelt hatte. »Alles okay?«

»Ich konnte nicht schlafen«, sagte ich leise. »Wo ist Colton? Wieso ist er nicht bei dir? Sorry ... habe ich dich geweckt?«

Theo zog den Zipper seines Hoodies zu und streifte sich das Haar zurück. Es war ganz platt. Ungewöhnlich, ihn so zu sehen. Wir hatten kaum Kurse zusammen, und sonst trug er fast immer seinen Hut. Mir fiel zum ersten Mal auf, dass er größer als ich war, und als er auf mich herabsah, fühlte ich mich augenblicklich klein und irgendwie schutzlos. Nicht unbedingt auf eine Furcht einflößende Weise, Theo war ein gutherziger Kerl, davon war ich überzeugt, aber ... die Art, wie er mich angesehen hatte, mich berührt hatte ... da waren diese komischen Vibes von ihm ausgegangen, und die gefielen mir ganz und gar nicht.

»Wir hatten noch ein zweites Zelt zur Sicherheit dabei. Und Colton wollte eben lieber seine Ruhe haben«, sagte Theo.

»Wieso?«

»Du stellst heute unglaublich viele Fragen.«

»Ich glaube, wir müssen dringend reden«, sagte ich.

Theo legte den Kopf schief. »Jetzt sofort? Hier?«

Ich zögerte. Wir waren mitten im Wald, wo sollten wir schon hin? Andererseits wollte ich Lorn nicht durchs Reden aufwecken.

»Können wir ein Stück gehen?«, fragte ich. Ich schaltete die Taschenlampe auf eine höhere Stufe und leuchtete den Weg aus.

»Wenn du möchtest«, sagte er. »Bis zur Lichtung?«

Ich nickte. Wie in Zeitlupe setzte ich einen Fuß vor den anderen. Es dauerte nur wenige Minuten, da waren wir bei der Lichtung. Alles hier war ruhig, in die Stille der Nacht getaucht. Einige Lampen waren eingeschaltet und spendeten mattes Licht. Sie gehörten zu den Sicherheitsvorkehrungen, damit man sich auf einer nächtlichen Wanderung zum Klo nicht den Hals brach. In unmittelbarer Nähe war die Stelle des Lagerfeuers, wo vor wenigen Stunden noch ordentlich Funken gesprüht hatten. Wir setzten uns auf eine der Holzbänke dort, um das Gespräch fortzusetzen.

»Colton hat dir alles erzählt, oder?«, fragte ich.

Theo antwortete nicht gleich. »Ja, so ziemlich alles. Über eure Streitereien bis hin zur Wette, die besagt, dass du mich mit jemandem verkuppeln sollst«, sagte er. Sein Tonfall war nicht deutbar, was das flaue Gefühl in meinem Magen nur noch verstärkte. »Ich weiß nicht, wieso er mir auf einmal davon erzählt hat. Colton ist zu mir gekommen und hat einfach drauflos geredet. Kennst du das? Jemand teilt dir etwas mit, und in diesem Moment ist das auch alles okay für dich, logisch sogar, akzeptabel … und je länger du darüber nachdenkst, Dinge hinterfragst, umso weiter rückt die Akzeptanz davon in den Hintergrund? Genauso ging es mir an dem Tag unseres Streits.«

»Lass mich …«

»Etwas dazu sagen? Es erklären?«, schnitt Theo mir das Wort ab. »Ich war so sauer auf euch! Bin es noch immer. Colton hatte eben Pech. Er hat diese Wut volle Wucht abbekommen. Und als sie langsam verpuffte, hatte ich so viele Fragen. Wieso eine dumme Wette? Wieso Lorn und ich? Ist Lorn eingeweiht? Und noch viele mehr. Ich habe Colton vertraut, und ich habe dir vertraut.« Theo seufzte. »Ich bin wahnsinnig enttäuscht von euch beiden. Und ich dachte, wir … wären Freunde, Cassidy.«

»Wieso hast du nichts gesagt?«, fragte ich. »Wenn du Bescheid wusstest? Als Lorn und ich zum Frozen Yoghurt Palace gekommen sind, hast du dich ganz normal benommen … du warst einfach … du.«

»Das klingt vielleicht merkwürdig, aber …«, Theo stoppte, schloss kurz die Augen und seufzte erneut, »… ein Teil von mir dachte, bei der Wette würde es nicht um Lorn und mich gehen. Colton hat mir nicht gesagt, dass *Lorn* involviert ist … ich wollte es auch gar nicht gleich wissen, habe ihn irgendwann abgeblockt, weil ich so sauer war. Ich musste diese Sache mit der Wette erst einmal sacken lassen. Aber heute, als ich getrennt von euch war, hatte ich Zeit zum Nachdenken … da wusste ich es plötzlich. Die Art, wie du Lorn immer den Vortritt lässt. Wie du dich immer wieder aus dem Staub gemacht hast, damit wir beide allein sein können. All diese kleinen Bemerkungen darüber, wie toll Lorn ist, was für ein großartiger Mensch sie ist.«

Ich sah Theo mit starrem Blick an.

»Und weißt du was? Du hast recht. Lorn ist ein wundervoller Mensch. Sie ist freundlich, loyal und kann witzig sein. Aber ich bin nicht in sie verliebt, und ich werde mich auch nicht in sie verlieben.«

Mein Herz wummerte immer schneller. Ich schaffte es nicht, mich auch nur einen Zentimeter zu bewegen, als würde ich feststecken. Dabei hielt mich nichts hier. Nichts außer der Angst vor seinen nächsten Worten. Weil in einer Ecke meines Bewusstseins ein Teil der Wahrheit bereits lauerte. Ein Detail in diesem ganzen Szenario, das ich einfach übersehen hatte.

»Es tut mir leid«, sagte ich automatisch. »Das mit Colton und mir ist ausgeufert, und ich habe selber erkannt, dass unser Verhalten falsch war. Es ist so schrecklich falsch. Wir hätten euch niemals mit in unseren kleinen Ego-Kampf hineinziehen dürfen. Ich wollte deine Gefühle nicht verletzen, Theo.«

»Ich glaube«, wisperte er. »Das wirst du erst noch tun.«

Theo schloss den Abstand zwischen uns, umfasste mein Gesicht und küsste mich. Und ich ließ die Sekunden verstreichen, den Kuss geschehen, weil ein Teil von mir das Gefühl hatte, dass ich ihm diesen Moment schuldete. Ein anderer Teil von mir dachte in den Sekunden, in denen sich unsere Lippen berührten, gar nichts.

Statische Leere, als wäre ich ein Satellit im All, in dessen Schaltkreisen ein Kurzschluss zum Totalausfall geführt hatte.

Theo lehnte sich zurück und strich mir durchs Haar.

»Ich mag dich, Cassidy. *Dich*. Schon unendlich lange.«

Seine Worte waren wie ein Rückfahrtschein in die Gegenwart. Ich schob seine Hand aus meinem Haar und stand blitzschnell auf.

»Seitdem wir uns einmal im Flur über die Hausaufgaben unterhalten haben. Seitdem du im Unterricht vor mir gegessen hast. Weißt du, dass ich letztes Jahr nur eine Freundin hatte, weil ich dachte, ich könnte sie als Ausrede benutzen, um wieder mit dir zu reden? Dich darum zu bitten, mir zu helfen, so wie du es bei so vielen anderen getan hast«, sagte er, ohne Atem zu holen. »Aber das konnte ich ihr dann doch nicht antun.«

»Theo, stopp«, sagte ich fast flehentlich.

»Dann war da auf einmal diese Verbindung zwischen uns, wir haben zusammen abgehangen, du wolltest mit mir befreundet sein, und ich hatte die Hoffnung, dass der Grund dafür vielleicht…«

»Bitte«, sagte ich energisch. »Hör auf.«

Ich machte einige Schritte rückwärts. Theo erhob sich von der Bank. Seine Augen waren wie zwei Scheinwerfer, die mich fixierten. Er sah so schrecklich gequält und verletzt aus.

»Ein Teil von dir mag mich, oder nicht?«, fragte er.

»Natürlich«, sagte ich schwach. »Aber nicht … *so*.« Ich schluckte schwer. »Es tut mir unendlich leid, Theo. *So leid.*«

»Du hast gesagt, um herauszufinden, ob man jemanden mag, muss man diese Person küssen«, sagte er hartnäckig. »Vielleicht solltest du mich ein einziges Mal richtig küssen, um herauszufinden, ob du mehr für mich empfinden könntest. Nicht wie der Kuss gerade eben, der von mir ausging. Ein *echter* Kuss.«

»Das kann ich nicht tun«, presste ich hervor.

»Wieso?«, fragte er frustriert.

»Allein das gerade … du weißt gar nicht, was dieser verdammte Kuss alles kaputt machen kann! Wieso habe ich das überhaupt zugelassen?« Meine Worte hallten wie ein Echo von den Bäumen wider. »Und so leid es mir tut, ein weiterer

Kuss wird nichts an meinen Gefühlen ändern. Bitte, das musst du verstehen.«

»Ihr habt euch geküsst …?«

Die Stimme klang dünn und völlig fassungslos.

*Nein! Nein! Nein!*

Ich fuhr herum. Lorn! Das hier war wie ein verdammter Katastrophen-Film. Regelrechte Schockwellen schwappten über mich hinweg. Unsere Blicke trafen sich. Meine beste Freundin sah mich mit geweiteten Augen an, ihre Miene spiegelte Unglaube und Schock wider. Am schlimmsten war jedoch, dass man Lorn deutlich ansah, wie verletzt sie der Anblick von Theo und mir hatte und dass ich daran schuld war. Lorn schien richtig zu zittern. »Ihr habt euch geküsst?«, fragte sie erneut. »Du hast … Theo geküsst?«

»Lorn«, setzte ich an. Mir wurde mit einem Mal schlecht.

Ich fühlte mich eingeengt, war überfordert und hatte das Gefühl, endlos viele Eindrücke würden meine Sinne benebeln. Als hätte ich wie Dornröschen ewig geschlafen und die Welt wäre nach meinem Erwachen eine andere Version derer, die ich kannte. Ich wusste, dass es feige war. Ich war ein Feigling. Aber mit einem Mal konnte ich mir nicht anders helfen und – rannte. Blindlings, einfach drauflos, ohne Ziel und ohne Orientierung. Ich rannte, obwohl Wurzeln nach meinen Füßen griffen und mich zu Fall bringen wollten. Ich rannte, obwohl meine Lungen brannten und nach Sauerstoff schrien. Ich rannte, obwohl es sich anfühlte, als würde sich dabei nicht nur mein Körper vom Camping-Gelände entfernen, sondern auch mein Geist seinen Grenzen entkommen.

In meinem Inneren tobte ein Kampf. Und als mein Mut endgültig gegen meine Angst verlor, blieb ich stehen und begann zu weinen.

# KAPITEL 27

IRGENDWO ÜBER MEINEM KOPF hörte ich eine Eule. Mein Blick glitt nach oben, aber das Blätterdach war an dieser Stelle so dicht, dass ich kaum etwas erkannte. Nur wenige Strahlen Mondlicht drangen zu mir durch. Die Taschenlampe hatte ich dummerweise am Lagerfeuerplatz liegen lassen. Ein Wunder, dass ich nicht gestürzt war und mich verletzt hatte. Wie weit war ich gelaufen? Nachdem ich mir die Tränen von den Wangen gewischt und tief durchgeatmet hatte, fühlte ich mich auf einmal besser. Über die letzten Wochen hinweg hatte sich einiges bei mir angestaut. Theos Geständnis war noch nicht mal der schlimmste Part, sondern Lorns Reaktion ... wie der sprichwörtliche Tropfen, der das Fass zum Überlaufen brachte. Ihr Gesichtsausdruck hatte sich mir ins Gedächtnis gebrannt – und ich hatte sie einfach stehen lassen. Weitere Minuten verstrichen, in denen ich versuchte, meine innere Ruhe wiederzufinden. Ich hatte einen großen Fehler gemacht: wegzulaufen, als wäre ich ein Kind. Lorn hatte mehr verdient als das, vor allem von ihrer allerbesten Freundin.

Und Theo? Den hatte ich ebenfalls sitzen lassen, dabei hatte er sicher eine Menge Mut aufbringen müssen, um mir sein Geständnis zu machen. Was mussten die beiden nur von mir halten? Meine Emotionen hatten mich überrumpelt. Das passierte jedem mal, oder? Ich musste zurückgehen und alles klären. Mich dem Ganzen stellen, und dann würde vielleicht alles wieder gut werden.

Das Problem war nur …

Es war mitten in der Nacht, und ich hatte keine Ahnung, wo ich war. Ich war blindlings losgestürmt. Mir war nicht mal bewusst, welche Richtung ich eingeschlagen hatte. Angestrengt dachte ich nach. Wir hatten am Lagerfeuer gesessen, und ich war nach links gerannt. Für die Aufnahmen an der Kletterwand waren wir in dieselbe Richtung gegangen. Meine Augen gewöhnten sich langsam an die Dunkelheit. Trotz der Düsternis um mich herum war es möglich, einige Dinge auszumachen. Das natürliche Licht des Mondes und der Sterne kam an einigen Stellen im Geäst besser durch. Wenn ich den Weg zurückblickte, sah ich platt getretene Erde. Hier kamen öfter Leute entlang. Es war ein offizieller Wanderpfad. Leider sah der Wald überall gleich aus, überall nur eine Vielzahl an hohen Bäumen, Gestrüpp, Pflanzen und Büschen. Bis auf die Eule, die sich schon wieder mit einem Gurren meldete, war es still.

Mir blieb nichts anderes übrig, als vorsichtig den Wanderpfad zurückzugehen. Während meines einsamen Marsches hätte ich genug Zeit zum Nachdenken gehabt, aber nachdem ich über einen großen Stein stolperte, beschloss ich, mich lieber auf meine Umgebung zu konzentrieren, bis ich zurück beim Campinggrund war. Fröstelnd rieb ich mir über die Arme. Ein Pullover wäre nicht schlecht. Die Temperatur war ganz schön abgekühlt. Vielleicht konzentrierte ich mich aber auch zu sehr auf solche Details, weil alleine durch den Wald zu wandern doch recht nervenaufreibend war. Ich hatte das Gefühl, ständig irgendwo ein Knacken und Rascheln zu hören, als würden mich tausend Augen verfolgen, wie bei dieser bekloppten Disneyfilm-Szene, wo Schneewittchen kreischend durch den Wald irrte und überall Gefahren sah. Ich schüttelte mich.

Plötzlich fand der Trampelpfad ein Ende und gabelte sich. Eine Kreuzung! Verflixt! Frustriert stieß ich den Atem aus. Am meisten ärgerte mich, dass ich mich dank meiner Idiotie auch noch selber in diese Situation hineinmanövriert hatte. Zu Middle-School-Zeiten waren Lorn, Nora, Addison und ich einen Sommer lang bei den Pfadfinderinnen gewesen, aber ich erinnerte mich an wenig Hilfreiches aus dieser Zeit. Fährtenlesen wäre praktisch gewesen. Oder ein Kompass. Obwohl der mir bestimmt nicht viel genützt hätte. Gab es hier nicht irgendwo ein Schild oder eine Karte? Das war in solchen Gegenden doch fast Pflicht. Auf gut Glück bog ich nach links, denn Stehenbleiben nützte mir auch nichts.

Tatsächlich kam mir die Umgebung nach einer Weile irgendwie bekannt vor, zumindest eine Felsformation, die mich beim Vorbeilaufen während des Tages an eine krumme Banane erinnert hatte. War in der Nähe davon nicht ein Warnschild wegen des Steinbruchs gewesen? Dass ich damit richtiglag, erkannte ich Sekunden später, als eine Infowand für Naturliebhaber am Rand des Wegs auftauchte. Gott sei Dank! Ich suchte den roten Punkt, der meinen Standort markierte, und seufzte erleichtert. Die Karte war übersichtlich und zeigte an, dass ich dem bisherigen Weg folgen und mich an einer weiteren Abbiegung erneut links halten sollte. Zur Sicherheit starrte ich die Karte extra lang an, um mir alles zu merken. Der Blick zum Himmel war hier frei, und ich hatte das Gefühl, die Szenerie würde in dämmriges Licht getaucht. Das waren echt eine Menge Sterne. Da musste ich gleich wieder an Lorns romantische Vorstellung vom Sternegucken denken. Und Theo. Und Lorns Gefühle. Scheiß Chaos.

Ich war gerade so weit gegangen, dass endlich ein Schild kam, welches die Entfernung zum Parkplatz auswies. Der lag unterhalb des Waldstücks, auf dem Lorn und ich bei unserer Ankunft gestern den Wagen abgestellt hatten – als ich plötzlich das Rasseln hörte.

Es klang, als würde jemand harte Reiskörner schütteln.

Mitten auf dem Weg lag eine Schlange. Eine riesige Schlange. Mit Betonung auf *riesig*. Sie musste doppelt so lang wie mein Arm sein. Mit graubraunen Schuppen, die über ihrem gedrungenen Körper lagen, und einer Art Knoten am Schwanzende, den sie in schnellen Bewegungen schüttelte. Zog ich die Dinger magisch an? Damals im Feld war ich mir nicht sicher gewesen, wirklich eine Schlange gesehen zu haben, aber die hier bildete ich mir nicht ein. Das statische Rasselgeräusch wurde lauter.

Ich trat einen Schritt zurück.

Das war eindeutig eine Klapperschlange. Ich musste keine Expertin sein, um das zu wissen. Vermutlich fühlte sie sich von mir bedroht, wieso sollte sie sonst ein nächtliches Konzert geben? Ich traute mich kaum, Atem zu holen. Allmählich entwickelte ich eine Abneigung gegen diese Tiere. Was wurde das? Ein Duell? Wieso blieb sie da einfach sitzen? Das Rasseln ihres Schwanzes machte mich von Sekunde zu Sekunde nervöser.

Dann, ganz plötzlich, schlängelte sie los. Zuerst hatte ich Panik, dass sie auf mich zuschleichen würde, aber sie bog schließlich ab und verschwand im Unterholz. Das Herz war mir kurz bis in die Hose gerutscht. Ich zitterte vor Schreck.

»Schlangen spüren die Vibration im Boden. Meistens verschwinden sie, wenn man etwas Lärm macht«, sagte Colton. Ich hatte noch nicht mal ganz realisiert, dass er aufgetaucht war, als er neben mir stand und mich an beiden Armen berührte. »Alles okay bei dir? Du siehst ziemlich mitgenommen

362

aus. Warte, hier.« Er zog seinen Hoodie aus und legte ihn mir über die Schultern.

»Bist du echt?«, fragte ich, als wäre ich tagelang durch eine Wüste gewandert und müsste jede Minute mit Halluzinationen rechnen. Er war nur so abrupt erschienen, dass die Frage mir automatisch über die Lippen kam. »Ich meine, was machst du hier?«

»Ich?«, Colton sah mich besorgt hat. »Was machst *du* hier? Theo und Lorn haben mich geweckt. Wir suchen dich seit einer Stunde!«

»Ich habe mich verlaufen«, murmelte ich.

»Du meinst wohl eher, du bist davongelaufen.«

Ich stieß Coltons Hände von mir weg. »Wundert dich das? Du hast Theo alles über die Wette erzählt!«, brach es aus mir heraus. »Nein, warte – nicht *alles*. Seltsamerweise dachte Theo nämlich, dass es um mich geht und Lorn ... und dann hat er ...«

»... hat er was?«, fragte Colton energisch.

»Er hat mich geküsst! Ich habe mich von ihm küssen lassen!«

»Moment mal – was? Wieso?«

»Wieso?«, echote ich aufbrausend. »Weil, weil ... ich ihm das schuldig war. Weil er mich mag. Weil er schon sehr lange Gefühle für mich hat. Und du ... du wusstest das, nicht wahr? Als ich dich im Stall gefragt habe, hast du kein Wort darüber gesagt. Du hattest die ganze Zeit dieses Ass im Ärmel! Hast du dich schön amüsiert? Über mich und Lorn und Theo? Und meine unnützen Versuche, die beiden zusammenzubringen? Deshalb hast du doch auch die beiden vorgeschlagen. Wusstest du etwa auch, dass Lorn Theo mochte? Ist das irgendeine verdrehte Art, unsere Freundschaft zu zerstören? Und was ist mit ... uns? War das auch ein Trick?«

Colton wartete, bis ich geendet hatte. »Ja«, sagte er schlicht.

»Ja?«, wiederholte ich. »Was soll das heißen!«

»Dass du recht hast.« Colton sah mich für einen Augenblick einfach nur an. Mit diesen dunklen, alles verschlingenden Augen. »Ich wusste, dass Lorn Theo mag. Erinnerst du dich an den Brief, der aus deinem Mathebuch gesegelt ist? Ich habe ihn gelesen.«

»Aber... du hast ihn mir doch zurückgegeben!«

»Nein«, sagte Colton tonlos. »Ich habe ihn, als du dich umgedreht hast, gegen ein anderes Blatt ausgetauscht. Ich dachte, bis du den Unterschied bemerkst, habe ich ihn längst gelesen, aber ... wir sind nie wieder auf das Thema zurückgekommen. Wegen des Briefes hatte ich die Idee mit der Wette. Das war meine Chance, mich endlich an dir zu rächen.«

Ich war vollkommen sprachlos.

»Es ist ziemlich offensichtlich, dass Lorn Theo mag. Ich glaube, der Einzige, der es bis heute nicht bemerkt hat, ist Theo selbst. Was solche Dinge angeht, ist er vollkommen blind. Genauso wie bei dir. Ich wusste, dass er dich mochte ... mir war nur nicht klar, dass seine Gefühle so tief gehen.« Colton schluckte schwer. »Als wir damals im Krankenzimmer saßen, habe ich versucht, es dir zu erklären. Eine lange Zeit warst du für mich ein wunder Punkt. Ich dachte, du hättest meine Beziehung zerstört, und ich wollte mich dafür an dir rächen, so lächerlich das im Nachhinein klingt. Wieso also nicht eine Wette vorschlagen? Dich dazu bringen, dass du deine beste Freundin mit jemandem verkuppeln willst, der Gefühle für *dich* hat.«

Colton stieß ein humorloses Lachen aus.

»Ich dachte mir, was für eine Katastrophe würde es sein, wenn das alles herauskommt? Es würde dich verletzen und dir mal zeigen, wie sich Herzschmerz anfühlt. Du würdest den Menschen verlieren, der dir zu diesem Zeitpunkt am wichtigsten war: Lorn.«

Benommen starrte ich Colton an, während er fortfuhr.

»Du willst wissen, wieso ich Theo alles erzählt habe? Weil ich erkannt habe, dass die Aktion falsch war. Weil Lorn und du anders seid, als ich erwartet habe. Weil du und ich … weil etwas zwischen uns ist, das immer greifbarer wurde, und plötzlich hatte ich solche Angst, Cassidy«, sagte Colton. Seine Stimme bebte. »Gleich nach unserem Gespräch im Diner, im Truck … da habe ich es Theo gesagt. Nicht alles. Ich wollte Lorn nicht bloßstellen. Aber mir ist klar geworden, dass ich durch diese Wette zu einem Heuchler geworden bin. Ich habe dich stets dafür verurteilt, mit den Gefühlen anderer zu spielen, und es letztes Endes selber getan. Alles ist irgendwie aus dem Ruder gelaufen. Theo bedeutet mir wahnsinnig viel. Er ist mein bester Freund, meine Familie … und wenn ich gewusst hätte, wie sehr er in dich verliebt ist, dann hätte ich mich von dir ferngehalten. Als wir uns auf dem Heuboden geküsst haben, wusste ich, dass ich diesen Moment vielleicht bereuen würde. Ich hatte falsche Absichten, aber mit einem Mal war da ein egoistischer Teil in mir, der alles dafür getan hätte, dir näherzukommen – egal, wen es verletzt.«

Betreten blickte Colton zu Boden.

»Kannst du bitte etwas sagen?«

Ich öffnete den Mund und … nichts. Wieso war es so unsagbar schwer, trotz all der Möglichkeiten, die ich hatte, auf seine Worte zu reagieren? Wieso erschien mir keine davon gut genug? Eben im Wald hatte ich mich verloren gefühlt, aber das war kein Vergleich dazu, den Weg aus seinem eigenen Gedanken-Labyrinth nicht herausfinden zu können. Weitere Sekunden verstrichen.

»Cassidy?«, hauchte er meinen Namen.

»Ich …«, setzte ich an. Tränen sammelten sich in meinen Augen. Verfluchte Tränen! Die waren keine Antwort! Auf nichts! Ich blinzelte mehrmals. »Entschuldige. Das waren nur eine Menge Informationen. Du hast offenbar sehr viel Zeit gehabt, um dir über diese Dinge klar zu werden und ich … nicht.«

»Wenn du …«

Ich hob eine Hand, um ihn zu unterbrechen. »Ich kann nicht glauben, dass du den Brief gelesen hast. Zu dem Zeitpunkt waren wir vielleicht keine Freunde, aber … du hättest es mir irgendwann sagen müssen. Mit jedem Tag, den wir uns nähergekommen sind und du es wusstest, hast du mein Vertrauen ein Stück mehr missbraucht. Und noch schlimmer? Ich habe Lorns Vertrauen missbraucht. Sie hat mir geglaubt, dass der Brief wohlbehalten zu ihr zurückgekommen ist. Wegen mir hast du ihn erst gelesen.«

In meinem Inneren platzte der Wall, der meine Wut bisher zurückgehalten hatte. Ich konnte nicht länger ruhig bleiben.

»Was soll das überhaupt heißen … Lorns und meine Freundschaft zerstören? Aus Rache? Das ist auf so viele verschiedene Arten boshaft und falsch, Colton. Die Wette haben wir beide zu verantworten. Ich habe Lorn gleich zu Beginn eingeweiht, aber die Sache mit Theo ist noch mal eine ganz andere Nummer. Sie würde mir niemals verzeihen, wenn sie glauben würde, dass ich sie hintergangen hätte. Hast du ernsthaft gehofft, dass ich den wichtigsten Menschen in meinem Leben verlieren soll? Weißt du, wie viel Schmerz es mir bereitet, diesen Gedanken überhaupt auszusprechen? Ich habe dir vertraut, ich habe dich sogar ins Herz geschlossen, vielleicht habe ich mich sogar in dich verliebt.«

Mein ganzer Körper zitterte jetzt.

»Meine größte Angst war es immer, jemandem zu vertrauen, ihm wirklich zu vertrauen«, sagte ich mit erstickter Stimme. »Ich habe mich so bemüht, dir eine Chance zu geben, obwohl ein Teil von mir die ganze Zeit diese Zweifel in mein Ohr geflüstert hat.«

»Cassidy.« Colton machte einen Schritt auf mich zu.

»Nein!«, rief ich heftig. »Wage es ja nicht, mich anzufassen. Du willst ehrlich sein? Du kannst deine Ehrlichkeit haben! Wir machen alle Fehler, und ich bin vielleicht kein besserer Mensch als du, aber ... du hast nur mit Theo gesprochen, als es zu deinem eigenen Vorteil war. Dann hast du dich eben in Lorn und mir geirrt. Vielleicht hast du sogar echte Gefühle für mich entwickelt. Aber was, wenn es anders gelaufen wäre? Wenn wir uns weiter bekriegt hätten? Du hast nur einen Schlussstrich gezogen, damit du daraus deinen Nutzen ziehen kannst. Das ist berechnend und egoistisch und alles andere als mutig. Was erwartest du jetzt von mir? Das ist keine Katastrophe, das ist pures Chaos!«

»Meine Gefühle für dich sind *echt*«, sagte er energisch. »Glaubst du denn, ich wollte das alles? Dass ich anfangen wollte, dich zu mögen? Dass ich diese Seite an dir kennenlernen wollte, die mich so in ihren Bann zieht? Es vergeht fast keine Sekunde mehr, in der ich nicht an dich denke. Nach dem Aufstehen, beim Essen, in der Schule, vor dem Einschlafen. Du bist alles, was noch in meinem Kopf ist! Aber du ... du redest immer nur davon, dass Liebe nicht existiert und eine Krankheit ist, dass ich dir nicht gut genug bin. Wer würde sich schon in Colton verlieben? Du ganz sicher nicht. Schließlich bist du eine Schlussmacherin, bringst Leute auseinander und hältst nicht viel von Gefühlen, richtig?«

Überwältigt riss ich die Augen auf.

So etwas Ähnliches hatte ich zu Kim gesagt.

»Woher …«

»Ich das weiß? Du bist nicht die Einzige, die mitbekommt, über was in der Schule so geredet wird. Und zufällig ist die Schwester einer meiner Freunde auch im Basketball-Team und hat jedes Wort gehört«, sagte Colton. »Also erzähl mir nichts darüber, berechnend oder egoistisch zu sein. Vielleicht bin ich nicht der mutigste Mensch auf Erden, aber immerhin mutig genug, um meine eigenen Gefühle nicht zu verdrängen, wenn es drauf ankommt!«

»Hast du mir überhaupt zugehört? Ich verdränge meine Gefühle nicht! Und in diesem Moment fühle ich eine ganze Menge Wut!«

»Mit dir zu reden ist wie gegen eine Wand zu sprechen!«

»Dann rede eben nicht mehr mit mir!«, schrie ich. Ich zog mir Coltons Hoodie von den Schultern und drückte ihm das Teil gegen die Brust. »Den brauche ich nicht. Ich brauche dich *nicht!*«

»Zufälligerweise habe ich dich gerettet!«

»Ich habe mich selbst gerettet«, stellte ich klar. »Wie du siehst, war ich auf dem besten Weg zurück zum Campinggrund!«

»Stimmt ja, ich vergaß: Cassidy Caster braucht nichts und niemanden. Sie kommt super alleine klar«, sagte Colton spöttisch.

Mit einer irren Wut im Bauch ging ich los. Colton stampfte mir mit energischen Schritten hinterher. Was taten wir hier eigentlich? Hatten wir nicht einen Waffenstillstand geschlossen? Was wurde aus der Wette? Vor diesem Abend waren mir solche Dinge noch wie die wichtigsten Fragen der Welt erschienen, und plötzlich wollte ich nur noch zurück ins Zelt. In eine kleine Blase abtauchen, in die mir niemand folgen konnte. Schon seltsam, als ich allein umhergeirrt war, hatte ich mir sehnlichst gewünscht, auf jemanden zu treffen – und kaum war das geschehen, wollte ich die Einsamkeit zurück. In meinem Kopf drehte sich alles wie bei einer Karussellfahrt, und mir wurde schwindlig.

Wollte ich wirklich wieder vor etwas weglaufen?

Zum dritten Mal spürte ich, wie Tränen in mir hochkamen. Himmel, ich war doch keine undichte Wasserleitung!

»Colton …«

Mein Blick verschwamm, weil ich es nicht schaffte, die Tränen zurückzudrängen, als ich mich umdrehte. In meiner Brust brannte es höllisch. Mein Herz stand in Flammen, und ein dumpfer Schmerz breitete sich in meinem Inneren aus. Das alles stellte Coltons Gegenwart mit mir an. Ich konnte ihn nicht mehr hassen. Aber ich wollte auch nicht in ihn verliebt sein. Ich öffnete die Lippen, aber Colton schien mit einem Mal irgendein Impuls zu packen, denn er schloss die Lücke zwischen uns, riss mich an sich und küsste mich. Es war ein wütender Kuss. Sein Mund traf auf meinen wie eine Welle gegen einen unnachgiebigen Felsen. Wie ein Schiff, das an ihm zersprang und unterging. Hatte Colton nicht einmal zu mir gesagt, dass mich zu küssen im Gegensatz zu allen anderen Dingen, die zwischen uns standen, einfach war? An diesem Kuss war nichts Einfaches. Er war wie ein Sturm, der einem bis auf die Knochen drang, an einem zerrte, versuchte, einen von den Beinen zu reißen.

Doch etwas daran war mir vertraut.

Die Nähe zu ihm, sein Geruch und seine Berührungen. Und als ich den Kuss ebenso wütend erwiderte, tanzte ein Gefühl deutlich aus der Reihe: die Angst davor, Colton zu verlieren. Dieser Kuss fühlte sich gefährlich nach einem endgültigen Abschied an. Voller Verzweiflung ein letztes Mal auszukosten, was wir hatten.

Nach wenigen Sekunden lösten wir uns voneinander.

Aufgrund meines raschen Herzschlags bekam ich kaum noch Luft. Auch Colton atmete unregelmäßig ein und aus. Unsere Augen hielten uns gegenseitig gefangen. Doch selbst der intensivste Zauber brach irgendwann. Ich wusste später nicht mehr, wer zuerst weggeblickt hatte. Mit einem Schlag schien es, als sei sämtliches Licht in meinem Inneren erloschen. Colton ließ mich los und nahm seine Wärme mit sich. Ich erschauderte, als er auf Abstand ging.

»Was machst du nur mit mir?«, flüsterte er in die Stille.

Dich lieben, dachte ich. Mich restlos in dich *verlieben*. Und trotz aller Lektionen, die ich gelernt hatte, war da ein Teil von mir, der die Verbindung zwischen meinem Herzen und meinem Verstand kappte. Abschnitt wie einen unliebsamen Faden an einem Stück Kleidung. Es war, als würde ich alles klar sehen können.

Theo war Colton wichtig.

Lorn war mir wichtig.

Lorn in Theo verliebt.

Theo in mich.

Ich in Colton.

Das würde niemals ein gutes Ende nehmen.

Niemals.

»Wir hätten das nicht tun sollen«, sagte ich. Meine Stimme war kaum mehr als ein heiseres Krächzen. »Kein Kuss der

Welt kann dieses Chaos beseitigen, das gerade herrscht. Und kein Kuss kann überlagern, dass mich dein Verhalten verletzt hat. Dass du versucht hast, Lorn und mich auseinanderzubringen. Das war ...«

»...ein großer Fehler?«

Colton sah mich mit einem resignierten Ausdruck im Gesicht an. Der Satz hing wie eine schlechte Pointe, die zu oft benutzt worden war, zwischen uns. Unser ganz persönliches Unglück. Etwas, das wir gepachtet hatten, um uns gegenseitig zu zerstören.

»Ich kann dir nicht mehr vertrauen«, sagte ich tonlos.

Ohne etwas zu erwidern, wandte er sich ab und ging den Weg Richtung Campinggrund entlang. Ich hielt ihn nicht auf, folgte seinem Schatten, mit sicherem Abstand zwischen uns. War es möglich, so viel zu fühlen, dass man so taub wurde und gar nichts mehr fühlte? Eine leere Seite, für die man keinen Stift hatte.

Ich fuhr mir mit den Fingern über die Lippen.

Schnell wie eine Sternschnuppe war die Erinnerung an seinen Kuss verschwunden. Und mit ihm der Wunsch nach einem Happy End.

Nach allem, was passiert war, verdiente das keiner von uns.

# KAPITEL 28

COLTON UND ICH gingen nach unserer Ankunft auf der Lichtung ohne ein weiteres Wort zu wechseln getrennte Wege. Es war besser so. Unser Gespräch hatte mich aufgewühlt und in ein tiefes Gedankenloch geworfen. Ich vergrub meine Gefühle so gut es ging tief in meinem Herzen, damit ich sie leichter ausblenden konnte. Colton hatte mich zwar gefunden, aber die Sache mit Lorn und Theo stand noch aus. Meine beste Freundin saß im geöffneten Eingang unseres Zeltes. Mir entging nicht, dass Theos Zelt noch stand, sämtliche seiner Sachen aber fehlten, weil die Vorderseite ebenfalls hochgerollt worden war. Mein Blick glitt von dem verlassenen Zelt zurück zu Lorn. Ein lauer Windstoß brachte ihre offenen Haare zum Flattern. Mit hängenden Schultern blieb ich stehen und sah sie schuldbewusst an. Unsere Blicke trafen aufeinander, und eine Ewigkeit lang sagte keine von uns etwas. Dann sprang Lorn auf und schlang die Arme fest um mich.

»Bist du okay? Verletzt?«, fragte sie.

Lorn lehnte sich zurück und betrachtete mein Gesicht.

»Nein, ich bin … okay«, erwiderte ich schwach.

Meine beste Freundin nickte. »Gut.« Dann wirbelte sie auf dem Absatz herum und kroch zurück ins Zelt, in ihren Schlafsack.

»Lorn?«, fragte ich mit bebender Stimme.

»Ich bin froh, dass du dich nicht verlaufen und dabei verletzt hast«, sagte sie tonlos. »Aber ich bin auch sauer auf dich. Wirklich stinkwütend, Cassidy. Du bist einfach weggerannt.«

Lorn rutschte tiefer in ihren Schlafsack, zog ihn sich fast über den Kopf, sodass nur noch ihre braunen Haarspitzen herauslugten, und schwieg. Langsam ging ich ins Zelt, setzte mich auf meinen eigenen Schlafsack und zog den Reißverschluss der Plane herunter, um den Eingang zu schließen. Mit einem Mal kam ich mir wieder eingeengt vor. Im Inneren des Zelts war die Luft angenehm kühl, was wohl bedeutete, dass Lorn schon eine Weile im Zelteingang gesessen und auf mich gewartet haben musste.

»Lorn?«, sprach ich sie vorsichtig an.

»Ich will schlafen, Cassidy.«

Mein Name klang aus ihrem Mund vorwurfsvoll, was mir sofort einen Stich versetzte. Eine stille Lorn war noch viel schlimmer als eine, die mich aufbrausend beschimpfte. Langsam streckte ich eine Hand aus und tippte Lorns Schlafsack an. Erst einmal, dann immer wieder. Lorn schnaufte zwar genervt, blieb aber stur liegen und strafte mich weiter mit eisigem Schweigen.

»Du hast alles Recht der Welt, sauer auf mich zu sein«, sagte ich leise. »Das nächste Mal, wenn ich in einen Spiegel blicke, zerbricht er bestimmt in tausend Stücke, weil ich meinen eigenen Anblick nicht mehr ertrage. Es tut mir unglaublich leid.«

»Mir egal«, murmelte Lorn kaum hörbar.

Ich atmete erleichtert aus, immerhin sprach sie jetzt wieder mit mir. »Bitte, Lorn.«

»Bitte – was?« Lorn schoss abrupt hoch und funkelte mich an. »Nur weil du Lust hast zu reden, muss ich dir noch lange nicht zuhören! Ich war krank vor Sorge, als du weggerannt bist! Mitten in der Nacht in den Wald! Weißt du, wie gefährlich das sein kann? Ich hatte schon die schlimmsten Vorstellungen, wie du irgendwo bewusstlos liegst und ich gefragt werde: Was wollte deine Freundin da draußen? Und ich: Keinen Schimmer, denn sie hat anscheinend mehr Geheimnisse vor mir als eine Super-Spionin!«

»Ich habe keine Geheimnisse vor dir«, sagte ich kraftlos.

»Ach, dann hättest du mir von dem Kuss mit Theo also erzählt? Wann genau denn?«, sagte Lorn energisch. »Ich dachte, wir sind Freundinnen. Du hättest mir sagen können, dass du ihn ...«

»Aber ich mag ihn gar nicht!«, schnitt ich ihr das Wort ab. »Nicht so! Ich bin in Colton verliebt. Hörst du Welt: COLTON!«

Meinen Schrei hatte man sicher bis nach China gehört.

Lorn starrte mich mit offenem Mund an. »Verliebt?«

Ich biss mir auf die Unterlippe. »Furchtbar verliebt.«

Sie legte mir eine Hand auf die Stirn. »Hast du Fieber?«

»Bestimmt«, nuschelte ich beklommen. »So wie ich mich dir gegenüber benommen habe, muss ich im totalen Fieberwahn sein.«

Lorn sah mich niedergeschlagen an. »Ich ... bin so extrem wütend auf dich, Cassidy. Und ich hasse dieses Gefühl, weil ich nicht verstehe, was hier los ist. Du hast Theo geküsst. Ausgerechnet du. Aber dich anzufahren, ohne zu wissen, was eigentlich passiert ist, ist auch nicht richtig. Du bist meine allerbeste Freundin, und ich will nicht, dass irgendein Junge sich zwischen uns stellt.«

»Sei nicht so nett, sonst muss ich wieder weinen.«

»Oh, Cassidy ... was ist passiert?«

»Und hör auf so verständnisvoll zu sein. Du bist doch wütend.«

»Kann man nicht wütend und verständnisvoll sein?«

»Nein, das ist nicht kompatibel«, sagte ich.

»Aber Senf und Erdnussbutter sind auch kompatibel.«

»Du bist der einzige Mensch im Universum, der Senf und Erdnussbutter zusammen isst. Irgendwann wirst du von Aliens entführt, weil sie Experimente an dir ausüben, um herauszufinden, wieso deine Geschmacksnerven so verkorkst sind«, meinte ich.

»Hör auf, Witze zu machen. Erzähl mir alles.«

Unruhig begann ich, mit den Fingern am Saum meines Shirts zu nesteln. »Colton hat Theo von der Wette erzählt, aber nicht, dass es dabei um ihn und dich geht. Er hat wohl schon eine Weile Gefühle für mich und dachte, ich würde dich als Ausrede benutzen, um ihm nahe sein zu können«, sagte ich schwermütig. »Colton wusste über Theos Gefühle Bescheid. Nicht darüber, wie sehr er mich mochte, aber genug … und er hat die Wette gestartet, um sich an mir zu rächen. Er wollte unsere Freundschaft kaputt machen, wenn herauskommt, dass du Theo magst und Theo mich.«

»Klingt wie die Zusammenfassung einer Folge *Gossip Girl*.«

»Ich dachte, wir machen keine Witze?«

»Ohne Humor überstehe ich diese Unterhaltung nicht«, sagte Lorn. Sie schloss kurz die Augen, als müsste sie sich gegen etwas wappnen. »Was noch? Was ist vorgefallen?«

»Ich wollte mit Theo darüber sprechen, weil ich keine Ahnung hatte, wie viel Colton ihm mitgeteilt hat. Wir saßen am Lagerfeuerplatz, und dann ist alles ausgeartet. Ich würde gerne behaupten, dass er mich geküsst hat, mehr nicht, aber in diesem Moment habe ich es ja auch zugelassen. Ich habe mich irgendwie schuldig gefühlt. Als würde der Kuss ihm beweisen, dass da nichts zwischen uns ist«, erzählte ich. »Dann bist du gekommen und … es war eine Kurzschlussreaktion von mir wegzulaufen, alles andere als fair.«

»Theo hat kein Sterbenswörtchen gesagt.« Lorn sog energisch die Luft durch die Nase ein. »Er hat mich ganz betreten angeschaut und vorgeschlagen, dass wir dich suchen gehen. Wir haben Colton geweckt und Bescheid gesagt. Eine Weile bin ich durch die Gegend gelaufen, aber als klar war, dass ich dich nicht finde, bin ich zurück zum Zelt. Ich habe mir gesagt: Warte noch eine halbe Stunde, wenn Theo und Colton nicht wieder mit Cassidy auftauchen, weckst du den Head Manager oder schlägst Alarm.« Lorn massierte sich mit einer Hand die rechte Schläfe. »Gott, ich kriege furchtbare Kopfschmerzen von diesem Chaos. Und kurz, bevor die halbe Stunde um war, bist du plötzlich vor dem Zelt gestanden.«

»Colton hat mich gefunden. Wir haben uns … gestritten.«

»Wieso klingst du so unsicher, wenn du das sagst?«

»Weil wir uns erst gestritten und dann geküsst haben und dann wieder gestritten … ich weiß nicht, was das aus uns macht.«

Stille dehnte sich im Zelt aus. Schließlich seufzte Lorn.

»Theo ist wirklich in dich verliebt …?«

»Ich befürchte schon.« Ich holte tief Atem. »Und das ist noch nicht alles. Colton hatte die ganze Zeit deinen Liebesbrief an Theo. Deshalb wusste er von deinen Gefühlen für seinen Cousin.«

Kurz und knapp erzählte ich Lorn von der kleinen Auseinandersetzung mit Colton an meinem Spind damals. Wie ich glaubte, den Brief zurückgeholt zu haben, und leider keinen Gedanken darauf verschwendet hatte, dass Colton ihn vielleicht ausgetauscht haben könnte.

Lorn sagte eine ganze Weile nichts.

»Dann hat er den Brief immer noch?«, fragte sie.

»Ich weiß es ehrlich gesagt nicht.«

»Ich habe das Blatt damals einfach zerrissen, ohne mich zu vergewissern, dass es wirklich mein Brief ist«, murmelte Lorn.

»Weil du mir vertraut hast«, sagte ich mitgenommen.

»Dafür kannst du wirklich nichts«, sagte sie. »Ich habe den Brief verlegt und hätte ihn genauso gut verlieren können. Und ehrlich? Das ändert an diesem Schlamassel auch nichts mehr. Wir finden schon einen Weg, um den Brief zurückzuholen. Und wenn ich dafür dieses Mal wirklich über Coltons Leiche steigen muss. Ich glaube, damit hat gerade keine von uns mehr ein Problem, oder?«

Ihre Worte entlockten mir ein winziges Lächeln. Doch trotz des Dämmerlichts im Zelt waren die Enttäuschung und der Schmerz in Lorns Miene nicht zu übersehen. Ich hatte sie noch nie so niedergeschlagen erlebt. Lorn begann auf ihrer Unterlippe zu kauen. Sie griff sich mit einer Hand an die Brust, als würde ihr Herz schmerzen. Ich griff nach ihrer anderen Hand und drückte sie sanft, um ihr zu signalisieren, dass sie nicht allein war.

»Jetzt weiß ich, wieso alle sagen, dass Liebe beschissen ist. Wieso du das so oft gesagt hast. Wie kann es sich so anfühlen, als ob ich etwas verloren hätte, wenn ich es doch nie besessen habe?«

»Es tut mir so leid«, beteuerte ich. »Wenn ich könnte, würde ich es ändern. Ich verstehe nicht, wieso Theo … wieso er …«

»Dass ihr euch geküsst habt, fühlt sich für mich an, wie einen Basketball in den Magen zu kriegen. Ich dachte immer, ich könnte alles überstehen, aber dann noch auf diese Weise zu erfahren, dass der Junge, den ich mag, sich in meine beste Freundin verliebt hat … das ist grausam«, sagte Lorn benommen. Ich sah, wie ihr Tränen in die Augen stiegen. Sie senkte die Stimme. »Aber, ich verstehe, wieso sich jemand in dich verlieben kann. Weil ich dich einfach wahnsinnig lieb habe, Cassidy.«

»Lorn, ich …« Mit den Fingern umfasste ich ihre Hand und drückte sie ganz fest. »Mir geht es doch genauso. Ich habe miterlebt, wie du früher auf dem Spielplatz von der Schaukel gefallen bist und einen Zahn verloren hast. Ich weiß noch, wie wir beide dann versucht haben, die ganze Nacht wach zu bleiben, um auf die Zahnfee zu warten. Als ich wieder und wieder vom Fahrrad gefallen bist, hast du mir Mut gemacht, bis ich ohne Stützräder fahren konnte. Wir haben als Pfadfinderinnen die schrecklichste selbst gemachte Limonade verkauft, die Newfort je kosten musste. Auf der Suche nach einem vierblättrigen Kleeblatt haben wir tagelang den Park abgesucht, sogar im Regen, und waren danach beide so schrecklich erkältet, dass unsere Mütter uns wochenlangen Hausarrest verpasst haben. Um nichts in der Welt würde ich eines deiner Spiele verpassen, damit ich dich anfeuern kann. Wir kennen uns schon so lange. Du bist Teil meiner schönsten und schlimmsten Erinnerungen. Du gehörst zu meiner Familie, Lorn. Kein Junge wäre es wert, diese Freundschaft zu zerstören.«

Mit einem Schlag war nicht nur ich es, die weinte. Auch Lorn liefen Tränen übers Gesicht. Ich zog sie an mich und hielt sie so fest ich konnte. Gerade wollte ich sie nie wieder loslassen. In dieser Nacht gab es viele Tränen. Bittere Tränen voller Herzschmerz, Angst und Enttäuschung. Tränen der Erleichterung, weil unsere Freundschaft stärker war als andere Gefühle. Tränen der Wut, weil die Dinge manchmal nicht so abliefen, wie man es sich sehnlichst wünschte. Aber auch hoffnungsvolle Tränen. Denn wir wussten beide, dass nach dem größten Regenschauer irgendwann immer wieder die Sonne schien.

Als ich irgendwann vor Erschöpfung einschlief, hielt ich noch immer Lorns Hand. Was auch immer der Morgen bereithielt, Lorn und ich würden ihn gemeinsam durchstehen. Als beste Freundinnen.

# KAPITEL 29

BEIM FRÜHSTÜCK schwiegen Lorn und ich. Keine von uns bekam einen Bissen herunter. Meine Vermutung von gestern Abend hatte sich als wahr herausgestellt: Theo war über Nacht gefahren. Und Colton war mit ihm gegangen. Einer der PAs hatte uns gesagt, dass sich die beiden nicht mal abgemeldet hatten, wie es Vorschrift war, sondern dem Head Manager nur eine Notiz hinterlassen hatten, damit man sie nicht als vermisst meldete. Nach dem Frühstück packten Lorn und ich schweigend Theos Zelt zusammen und überlegten im Anschluss daran, ebenfalls das Handtuch zu werfen. Dieses Wochenende hätte der Höhepunkt der Lorn-und-Theo-Verkupplungsaktion werden sollen, und das war schließlich gehörig in die Hose gegangen. Was sollten wir noch hier? Aber all die Leute um uns herum waren so gut gelaunt und voller Energie, dass nach Hause zu fahren und Trübsal zu blasen nicht sehr verlockend erschien.

Wir blieben also. Trotz geringer Erwartungen entpuppte sich das aber als die richtige Entscheidung. Der Tag war trotz allem schön, und die Ablenkung tat uns beiden richtig gut. Für den Werbespot war eine Szene vorgesehen, die ein großes Abschlussfest zeigte, bei dem alle zusammenkamen. Spiele gespielt wurden, und bis spät in den Abend hinein stand Spaß auf dem Plan. In einem Meer aus Statisten konnte man wenigstens schnell vergessen, dass es in unserem Inneren nicht ganz so bunt aussah, wie die Aufmachung des Festes es vorgab. In neuen Outfits von *Adventure 16* verbrachten wir Stunden mit Lächeln, Unterhaltungen und kleinen Challenges. Die Werbefirma wollte, dass alles so authentisch wie möglich aussah, und deshalb wurde echter Einsatz verlangt. Irgendwann verblasste der Gedanke, dass die Szenerie bis ins Detail geplant worden war. Ich hatte mich immer gewundert, wieso manche Leute beim Reality TV so abdrehten, aber je länger man vor einer Kamera stand, umso mehr rutschte man tatsächlich in sein natürliches Verhalten ab und blendete die Linse aus.

Ich kam mit ein paar anderen Jugendlichen ins Gespräch, die ebenfalls auf die Newfort High gingen. Die Welt war klein, und unsere Schule war groß. Ein Mädchen namens Jade erzählte Lorn und mir, dass sie für die Schülerzeitung arbeitete und hier war, um einen Artikel über den Werbesport-Dreh zu schreiben – basierend auf den dort gemachten Erfahrungen mit den Medien. Sie war mir auf Anhieb sympathisch, weil sie mich ein wenig an Nora erinnerte. Jade war genau wie Nora ein offener, herzlicher Mensch, in dessen Gegenwart man sich gleich wohlfühlte. Und sie legte eine solche Begeisterung beim Erzählen an den Tag, dass ich ihr ewig hätte zuhören können. Der Job, den sie bei der Schülerzeitung hatte, schien ihr viel zu bedeuten.

»Der Vorsitzende der Schülerzeitung schätzt jedes Engagement für Geschichten. Dank Nash habe ich meine eigene Stimme gefunden und weiß, was ich erzählen möchte«, sagte Jade glücklich.

»Das klingt wundervoll«, sagte ich ehrlich.

»Cassidy benutzt sonst eher selten das Wort wundervoll«, kommentierte Lorn. »Du musst sie ziemlich beeindruckt haben.«

»Na ja, ich interessiere mich für kreatives Schreiben«, gestand ich. »Eigentlich hatte ich auch in den Kurs an unserer Schule gewollt, aber …« Kurz schweiften meine Gedanken zu Kunst und zu Colton. »… daraus ist dieses Halbjahr leider nichts geworden.«

»Und die Schülerzeitung wäre nicht vielleicht was für dich?« Jade sah mich mit großen Augen an. »Ich meine, jemand wie du hat sicher eine Menge zu sagen – und das ist ganz im positiven Sinne gemeint.«

Ich seufzte. »Kennt denn jeder die Gerüchte?«

»Dein Schlussmach-Service ist ziemlich bekannt, ja.«

»Ich habe das Ganze nicht mal selber so genannt!«

Jade zwinkerte mir zu. »Das klingt nach dem Anfang einer Story, findest du nicht? Komm doch mal bei unserem Club-Raum vorbei.«

Unser Gespräch wurde durch eine Fanfare unterbrochen. Der Head Manager gab das Zeichen, dass der Dreh vorbei war. Es gab einen Applaus von allen Seiten. Für die gute Zusammenarbeit und die tolle Leistung aller Teilnehmer. Die Menge löste sich langsam auf, als alle zurück zur Lichtung wanderten. Die Schlussszene hatte auf einer offenen Rasenfläche am anderen Ufer des Sees stattgefunden. Danach wuselten alle zwischen den Containern durcheinander, um Klamotten zurückzugeben, sich wieder normal herzurichten oder ihre Sachen zusammenzusuchen. Im Anschluss hatten alle noch die Möglichkeit, sich an einem gut bestückten Kuchen-Büfett zu bedienen. Es war spät am Nachmittag, als Lorn und ich unsere Sachen gepackt und das Zelt wieder abgebaut hatten. Mit unserem Gepäck bewaffnet meldeten wir uns in der Zentrale ab und nahmen unsere Schecks entgegen. Weil der PA, den wir heute Morgen nach den Jungs gefragt hatten, für das Verteilen der Schecks und Überwachen der Abmeldung zuständig war, fragte er uns, ob wir die Schecks für Theo und Colton auch mitnehmen wollten – er hatte mitbekommen, dass wir uns kannten. Die zwei erhielten aufgrund ihres frühzeitigen Abbruchs nur noch die Hälfte des Geldes, aber ich war mir sicher, dass sie das reichlich wenig kümmerte. Ich ließ meinen Personalausweis kopieren und unterschrieb für das Entgegennehmen der anderen Schecks, damit die Werbefirma eine Bestätigung der Auszahlung hatte. Am Auto verstauten wir unser Zeug und wollten gerade los, als Jade an die Beifahrerscheibe klopfte.

Ich kurbelte das Fenster herunter. »Hey, Jade.«

»Hey! Ich will euch nicht lange aufhalten, aber das hier wollte ich dir noch geben, Cassidy«, sagte sie freundlich und reichte mir eine Art Visitenkarte. »Euch beiden eine gute Fahrt.«

»Danke«, sagte ich. »Wir sehen uns in der Schule.«

Jade winkte noch, als wir vom Parkplatz fuhren.

»Was hat sie dir gegeben?«, wollte Lorn wissen.

»Eine Visitenkarte«, antwortete ich. Beim Betrachten des Kärtchens las ich die Aufschrift laut vor. »Nash Hawkins, Vorsitzender der Schülerzeitung und Chefredakteur. Darunter stehen noch eine Handynummer und der Link zu einer Webseite.«

»Jade hat recht. Du solltest mal vorbeischauen.«

»Vielleicht werde ich das«, sagte ich und lächelte.


Das Lächeln verging mir recht schnell wieder, als Lorns Wagen die Auffahrt zur Ranch der Griffins hinauffuhr. Wir hatten beschlossen, dass es das Beste wäre, sofort mit Theo und Colton zu reden. Der Tag hatte uns Ablenkung und etwas Ruhe geschenkt, und jetzt war es an der Zeit, die vielen Konflikte zwischen uns aus dem Weg zu räumen. Vor einer Sekunde war ich mir noch sehr erwachsen vorgekommen, doch mit einem Mal wollte ich alles andere als erwachsen sein. Ich wollte umkehren. Lorn schien es ähnlich zu gehen. Abrupt trat sie auf die Bremse, und ich rutschte in meinem Sitz so heftig nach vorne, dass der Gurt mir die Luft abschnitt. Vor uns wirbelte sogar eine kleine Staubwolke auf.

»Ich kann das nicht«, sagte Lorn panisch. »Ich kann da auf keinen Fall reingehen und mit Theo über meine Gefühle reden.«

Sie umklammerte das Lenkrad so fest, dass ihre Knöchel weiß hervortraten. Ihr Gesicht verlor ebenfalls sämtliche Farbe.

»Ich glaube, mir wird schlecht.«

»Tief durchatmen«, versuchte ich sie zu beruhigen. »Du musst nicht mit Theo reden, wenn du nicht willst … vielleicht war das alles hier eine Schnapsidee. Sollen wir nach Hause fahren?«

Lorn ließ den Kopf aufs Lenkrad senken. »Ich weiß nicht.«

»Wir könnten auch ihre Schecks in den Briefkasten werfen und uns dann aus dem Staub machen«, schlug ich vor. »Aber … sie morgen in der Schule zu sehen wäre für mich tausendmal schlimmer, wenn ich vorher nicht mit ihnen gesprochen hätte. Ich müsste mich ständig fragen, was in ihren Köpfen vorgeht.«

»Ich bin ein Feigling«, sagte Lorn mitgenommen.

»Bist du nicht«, sagte ich. »Lorn, du bist in jemanden verliebt, der deine Gefühle nicht erwidert. So jemandem gegenüberzutreten ist unheimlich schwer. Es ist okay, wenn du Zeit brauchst. Ein Tag reicht nicht mal annähernd, um damit klarzukommen. Ich kann mir kaum vorstellen, wie du dich fühlst.«

»Erinnerst du dich, als ich gesagt habe, dass ich lieber nur mit Theo befreundet wäre, um ihn nicht zu verlieren, wenn es darauf ankäme?«, fragte Lorn. »Das denke ich noch immer. Soll ich ihn anlügen? Sagen, dass das alles nur ein Missverständnis war? Ich komme schon drüber weg. Ich weiß es.«

Ich zögerte. »Ich würde dir gerne sagen, dass ich das für keine gute Idee halte. Dass Gefühle sich nicht einfach so bändigen lassen. Du bist ein ehrlicher Mensch, Lorn. So eine Lüge hält dich nicht lange über Wasser. Aber ich weiß nicht, was du tun sollst. Was ich allerdings weiß ist: Wenn du dir unsicher bist, dann entscheide so etwas Wichtiges nicht spontan im Auto.«

Sie nickte bedächtig. »Ich warte hier, okay?«

Ich strich ihr kurz über die Schulter. »Okay.«

»Bist *du* dir denn sicher?«, fragte sie.

»Nein. Ganz und gar nicht«, sagte ich und griff nach der Beifahrertür. »Aber bisher haben meine spontanen Entscheidungen immer zu den besten Dingen geführt. Das Risiko gehe ich ein.«

Ich zog die Schecks aus meiner Tasche, die zu meinen Füßen stand, und stieg aus dem Auto. Mit jedem Schritt, den ich mich dem Haupthaus näherte, gewann ich an Selbstbewusstsein. Ich konnte das schaffen. Mit Theo reden. Mit Colton. Es war das Richtige. An der Haustür angekommen klingelte ich. Es wurde nicht gleich geöffnet, aber nach einigen quälend langen Sekunden stand mir eine Frau gegenüber. Sie hatte kurze braune Haare und ein gutmütiges Gesicht. »Hallo! Was kann ich für dich tun?« Fragend sah sie mich an und rieb sich die Hände an ihrer Kochschürze ab.

»Guten Abend«, sagte ich etwas steif. »Sie sind Theos Mom, oder? Mein Name ist Cassidy. Ich bin eine Freundin Ihres Sohnes und würde gerne mit ihm sprechen. Mit ihm und Colton, wenn Ihnen das keine Umstände bereitet. Ich möchte nicht stören ...«

Mein Blick wanderte zu ihrer Kochschürze.

»Oh!« Sie lächelte. »Ich backe gerade Apfelkuchen. Komm doch rein, du störst nicht. Freut mich, dich kennenzulernen.«

Wir schüttelten einander die Hände.

»Theo ist oben in seinem Zimmer, Colton ist momentan leider nicht da«, sagte Mrs. Griffin. »Du erwischst also nur einen.«

Mrs. Griffin trat zur Seite, und ich ging in den Flur. Bisher war ich noch nicht im Inneren des Hauses gewesen, weshalb ich meinen Blick kurz umherschweifen ließ. Rechts von mir erhaschte ich Ausschnitte einer weitläufigen Küche, links ging es durch einen offenen Rundbogen in ein großes Wohnzimmer mit Kamin, Deckenbalken und einer Einrichtung, die schon einige Jahre auf dem Buckel zu haben schien. Die meisten Möbel waren aus dunklem Holz, der Teppich auf dem Boden war ausgefranst, und die Wände hingen voller Fotos, die ich mir nicht genauer ansah.

»Wissen Sie, wann Colton wiederkommt?«, fragte ich.

»Das hat er nicht gesagt«, erwiderte Mrs. Griffin. »Colton ist nach Sacramento gefahren, um ein paar Tage bei seinen Großeltern zu verbringen. Das macht er manchmal, wenn ihm alles zu viel wird. Ich weiß nicht, ob er dir etwas gesagt hat, aber ...«

»Er hat mir mal erzählt, dass er dort eine Weile mit seinen Eltern gelebt hat«, murmelte ich. »Dass er hinfährt, wusste ich nicht. Ich dachte ehrlich gesagt, er mag seine Großeltern nicht so besonders.«

Mrs. Griffin lachte. »Das Verhältnis zwischen ihnen und Colton war nie das beste, das stimmt. Aber er verbindet viel mit dem Ort. Mach dir keine Sorgen, Colton kommt wieder zurück.«

»Okay«, sagte ich leise.

»Ich sehe mal nach meinem Kuchen«, erwiderte sie fröhlich. »Du musst einfach die Treppe hoch, in den zweiten Stock. Die Jungs haben dort oben ihr eigenes Reich. Du kannst es nicht verfehlen.«

»Danke.«

Ich sprach mir selber Mut zu, als ich Stufe für Stufe nahm. Es fühlte sich an, als würde ich einen riesigen Berg besteigen. Auf dem Weg nach oben sah ich noch mehr Familienfotos. Nachdem der »Mount Schuldgefühle« erklommen war, stand ich auf einer Etage, die direkt unter dem Dach lag und statt einer normalen Tür einen offenen Durchgang hatte. Die Schrägen nahmen etwas von dem Platz weg. Wie bei einem Collegezimmer war der Raum in zwei Bereiche aufgeteilt. Auf beiden Seiten stand jeweils ein großes Bett, mit dunklem Überwurf, es gab mehrere Schränke und ein schwarzes Sofa samt Tisch, das recht gemütlich aussah. Coltons Seite zeichnete sich durch unzählige Skizzen und Zeichnungen aus, die an die Wand über dem Bett geheftet worden waren. Auf dem kleinen Schreibtisch lagen ein Laptop und verschiedene Schulbücher. Theos Seite war chaotischer, überall lagen Klamotten herum. An seiner Wand hingen mehrere Medaillen vom Reitsport. Theo saß mit dem Rücken zu mir gewandt auf dem Boden und blätterte in einer Zeitschrift. Er hatte Kopfhörer auf und konnte mich deshalb nicht kommen hören. Die Musik drang bis zu mir herüber, so laut hatte er sie gestellt. Es lief ein Song von *Mumford & Sons*, den ich kannte. Ich ging um ihn herum, damit er sich nicht erschrak und mich aus dem Augenwinkel kommen sah. Aber es half nicht viel – Theo erschrak trotzdem. Hastig warf er die Zeitschrift neben sich und riss sich die Kopfhörer von den Ohren. Und starrte mich währenddessen entgeistert an.

»Cassidy! Was machst du denn hier?«

»Überraschung«, sagte ich und versuchte mich an einem Lächeln. Vermutlich sah es aus, als würde ich eine Grimasse schneiden. »Hast du kurz Zeit für mich?«

Theo erhob sich vom Boden. Mit einem Mal schien ihm aufzufallen, wie unordentlich seine Hälfte des Zimmers war, denn er begann, rasch einige der Klamotten aufzulesen und sie aufs Bett zu werfen.

»Ehm … sicher. Setz dich doch … aufs Sofa.«

Konnte dieser Moment noch seltsamer werden? Nur dann, als ich mich auf das schwarze Sofa setzte (das so gemütlich war, wie es aussah), Theo neben mir Platz nahm und sich plötzlich unsere Knie berührten. Er biss sich nervös auf die Unterlippe.

»Hier.« Ich hielt ihm die zwei Schecks entgegen.

»Oh. Danke. Bist du deshalb hergekommen?«

»Nein«, sagte ich durch zusammengebissene Zähne, weshalb es genuschelt nach ›Bein‹ klang. Ich räusperte mich. »*Nein.* Nicht nur deshalb. Du und Colton … ihr seid über Nacht einfach so verschwunden. Lorn und ich haben uns Sorgen gemacht.«

»Das war nicht abgesprochen«, sagte er. »Colton hat mich angerufen, als er dich auf dem Weg hat stehen sehen, und nachdem wir aufgelegt haben und ich wusste, dass es dir gut geht, habe ich meine Sachen zusammengepackt. Ich musste da einfach weg.«

»Das sollte kein Vorwurf sein«, sagte ich sanft.

»Okay«, sagte er leise. »Ich bin umgedreht, als er mich ein zweites Mal angerufen hat, um mir zu sagen, dass er keine Sekunde länger dort bleiben will. Die seltsamste Autofahrt meines Lebens. Obwohl … nicht seltsamer als alles andere davor.«

»Es tut mir sehr leid«, sagte ich und sah ihm dabei fest in die Augen, damit er wusste, dass ich es ehrlich meinte. »Ich wollte deine Gefühle nicht verletzen. Ich musste nur …«

»Weg«, sagte Theo. »Scheint so, als wäre an diesem Abend ein Komet eingeschlagen, und plötzlich sind wir alle in unterschiedliche Richtungen gelaufen. Fluchtinstinkt, schätze ich. Ich kann auf deine Entschuldigung allerdings verzichten.«

»Ich wollte nur …«

»Ich weiß, du meinst es gut. Aber ich möchte nicht hören, dass es dir leidtut, dass du mich nicht so magst wie ich dich. Oder dass es dir leidtut, dass du in Colton verschossen bist.«

Theo nahm mir endlich die Schecks ab.

»Danke«, wiederholte er. »Colton ist nicht da.«

»Das hat deine Mom schon gesagt. Er ist in Sacramento.«

»Colton fährt nicht gerne dorthin zurück«, sagte Theo. »Er hat auf der Ranch einige Ecken, in die er sich normalerweise zurückzieht, wenn er allein sein will. So wie das Atelier. Was auch immer zwischen euch passiert ist, muss ihn ganz schön aus der Bahn geworfen haben. Unsere Großeltern sind nicht die herzlichste Gesellschaft.«

»Willst du jetzt echt über mich und Colton sprechen?«

»Natürlich nicht«, sagte er schnippisch. »Aber denkst du, dass ich ihn links liegen lasse, weil er dich auch mag? Colton und ich sind so etwas wie Brüder. Ehrlich gesagt macht es mir eine Scheißangst, dass er abgehauen ist.«

»Deine Mom hat gesagt, dass er immer wiederkommt.«

Theo seufzte. »Und was wenn nicht?«

»Denkst du, das ist meine Schuld?«

»Es fühlt sich so an, als wäre eine ganze Menge deine Schuld«, sagte er, aber es klang nicht boshaft. »Du hast mich verletzt.«

»Ich weiß«, sagte ich mitgenommen.

»Fang bloß nicht wieder mit Entschuldigungen an.«

»Wieso gibt es für solche Situationen keine Regeln?«

»Das habe ich mich gerade auch gefragt«, sagte Theo. Zum ersten Mal seit meiner Ankunft entspannte er sich sichtlich. Er legte die zwei Schecks auf den Tisch vor dem Sofa und lehnte sich zurück. »Wenn ich könnte, würde ich die Zeit zurückdrehen.«

»Willst du, dass ich dich allein lasse?«, fragte ich.

»Was würde das bringen? Wir sehen uns jeden Tag in der Schule und können einander nicht für immer aus dem Weg gehen. Außerdem … es mag vielleicht dumm klingen, aber ich wäre lieber nur mit dir befreundet, als nie wieder ein Wort mit dir zu sprechen.«

Genau das hatte Lorn auch gesagt. Wenn Theo nur wüsste, wie ähnlich sich die beiden waren. Das machte die Sache nur noch deprimierender. Während wir kurz schwiegen, wurde mir plötzlich klar, was Theo eben gesagt hatte. Er wusste, dass Colton mich mochte. Hieß das, Colton hatte ihm von seinen Gefühlen für mich erzählt? Ich hätte zu gerne in Theos Kopf geblickt.

»Ich habe Angst, dich wieder zu verletzen«, sagte ich. »Wie soll ich mich verhalten? Was, wenn ich dir falsche Hoffnungen mache? Wenn ich etwas sage oder tue, das den Eindruck …«

»Cassidy«, unterbrach Theo mich. »Tief durchatmen. Wahrscheinlich ignorieren Leute in unserer Situation solche Dinge komplett. Als sei nie etwas passiert. Man hält seine Gefühle unter Verschluss und leidet im Stillen vor sich hin ... dafür gibt es doch Tumblr. Das ist nicht mein Stil. Und deiner erst recht nicht. Wir sind stärker als ... andere.«

»Glaubst du das echt?«

»Ich würde es gerne.«

Meine Augen wanderten zu Coltons Seite des Zimmers.

»Ich hätte es nie für möglich gehalten, aber du bist ein guter Freund für mich geworden«, sagte ich. »Ich möchte nicht, dass unsere Freundschaft kaputtgeht. Aber ... mein Herz schlägt für Colton. Und ich glaube, mit meinen Gefühlen werde ich dich immer wieder unbeabsichtigt verletzen. Das ist keine schöne Vorstellung. Ich finde es sogar ziemlich beängstigend.«

»Ist die Zukunft nicht immer beängstigend?«, fragte Theo. »Wir wissen alle nicht, was nächstes Jahr sein wird, wohin wir nach der Highschool gehen oder was bis dahin geschieht. Ich weiß nicht mal, was es morgen zum Frühstück gibt. Oder ob ich übermorgen meinen Geschichtstest bestehe. Es tut verflucht weh zu wissen, dass du ihn willst und nicht mich. Aber in diesem Moment fände ich es viel schlimmer als alles andere, wenn wir keine Freunde mehr wären, es nicht mal versuchen... verstehst du das?«

»Ein wenig«, sagte ich niedergeschlagen.

»Ich kann diese Entscheidung nicht einfach so treffen«, sagte Theo. »Freunde, keine Freunde ... ich brauche mehr Zeit, okay?«

»Okay«, sagte ich mitfühlend.

»Ich werde es später so was von bereuen«, murmelte Theo. »Aber wir sollten kurz über Colton sprechen, Cassidy. Was ist zwischen euch passiert, dass er von jetzt auf gleich weggefahren ist?«

»Colton und ich hatten einen Streit im Wald«, sagte ich. »Er hat mein Vertrauen ganz schön missbraucht, und ich bin deshalb noch immer wütend auf ihn.« Ich atmete tief durch. »Aber ich denke, er ist vor allem gefahren, weil er vermeiden wollte, dass sich einer von uns wegen ihm noch mieser fühlt. Ich bin in Bezug auf diese ganze Wette wirklich alles andere als unschuldig, aber Colton wusste … er hat uns alle gegeneinander ausgespielt.«

Die Sache mit dem Brief und dem Vertrauensbruch konnte ich Theo schlecht erzählen, dann wäre Lorn wieder im Spiel …

»Mein Vertrauen hat er auch missbraucht«, sagte Theo. »Und vielleicht will ich einfach nur so schnell wie möglich, dass wieder Normalität einkehrt, aber ich … habe ihm verziehen.«

»Trotzdem bist du für Colton der wichtigste Mensch«, sagte ich. »Und wenn er sich selber nicht verzeiht, leidet er eben im Stillen vor sich hin. Er hat mir deutlich gemacht, wie viel du ihm bedeutest, Theo, und seien wir ehrlich: Da kann ich nicht mithalten. Und ich verstehe es irgendwie. Familie geht vor.«

»Er hat mir gesagt, dass er dich mag. Bedeutet das nichts?«

»Nicht, wenn er dich damit wieder und wieder verletzt.«

»Es gibt absolut nichts, was etwas daran ändert, dass meine Gefühle verletzt wurden«, sagte Theo energisch. »Du könntest auf den Mars ziehen – es würde sich nichts ändern. Wäre es schwer für mich, euch zusammen zu sehen? Es wäre unerträglich für mich. Aber wer bin ich, dass ich mein Unglück anderen aufhalse?«

»Das klingt so selbstlos«, seufzte ich.

»Ich bin alles andere als selbstlos«, sagte Theo. »Es reicht, wenn einer von uns unglücklich ist, findest du nicht? Wenn man jemanden mag, verschafft es einem keine Genugtuung zu sehen, wie diese Person mit dir leidet. Besonders wenn man genau weiß, dass man etwas daran ändern könnte. Das ist auch Teil davon, jemanden zu ... lieben. Liebe ist eine so große Sache, dass ich vielleicht nie ganz verstehen werde, wie sie funktioniert.«

»Das verstehe ich sehr gut«, sagte ich. »Ich war in meinem Leben noch nie richtig verliebt und habe nur geglaubt, es zu sein ... manchmal gibt man sich dieser schönen Vorstellung hin, man würde für jemanden unendlich viel empfinden, dabei ist das alles ein Trugschluss. Mit Colton war es von Anfang an anders.« Ich hielt inne. »Sorry. Das willst du ganz sicher nicht hören.«

Theo schloss kurz die Augen. »Nein, will ich nicht«, sagte er leise, traurig. »Aber Colton verdient jemanden, der ihm genau das sagt. Dass die Dinge anders laufen können. Er ist es wert.«

Ich hätte Theo gerne gesagt, dass ich mir für ihn jemanden wünschte, der genauso für ihn empfand wie ich für Colton. Aber das erschien mir fehl am Platz, also schwieg ich. Was für ein abgedroschener Gedanke. Ein gebrochenes Herz liebte weiter, und daran konnten gute Absichten nichts ändern. Ich hoffte nur, dass Theo irgendwann über die Sache zwischen uns hinwegkommen würde.

»Jeder ist es wert, geliebt zu werden«, flüsterte ich.

Nachdem für einige Minuten Stille herrschte und mein unerwartetes Auftauchen Theo in ein Gedankenchaos gestürzt zu haben schien, entschied ich mich dazu, wieder zu gehen.

»Lorn wartet im Wagen«, sagte ich zögerlich.

»Sie ist hier?«, fragte Theo überrascht.

»Ja. Sie wollte nicht ... stören.«

»Ich verstehe immer noch nicht, was genau sie für eine Rolle bei dieser ganzen Wette gespielt hat«, sagte er nachdenklich.

Ich starrte Theo perplex an. Er meinte das ernst! Hatte er wirklich keine Ahnung, dass Lorn ihn mochte? Flüchtig dachte ich darüber nach, es ihm zu sagen, aber Lorn hatte ausdrücklich darum gebeten, dass sie das nicht wollte. Lieber mit Theo befreundet sein, als ihn gar nicht mehr in ihrem Leben zu haben ... und ich hatte nicht die Absicht, ihren Wunsch zu missachten. Ehe ich mir überlegen konnte, wie meine Antwort ausfallen sollte, sprach Theo von sich aus weiter. Nachdenklich runzelte er die Stirn.

»Lorn wollte dir einen Gefallen tun, oder? Sich deshalb mit mir verkuppeln lassen ... ich glaube, wenn die Situation umgekehrt wäre, hätte ich Colton auch geholfen, die Wette zu gewinnen.«

»Glaub mir, Lorn hatte nichts Böses im Sinn«, sagte ich.

»Das weiß ich. Ich meine, wir haben uns so gut verstanden, das war nicht gespielt. Manchmal dachte ich sogar, dass ...«

»Dass ...?« Erwartungsvoll hing ich an seinen Lippen.

»Ist auch egal«, wehrte er ab. »Ich will das alles nur noch vergessen. An einem Groll festzuhalten bringt niemanden was. Wie sieht es mit dir aus? Du hast die Wette verloren, wenn man es genau nimmt ... ist jetzt also Schluss mit dem Schlussmach-Service?«

»Darüber muss ich in Ruhe nachdenken.«

Ich seufzte und erhob mich im gleichen Atemzug. »Wir sehen uns morgen in der Schule ... sagst du mir Bescheid, wenn Colton ...«

»... wenn er wieder auftaucht. Ja«, murmelte Theo.

»Bis dann«, sagte ich zum Abschied.

Auf dem Weg die Stufen hinunter fühlte ich mich nicht wie erwartet besser, weil ich das Gespräch mit Theo hinter mich gebracht hatte. Vielmehr schienen sich die unguten Gefühle verdoppelt zu haben. Wer hätte jemals gedacht, dass mein Schlussmach-Service der Auslöser für eine Reihe an Ereignissen sein würde, die das Leben so vieler Leute veränderten? Ich dachte an meine und Coltons Unterhaltung im Krankenzimmer der Schule zurück. Er hatte gewusst, dass mein Schlussmach-Service irgendwann irreparablen Schaden anrichten würde. Und ich war zu blind und egoistisch gewesen, um einzusehen, dass er damit vielleicht richtigliegen könnte. Damit war ich etwas zu hart zu mir selbst, denn trotz des Gefühlschaos zwischen uns allen hatte der Schlussmach-Service nach wie vor vielen Leuten geholfen und ihnen Mut gemacht ... ich betrachtete ihn inzwischen nur aus einem anderen Blickwinkel.

Die Wette war wohl eher im Sand verlaufen. Niemand hatte gewonnen, denn durch Coltons Offenheit Theo gegenüber hatte er gegen die Regeln verstoßen. Trotzdem spürte ich tief in meinem Herzen, dass jetzt wirklich Schluss mit dem Schlussmach-Service war.

# KAPITEL 30

*LORN UND ICH* schleiften uns niedergeschlagen durch die Schultage der kommenden Woche. Wenn wir Theo in den Fluren begegneten, tauschten wir nur knappe Blicke oder winkten einander kurz zu. In den Fächern, die wir gemeinsam hatten, redeten wir kein Wort miteinander. Viel gesprochen wurde in dieser Woche sowieso nicht. Es schien, als würden wir alle in unseren eigenen Gedankenwelten leben und nicht mehr so schnell aus ihnen herauskommen, um der Realität die Hand zu schütteln. Im Stillen waren wir uns wohl einig, dass jeder erst mal für sich weitermachen musste – trotz Theos und meines Versprechens, unsere Freundschaft nicht zu vergessen. Der Moment würde kommen, an dem wir uns wieder näherkamen und weitermachten. Wann das war, ließ ich als Frage erst mal im Raum stehen.

Lorn stürzte sich in zusätzliches Basketball-Training und lenkte sich dort mit Sport ab. Und ich half Cameron bei seinem Roboter-Projekt, um mich zu beschäftigen. In den wenigen ruhigen Augenblicken kamen zu viele Gedanken, die ich lieber ausgeblendet hätte. Ich vermisste Colton.

Am Montag nach dem Wochenende im Wald lief ich mit Tunnelblick durch die Gänge und schaffte es noch relativ gut, Colton aus meinem Kopf zu drängen. Nachdem der Kunstunterricht vorbei war und ich ihn ohne unablässiges auf Coltons-leeren-Platz-Starren überstanden hatte, fühlte ich mich kein bisschen besser. Dienstag und Mittwoch bekam ich kaum einen Bissen herunter, weil ich mir echt Sorgen um ihn machte. Donnerstag war ich schlecht gelaunt und verkroch mich in meinem Zimmer. Als ich Samstagabend noch immer nichts von ihm gehört hatte, wurde ich fast irre vor Frustration und Sorge. Ich hätte mir gerne einen Ruck gegeben und Theo nach seiner Nummer gefragt, aber ich brachte es einfach nicht über mich. Sonntagnachmittag, als ich gerade mit Lorn im Kino war, vibrierte mein Handy, und ich hastete wie vom Blitz getroffen aus dem Saal. Beim Anblick der unbekannten Nummer blieb mir fast das Herz stehen, doch leider war es nur jemand, der Schlussmach-Hilfe wollte. Wütend schrie ich in den Hörer, dass ich niemandem mehr helfen würde. Lorn fand mich schließlich über einem überdimensionalen Becher Popcorn in der Kino-Lounge, wo ich so viel davon aß, dass mir total schlecht wurde. Der einzige Lichtblick in der neuen Woche war das kommende Treffen mit dem Anwalt. Nachdem Colton auch an diesem Montag wie vom Erdboden verschluckt blieb, konzentrierte ich mich voll und ganz auf den bevorstehenden Termin. In der Schule waren inzwischen einige Gerüchte über Colton in Umlauf, über die ich nicht mal lachen konnte, obwohl sie so absurd klangen. Mit einer Lehrerin durchgebrannt! Im Knast gelandet! Von der Newfort High geflogen! Niemand schien zu glauben, dass Colton – obwohl Theo es immer wieder beteuerte – mit schlimmer Grippe flachlag. Kim, das alte Gossip Girl, belästigte mich immer wieder mit Dutzenden Fragen, und es hätte nicht mehr viel gefehlt, dass ich mich vor Wut auf sie gestürzt hätte.

Ich war heilfroh, dass Mom mir für den Dienstag aufgrund des Termins beim Anwalt eine Beurlaubung für die Schule geschrieben hatte, denn ich hätte die neugierigen Blicke in meine Richtung aufgrund von Coltons Abwesenheit keine

Sekunde länger ausgehalten. Eigentlich sollte uns Cameron ebenfalls begleiten, allerdings schrieb er in den ersten Stunden eine sehr wichtige Geschichtsprüfung, die einen Großteil seiner Note ausmachte, und er wollte sie nicht verpassen oder später nachschreiben müssen. Da Mom den Termin so kurzfristig nicht verschieben konnte, gab Cameron uns sein Okay, ohne ihn hinzugehen. Ich konnte ihn ziemlich gut verstehen. Uns beiden waren unsere schulischen Leistungen sehr wichtig.

Mom hatte darauf bestanden, dass wir unsere besten Sachen anzogen, da wir schließlich in einer Kanzlei aufkreuzten. Mit dem schwarzen Faltenrock und der weißen Bluse fühlte ich mich wie ein katholisches Schulmädchen auf den Weg zur Beichte. Da ich nicht mit Mom über so eine Lappalie wie ein Outfit hatte streiten wollen, ließ ich mir sogar die Haare von ihr hockstecken, auch wenn ich dabei mit den Augen rollte. Mr. Arnold Abernathy arbeitete in der größten Anwaltskanzlei Newforts, und die gehörte niemand Geringerem als Summer Micheals Dad. Zum Glück gab es so etwas wie eine anwaltliche Schweigepflicht, sonst wären wohl schon die nächsten Gerüchte in der Schule über mich im Umlauf. Als Mom und ich aus dem Bus stiegen und den Rest der Strecke zu Fuß gingen, schüchterte mich die Gegend doch etwas ein. Die Anwaltskanzlei lag in einem hohen Gebäude aus Chrom und Glas, das mit der glänzenden Fassade recht luxuriös erschien. Die Dame am Empfang bedachte Mom und mich mit einem seltsamen Blick. Vielleicht konnte sie arme Menschen meilenweit riechen. Hier ging sicher normalerweise kein Klient ein und aus, der kein Geld besaß, um sich die teuren Anwälte leisten zu können. Sie gab uns beiden Besucherpässe, die wir an unsere Kleidung klemmen mussten, und schickte uns in den dritten Stock. Dort lag die Abteilung für Erbrecht mit

Mr. Abernathys Büro. Sein Sekretär winkte uns gleich durch, denn wir wurden bereits erwartet.

Ich konnte spüren, wie Mom immer aufgeregter wurde. Vermutlich schossen ihre Hoffnungen auf jede Menge Kohle gerade ins All.

Mr. Abernathy wirkte mit der strengen Miene und dem gestriegelten Äußeren auf den ersten Blick ein wenig hochnäsig, aber seine Stimme war warm und freundlich, als er uns begrüßte und aufforderte, sich auf die Stühle vor seinem Schreibtisch zu setzen. Er war wirklich weit über fünfzig, hatte unzählige Falten in den trägen Gesichtszügen, und sein Haar war gänzlich grau. Mom würde ihn also wirklich nicht daten, was ein Pluspunkt war.

»Haben Sie gut hergefunden?«, fragte Mr. Abernathy.

Vielleicht war Small Talk so ein Anwaltsding. Er wollte doch jetzt nicht wirklich etwas über den kleinen Jungen im Bus wissen, der zehn Minuten in der Nase gepopelt hatte, oder über die hysterische Frau, die Mom und mich auf der Straße angeschrien hatte, weil wir ihr keinen Dollar hatten geben wollen? Ganz sicher nicht.

»Es war eine recht angenehme Fahrt«, sagte Mom.

»Sicher fragen Sie sich, wieso ich Sie herbestellt habe und Ihnen am Telefon keine näheren Informationen geben durfte«, sagte Mr. Abernathy. »Sie müssen wissen, dass ich solche Angelegenheiten grundsätzlich persönlich regle, von Angesicht zu Angesicht.«

Mom nickte zustimmend. »Aber natürlich!«

Ich hingegen war skeptisch. »Ich wusste nicht mal, dass meine Grandma sich einen Anwalt wie Sie hätte leisten können.«

»Cass!«, sagte Mom empört. »Entschuldigen Sie meine Tochter, sie ist äußerst nervös angesichts dieses Besuches.«

Der Anwalt musterte mich. »Verständlich. Jedoch auch eine berechtigte Frage. Mrs. Helen Caster war eine alte Bekannte meiner Mutter, und als die Stadt unsere Kanzlei von dem Fund des Briefes unterrichtete, habe ich mich dieses Falls angenommen. Beim Auftauchen versiegelter Dokumente wird meist ein Anwalt zurate gezogen, damit gegen keine Gesetze verstoßen wird.«

Helen Caster. Allein der Name meiner Grandma machte mich furchtbar nostalgisch und traurig. Ich schluckte schwer.

»Nach dem Tod von Mrs. Caster wurden ihre nächsten Angehörigen unterrichtet, damit man sich um den Nachlass kümmern konnte. Das waren damals Sie, Mrs. Camille Caster«, fuhr Mr. Abernathy fort. »Das ehemalige Haus von Mrs. Helen Caster ging in den Besitz eines Ehepaars über, welches noch heute dort lebt. Bei Renovierungsarbeiten wurde kürzlich unter ein paar alten Dielen eine Schachtel gefunden. In dieser befand sich der uns nun vorliegende versiegelte Brief.«

»Es ist also Schicksal«, sagte Mom ehrfürchtig.

Grandma war immer so organisiert gewesen und hatte ihre Rituale geliebt. Wenn man ausgerechnet in so einem Versteck etwas fand, dann nur, weil sie es dort zur Aufbewahrung platziert hatte und vor ihrem Tod keine Zeit mehr hatte, sich selber um diese Papiere zu kümmern. Grandma war damals zwar sehr kränklich gewesen, aber ihr Herzinfarkt war völlig unerwartet gewesen. Mit Schicksal hatte das alles wirklich nichts zu tun. Trauer überkam mich.

»Wenn Sie es so nennen möchten …«

*Grandma hat nichts Wertvolles besessen*, rief ich mir erneut in Erinnerung. *Das Haus war damals hoch verschuldet gewesen und wurde verkauft.* Dieser Brief konnte unmöglich ein Testament sein. Mom war damals regelrecht wütend gewesen, weil

Grandma uns nichts Brauchbares hinterlassen hatte ... in ihrer Wut hatte sie die ganze Planung der Beerdigung ein paar von Grandmas alten Freunden überlassen. Das war wirklich ein Armutszeugnis gewesen.

»Ich werde nun den Brief öffnen und Ihnen vorlesen.«

Mom nickte begierig. »Wir sind bereit.«

Der Anwalt öffnete den Brief, und das Wachsiegel brach. Im Inneren befand sich neben einem Blatt Pergament ein kleines Beutelchen aus schwarzem Stoff. Mr. Abernathy räusperte sich.

»Liebe Camille, liebe Cassidy und lieber Cameron«, begann er vorzulesen. »Ich bin mir nicht sicher, auf welche Weise dieser Brief den Weg zu euch finden wird, vertraue aber darauf, dass ihr ihn zu einem Zeitpunkt erhaltet, wenn ihr ihn wirklich braucht. Ich habe in meinem Leben keinen großen Besitz angehäuft und musste mir vor meinem Tod lange Gedanken machen, wie mein Nachlass aussehen wird. Ein Teil von mir hatte sogar Angst davor, dass ich schnell in Vergessenheit geraten werde, da ich nichts von Wert habe, was euer Leben ohne mich bereichern könnte. Ich habe gegrübelt und gezweifelt, und dann wurde mir klar, dass die wichtigsten Dinge im Leben nicht von materiellem Wert sind, sondern von emotionalem. Hiermit möchte ich jedem von euch etwas mit auf den Weg geben, das euch hoffentlich für immer an mich erinnern wird.

Camille, du bist meine einzige Tochter, und ich wünschte, unser Verhältnis wäre besser gewesen. Zu diesem Zeitpunkt lässt sich nichts mehr daran ändern. Was sich jedoch ändern lässt, ist deine Zukunft. Schon als du klein warst, hast du dich sehr für Botanik interessiert, und ich weiß, dass es stets dein Wunsch war, in diesem Bereich Fuß zu fassen. Deshalb hinterlasse ich dir die Telefonnummer einer alten Freundin, der es eine große Freude wäre, dir beim Umsetzen dieses Wunsches zu helfen. Wenn du es wirklich möchtest, wirst du dort vielleicht einen Schritt nach vorne wagen – aus ganz eigenem Antrieb. Ohne einen Mann, der dir beweisen soll, dass du es verdient hast.

Cassidy, es schmerzt, dass ich nicht erleben werde, zu was für einer wundervollen jungen Frau du heranwachsen wirst. Du wirst deine Familie sehr stolz machen, daran habe ich keinen Zweifel. Dir möchte ich eine besondere Kette hinterlassen. Ich habe sie schon vor einer Weile gekauft und wollte den richtigen Zeitpunkt abwarten, um sie dir zu geben. Soll ich dir etwas verraten? Wenn man wartet, verpasst man Chancen, die alles verändern könnten. Bitte erinnere dich an meine Worte von damals und lass dir keine einzige Chance entgehen, die dich glücklich machen könnte.

Zu guter Letzt, Cameron, wir beide hatten nicht sehr viel Zeit, um einander kennenzulernen, deshalb hinterlasse ich dir einen Rat, den mir meine Mutter gegeben hat und deren Mutter ihr davor. In dir steckt genauso viel Blut einer Caster wie in Camille und Cassidy. Der Rat lautet: Lass die Fehler der Vergangenheit ruhen. Wir alle beschäftigen uns sehr viel mit dem, was einst gewesen ist, oder dem, was einmal sein wird. Mein Junge, du lebst in der Gegenwart, und egal wie viele Pläne du schmiedest, du weißt nie, was aus ihnen wird. Niemand ist ein schlechter Mensch aufgrund einiger Entscheidungen. Und du hast die Möglichkeit, den Menschen in deinem Leben neue Chancen einzuräumen. Vielleicht sogar deinem Vater. Das bleibt dir überlassen. Ich hoffe, du wirst in meinem Alter auf dein Leben zurückblicken und nichts davon bereuen. Familie ist und wird immer dein sicherer Hafen sein. Die Liebe einer Familie ist die treibende Kraft hinter jedem von uns – also halte deine Familie immer in Ehren. So wie ich es tue, denn in euren Herzen werde ich immer bei euch sein.

Alles Liebe, Helen.«

Nachdem ich die Worte meiner Grandma langsam hatte sacken lassen, griff ich mit zitternden Fingern nach dem Stoffbeutel und ließ die Kette darin in meine Hände gleiten. Sie bestand aus einem Lederband und dem bronzenen Anhänger eines Baumes, um den ein Rahmen gefasst war. Sofort brach ich in Tränen aus. Mir schnürte sich die Kehle zu, und ich hatte das Gefühl, keine Luft mehr zu bekommen. Für ein paar Sekunden gab es nur mich in diesem Büro. Mr. Abernathy und Mom rückten in den Hintergrund, während ich von einem Gewicht erdrückt wurde, von dem ich glaubte, es vor langer Zeit bereits abgelegt zu haben. Grandmas Verlust fühlte sich wieder wie eine frische Wunde an. Er schmerzte so unendlich. Gleichzeitig war da aber auch ein Teil von mir, der lachen wollte. Über die Ironie, denn der Brief hatte uns zu einem Zeitpunkt gefunden, an dem wir ihn brauchten. Eine Zeit, in der Mom nicht wusste, wer sie ohne eine ihrer tausend Beziehungen war. Eine Zeit, in der es mir schwerfiel, Chancen zu ergreifen, die mich glücklich machen konnten. Und eine Zeit, in der Cameron eine Familie brauchte, die ihn bei seinem Vorhaben unterstützte.

»Cassidy?«, fragte Mom sanft. »Geht es wieder?«

Ich nickte, auch wenn die Tränen weiterliefen.

»Ist das alles?«, hörte ich sie noch fragen.

Ich wollte sie wütend anfahren, wie sie diese Frage überhaupt stellen konnte, aber dann sah ich, dass auch sie Tränen in den Augen hatte. Nur, dass Camille Caster das erste Mal in ihrem Leben versuchte, sie zurückzuhalten. Mom schluckte schwer.

»Ich lasse Sie für einen Moment allein«, sagte Mr. Abernathy. »Bitte, nehmen Sie sich alle Zeit, die Sie beide benötigen.«

»Danke schön, das ist sehr nett«, sagte Mom schwach.

Die Bürotür fiel hinter ihm ins Schloss.

»Ich glaube das alles nicht ganz«, flüsterte sie.

»Dass wir ab heute doch keine Millionäre sind?«

Ich erwartete einen bissigen Kommentar von ihr, doch stattdessen begann sie, schrill zu lachen. Sie lachte so lange, bis die Tränen doch die Oberhand gewannen und ihr schmaler Körper von dem Heulkrampf durchgeschüttelt wurde. Ich wusste später nicht mehr, wie lange wir in Mr. Abernathys Büro gesessen und geweint hatten. Er war so freundlich und bestellte uns ein Taxi für den Nachhauseweg. Mom rief in der Schule an, damit man Cameron nach seiner Prüfung nach Hause schickte. Als er später zur Wohnungstür hereinkam, saßen Mom und ich schon am Küchentisch. Und dann wurde geredet. Lange. Es flossen noch mehr Tränen. Ein bisschen wurde auch gelacht. Es war ein chaotischer Nachmittag voller Gefühle und Überlegungen. Auch wenn meine Familie nie perfekt sein würde und sich an diesem Tag nicht alles um hundertachtzig Grad wendete, so war dies ein Anfang. Wir waren auf so viele Arten reich. Viel reicher als uns jeder Dollar hätte machen können. Wir hatten von Grandma Helen nur einen Schubs gebraucht, um uns gemeinsam daran erinnern zu können.

# KAPITEL 31

AM NÄCHSTEN TAG suchte ich nach Schulschluss den Raum der Schülerzeitung auf. Im Sekretariat hing eine Liste aller Clubs und AGs samt zugehörigen Räumlichkeiten. Mein Ziel war der zweite Stock, Raum 221B – dieselbe Nummer wie die fiktive Adresse von Sherlock Holmes in der Baker Street. Witziger Zufall oder Absicht? Die Tür des Raumes war verglast, mit dicken Lettern stand dort *Newfort Wave* – Schülerzeitung. Durch das Glas konnte ich sehen, dass im Raum einiges los war. Mehrere Jungs und Mädchen saßen an Tischen vor ihren Laptops. Und einer wuselte die ganze Zeit hin und her und schien den anderen Anweisungen zu geben. Ein Junge mit Sturmfrisur, dunkler Hornbrille und schwarzem Pullover. Er gestikulierte wild mit den Händen.

Ich stieß die Tür auf. »Wer von euch ist Nash Hawkins?«

Natürlich war es der auffallende Junge mit der Sturmfrisur.

»Ich bin Hawkins. Was kann ich für dich tun? Wir sind gerade ziemlich beschäftigt und – oh, du bist Cassidy Caster, richtig?« Er kam auf mich zu und musterte mich neugierig. »Jade hat schon erzählt, dass du Interesse an der Schülerzeitung hast. Du könntest dich an einer Kolumne versuchen. Uns ist nämlich jemand abgesprungen. Wir drucken immer übers Wochenende. Wenn du mir bis Freitag was lieferst und ich es gut finde, bist du dabei. Deal? Deal. Viel Erfolg.«

Ohne mich noch einmal anzusehen wandte er sich ab.

Etwas bedröppelt blieb ich auf der Türschwelle stehen.

Irgendwann bemerkte Nash, dass ich noch da war.

»Stimmt. Thema. Was für ein Thema gebe ich dir? Schreib doch was über deinen Schlussmach-Service. Das würde die Leute sicher brennend interessieren«, sagte er. »Eine echte Enthüllungsstory mit brandheißen Infos zum streng geheimen Schlussmach-Service.«

»Es gibt keinen Schlussmach-Service mehr«, sagte ich.

Jetzt hielt Nash doch inne. »Seit wann? Wieso habe ich noch nichts davon gehört? Wenn ich noch nichts davon weiß, dann kann die Meldung nicht wahr sein. Allerdings ... wenn unsere Leser so heiße News aus erster Hand erfahren, wäre das Gold wert! Und da du sowohl Quelle als auch Beteiligte bist ... damit lässt sich arbeiten. Lass uns damit an die Öffentlichkeit gehen!«

Holte der Typ vielleicht auch mal Luft?

»Das ist super kurzfristig! Du versicherst mir, dass ich bei der Schülerzeitung dabei sein darf. Sofort. Dann mache ich es.«

»Ich verhandle nicht«, sagte Nash.

»Ich auch nicht«, erwiderte ich.

Nash seufzte. »Schön. Du bist dabei. *Freitagmorgen*. Und mindestens 400 Wörter. Das bringen wir auf die Titelseite!«

»Bis gerade eben hattet ihr also keine Titelseite?«

»Doch, aber deine Story hat mehr Potenzial.«

Nash tat ja fast so, als würde er für die *New York Times* arbeiten. Ich verkniff mir ein Lächeln und verließ den Raum.


Es gab diese Tage, an denen man nicht bereit war, mit seinen Gefühlen in den eigenen vier Wänden allein zu sein, und dieser fühlte sich definitiv so an. Es dämmerte schon, als ich mit dem Bus aus der Stadt fuhr, aber ich stieg nicht wie üblich in unserer Straße aus, sondern an der Endstation, dem Friedhof. Ich war nicht die Einzige, welche die Idee hatte, dem Grab von Grandma Helen einen Besuch abzustatten. Schon beim Betreten des Friedhofs sah ich meine Mom auf der anderen Seite durch ein Seitentor kommen. Sie hielt einen kleinen Strauß Blumen fest. Ich hob eine Hand, um ihr zu winken. In der Mitte des Weges kamen wir zusammen. Verwundert blickte sie mich an.

»Da hatten wir wohl denselben Einfall«, sagte sie.

»Ich wusste nicht, dass du überhaupt herkommst.«

»Manchmal.« Mom strich sanft mit einem Finger über den Strauß weißer Gänseblümchen. »Das waren Grandmas Lieblingsblumen.«

»Das wusste ich nicht.«

»Es gibt vieles, was du nicht über sie wusstest.«

»Du könntest mir sicher ein paar Geschichten erzählen.«

Mom lächelte. »Das, was sie in ihrem Brief geschrieben hat, stimmt. Wir haben uns schon eine Weile nicht mehr gut verstanden. Ich hatte immer das Gefühl, ihr nicht gut genug zu sein. Ich hatte damals keine besonders strahlende Zukunft vor mir«, sagte sie. »Daran hat sich nicht viel geändert. Meine Ambitionen waren immer sehr niedrig. Aber ich bin hergekommen, um ihr von dem Anruf zu erzählen … ich habe es heute Morgen gewagt und angerufen.«

»Im botanischen Garten?«, fragte ich neugierig.

»Leider arbeitet Grandmas Freundin nicht mehr dort.«

»Oh«, machte ich enttäuscht.

»Sie suchen allerdings jemanden, der dort im Souvenirladen aushilft. Über den Sommer bieten sie außerdem wieder Kurse und Umschulungen an, und als Mitarbeiter kann man sie umsonst absolvieren«, sagte Mom. »Ich werde mich dort also vorstellen.«

»Das ist zwar anders als erhofft, aber trotzdem gut. Oder?«

»Es ist auf jeden Fall einen Versuch wert.«

»Bedeutet das, du datest erst mal nicht mehr?«

Mom und ich gingen gemeinsam durch die Reihen der Gräber, bis wir zu dem von Grandma kamen. Für eine Weile schwiegen wir.

»Das kann ich euch nicht versprechen«, gestand Mom. »Schließlich könnte mir morgen schon der Mann meines Lebens begegnen! Liebe kennt keine Zeitangaben oder Ortsgrenzen.«

Ich verdrehte die Augen. »Moooom.«

»Aber«, sagte sie und seufzte. »Ich bemühe mich. Ich versuche, mich darauf zu konzentrieren, einen Job zu finden, der mir Freude bereitet und mich glücklich macht. Das ist ein Anfang, oder?«

Mom legte den Strauß auf Grandmas Grab.

»Wenn sie könnte, würde sie dir sicher sagen, dass sie stolz auf dich ist. Gewohnheiten abzulegen ist ziemlich schwer.«

»Ach, Cassidy ... man sollte versuchen, Gewohnheiten gar nicht erst so viel Raum zu geben«, sagte Mom. »Nimm dir kein Beispiel an mir. Geh es langsam mit diesem Jungen an.«

»Wie kommst du denn jetzt auf ... *diesen Jungen*?«

»Ich sehe dir doch an, dass etwas nicht stimmt.« Mom betrachtete mein Gesicht. »Wenn ich mich mit etwas auskenne, dann mit der Liebe. Stoß ihn aufgrund von Gewohnheiten nicht fort.«

»Vielleicht hat er mir bereits das Herz gebrochen.«

»Ein gebrochenes Herz ist ein Herz, das geliebt wurde«,

sagte Mom. Sie nahm mich in den Arm, und wir standen kurz so da.

»Das klingt ziemlich … wahr«, murmelte ich.

»Das ist eine Zeile aus einem Song von Ed Sheeran, der heute Morgen im Radio lief«, sagte Mom. »Trotzdem ist es wahr.«

»Holst du dir all deine Weisheiten aus dem Radio?«, fragte ich belustigt. »Und noch viel skandalöser: Du hörst mal was Neues statt denselben Elvis-Liedern rauf und runter?«

»Wir scheinen beide neue Dinge auszuprobieren«, meinte Mom und schmunzelte. Ihr Blick wanderte zurück zu Grandmas Grab. »Ich glaube, darauf wäre sie wirklich stolz gewesen, oder Helen?«

Natürlich antwortete uns niemand.


Mitten in der Nacht schoss ich im Bett hoch. Ganz abrupt, wie nach einem Albtraum. Mit einem Mal hatte ich das Gefühl, mein Zimmer wäre zu klein für mich und all die Gedanken in meinem Kopf, die mir die Luft zum Atmen nahmen. Ich hatte nur noch ein paar Stunden, bevor mein Wecker klingelte, und plötzlich erschien es mir sinnlos, es weiter mit Einschlafen zu versuchen.

*Colton, Colton, Colton!*

Mein Kopf war wie eine Tafel, an die man hundertmal seinen Namen geschrieben hatte. Ähnlich einer Strafarbeit, damit man sich eine Regel besonders gut einprägen konnte. Ich hätte die komplette Schulordnung der Newfort High abgeschrieben, wenn er dafür aus meinem Kopf verschwinden würde. Hätte einen Handstand nach dem anderen gemacht, wenn sein Name aus meinen Gedanken kullern würde, weil das Gleichgewicht einsetzte. Mir kamen noch Dutzende andere Dinge in den Sinn, die ich in Kauf nehmen würde, wenn ich dann endlich Ruhe finden konnte. Ich war an einem Punkt, wo mich mein eigenes Verhalten frustrierte und unglücklich machte. Wieso konnte ich ihn nicht einfach vergessen? Ob ein paar Schlussmach-Rituale, wie Mom sie hatte, es leichter machen würden, über jemanden hinwegzukommen? All das Gerede über Chancen und was wir sein konnten … Colton hatte von Anfang an nicht vorgehabt, es mit uns zu versuchen. Aber wieso sollte er dann so etwas sagen wie: *Du hast einen Teil von mir gesehen, der anderen verborgen bleibt, und ich denke, das ist etwas wert.* Seine Worte waren gar nichts wert. Rein gar nichts. Oder sprach da nur die alte Cassidy aus mir? Hatte ich Mom nicht recht gegeben – oder Ed Sheeran, wenn man es genau nahm –, ein gebrochenes Herz war wirklich eines, das geliebt worden war. Es gab sicher viele Menschen, die sich niemals richtig verliebten.

Ich schob die Bettdecke weg und ging zu meinem Schreibtisch. Innerhalb von Sekunden war mein Laptop hochgefahren. Meine Finger streiften über die Laptoptasten.

Nash wollte einen Artikel? Den konnte er haben.

*Mein Name ist Cassidy Caster. Die meisten bringen diesen Namen mit meinem Schlussmach-Service in Verbindung – zu Recht. Ich bin immer gut darin gewesen, Dinge zu beenden. Egal, ob es dabei um mich selbst ging oder um andere Leute. Lange Zeit war ich darauf sehr stolz. Hielt das Schlussmachen für meine nicht ganz so geheime Superpower. Wenn Clark Kent seine Brille auszieht und in sein Kostüm schlüpft, applaudiert ihm die ganze Welt für seine Heldentaten. Selbstlos steht er für die Menschen ein und rettet immer wieder den Tag. Bestimmt habe ich auch dem ein oder anderen von euch geholfen. Nein, ich weiß es sogar. Ich hätte aber nie geglaubt, mir einmal selbst helfen zu müssen. Stets habe ich sorgsam darauf geachtet, mein Herz von meinem Verstand zu trennen und dementsprechend zu handeln. Ich dachte, ich sei immun gegen das Verlieben, aber das war ein Irrtum. Es ist, als wäre ich die Anti-Heldin meiner eigenen Geschichte. Ist es nicht die reine Ironie, dass ausgerechnet ich mich verliebt habe? In wen spielt an dieser Stelle keine Rolle. Die Wahrheit ist: Niemand ist immun gegen seine Gefühle. Es ist nichts, gegen das man sich durch eine Impfung schützen kann.*

*Und jetzt ist Schluss mit Schlussmach-Service. Ihr wollt wissen wieso? Nicht, weil ich mich verliebt habe und plötzlich an andere Ideale glaube. Sondern weil ich erkannt habe, dass Liebe nicht nur schlechte Seiten hat. Oftmals sind wir so mit unseren Fehlern beschäftigt, dass uns das große Ganze entgeht. Wir möchten an etwas glauben, das uns durch dunkle Zeiten bringt. Etwas, das unserem Leben Sinn gibt. Wieso also nicht die Liebe? Liebe gibt es in den unterschiedlichsten Formen, und manchmal ist sie die ganze Zeit in unserer Nähe gewesen, greifbar, ohne dass wir sie bemerken. Ich bin so lange in einer geraden Bahn gelaufen, mein Ziel klar vor Augen, dass ich niemals auf die Idee gekommen wäre, vom Weg abzuweichen. Aber genau das ist passiert, als ich mich unerwartet verliebt habe. Ich sage nicht, dass wir uns plötzlich alle eine rosarote Brille aufsetzen sollten, aber wir sollten offen für neue Möglichkeiten sein. Möglichkeiten, die uns Angst einjagen. Angst ist so viel mehr als eine Schwäche. Sie hilft uns dabei, selbst im Angesicht wichtiger Entscheidungen Mut aufzubringen. Ob das nun bedeutet, dass man sich verliebt oder trennt, ist jedem selber überlassen.*

*Denn ich lerne gerade eine neue Cassidy kennen und akzeptieren. Eine, die sich verliebt und weniger Angst haben möchte. Eine, die etwas wagt, auch wenn das bedeutet, wieder und wieder verletzt zu werden. Eine, die lieber ein gebrochenes Herz hat, als nie gewusst zu haben, was Liebe eigentlich bedeutet. Vielleicht ist*

*Schluss mit dem Schlussmach-Service, aber es ist noch lange nicht Schluss mit Cassidy Caster. Nein. Dieses Mädchen fängt gerade erst an, ihre Zukunft zu planen und zu leben.*

*Wenn ich euch einen Rat geben darf: Macht das Gleiche.*

*Es klingt simpel und banal, aber: Liebt.*

*Verlieben bedeutet nämlich nicht immer, glücklich zu sein, und Schlussmachen nicht immer etwas Gutes zu zerstören. Besonders im letzten Jahr habe ich durch den Schlussmach-Service erkannt, dass viele von uns sich durch schlechte Beziehungen die Chance nehmen lassen zu erfahren, was es bedeutet, wirklich geliebt zu werden. Wenn euch eine Beziehung nicht guttut, dann macht euch nichts vor – beendet sie. Ich werde weiter ein offenes Ohr für alle haben, die es brauchen. Aber der Teil mit dem Schlussmachen? Den überlasse ich jetzt euch. Das Ende einer alten Liebe bedeutet zugleich die Chance auf eine neue. Und wenn diese euch erfüllt, dann haltet sie fest. Wenn ich die Stärke finde, einen neuen Abschnitt zu beginnen, dann könnt ihr das auch. Davon bin ich überzeugt.*

*Niemand blickt auf die Highschool zurück und bereut, dass er sich mehr Zeit für seine Familie, Freunde oder sich selbst genommen hat. Wie C. S. Lewis schon sagte:* Courage, dear heart.

Nachdem ich die letzten Worte geschrieben hatte, fühlte ich mich wie von einer großen Last befreit. Ich fuhr mit den Fingern über Grandmas Kette. Stark sein bedeutete eben nicht nur, an einer Stelle jeden Sturm überstehen zu können, sondern auch bereit zu sein, alte Dinge loszulassen und erneut Wurzeln an unbekannten Orten zu schlagen. Ein Teil von mir würde den Schlussmach-Service vermissen. Ein anderer Teil war froh, dass ich ein neues Kapitel aufschlagen konnte. Ein wenig war es, als würde die alte Cassidy der neuen die Hand reichen. Sie würden gemeinsam weitergehen.

# KAPITEL 32

AM SAMSTAG TRAF ICH mich mit Lorn in der Nähe des Parks, um mir auf dem Basketballplatz dort ein paar Kniffe von ihr zeigen zu lassen. Wir hatten schon öfter zusammen gespielt, aber ich war nicht besonders gut, und ehrlich gesagt machte es keinen großen Spaß, ständig gegen Lorn zu verlieren. Als sie mir gestern Abend getextet hatte, war ich trotzdem sofort dabei gewesen. Wir hatten die letzte Woche nicht sehr viel Zeit miteinander verbracht, und es war schön, mal wieder was gemeinsam zu unternehmen.

Lorn warf einen Korb. Als der Ball auf dem Boden auftraf, schnappte ich ihn mir und ließ ihn mehrmals auf und ab hüpfen.

»Gibt es sonst noch News?«, fragte ich beiläufig.

»Mal überlegen«, meinte Lorn. »Ich habe dir schon erzählt, dass es meiner Familie super geht. Der blöde Hamster hat endlich gelernt, dass man nicht in Schuhe älterer Schwestern macht, und ich habe den Geschichtstest bestanden – wenn auch sehr knapp.« Sie nahm ihre Hand zur Hilfe und zählte mit den Fingern herunter. »Dann hab ich dir noch von Bryces neuer Freundin Maddy berichtet, die mich bei jedem ihrer Besuche in den Wahnsinn treibt, weil sie eine verzogene und oberflächliche Göre ist … ach ja, und von der welterschütternden Entscheidung, meine Socken nun der Farbe nach zu sortieren. Das war erst mal genug Small Talk, oder nicht?«

Ich spielte Lorn den Ball zu. »Haha«, machte ich.

Lorn spielte den Ball sofort zurück. »Dein Zug.«

»Wieso denke ich, dass du damit nicht Basketball meinst?«

»Weil du mich die ganze Zeit reden lässt, aber selber nichts sagst«, meinte Lorn belustigt. »Okay, deine Mom macht jetzt einen auf Oprah und rennt die ganze Zeit nur noch in diesem Hosenanzug herum, weil sie vor Nervosität über ihr kommendes Vorstellungsgespräch fast durchdreht, und dein Bruder hat seinen Roboter fertig gebaut, der faszinierenderweise nun Dosen pressen kann, weil platter Müll besser für die Umwelt ist oder so was … aber mal im Ernst, wie geht es dir, Cassidy?«

»Vielleicht sollten wir uns lieber fragen, wie es Stalker-Stan geht. Der hat mich die ganze Woche nicht belästigt«, sagte ich.

»Nein, wir reden über dich«, sagte Lorn. »Es ist viel zu lange her, dass wir einfach abgehangen und uns unterhalten haben.«

»Wie kann es sein, dass du so entspannt bist?«, fragte ich. »Colton ist immer noch weg, und er hat vielleicht den Brief.«

»Daran kann ich nichts ändern«, sagte Lorn. »Solange Colton einen auf Robinson Crusoe macht und nicht gefunden werden will. Aber, falls es dich tröstet, ich denke schon an den Brief. Aber, es liegt ja nicht an dir. Bei Theo meldet er sich auch nicht.«

»Bei Theo?«, wurde ich hellhörig.

Lorn sah mich schuldbewusst an. »Okay, ertappt! Ich habe schon am Dienstag, als du bei dem Termin mit dem Anwalt warst, kurz mit ihm gesprochen. Nur ein paar Sätze. Und am Mittwoch haben wir uns zufällig beim Lunch getroffen, als du bei der Schülerzeitung warst. Ich glaube, zwischen uns ist alles gut. Und Colton hat Theo nichts von dem Brief erzählt, Cassidy.«

Ich seufzte. »Wie auch, wenn er mit niemandem redet?«

»Nein«, sagte Lorn. »Ich glaube, er wird die Sache wirklich für sich behalten. Dir zuliebe. Weil du ihm wichtig bist.«

»Ist das nicht trotzdem alles schwer für dich?«

Lorn schnaubte. »Ich mag Theo schon so lange. Dann mag ich ihn eben noch weitere Jahre, ohne dass er je davon erfährt. Und irgendwann komme ich über ihn hinweg. So einfach ist das.«

Dass das alles andere als einfach für Lorn war, sah ich ihr an der Nasenspitze an. Sie war in letzter Zeit unkonzentriert und noch reizbarer als sonst. Ich machte mir Sorgen um sie. Aber ich kannte Lorn auch lange genug, um ihr Raum zu lassen. Wenn es für sie momentan das Richtige war, alles ruhen zu lassen, würde ich nicht diejenige sein, die sie mit ihren Ängsten konfrontierte. Und wer weiß? Vielleicht würde mein Artikel auch ihr helfen?

»Ich habe Nash gleich am Donnerstag meinen Artikel für die Schülerzeitung gegeben, nachdem ich ihn nachts geschrieben hatte«, erzählte ich. Ich wandte mich dem Korb zu und hob die Arme, um mit dem Ball darauf zu zielen. »Er hat ihn gelesen und kein Wort gesagt. Nur irgendwas vor sich her genuschelt. Und dann hat er gesagt, ich soll ihm die Datei per Mail zuschicken. Keine Kritik und kein Lob. Jade hat mir gestern nach der Schule gesagt, dass er den Artikel völlig ohne Änderungen druckt.«

»Ist das nicht ... gut?«, fragte Lorn.

»Jade meinte, Nash druckt die ersten Beiträge der Leute immer ohne Änderungen, damit die negativen Leserstimmen die erste Lektion sind, die man lernt«, antwortete ich. »Was auch immer das heißt. Ich weiß natürlich, dass nicht alle den Artikel gut finden werden, aber glaubt er denn echt, daraus lernt man?«

»Er ist ein ernst zu nehmender Journalist und wird es wissen.«

Lorn und ich prusteten los. Das war so etwas wie Nashs Catchphrase. Mir war es vorher nie aufgefallen, weil ich ihn vorher ja nicht kannte, aber Nash rannte ständig durch die Schulflure und ließ diesen Spruch immer wieder vom Stapel.

Ich warf den Ball Richtung Korb. Daneben!

»Hast du Angst vor der Reaktion der Leute?«, fragte Lorn. Sie holte den Ball erneut und trippelte ihn eine Weile vor sich her. »Am Montagmorgen werden alle deinen Artikel lesen …«

»Ein wenig«, gab ich zu. »Aber ich habe eine beste Freundin, die mir gezeigt hat, dass mutig sein sich wirklich lohnen kann.«

Lorn und ich tauschten ein Lächeln.

»Fahren wir nächsten Samstag zur Griffin Ranch?«

Lorns Worte versetzten mich in eine kurze Starre. »Was?«

»Du hast mich schon verstanden«, sagte sie.

»Lorn«, murmelte ich. »Du und Theo habt euch vielleicht ausgesprochen, aber ich bin für ihn immer noch ein rotes Tuch. Oder nicht? Wieso sollte er ausgerechnet mich sehen wollen?«

Unsicher sah ich Lorn an. Sie lächelte unbeirrt weiter.

»Theo hat gefragt, ob wir ihm aushelfen. Seine Eltern sind an dem Tag unterwegs, und er braucht Unterstützung bei den Pferden«, erwiderte Lorn. »Ich denke, das geht schon klar, Cassidy.«

»Wird Colton auch da sein?«

»Colton ist immer noch weg, also nein. Also?«

»Das ändert nicht wirklich was«, nuschelte ich.

»Ich habe Theo schon gesagt, dass wir kommen.«

»Lorn! Wieso?«

»Wenn ich es schaffe, Theo in die Augen zu sehen, dann kannst du auch deinen Hintern zur Farm schwingen und uns beiden helfen.«

»Mist. Dagegen kann ich kein Argument vorbringen.«

»Das wusste ich«, sagte Lorn und grinste frech. Sie ging ein paar Schritte vom Feld, um den Ball aufzulesen. »Eben hast du noch vom Mutigsein gesprochen, vielleicht wirst du ja überrascht? Ich für meinen Teil habe es satt, dass die Stimmung zwischen uns allen so angespannt und seltsam ist. Du nicht?«

»Doch«, gab ich zu. »Also, zurück zur Normalität.«

»Oder das, was davon übrig ist«, murmelte Lorn.

Wusste ich doch, dass die Theo-Sache sie nicht kalt ließ!

»Lorn?«, fragte ich einfühlsam.

»Mir geht es gut. Das wird schon.« Ehe ich etwas sagen konnte, warf sie einen weiteren Korb und stieß eine Faust empor. »Bingo!«

»Vielleicht wird das jetzt deine Catchphrase. Bingo!«

»Was bin ich? Sechzig?« Lorn rollte mit den Augen.

»Bingo!«, rief ich.

»Na, warte!«

Lorn stürmte auf mich zu. Ich lief los und versuchte zu entkommen, aber da warf sie mich schon um. Wir beide purzelten ins Gras und lachten dabei. Eine Weile blieben wir auf dem Rücken liegen und beobachteten die vorbeiziehenden Wolken, während wir versuchten, Tiere und Gegenstände in ihnen zu erkennen. Genau wie früher, als wir klein waren. Normalität bestand eben manchmal aus winzigen Augenblicken mit seiner besten Freundin.

Ziemlich schön.

Im Bus auf dem Weg zur Schule war mir ein wenig mulmig zumute. Die Schülerzeitung wurde bestimmt in genau diesem Moment bereits verteilt. Im Hauptgebäude der Newfort High gab es mehrere Automaten, aus denen man sich eine Ausgabe ziehen konnte, und auch in der Cafeteria und der Bibliothek lagen welche aus. Da sie aufgrund der Sponsoren der Schule für meine Mitschüler umsonst war, würden sicher auch Leute danach greifen, die mich nicht ausstehen konnten. Innerlich wappnete ich mich gegen blöde Sprüche und negative Reaktionen. Als ich wie an jedem Montag zu Mr. Feltons Kurs ging, schien alles noch in bester Ordnung zu sein. Sicher dauerte es eine Weile, bis mein Artikel die Runde machte oder Leute die Schülerzeitung lasen. Vor dem Unterricht waren das sicher nicht sehr viele. Im Klassenraum angekommen winkte mich mein Lehrer direkt zu sich nach vorne.

»Guten Morgen, Cassidy«, sagte Mr. Felton. »Mir wurde gesagt, dass du dich nach meinem Kurs bei Miss Putin melden sollst.«

»Guten Morgen«, murmelte ich. »Wieso das denn?«

»Ich glaube, du weißt wieso.«

Mein Lehrer zog eine Ausgabe der *Newfort Wave* aus seiner Tasche und hielt sie mir hin. Ich selber hatte bisher keine davon in der Hand gehalten. Beim Anblick der Schlagzeile wurden meine Augen groß. Dieser verdammte Nash Möchtegernjournalist Hawkins!

*Der heißeste Gossip der Woche: Cassidy Caster verrät exklusiv ihre Beweggründe! Warum Schluss mit dem Schlussmach-Service ist!*

Unter den dicken Lettern war ein Foto von mir, auf dem ich dreinblickte, als würde ich jeden Moment explodieren. Aufgrund des Hintergrunds erkannte ich, dass es bei dem letzten

Basketballspiel von Lorn entstanden sein musste, als ich voller Empörung über Lorns Unfall aufgesprungen war. In Kombination mit der Überschrift könnte man meinen, ich würde vor Wut über etwas völlig außer Kontrolle geraten. Wo hatte er das Foto bitte her?

Es wirkte so, als wäre irgendetwas vorgefallen, weshalb ich mich zum Beenden des Schlussmach-Services entschieden hatte.

Ich verdrehte die Augen. »Kann ich die haben?«, fragte ich.

Mr. Felton warf mir einen verschwörerischen Blick zu.

»Aber sicher. Ich fand deinen Artikel übrigens sehr gut. Sehr emotional geschrieben«, sagte er. »Du gehörst wohl wirklich nicht in meinen Kurs. Vielleicht eher in Kreatives Schreiben.«

Mit der Zeitung in der Hand setzte ich mich auf meinen Platz. Bis auf mich war nur ein Junge bereits da, und der war auf sein Smartphone konzentriert. Sekunde mal … die Schülerzeitung hatte doch eine Webseite auf der man alle Artikel gleich kommentieren konnte! Das hieß, die ersten Reaktionen erfolgten vielleicht in diesem Moment bereits online! Mein Handy war viel zu altbacken und hatte nicht mal Internetzugang. Da musste ich mich wohl oder übel bis zur Lunch-Pause gedulden, um im Computerraum die Kommentare der Webseite lesen zu können – vielleicht war es auch besser so. Wollte ich wirklich wissen, was dort alles stand? Ich war mir nicht ganz sicher.

Nachdem die Doppelstunde Kunst vorbei war, lief ich schnurstracks zu Miss Putins Büro. Auf dem Weg dorthin folgten mir seltsame Blicke und Getuschel auf Schritt und Tritt. Allmählich fragte ich mich, ob ich einen Fehler gemacht hatte.

Was, wenn der Artikel alles nur schlimmer machte?

Ich klopfte an die Tür der Schulpsychologin und trat ein. Miss Putin trug wieder einmal ihren weißen Rollkragenpullover und ihre unerbittliche Miene zur Schau. Weil ich die Vorgehensweise von ihr schon auswendig kannte, ließ ich mich auf den Stuhl vor ihrem Schreibtisch plumpsen und sah sie erwartungsvoll an.

»Sie wissen, wieso ich mit Ihnen reden will?«

»Die Schülerzeitung«, antwortete ich.

Miss Putin nickte. Ehe sie erneut das Wort ergreifen konnte, riss ich es an mich. »Wissen Sie was? Mir ist egal, was Sie denken. Sie oder der Rest der Schule. Ich habe diesen Artikel geschrieben, weil es das Richtige war. Jedes Wort ist wahr. Und wenn Sie mich dafür bestrafen wollen, dann nur zu«, sagte ich stürmisch. »Ich werde jede Strafe akzeptieren. Das war es wert.«

»Und wenn ich Sie gar nicht bestrafen möchte?«

»Was?«, entfuhr es mir überrascht.

»Mr. Hawkins mag vielleicht der Chefredakteur der *Newfort Wave* sein, aber jeder Beitrag zur Schülerzeitung wird durch den Lehrkörper geprüft«, sagte Miss Putin. »Ich habe Ihren Artikel bereits letzte Woche gelesen. Und er hat mir sogar gefallen.«

»Hat er?«, sagte ich entgeistert.

»Ich bin froh, dass Sie sich dazu entschieden haben Ihre … Arbeit … niederzulegen«, fuhr sie fort. »So eine Art Geschäft verstößt in vielerlei Hinsicht gegen das Regelwerk der Schule. Sie sind nicht die einzige Schülerin an dieser Schule, die im Hintergrund merkwürdigen Aktivitäten nachgeht. Der Lehrkörper findet selten Beweise, die Schüler oder Schülerinnen belasten. Sie sollten froh sein, dass Sie Ihren Kopf aus der Schlinge gezogen haben, ehe Sie Ihrer Zukunft geschadet haben.«

»O-okay«, sagte ich zögerlich.

»Dennoch«, sagte Miss Putin mit Nachdruck. »Lege ich Ihnen angesichts Ihrer Vergangenheit nahe, diese Schlussmach-Tätigkeit nicht wiederaufzunehmen. Ich will Ihrem Artikel glauben, dass wirklich Schluss damit ist.«

»Dann werde ich nicht bestraft?«, vergewisserte ich mich.

»Oh, doch. Direktor Peterson wollte, dass Sie mehrere Wochen nachsitzen«, sagte Miss Putin. »Ich hielt seinen Vorschlag jedoch für wenig sinnvoll. Durchs Nachsitzen hat noch nie jemand etwas gelernt. Deshalb habe ich vorgeschlagen, dass Sie aufgrund Ihrer *Hilfsbereitschaft* dieser Schule gegenüber mehrere Wochen im Sekretariat aushelfen werden. Das fand ich passender.«

»Sie meinen, unbezahlt arbeiten?«, fragte ich.

Miss Putin hob eine Augenbraue. »*Aushelfen*«, betonte sie.

»Von mir aus«, sagte ich.

»Melden Sie sich nach der Schule wieder bei mir.«

Kaum war ich aus dem Büro, stieß ich einen lauten Seufzer aus. Ich würde lieber ewig nachsitzen, als im Sekretariat zu ackern. Vermutlich wusste Miss Putin das auch. Na gut, es gab sicher noch Schlimmeres. Ich würde es schon überleben …

Um mir einen Kaffee zu holen, machte ich mich auf zur Cafeteria.

Und was dann geschah, war einfach … unbeschreiblich.

Ich war kaum um die Ecke gebogen, da kamen ein paar Mädchen, die ich gar nicht kannte, auf mich zu. »Starker Artikel, Cassidy!«

Schwupps, waren sie an mir vorbei. Verunsichert drehte ich mich nach ihnen um. Da tippte mir bereits jemand auf die Schulter.

»Hey, Cassidy!«, sagte Summer. »Ich habe gerade eben die *Newfort Wave* gelesen. Dein Artikel war wirklich so schön! Bist du jetzt mit Colton zusammen? Ihr wärt echt ein süßes Paar!«

»Ehh«, machte ich. »Was hat Colton damit zu tun?«

»Na ja, die Liebe!«, seufzte Summer. »Komm schon! Theo kann es ja nicht sein, den mag Lorn. Da bleibt ja nur noch Colton.«

»Danke für das Feedback zum Artikel«, sagte ich. »Ich … bin spät dran, treffe mich mit Lorn. Wir sehen uns, Summer!«

Hastig rannte ich weiter – und prompt in Andrew Carlyle hinein.

»Pass doch auf!«, blaffte er mich an. »Oder denkst du dein beschissener Artikel lässt jeden hier vergessen, was für eine egoistische, selbstgerechte Schlange du bist? Mich nicht.«

Andrew sah mich missmutig an. Genervt ging er weiter.

Ich hatte die Begegnung nicht einmal richtig verarbeitet, da kamen immer mehr und mehr Mitschüler auf mich zu. Mädchen, denen ich beim Schlussmachen geholfen hatte und die mir alles Gute für die Zukunft wünschten. Augustus, der mir zu dem tollen Beitrag gratulierte und mir flüsternd verriet, dass er inzwischen jemanden im Internet datete, der auch wusste, dass er ein Junge war. Und viele, viele mehr.

Die Reaktionen auf den Artikel waren überwältigend.

Und ehe ich mich versah, war die Lunch-Pause vorbei.

Vor der Cafeteria kam mir Lorn entgegen. Sie grinste. »Alle reden über deinen Beitrag!«

»Ich glaube das einfach nicht«, sagte ich erstaunt.

»Cassidy, er ist ein voller Erfolg!«, sagte Lorn euphorisch. »Viele bewundern deinen Mut und deine Offenheit. Jade hat mir eben gesagt, dass die *Newfort Wave* noch nie so schnell weg war.«

»Wow«, machte ich sprachlos.

»In der Tat«, sagte Lorn.


Am frühen Nachmittag saß ich zusammen mit Cameron in unserem Wohnzimmer und ging die Anzeigen einer Jobbörse im Internet für Schüler und Studenten durch. Da der Schlussmach-Service mir kein neues Geld mehr einbringen würde, musste ich mich anderweitig umsehen. Der Gedanke war noch immer neu für mich. Ich hatte mich ja auf die guten Einkünfte aus dem Schlussmach-Service verlassen, und weiterhin Geld fürs College zu sparen würde in Zukunft einiges mehr von mir abverlangen. Es gab ziemlich viele Angebote, aber die Bezahlung war meistens eher durchschnittlich … Nachhilfe, Hunde ausführen, Regale im Supermarkt auffüllen. Aber, hey! Wenn andere in meinem Alter das schafften, konnte ich es auch. Positives Denken!

»Wie wäre das hier: Aushilfe im Plattenladen gesucht«, las Cameron vor. »Das wäre doch schon wieder fast ironisch.«

»Du meinst, weil das mein Alibi-Job war?«

Mein Bruder zuckte mit den Schultern. »Bewirb dich.« Ich sah vom Laptop auf. Er reichte mir die Tageszeitung von gestern.

Ich nahm einen Stift und umkreiste die Anzeige. »Okay!«

»Übrigens …« Cameron räusperte sich. »Ich habe meinem Dad geschrieben, dass ich im Sommer vielleicht nach Atlanta komme.«

»Wirklich?«, fragte ich.

»Wirklich«, sagte Cameron. »Grandma Helens Brief hat mich zum Nachdenken gebracht, wegen dieser zweiten Chancen. Ich weiß zwar nicht, ob ich ins Robotics-Camp darf, aber … meinst du, er antwortet?«

»Bestimmt!«, sagte ich, ohne zu zögern. »Ganz sicher sogar.«

Cameron bekam mit einem Mal rote Ohren. »Ich hoffe es.«

»Lass mich dich drücken!«, sagte ich euphorisch.

»Nein, danke!«, wehrte Cameron ab. »Musst du nicht eh los? Du wolltest doch mit Lorn in der Mall ein Geschenk kaufen, oder?«

Mein Blick schweifte zur Uhr. »Ja, für ihre Mom.« Ich ging zur Tür, hielt inne und stürzte mich dann doch auf Cameron, um ihn fest zu umarmen.

»Cassidy, du bist unmöglich«, sagte er. »Und peinlich.«

»Also die perfekte große Schwester!«, lachte ich.

# KAPITEL 33

MRS. RIVERS' GEBURTSTAG war in ein paar Wochen, und ich hatte Lorn und den Zwillingen versprochen, ihnen bei der Suche nach einem passenden Geschenk zu helfen. Ich traf mich mit den dreien am Eingang der Mall, und wir klapperten gemeinsam verschiedene Läden ab, bis ich die Idee hatte, in dem Geschäft für Künstlerbedarf einen Gutschein zu holen. Als Illustratorin konnte Mrs. Rivers so etwas sicher immer gebrauchen. Im Anschluss gingen wir noch ins Sweets Emporium, um Schokolade zu kaufen. Wie das so war, wenn man kleine Kinder im Schlepptau hatte, blieben wir viel länger dort hängen als beabsichtigt. April und Jane streckten nach gefühlt allem die Finger aus und nörgelten, weil Lorn ihnen nur erlaubte, sich eine Sache auszusuchen.

Weil wir alle Hunger bekamen, gingen wir noch im Food Court der Mall etwas essen. Auf der untersten Etage gab es eine Ansammlung von verschiedenen Restaurants und Schnellimbiss-Buden. Wir entschieden uns ganz simpel für Burger und Pommes. Mit vollen Tabletts suchten wir uns einen Platz. Endlich eine Verschnaufpause! Wer hätte gedacht, dass jüngere Schwestern so anstrengend sein konnten? Während wir alle am Essen waren, klebte Lorn für eine ganze Weile am Handy. Sie schien völlig versunken zu sein. Irgendwann schnappte ich ihr das Teil einfach weg.

»Was machst du denn da die ganze Zeit?«

»Ich … habe nur eine Nachricht bekommen.«

»Von wem denn? Theo?«, zog ich sie auf.

Lorn streckte ihre Hand aus. »Cassidy!«

»Schon gut. Hier«, sagte ich. »Ist was passiert?«

»Meine Mom fragt nur, wann wir wieder zu Hause sind.«

»Ich will nach Hause!«, sagte April. »Bauchweh!«

»Kein Wunder, du hast ja sogar noch die ganzen Pommes von Jane gegessen«, sagte Lorn tadelnd. »Wir fahren gleich, okay?«

»Ich muss aufs Klo«, quengelte Jane jetzt.

»Geht ruhig, ich räume das weg«, sagte ich.

»Danke«, sagte Lorn. »Ich ruf dich später an.«

Wir verabschiedeten uns voneinander. Ich aß das letzte Stück von meinem Burger auf und brachte anschließend die Tabletts und den Müll weg. Als ich mich gerade auf den Heimweg machen wollte, bekam ich einen Anruf von Cameron, der fragte, ob ich in der Apotheke noch ein paar Kopfschmerztabletten holen könnte. Mom war noch nicht von der Arbeit zurück, und wir hatten keine mehr im Badezimmer. Nach dem Abstecher in die Apotheke steuerte ich den Ausgang an und kam am Springbrunnen vorbei. Ich blieb stehen. Ein wenig fühlte es sich so an, als habe hier mit Summer alles erst so richtig begonnen. Coltons und meine Geschichte … ich vermisste ihn noch immer. Ja, trotz der Ablenkung der letzten Woche konnte ich nicht aufhören, ihn unfassbar zu vermissen.

Ich wünschte, er würde sich bei mir melden. Es kam mir vor, als sei er seit Monaten bei seinen Großeltern. Ständig glaubte ich, ihn irgendwo zu sehen. Mir musste nur ein Typ über den Weg laufen, der schwarze Haare hatte und gut angezogen war, und mein Herz schlug verräterisch schneller. Der Kerl da vorne war das beste Beispiel. Er stand vor einem

Schaufenster, und obwohl ich nur seine Rückseite sah, tat mir plötzlich alles weh. Vom Kopf bis in die Zehenspitzen füllte mich eine große Sehnsucht aus.

Colton hatte mich sehr verletzt, aber ich wollte ihn zurückhaben. Vielleicht wollte ich ihm sogar verzeihen …

Mit einem wehmütigen Seufzen blieb ich stehen.

Im Schaufenster des Geschäfts standen mehrere Fernseher, die alle den gleichen Kanal zeigten. Gerade lief eine Promo für einen Wasserpark, der Mitte August in der Nähe öffnen würde. Als der Spot vorbei war, flimmerte der nächste über die Bildschirme. Mir blieb echt die Spucke weg, als ich die Werbung für *Adventure 16* sah. Es war der Werbespot, bei dem Lorn, Colton und ich mitgemacht hatten. Unsere Gesichter waren nur ganz kurz zu sehen. Der Zusammenschnitt war ziemlich cool. Es wirkte gar nicht so, als wäre das alles in eincm Waldgebiet gedreht worden, sondern wie Camping in der echten Wildnis, mit jeder Menge Spaß dabei. Der Spot war rasch vorbei. Ich blieb weiter stehen und wartete. Irgendwann kam der Spot noch mal. Vermutlich lief gar kein echtes Fernsehprogramm, sondern nur irgendwelche Werbung in Endlosschleife.

Als ich genug hatte, wollte ich weitergehen, aber mein Blick blieb am Schaufenster hängen – der Scheibe, nicht den Fernsehern. Der Typ mit den schwarzen Haaren stand noch immer ein Stückchen von mir entfernt an derselben Stelle. In dem Moment, als ich ihn ansah – und erkannte –, bemerkte er mich ebenfalls. Es war Colton.

Kurz glaubte ich, ihn mir nur einzubilden.

Colton? Hier? In der Mall?

Ich brachte keinen Ton heraus.

»Hey«, sagte er.

»Hey?«, echote ich ungläubig. »Das ist alles? Hey?«

»Sollen wir … uns vielleicht irgendwo hinsetzen?«

»Was machst du hier?«, fragte ich.

»Lorn hat es mir verraten. Ich habe mir ihre Nummer von Theo geben lassen. Im Austausch für den Brief hat sie mir versprochen, mir zu sagen, wo du bist.« Colton zögerte. »Ich bin vor einer Stunde wieder nach Hause gekommen und wollte dich sehen.«

»Schön, dass du *jetzt* reden willst«, sagte ich. »Colton, du hast mich so lange einfach links liegen lassen. Geht's noch?«

»Können wir reden? Bitte.«

»Du bist einfach verschwunden. Du hast es nicht mal für nötig gehalten, dich zu melden!«, sagte ich wütend. »Ich habe mir Sorgen gemacht! Wie kommst du nur darauf, dass du hier aus dem Nichts auftauchen kannst und ich dann einfach so mit dir rede?«

Ein paar Leute warfen uns im Vorbeigehen komische Blicke zu.

Ich versuchte, meine Stimme etwas herunterzuschrauben.

»Vielleicht will ich nicht mehr mit dir reden.«

»Ich habe etwas Zeit gebraucht«, sagte er tonlos. »Musste mir über ein paar Dinge klar werden. Bitte, lass es mich erklären.«

Im Hintergrund plätscherte der Springbrunnen vor sich hin.

»Schon ein wenig ironisch, dass wir uns ausgerechnet an dieser Stelle treffen, oder?«, fragte er. »Ich habe ein wenig das Gefühl, dass an diesem Punkt vieles angefangen hat …«

Dass ich eben noch das Gleiche gedacht hatte, verriet ich ihm nicht. Wie gerne hätte ich Colton umarmt, aber ich hielt mich zurück. Er sollte deutlich spüren, wie sauer ich auf ihn war.

»Du hast mir nie gesagt, wieso du damals die Sachen gestohlen hast«, sagte ich. »Kommt mir alles wie eine Ewigkeit
vor.«

Ich wusste nicht, wieso genau ich mit dem Thema anfing.
Vielleicht, weil ich nicht wollte, dass er wieder verschwand.

»Wenn du dich mit mir auf die Bank da setzt, erzähle ich es
dir«, sagte Colton. Er sah blass aus, müde. Unter seinen dunklen Augen lagen noch dunklere Schatten, und er wirkte be-
drückt.

»Okay«, sagte ich leise.

Wir ließen uns auf der freien Bank vor dem Springbrunnen
nieder. Die waren neu. Vorher hatten hier Pflanzenkübel gestanden, zwischen denen ich zu Summer und ihrem Ex hin-
übergespäht hatte. Von meinem verschütteten Popcorn war
inzwischen natürlich keine Spur mehr. Der Boden glänzte wie
frisch geputzt.

»Meine Tante hat damals ein paar alte Schmuckstücke an
den Pfandleiher verkauft. Darunter waren Ringe, Ketten und
auch mehrere Uhren. Es waren Sachen, die sowieso nur in
einer Kiste auf dem Dachboden verstaubten und irgendwann
mal Verwandten von uns gehört haben. Die Ranch war ja
schon immer im Familienbesitz der Griffins. Meine Mom ist
dort aufgewachsen und irgendwann fortgegangen, während
Theos Mom heiratete und blieb. Die Sachen wegzugeben war
also ihr gutes Recht. Theos Mom hat noch ein paar andere
Dinge in die Kiste getan, die niemand brauchte«, sagte Colton.
»Bevor meine Eltern damals zu ihrer Reise aufgebrochen sind,
waren wir ein paar Tage auf der Ranch, und mein Dad hat dabei seine Uhr verlegt. Irgendwie ist Dads Uhr in dieser Kiste
gelandet, und meine Tante hat sie weggebracht, ehe ich sie
herausholen konnte. Ich habe dem Pfandleiher die Geschichte

429

erzählt und wie viel mir die Uhr bedeutet, aber er wollte sie nicht rausgeben, weil sie wohl aus einer Modellreihe stammt, die heute nicht mehr hergestellt wird. Er meinte, selbst wenn wir das Geld dafür aufbringen, würde er sie uns nicht geben, weil er sie bereits einem Kunden versprochen hatte. Also habe ich sie gestohlen. Um mein eigentliches Vorhaben zu tarnen, habe ich mir schnell noch ein paar andere Sachen gegriffen.«

Sprachlos sah ich Colton an.

»Ich weiß, dass es nicht richtig war, die Sachen zu stehlen. Entgegen meinem Ruf habe ich vorher noch nie etwas geklaut, aber ich konnte den Gedanken nicht ertragen, dass Dads Uhr an irgendeinen Fremden verkauft wird«, sagte er. »Und es tut mir leid, dass ich eine andere Uhr damals habe fallen lassen, damit du Ärger bekommst. Wieso hast du mich nicht einfach verraten?«

»Ich wurde gefragt, ob ich dich kenne«, sagte ich. »Und meine Antwort lautete zu der Zeit: Nein, ich kenne den Jungen nicht. Das stimmte. Vielleicht stimmt es immer noch. Kenne ich dich?«

Colton sah mich an. »Ich kenne mich nicht einmal komplett selbst«, sagte er. Du hast einen Teil von mir gesehen, der anderen verborgen bleibt, und ich denke, das ist etwas wert.«

Ich schluckte schwer. »Natürlich ist es das.«

»Ich habe mich nie dafür bedankt, dass du dichtgehalten hast. Damals war mir das egal, aber jetzt weiß ich es umso mehr zu schätzen, also … danke«, sagte Colton. »Ich danke dir.«

»Ich will mehr als einen Dank von dir, und das weißt du.«

Mir schnürte sich allmählich die Kehle zu. Solche Worte auszusprechen fiel mir unheimlich schwer, meine Gefühle so direkt zu offenbaren, aber wenn nicht jetzt, wann dann?

Er nickte bedächtig. »Das, was du von mir willst, kann ich dir nicht geben, Cassidy. Ich habe mir viele Gedanken gemacht, und ich kann Theo nicht weiter verletzen. Ich möchte es nicht.«

»Du möchtest *es* nicht – oder *mich*?«, fragte ich verletzt. »Bist du ehrlich nur deshalb hergekommen, um mich abblitzen zu lassen? Ich weiß, dass wir im Wald auseinandergegangen sind, ohne vernünftig über alles gesprochen zu haben, aber das ist echt hart, Colton. Du tauchst einfach auf, um mich noch weiter von dir wegzustoßen. Ich verstehe, dass Theo dir viel bedeutet. Mehr als ich. Immerhin ist er Teil deiner Familie. Unser ›Wir‹ bewegt sich auf dünnem Eis, aber kannst du mir in die Augen sehen und sagen, dass du nichts für mich empfindest? Dann los. Ich warte.«

Colton wandte mir das Gesicht zu. »Was erwartest du denn von mir?«, sagte er. Es klang fast vorwurfsvoll. »Dass ich dir meine unsterbliche Liebe gestehe? Hier und jetzt? Dafür bin ich nicht bereit, und vielleicht werde ich es auch niemals sein. Wir beide sind nur gut zusammen, wenn wir unsere kleinen Momente haben. In der Realität funktioniert das nicht. Du warst besser dran, als du dich um die Gefühle anderer gekümmert hast – und ich auch.«

Wow. Das saß. Ich traute meinen Ohren kaum.

»Wie kannst du so etwas sagen, nach allem, was zwischen uns war? Du hast mich im Diner gefragt, ob das zwischen uns mehr sein könnte«, erwiderte ich. »Du hast mich über eine Grenze gebracht, von der ich dachte, ich würde sie nie überschreiten.«

Colton senkte den Blick. »Es tut mir leid.«

»Ein ›tut mir leid‹ reicht mir nicht!« Von meinen Emotionen überwältigt sprang ich auf. »Ich ...« Mein Atem ging schneller. »Ich ...«

431

»Sag es nicht«, bat Colton leise.

»Wieso? Hast du Angst, du könntest mich dann nicht mehr so gleichgültig anblicken?«, fragte ich energisch. Ich breitete die Arme aus, als wollte ich der ganzen Welt etwas verkünden. »Du hast nicht zu entscheiden, wo ich was und vor allem nicht für wen ich etwas fühle! Ich habe dir im Wald gesagt, dass ich mich in dich verliebt habe. Ja, Colton. Ich, Cassidy Caster, habe mich in dich, Colton Daniels, verliebt! Und ob es dir passt oder nicht, daran ändert sich so schnell nichts! Also bleib ruhig weiter auf dieser Bank sitzen und rede dir ein, dass es das Beste für alle wäre, wenn du dich selber belügst. Ich bin fertig mit diesen beschissenen Ausreden! Denn, weißt du was? Du kannst dich immer aus allem herausreden, aber die Möglichkeit, etwas zu verändern, bietet sich dir nicht immer. Und dieses Zeitfenster hier zwischen uns wird von Sekunde zu Sekunde kleiner! Schwupps – geschlossen!«

»Cassidy ...«, sagte er, um mich aufzuhalten.

»Nein!«, fuhr ich ihn an. »Nichts ist da mit Cassidy. Sprich nie wieder meinen Namen aus, wenn du mir nichts Wichtiges zu sagen hast.«

Voller Wut stürmte ich zum Ausgang. Ich musste mich nicht umdrehen, um zu sehen, dass Colton mir nicht nachkommen würde. Nein, ich würde nicht weinen. Dieses Mal nicht. Mein Herzschmerz hatte mich stets dazu gebracht, mich immer weiter einzuigeln und Mauern hochzuziehen. Dieses Mal würde ich ihn wie eine Waffe benutzen. Wie eine, die mich stärker machen würde als jemals zuvor.

# KAPITEL 34

KURZ VORM WOCHENENDE bekam ich einen Anruf aus dem Plattenladen wegen meiner Bewerbung. Der Besitzer des Ladens fragte, ob ich spontan Zeit für ein Gespräch hätte, also machte ich mich gleich auf den Weg in die Stadt. Ich konnte mein Glück kaum fassen, denn ich bekam den Job tatsächlich! Zunächst für einige Wochen auf Probe, aber es war ein Anfang. Um die Neuigkeiten zu feiern, lud Lorn mich zu sich nach Hause ein, und wir lümmelten uns mit jeder Menge Süßigkeiten zum Netflix-Serien-Marathon auf ihr Bett.

»Ich wollte dir noch sagen, dass Colton mir den Brief gestern zurückgegeben hat«, meinte Lorn beiläufig, als wir eine Pause machten, um nach vier Episoden *Riverdale* aufs Klo zu gehen. »Du bist doch nicht noch sauer auf mich, oder? Wegen Colton und diesem Mall-Deal … ich musste den Brief einfach zurückhaben.«

Ich schüttelte den Kopf. »Wie kommst du jetzt darauf?«

»Na ja, wir fahren doch Samstag zur Ranch, um Theo zu helfen«, sagte Lorn. »Und ich wollte nur sichergehen, dass alles gut zwischen uns ist und die Verabredung noch steht? Ich habe auch extra noch mal nachgefragt. Colton fährt mit Theos Eltern mit, um sich ein paar neue Pferde anzuschauen, die sie kaufen möchten.«

»Ich lass euch nicht hängen«, sagte ich.

»Okay. Hey, Cassidy?«

»Ja, Lorn?«

»Gehst du jetzt aufs Klo oder nicht? Wenn ich mir hier im Flur noch länger die Beine in den Bauch stehe, passiert ein Unfall.«

Ich rollte mit den Augen. »Nach Ihnen, Madame.«

Lorn holte mich am Samstagmorgen bei mir zu Hause ab. Die schöne Gegend hatte bei der Fahrt zur Ranch bisher eine beruhigende Wirkung auf mich gehabt, aber heute konnte nichts an dem mulmigen Gefühl in meiner Magengegend etwas ändern. In Momenten wie diesen fragte ich mich, ob Lorn schon immer die Stärkere von uns beiden gewesen war. Das Wetter kümmerte sich an diesem Tag reichlich wenig um meine Gefühle. Die Sonne stand für die frühe Zeit ziemlich hoch am Himmel, und der laue Wind, der meine Haare durcheinanderwirbelte, vermittelte frühzeitiges Sommer-Feeling.

Anfangs war es ein wenig komisch, Theo zu sehen und mit ihm zu sprechen, aber das legte sich erstaunlich schnell wieder. Lorn, Theo und ich waren ein gutes Team. Er gab uns Anweisungen, und wir befolgten sie. Theo war schon vor ein paar Stunden aufgestanden und hatte allerhand Sachen erledigt. Nach der ersten Runde Arbeit frühstückten wir gemeinsam, und Theo erzählte, wie seine Woche gewesen war. Wir waren alle froh, dass das Eis gebrochen war und wir wieder unverfänglich miteinander umgehen konnten. Ich hatte es mir schwieriger vorgestellt. Ehrlich gesagt hatte ich mir tausend Szenarien ausgemalt, wie dieser Tag schiefgehen konnte, aber die Wahrheit war: Es fühlte sich an, als würden wir alle in Fußstapfen treten, dessen Spuren wir selbst hinterlassen hatten. Wie zurück zu etwas zu finden, das uns vertraut war. Vieles davon verdankten wir Lorn. Sie war diejenige, die eine neue Brücke zwischen uns dreien geschlagen hatte, und ich war ihr dankbar, dass sie mich überredet hatte, heute herzukommen. Es gab sie natürlich, die seltsamen Momente. Kurze Blicke oder flüchtige Berührungen, die uns unangenehm waren, aber wir schlugen uns tapfer. Wir bemühten uns und machten weiter. Mit der Zeit würde sich schon alles richtig fügen.

»Cassidy, kannst du auf den Heuboden gehen? Wir brauchen noch etwas Heu für eine der vorderen Boxen«, sagte Theo. »Du kennst dich da oben ja bestens aus, oder?« Er zwinkerte mir zu.

»Haha, sehr komisch«, murrte ich. »Von mir aus.«

Ein klein wenig genervt und schweren Herzens kletterte ich die Leiter in der Scheune hinauf. Lorn versprach, dass sie dicht hinter mir war, aber als ich oben ankam und runterblickte, war meine beste Freundin verschwunden – und die Leiter auch!

Das konnte doch unmöglich ihr Ernst sein ...

»Lorn! Komm sofort zurück! Das ist jetzt echt albern!«

Ich wollte nicht hier oben sein. Nicht allein.

»Lorn! Ich bring dich um!«, rief ich sauer.

»Wenn du jemanden umbringen solltest, dann mich.«

Ich gefror zur Salzsäule. *Nein, nein, nein!*

Mechanisch drehte ich den Kopf zur Seite.

Colton.

Stand.

Dort.

»Ich habe Lorn und Theo darum gebeten, dass sie dich herlocken, wenn sich eine Gelegenheit bietet«, sagte Colton. »Weil ich ...«

»... du noch ein wenig auf meinen Gefühlen herumtrampeln willst?«, half ich ihm voller Bitterkeit in der Stimme aus. »Ich kann nicht fassen, dass Theo und Lorn da auch noch mitmachen. Solltest du nicht irgendwo anders sein und Pferde kaufen?«

»Das war nur eine Ausrede«, sagte Colton.

»Wie so vieles bei dir«, erwiderte ich und verschränkte die Arme vor der Brust. »Mir bleibt nichts anderes übrig. Die Leiter ist weg. Aber das gehört wohl zum Plan. Oder irre ich mich? Ziemlich unfair, wenn man bedenkt, dass es schon das zweite Mal ist, dass du mich einfach so überfällst.«

»Ich bin dir hinterher.«

»Was?«

»Ich bin dir hinterhergelaufen. In der Mall.«

»Ach, wirklich? Hast du dich unsichtbar gemacht?«

»Cassidy, kannst du für einen Moment mal ernst sein?«

»Wieso sollte ich? Findest du, du hast das verdient?«

»Ich schwöre, ich bin dir hinterhergekommen«, sagte Colton, mit angespannter Miene. »Kaum, dass du weg warst, ist mir klar geworden, dass ich mich wie ein Arschloch benommen habe.«

»Das ist ja mal was ganz Neues«, spottete ich.

»Du warst schon weg, als ich am Ausgang war.«

»Und dann dachtest du dir: Ach, was soll's?«, fragte ich und starrte Colton grimmig an. »Es gibt auch so eine ganz neuartige Erfindung namens ›Handy‹. Wir gehen auf dieselbe Schule verdammt noch mal!«

»Du hast mich gemieden. Du wolltest mich nicht sehen.«

»Verflucht richtig«, presste ich energisch hervor.

»Ich wusste, dass du mir nicht glauben würdest. Deshalb wollte ich etwas warten. Ich habe auf den richtigen Augenblick gehofft. Ich habe dich verletzt, und ich dachte … ich dachte, wenn wir ein wenig Abstand haben, würdest du mir noch eine Chance geben.«

»Eine Chance wozu?«, fragte ich angriffslustig.

Colton wollte näher kommen, aber ich hob eine Hand.

»Bleib, wo du bist«, sagte ich. Sonst knicke ich ein … allein sein Anblick ließ mein Herz tanzen. Genau das hatte ich mir gewünscht. Colton, wie er sich bemühte, für mich kämpfte, und doch fühlte es sich an, als sei er zu spät. Er war unbeständig wie das Meer. Im einen Moment ruhig und wunderschön und im nächsten wild und unstet, sodass es einen von den Füßen riss.

»Ich bin mit dem festen Vorhaben zur Mall gekommen, diese Sache zwischen uns endgültig zu beenden«, sagte Colton tonlos. »Mein Verstand wollte es logisch angehen, aber etwas in mir hat die ganze Zeit geschrien, dass ich einen Fehler mache. Einen weiteren Fehler. Als ich dein Gesicht gesehen habe, ist mir klar geworden, dass es sogar ein ganz unverzeihlicher Fehler ist und ich dafür verantwortlich bin, dass du dich so schrecklich fühlst.«

»Dass ich mich schrecklich fühle?«, hauchte ich. »Das ist keine Grippe, die dafür sorgt, dass ich mich *schrecklich fühle*! Das ist mein Herz, von dem du sprichst. Es schlägt in meiner Brust, und es ist bei deinen Worten in tausend Stücke zersprungen!«

»Ich liebe dich.«

»Wie bitte?«

»Ich liebe dich, Cassidy.«

Mein Hirn konnte diese winzigen Sekunden, in denen Coltons Worte seinen Mund verließen, gar nicht verarbeiten. Ich starrte ihn an, während mir das Blut in den Ohren rauschte und ich rückwärts taumelte. Meine Knie gaben nach, und ich sackte auf einen Heuballen in meiner Nähe. Wie bei einem Filmriss schien die letzte Minute aus meinem Bewusstsein zu sickern und in eine unendliche Tiefe abzudriften. Gleich würde jedes Bild, das sich mit einem Blinzeln in meine Netzhaut gebrannt hatte, und jeder kleinste Ton seiner Stimme einfach verschwinden. So musste es sich anfühlen zu ertrinken. Man wurde von Kälte verschluckt.

Kurz glaubte ich, das würde für immer so bleiben.

Aber dann war er neben mir, umfasste mein Gesicht und sagte die Worte erneut. »Ich liebe dich, Cassidy.« Seine Finger waren warm auf meiner Haut, hauchten mir wieder Leben ein. »Als wir das letzte Mal hier oben waren und uns geküsst haben, hatte ich solche Angst, dass ich dich nie wieder loslassen könnte, und in diesem Moment habe ich nur noch Angst, dass ich nie wieder die Möglichkeit habe, dich erneut zu küssen und für immer festzuhalten. Ich bin launisch und stur und egoistisch, und ich habe lauter falsche Dinge gesagt, aber das hier ist wahr.«

»Colton«, flüsterte ich seinen Namen. Meine Kehle wurde trocken. Ich schob seine Hände weg, stand auf und nahm ein paar Schritte Abstand. »Du liebst mich also? Du hast echt eine komische Art, mir das zu zeigen.« Colton sah mich beklommen an. »Weißt du, warum mir all das … all die Gemeinheiten und die Streitereien und die Worte so schrecklich wehtun? Weil ich dich gleichzeitig liebe. Du bist meine erste Liebe, Colton. Meine erste richtige Liebe.«

Colton war sofort auf den Beinen, aber ich hob die Hände, damit er blieb, wo er war. In meinen Augen sammelten sich Tränen.

»Du hast mein Vertrauen gebrochen – und mein Herz.«

»Cassidy, ich …«

»Ich würde dir so gerne verzeihen. Ich weiß nur nicht wie. Die Zeit, in der du weg warst, habe ich dich so sehr vermisst«, sagte ich sehnsuchtsvoll. »Doch woher soll ich wissen, dass du es dir nicht anders überlegst? Was ist, wenn ich *Ja* sage, dir eine zweite Chance gebe und du mir wieder das Herz brichst?«

Colton machte einen Schritt auf mich zu.

»Du musst mir vertrauen. Ein letztes Mal.«

»Ich weiß nicht, ob ich deinen Worten vertrauen kann.«

»Dann müssen eben Taten sprechen.«

Colton stand mit einem Mal vor mir, er umfasste meine Hände und sah mir dabei tief in die Augen. Seine Berührung löste einen wohligen Schauer in meinem Inneren aus. Langsam wanderten seine Hände meine Arme hinauf, fuhren über meine Schultern und ganz sanft über meinen Hals, bis sie an meinem Gesicht lagen.

»Ich kann dir auf viele Arten zeigen, dass ich dich liebe.« Er lehnte sich langsam nach vorne, sodass ich seinen Atem auf den Lippen spüren konnte. »Wenn du mich nur lassen würdest.«

Für wenige Herzschläge lang war es, als würde er mir kurz die Möglichkeit geben, mich gegen ihn zu entscheiden. Gegen uns. Doch obwohl noch Zweifel durch meinen Kopf schwirrten und Angst in meiner Brust nach meinem Herzen griff, konnte ich nicht anders, als ihm in diesem Moment zu verzeihen. Seit unserer ersten Begegnung hatten wir beide so viele Fehler gemacht. Und wir würden weiter welche machen. Uns streiten. Zusammen lachen. Vielleicht würde das hier zwischen uns nicht für immer halten, aber ich wollte es drauf ankommen lassen. Nichts würde ich mehr bereuen, als irgendwann zurück auf diesen Augenblick zu sehen und niemals gewusst zu haben, ob Colton und ich eine gemeinsame Zukunft hatten. Schon damals im Diner war dieser Wunsch so übermächtig gewesen, dass ich es gewagt hatte, mich ihm zu öffnen. Und es war, als habe er gerade eben dasselbe getan. Sein Herz offengelegt. Waren es nicht die Sekunden, in denen wir uns am verletzlichsten zeigten, die das größte Kompliment an eine andere Person waren? Etwas nach außen zu kehren, was dem anderen die Macht darüber gab, uns glücklich zu machen oder zu zerstören?

Ich hatte nicht gelogen. Es fiel mir schwer, seinen Worten zu vertrauen. Doch als er mich küsste, fühlte es sich so gut an. Wie könnte dieses warme Gefühl in meiner Brust jemals falsch sein? Ich grub meine Hände in seinen Rücken, um Colton noch näher zu sein. Unsere Körper schmiegten sich aneinander, als wir den Kuss vertieften. Ja, das hier fühlte sich genau richtig an. Ich gehörte zu Colton und er zu mir. Seine Finger glitten kurz in mein Haar, dann wieder hinaus, als er die Arme fester um mich schlang. Er zog eine Spur Küsse meinen Hals hinunter, bis zu meinem Schlüsselbein, und mein Herz hämmerte mit jeder Berührung heftiger gegen meinen Brustkorb. Atemlos lösten wir uns voneinander, und ich streifte Colton das Hemd ab, das er über seinem Shirt getragen hatte. Es fiel zu Boden. Wir küssten uns ein weiteres Mal. Seine Lippen fühlten sich weich und sanft auf meinem Mund an. Colton schmeckte ein wenig nach Minzbonbon und dem fruchtigen Lipgloss, den ich heute Morgen benutzt hatte. Seine Hände streiften den Saum meiner Bluse, und ich spürte ein kurzes Zögern seinerseits. Wir stolperten gemeinsam ein Stück nach hinten, bis eine Wand aus Heuballen uns den Weg versperrte. Colton sah mich mit leicht geöffneten Lippen an. Seine Brust hob und senkte sich rasend schnell. Ohne den Blick von ihm zu nehmen zog ich mir die Bluse über den Kopf, und im nächsten Moment trafen seine Finger auf meine nackte Haut und entlockten mir ein leises Stöhnen. Unsere

Küsse wurden länger und unsere Berührungen intensiver. In dem Wirrwarr aus Händen und Lippen fühlte ich mich schwerelos. Ich wünschte mir, dass diese Momente voller Zuneigung niemals enden würden, und gleichzeitig war da ein Teil von mir, der wusste, dass es noch einige Hürden zwischen uns gab, die nicht zuließen, dass ich mich komplett fallen ließ.

Colton schien dasselbe zu denken, denn er löste seine Lippen von meinen und fuhr mir sanft mit einer Hand über die linke Wange. Mein Puls rauschte mir in den Ohren, und meine Beine waren so wacklig, dass ich befürchtete, sie würden jeden Moment nachgeben. In meinem Bauch kribbelte es unaufhörlich, und allein Coltons Anblick weckte in mir das Verlangen, ihn wieder und wieder zu küssen. Er schluckte schwer. Seine Augen leuchteten regelrecht, als könne ich all seine Gefühle darin sehen.

»Das war …«, seufzte er leise.

Ich nickte. »… ohne Worte.«

»Zu gut für sämtliche Worte.«

Ein Schmunzeln breitete sich in meinem Gesicht aus.

»Du bist wunderschön, wenn du lächelst«, flüsterte er.

Ich lehnte mich vor, bis mein Mund auf seinem lag.

Dieser letzte Kuss hatte so viel von unserem allerersten, und doch war er ganz anders. Nicht mehr wild und drängend, als hätten wir keine Zeit, um ihn auszukosten, sondern wie die Rückkehr nach einer langen Reise. Das Gefühl, angekommen zu sein, am richtigen Ort und bei genau dem richtigen Menschen. Als wir uns voneinander trennten, strich Colton mir ein paar Haarsträhnen aus der Stirn und nahm mich in den Arm. Eine Weile blieben wir einfach so stehen. Zusammen, ganz nah beieinander. Ich hatte immer den Drang verspürt, in Bewegung zu bleiben, nicht stillzustehen, Newfort zu verlassen. So musste es sich anfühlen, wenn man verweilen wollte, und nicht nur eine Stadt wie ein Zuhause war, sondern eine Person. Eine, die so wichtig war, dass man sich nicht mehr vorstellen konnte, ohne sie zu sein.

»Was meinst du, wie lange wir hierbleiben können, bis Theo und Lorn einen Suchtrupp nach uns losschicken?«, fragte Colton.

»Noch ein bisschen«, sagte ich. »Hoffentlich.«

»Du hast gesagt, dass du mich liebst«, sagte ich. Ein riesengroßes idiotisches Lächeln stahl sich in meine Züge.

»Das war ein bisschen kitschig, oder?«

»Ein bisschen kitschig. Und ein großes bisschen schön.«

Colton seufzte in mein Haar. »Gut zu wissen, dass du genauso fühlst wie ich. Erste große Liebe, also?«, murmelte er leise.

»Gewöhn dich bloß nicht an die ganzen Liebesschwüre«, sagte ich belustigt. »Dafür bin ich viel zu cool. Ich habe schließlich einen Ruf zu verlieren. Genauso wie du, Colton Daniels.«

Sanft löste ich mich von Colton, um meine Bluse aufzuheben und wieder anzuziehen. Colton lächelte mich glücklich an.

»Natürlich, Cassidy Caster«, sagte er.

Wir setzten uns auf einen der Heuballen und blickten für eine gefühlte Ewigkeit aus dem Fenster, in Richtung des Meeres.

»Lass uns runter ans Meer gehen!«, sagte ich.

»Du meinst jetzt gleich?«, fragte Colton.

»Ja«, sagte ich und zog Colton zur Luke. »Komm schon, Colton! Ich dachte, du suchst das Abenteuer, genau wie deine Eltern.«

Ein Blick durch die Luke nach unten zeigte, dass jemand die Leiter wieder hingestellt hatte. Wir waren echt lange hier oben gewesen, vielleicht hatten die anderen gedacht, es wäre an der Zeit, uns vom Heuboden zu erlösen. Colton folgte mir, als ich die Sprossen hinunterkletterte, aber unten war niemand zu sehen, was mir ganz recht war. Ich wollte Colton noch eine Weile nur für mich allein haben. In mir wirbelten noch immer die Gefühle durcheinander. Ich kam mir verrückt vor. Verrückt und frei und losgelöst, als ich zum Strand lief. Colton dicht hinter mir. Ich hatte nur ein paar Schritte in den Sand gemacht, als er mich einholte. Er fasste nach meinem Arm und wirbelte mich herum, als würden wir tanzen.

Wir gingen eine Weile den Strand entlang, begleitet von den tosenden Wellen. Hand in Hand. Ich war selten so glücklich gewesen wie in diesem Augenblick. Irgendwann ließen wir uns in den Sand plumpsen und lagen Seite an Seite da, genossen die frische salzige Luft und die Weite des Meeres. Mein Blick fiel auf eine alte grüne Vespa, die verlassen neben einem abgebrannten Lagerfeuerplatz stand. Colton bemerkte sie auch.

»Wer lässt denn eine Vespa hier zurück?«

»Vielleicht noch ein Abenteurer«, sagte ich.

Colton schlang seine Finger um meine.

»Wie geht es jetzt weiter?«, fragte ich.

»Stück für Stück«, sagte Colton. »Vielleicht mit einem ersten Date. Würdest du gerne mal so richtig mit mir ausgehen wollen?«

»Gerne«, sagte ich. »Ich meinte, aber nicht nur uns ...«

»Ich muss mich bei Lorn entschuldigen. Und Theo.«

»Wir müssen etwas in Ordnung bringen«, sagte ich.

443

»Lass uns nur noch ein wenig hier sitzen, ja?«, bat er mit ruhiger Stimme. »Nur noch ein bisschen. Nur wir beide, okay?«

Ich lehnte mich gegen ihn, schloss die Augen und atmete Coltons Geruch ein. Man sagte immer, die erste Liebe vergisst man nie. Dass sie einen besonderen Platz im Herzen hat. Bisher war mir die Bedeutung hinter diesen Worten fremd gewesen. Doch hier, mit Colton an meiner Seite, verstand ich sie umso besser. Denn egal was uns in Zukunft erwartete, diesen Jungen und dieses Gefühl würde ich für immer in meinem Herzen bewahren.

»Ja«, flüsterte ich. »Nur wir beide.«

Colton Daniels. Meine erste große Liebe.

# DANKSAGUNG

**MIT DANKSAGUNGEN** ist es wie mit dem Schreiben von Geschichten: Ich sitze jedes Mal vor einem leeren Dokument und habe das Gefühl, irgendetwas Wichtiges zu vergessen. Bei der Entstehung dieses Buches haben mich viele Menschen auf unterschiedliche Weise unterstützt, und weil man in Danksagungen nun einmal danke sagt, versuche ich jetzt spontan, den Danke-sagen-Rekord zu brechen. Gibt es den überhaupt schon? Wir könnten auch alternativ versuchen, uns alle in einen Mini zu quetschen? Nein. Okay. Dann fange ich mal an …

Danke an die Meller Agency, die mich im September 2016 zu sich an Bord geholt hat. Danke an Cristina Bernardi, die mir als Erste eine Chance eingeräumt und meine Einsendung geprüft hat, als es damals noch hieß, dass Contemporary Romance überhaupt nicht gefragt sei. Ein galaktisch großes Dankeschön an meinen Agenten Niclas Schmoll, der von Anfang an Begeisterung für mich und mein Projekt gezeigt hat und einfach der coolste Agent der Welt ist. Ich weiß, das sagen alle Autoren über ihren Agenten, aber hier bin ich mir absolut sicher!

Danke an Julia Bauer, ohne die ich mich nicht Autorin bei *Heyne fliegt* nennen dürfte, denn sie hat etwas in diesem Buch gesehen, das einen Programmplatz im Verlag wert war. Danke an meine Lektorin Martina Vogel für all den Input, die Geduld, tollen Anmerkungen und wundervolle Arbeit, die du gemeinsam mit mir in das Buch gesteckt hast. Danke an Diana Mantel für den Feinschliff und die *happy little trees*. Diesen Ohrwurm werde ich nie wieder los! Danke an den Rest des *Heyne fliegt*-Teams, das sich im stillen Hintergrund um alles Weitere rund ums Buch gekümmert hat. Teamwork makes the dream work!

Danke an Mazu und Mandy (ich drehe hier eure Namen der Fairness halber einfach mal um), die beide sofort Feuer und Flamme waren, als ich ihnen von den ersten Ideenansätzen zu »Cassidy« erzählt habe und die mich mit Ausrufen wie »Schreib es!« oder »Hau raus!« zum Lachen gebracht haben. Danke auch an Asti, für den Namen. Und dafür, dass ich dich ins Buch schreiben konnte, weil du laut Mandys Erzählungen das verrückteste Pferd überhaupt bist, das perfekten Stoff für witzige Szenen geliefert hat. Ohne dich gäbe es die Griffin Ranch gar nicht.

Danke an meinen besten Freund Fabian, der so viele wunderbare Eigenschaften aufweist, für die ich dankbar bin, dass ich damit gleich einen neuen Roman schreiben könnte. Ich kann es gar nicht oft genug sagen, aber du bist unverzichtbar, erschreckend genial, ein Master-Plotter und dazu noch ein ausgezeichneter Mein-Buch-ist-so-schlecht-Phasen-Vernichter der Extraklasse!

Danke an Carina für all die nützlichen Informationen zu Pferden, dem Reiten und der Ranch. Du bist besser als jede Wikipedia-Seite! Und du bist die beste Baffy (Insider, ha!), die ich mir nur wünschen kann. Fühl dich gedrückt!

Danke auch an Liz, Lisa R., Amelie und Steffi H. für eure Freundschaft und die richtigen Worte in den richtigen Momenten zur richtigen Zeit. Ja, bei uns ist vieles einfach nur richtig. Möge es für immer so bleiben! #AutorenMusketiere

Danke an meine Schwester, die mich jahrelang hat träumen lassen und jedem stolz verkündet, dass ich eine voll coole Autorin bin. Danke an meinen Bruder, der mir immer die Milch für meinen Kaffee wegtrinkt und mich so zwingt, hin und wieder meinen Schreibtisch (und die Wohnung) zu verlassen, damit ich neben dem Schreiben nicht vergesse, dass da draußen eine ganze Welt existiert. Danke an meine Mutter, die zwar lieber Ratgeber statt meine Geschichten liest, aber trotzdem jedem, der es (nicht) hören will, von meinen schriftstellerischen Qualitäten berichtet. Danke an Tiger, dessen herrliche Flauschigkeit besser als jeder Anti-Stressball funktioniert, wenn man einfach mal entspannen muss.

Danke an alle Autorenkollegen, Leser/innen, Blogger, Instagramer, BookTuber – einfach jeden, der mit Begeisterung meine Bücher liest, sie rezensiert, seinen Freunden empfiehlt oder mir Nachrichten und Fotos schickt. Ohne euch würde diese ganze Autoren-Sache nicht funktionieren – und auch nur halb so viel Spaß machen!

Ich hoffe, wir sehen uns im nächsten Buch,
eure Tanja

# LESEFESTIVAL ♥ MÜNCHEN
## 10. & 11. November 2018

**Treffen Sie Patricia Mennen live auf der lit.Love – das Lesefestival für alle, die sich für Liebesromane begeistern**

Am 10. & 11. November 2018 verwandeln sich die Räume der Verlagsgruppe Random House in einen Treffpunkt für Menschen, die Bücher und das Lesen lieben. Im kreativen Austausch mit deutschen und internationalen Autoren sowie mit zahlreichen Kollegen aus den Random House Verlagen können die Besucher der lit.Love einen Blick hinter die Kulissen eines Verlagshauses werfen. Dabei haben sie zwei Tage lang die Gelegenheit, die Autoren ihrer Lieblingsbücher persönlich kennenzulernen, spannende Podiumsdiskussionen und Lesungen zu erleben, neue Stoffe zu entdecken, in Workshops praktische Tipps und Tricks zu sammeln sowie in Meet & Greets die Geschichten hinter den Geschichten zu erfahren.

Alle Informationen zur lit.Love finden Sie unter:
www.litlove.de und www.facebook.com/lit.love.de

Tickets erhalten Sie auf: www.eventim.de

lit.Love – Das Lesefestival der Verlage Blanvalet, cbj, Diana, Goldmann, Heyne, Heyne fliegt, der Hörverlag, Penguin und Random House Audio